SECRET DÉFENSE

d'aimer

TOME 3

Photo de couverture : © GettyImages/LarryWashburn
Couverture : Marion Rosière

Pour la présente édition :

Collection dirigée par Franck Spengler

34-36 rue La Pérouse
75116 Paris
www.hugoetcie.fr

Collection New Romance® créée par Hugues de Saint Vincent,
dirigée par Arthur de Saint Vincent
Ouvrage dirigé par Sylvie Gand

ISBN : 9782755647358
Dépôt légal : avril 2020
Imprimé en Espagne par Liber Dúplex

AXELLE AUCLAIR

SECRET DÉFENSE d'aimer

TOME 3

Hugo Poche

NEW ROMANCE®

Refrain de mon chant de section :

« France, ô ma France très belle
Pour toi je ferai bataille
Je quitterai père et mère
Sans espoir de les revoir jamais
La la la la la la la la »

Les commandos.

CHAPITRE 1
Juste un détail.

Notes du docteur Cauvin – 9 mai : cellule en crise. Au retour des agents restants, une surveillance sera nécessaire. Le rapprochement récent des trois premiers influera sur l'acceptation de la perte de l'un d'eux.

SABINE

Les yeux qui piquent, la fatigue de plus en plus difficile à combattre, je lutte pour ne pas abandonner mon écran. Depuis une heure, je vérifie sans cesse la même chose, les mêmes cartes et photos, afin d'être certaine de ne pas fantasmer ma déduction. À trop chercher des motifs d'envisager Cobra en vie, le moindre détail ranime l'espoir. Là, j'ai la sensation d'avoir mis le doigt sur quelque chose, mais sachant que les pros sur place n'ont rien trouvé, je juge cela présomptueux de ma part.

Tant pis, au risque de me ridiculiser, je dois en avoir le cœur net. Condor vient d'entrer, il dépose des boîtes réchauffées sur le bureau. Cette fois-ci, il a choisi des plats préparés par leur chef plutôt que des rations. C'est un indéniable progrès parce que je frise l'indigestion de conserves, mais je ne veux pas me lever pour cuisiner et perdre de précieuses minutes.

– Pourrais-tu me montrer la dernière position connue de Cobra ?

Même si c'est une information qu'il m'a déjà fournie, il s'exécute sans rechigner en lisant les coordonnées sur ses papiers, puis en dessinant une croix sur l'écran à l'aide du stylet. Il confirme le point à l'origine de mes doutes. Je me fais des films ? Est-ce que je vais le retarder en lui communiquant mon avis ? Me voyant en plein doute, il met fin à mon questionnement.

– Il y a un truc qui te titille.

– Oui, mais…

– Tu n'es pas formée pour ce type de recherches, alors parle, même si c'est une connerie.

Contrairement à ce que j'imaginais, il ne m'ordonne pas de laisser faire les pros en restant à ma place.

– Eh bien, lorsque vous demandez une extraction, vous indiquez un point qui n'est pas celui où vous vous trouvez à ce moment-là pour des raisons de sécurité. C'est bien ça ?

– Tout à fait.

– Tu calcules la distance à parcourir et le temps pour le rejoindre pour ne pas louper le rendez-vous, mais tu prends une marge d'erreur ?

– Oui, pour les impondérables.

– Une marge de combien ?

– Une minute.

Étonnée, je tourne la tête vers lui. Il me faut quelques secondes pour m'assurer de son sérieux. J'aurais dû m'en douter. Une minute, c'est pour moi le temps de me recoiffer dans l'ascenseur – ce qui causera mon retard –, mais eux, ils prennent une immense et confortable sécurité de soixante secondes pour des trajets en zones à risques sur terrains accidentés. Nous ne sommes vraiment pas du même monde.

– Ce n'est pas vraiment ce que j'appelle une marge. Moi, il me faut le quart d'heure militaire, y compris pour rejoindre le self.

– Nous, nous comptons les secondes. Nos contraintes ne sont pas les mêmes.

– Certes. Mais revenons à nos moutons. Si j'associe les données suivantes : sa position, l'heure à laquelle il a ordonné l'extraction, le point de rendez-vous et le temps qu'il a donc prévu pour parcourir la distance, ça ne colle pas avec son dernier emplacement. Pas de beaucoup, à peine onze mètres à gauche, mais c'est au départ de sa progression, donc, ça augmenterait de bien plus au final. Comme je ne suis pas agent, pourrais-tu recalculer tout ça et vérifier si ce n'est pas juste un obstacle qu'il a dû contourner et que je ne vois pas sur l'image ?

Intrigué, Condor se penche sur l'écran qu'il étudie consciencieusement. Ensuite, il se redresse d'un coup, soucieux.

– Il n'aurait pas dû passer par là pour rejoindre le point de rendez-vous. Tu as raison, il a obligatoirement dévié de sa trajectoire puisque le trajet qu'il a emprunté ne lui aurait pas permis d'arriver dans le délai imparti.

L'entendre confirmer mes doutes me donne l'impression de me dégonfler comme un ballon crevé. Je n'ai pas sorti une ânerie plus grosse que moi. En clair, Cobra ne se trouve pas où on le cherche parce qu'il a bifurqué sans que l'on en connaisse la raison. S'il a calculé un temps pour se rendre au point de ramassage, il aurait dû conserver sa trajectoire initiale. Bien entendu, sur une zone qui n'est pas, ou plus, à risques, l'hélico l'attendrait et ils pourraient communiquer, mais dans le cas présent, tout a explosé et Cobra n'est jamais arrivé.

Condor déclenche aussitôt l'ouverture de la porte.

– Je prends la suite ! Je dois recalculer sa position probable et il faut aller très vite. Je vais aboyer des ordres dans tous les sens, alors sors d'ici et va te reposer. Tu ne me déranges surtout pas.

– Je…

– Sabine ! Dehors ! claque-t-il.

Je sursaute. Je n'avais jamais vu le Condor dans cet état, fébrile et agité, alors je ne demande pas mon reste. Je bondis de ma chaise pour me précipiter vers la sortie.

– Ton tél est dans le placard, sous mes pantalons, lâche-t-il avant de lancer la fermeture de la porte.

Déstabilisée par la rapidité de son changement d'attitude et la violence de mon éjection du bureau, je reste plantée devant la porte coulissante. Il compose un numéro sur son téléphone et se met aussitôt à beugler à son interlocuteur :

– Ici Condor ! Vous arrêtez tout et vous allez tout de suite vers l'ouest. Degré…

C'est tout ce que je peux entendre avant que les sons soient étouffés par l'accès qui se verrouille sous mon nez. Mais que vient-il de se passer ? Interdite, je reste figée quelques secondes puis me secoue en repensant à mon téléphone. J'avais bien deviné, il l'avait planqué, le filou.

Une fois mon précieux retrouvé, je m'empresse de l'allumer en rejoignant la cuisine. Pendant que le plat préparé chauffe dans le micro-ondes – pour remplacer celui qui vient de me passer sous le nez –, je consulte mes messages. Ma boîte en contient une vingtaine, de Lynx en privé, dont le plus récent date d'une heure. Ils ont tous le même objet, à savoir si je vais bien. Pour ceux qui ont été rédigés avant son départ, sa question concerne aussi Sylvie. Je note qu'il s'inquiète plus de mon état que Condor. Mais ce dernier, pour sa décharge, s'est davantage concentré sur les recherches que sur moi, et c'était tout de même plus vital.

Je suis tentée de répondre à Lynx, mais le timing ne me paraît pas adéquat avec les événements qui se précipitent. Je l'imagine très bien galoper dans tous les sens, avec Squale aux fesses et Condor qui hurle à travers leurs écouteurs. Vu comme il m'a parlé pour me virer du bureau, je ne voudrais pas me trouver à leur place parce qu'ils doivent courir comme des dératés, et cela ne doit jamais être assez rapide pour notre chef aussi impatient qu'exigeant.

Je suis déçue de ne plus être conviée pour la suite des opérations, mais je gênerais Condor en restant dans la pièce. Sans compter qu'il me briserait les oreilles. De plus, ils sont largement plus compétents que moi, je me demande même si je n'ai pas retardé les choses en me chargeant de la lecture des cartes, mission qu'il s'apprêtait à effectuer lui-même. Peut-être aurait-il détecté le problème plus rapidement que moi. Pourvu qu'ils retrouvent Cobra vivant, sinon, je vais m'accabler de reproches. Ce que je commence à faire, en fait.

Minée par l'angoisse et n'ayant rien de concret à faire, j'en profite pour souffler un peu et récupérer de cette nuit épuisante. Une fois mon plateau-repas prêt, je m'installe dans le canapé pour le manger en regardant la télévision. Le calme de l'appartement est aussi rassurant que pesant. C'est plutôt étrange quand on sait que c'est la tempête dans une pièce à côté et que, quelque part dans le monde, mon ami est en perdition. Pour être honnête, je ne croyais plus à la possibilité de retrouver Cobra vivant tant que je n'avais pas remarqué la légère déviation de sa trajectoire indiquée par son traceur, avant qu'il ne s'éteigne. Maintenant, cela remet tout en cause et j'espère qu'il a tenu le coup. En gros, s'il a pu continuer à avancer, il se sera suffisamment éloigné de sa trajectoire pour s'écarter à temps de la zone mortelle de l'explosion. En revanche, cela le sort également du périmètre des recherches effectuées. Ce qui est certain, c'est qu'il n'est pas en état de se faire repérer puisqu'il reste muet et invisible.

Mon repas avalé, c'est pleine d'espoir que je m'allonge sur le canapé en me couvrant d'un plaid pour attendre les nouvelles. Maintenant que l'adrénaline est retombée, l'épuisement prend le dessus et je m'endors rapidement.

Une main chaude et caressante sur le front me réveille. Entre mes paupières qui papillonnent, je découvre Condor, accroupi, qui m'observe avec inquiétude. Son air grave m'aide à émerger, je me redresse en me frottant les yeux. Une fois que je suis assise face à lui, il pose les paumes sur mes genoux.

– Ils l'ont trouvé, croasse-t-il.

Son émotion brise définitivement mes espoirs, les larmes affleurent. Aussitôt, Condor lève une main pour caresser ma pommette du pouce.

– Non, Cobra est vivant.

Mais qu'il est con de me faire peur ! Après un instant de surprise, c'est la joie qui domine. Je me blottis dans ses bras en enfouissant mon visage dans son cou.

– Il est bien amoché, mais ils le ramènent.

C'est fini, Cobra sera de retour bientôt et moi, j'ai la sensation d'avoir deux de tension après cette épreuve. Calée contre le torse rassurant de Condor, je me laisse aller avec un soupir libérateur. Après m'avoir serrée contre lui, il me pousse pour me décoller de lui, puis rive son regard au mien.

– Bravo pour ton aide et d'y avoir cru jusqu'au bout.

– Si tu t'en étais chargé, tu l'aurais retrouvé plus vite.

– Peut-être, ou pas. Seul, j'aurais été submergé entre les documents et les images. Certes, j'aurais détecté son changement de trajectoire plus rapidement que toi, mais aurais-je pu le faire plus tôt ? Ce n'est pas certain, alors ne te reproche rien. Si tu n'as pas pensé à vérifier ce détail tout de suite, c'est parce qu'on ne te l'a pas enseigné. J'aurais donc dû te le préciser.

– Maintenant, je sais.

– Voilà. Tu as appris quelque chose et moi aussi. On te formera pour que tu ne te contentes pas d'une lecture basique des images, mais que tu saches aussi croiser les bonnes informations dans ce genre de cas.

J'approuve. Plus je peux me rendre utile, mieux c'est, surtout en période de crise. Mais tout de suite, j'aimerais en savoir plus, alors je l'interroge en espérant qu'il me rassure.

– Cobra est inconscient. Il faudra attendre pour qu'il s'explique. Lynx m'a rapporté qu'il a fini par le repérer en remontant la diagonale que j'ai calculée, mais bien plus loin que nous le pensions et sous un amas de débris.

– Mais pourquoi son téléphone ne fonctionne-t-il pas ? Je veux dire, le traceur ?

– Lynx a retrouvé son sac abandonné sur le chemin et Cobra avait son appareil dans la poche à côté du genou. Sur les terrains difficiles, nous le mettons là pour éviter de taper dessus en nous cognant ou qu'il se coince dans nos sanglages. Il est tout de même cassé. Lynx en a déduit que, blessé, Cobra a continué à avancer pour se cacher plus loin.

Eh bien ! Il faudra qu'il me raconte comment il a réussi une prouesse pareille. Et je ne parle pas de parcourir des centaines de mètres en piteux état, mais bien de venir à bout des blocs de béton que sont nos téléphones. Mais il y a plus important que ses talents en matière de destruction de matériel.

– Il va s'en sortir ?

– Je ne peux pas répondre à cette question. Il faut attendre le bilan du médecin. Ils doivent déjà être dans l'hélico pour rejoindre la base la plus proche. Il y sera stabilisé, soigné et rapatrié.

– Alors, ce n'est pas encore gagné.

– Hey. Il y a quatre heures, juste avant que tu pointes le truc, nous n'y croyions plus du tout.

– Oh ! J'ai dormi si longtemps ?

– Et tu as encore besoin de te reposer. De mon côté, j'y retourne pour travailler sur les rapports.

Sans attendre, il quitte l'appartement. Pour ma part, je ne trouve rien de mieux à faire que soupirer en me renfonçant dans le canapé. Je n'ai décidément pas leur résistance, toute cette angoisse cumulée à la fatigue physique m'épuise. En plus, c'est reparti pour un tour d'attente dans le stress.

Au moins, je peux peut-être dialoguer avec Lynx, alors j'attrape mon téléphone.

SC : Tu vas bien ?

Je pense que nous n'avons pas fini de nous poser cette question l'un à l'autre, et ce sera encore pire quand Cobra sera de retour parmi nous. Nous allons la lui rabâcher au moins cinquante fois par jour. Le connaissant, dès qu'il sera en état de parler, ses premiers mots seront pour nous envoyer paître en nous ordonnant de lui ficher la paix. Ou peut-être pour nous taper sur le crâne à chaque fois que nous demanderons de ses nouvelles.

LX : Mieux et super content
de te retrouver. Et toi, ça va ?

Qu'est-ce que je disais. Ça va, toi ? Ça va. Et toi, ça va ?

SC : Beaucoup mieux.
Hâte de vous revoir.

LX : Le toubib est dessus. Je te tiens
au courant.

SC : Merci. CD lâche les infos
au compte-gouttes. À croire
qu'on lui arrache une dent
pour chaque réponse qu'on obtient.

LX : Pour une fois, il est plus soucieux
pour toi.

Mouais. Il cerne un peu mal son chef, je crois.

LX : Je suis rassuré qu'il ait pu
s'occuper de toi. Ça m'inquiétait
que tu sois seule.

Oui, alors… Comment te dire ? J'étais seule et Condor, occupé à une tâche plus utile que de me servir de mouchoir géant. Ce que je ne lui reproche pas sur ce coup-là, mais au moins, je sais à quoi m'en tenir. En cas de petit coup de pompe, j'irai me regonfler loin de lui. La douche, c'est bien.

Pour le moment, Lynx sort d'une mission plus éprouvante que d'habitude puisqu'il s'agissait de son pote, alors je ne vais certainement pas en rajouter pour qu'il s'inquiète à mon sujet.

SC : Oui. Je t'assure, je vais bien.

Je confirme, Cobra va péter un câble. Parce que c'est juste la deuxième fois que je le dis, et ça me fatigue déjà.

État des lieux

CONDOR

Il a fallu deux heures à Lynx et Squale pour retrouver Cobra, deux autres pour le sortir du trou dans lequel il s'était planqué, lui apporter les premiers soins, puis le transporter jusqu'à l'hélico pour l'évacuer. D'après les déductions de Lynx, Cobra s'est rendu compte d'un problème imminent, certainement l'explosion, il a quitté l'itinéraire trop dégagé qu'il avait planifié, puis lâché son sac pour courir plus vite se mettre à l'abri.

Ce qui nous a posé un réel souci, c'est qu'il a visiblement été balayé par le souffle, assez pour que son téléphone n'y survive pas, tandis que lui, sérieusement atteint, est quand même parvenu à parcourir un bon trajet pour se protéger. C'est exactement la consigne à appliquer. Nous ne devons surtout pas rester à découvert quand nous devenons vulnérables. Cela l'a peut-être sauvé, mais il ne savait pas à ce moment-là que son traceur était hors d'usage.

Dans le cas contraire, nous n'aurions pas perdu autant de temps. C'est un problème que nous devrons régler prochainement. La pose d'un système sous notre peau a déjà été évoquée, mais finalement rejetée. Les gains apportés sont contrebalancés par les risques d'être identifiés à tout moment. Il faudra réétudier cette option tout de même.

Sabine a raison en déclarant que j'aurais détecté le décalage de trajectoire, mais elle a tort de s'en vouloir. J'étais seul et noyé sous les informations dont la lecture passe en premier lieu, ne serait-ce que pour assurer la sécurité de Lynx et de Squale sur place. Nous ne pouvons pas prendre le risque de les envoyer dans un piège et de les perdre également : priorité est donné au personnel vivant. Donc, la faille se situe dans l'effectif des militaires aptes à agir ou autorisés à opérer. Nous allons la combler grâce à Sabine en la formant. Elle nous offre une nouvelle possibilité par ses compétences et son insatiable envie d'apprendre.

Si Cobra s'en sort, cet accident constituera un mal pour un bien. Il nous a permis de repérer des manques, nous pallierons ces erreurs au plus vite. De plus, le fait que Sabine soit ma femme apporte un plus à l'équipe. Si elle n'assurait que le rôle d'archiviste, elle ne serait pas aussi disponible pour intervenir n'importe quand et immédiatement comme le demande parfois notre métier.

Voilà une remarque qui, auparavant, m'aurait fait hurler, puisque contraire à ce que nous pensons tous.

Mélanger vie privée et professionnelle est source de problèmes. Sauf dans notre cas, je n'ai plus de doute à ce sujet. De toute façon, je n'aurais jamais pu former un couple avec une civile. Rien que devoir lui expliquer notre jargon ou les règles aurait eu raison de ma patience, et je ne parle même pas de lui rendre des comptes ou de me justifier sur mes absences. La bonne blague.

Il faut que je cesse de cogiter, j'ai eu ma dose pour ce qui est de l'analyse de mes sentiments vis-à-vis de Sabine. C'est elle, ce ne pouvait être qu'elle, je l'aime, point. Que mon esprit reste dans le professionnel et tout ira bien. D'ailleurs, l'arrivée d'un message de Lynx me remet sur le droit chemin.

LX : Bilan toubib : pas génial.

Pendant deux minutes, fébrile, j'attends qu'il détaille les conclusions du médecin. Mais soit il écrit avec des moufles, soit il y a beaucoup à dire pour mettre autant de temps à rédiger son message, soit il se fout de ma gueule en pensant que je vais me contenter de si peu. Hop, un rappel à l'ordre s'impose !

CD : Si tu ne m'expliques pas pronto,
tu finiras dans la même chambre
d'hôpital que Cobra parce que je vais
m'occuper de toi.

LX : Une seconde ! Je ne suis pas
dans un bureau, moi ! Il y a un vent
à décorner les bœufs !

LX : Ça y est, je viens de t'envoyer
la photo de son premier bilan
pour gagner du temps.

Ah oui. Il arrive sous forme d'image, il a anticipé mon besoin de détails. Bonne initiative. J'ouvre la photo sur l'écran puis je grimace. Non pas à cause de la longue liste, mais parce qu'elle est manuscrite et tellement illisible que mon premier réflexe est de chercher quelle langue a été utilisée pour sa rédaction. C'est le chien militaire qui a servi de scribe ou quoi ?

En m'abîmant les yeux, je finis par traduire le compte rendu, qui a été rédigé en français malgré mes doutes initiaux. Beaucoup de plaies plus ou moins profondes sur les membres. Son torse étant protégé par le gilet tactique et sa tête par son casque, ils ne sont pas gravement touchés. Pour les blessures internes éventuelles consécutives à l'explosion, il faudra attendre d'avoir accès à du matériel médical. Le médecin juge son état stable et estime qu'il est en mesure de subir le vol de retour. Il restera à ses côtés jusqu'à l'hôpital militaire de Percy à Clamart, pour le surveiller de près.

Notre préférence va au rapatriement plutôt qu'à l'hospitalisation sur place. C'est une nécessité pour la conservation de son anonymat. De plus, son dossier médical officiel est restreint, juste le minimum syndical.

Cobra a repris connaissance quelques fois, sur de très courtes périodes. D'après le médecin, ce n'est pas alarmant puisqu'il est épuisé et déshydraté, entre autres. Son bilan provisoire est rassurant, si les scanners ne déterrent pas un lièvre, il est sauf.

En revanche, la ligne faisant mention de l'état de son genou gauche, ouvert et explosé, laisse présager une grosse opération, suivie d'une longue rééducation. Surtout, cela signe la fin de sa carrière. L'homme est sauvé, mais l'agent est mort.

CHAPITRE 2

En rondelles.

Notes du docteur Cauvin – 10 mai : sujet Cobra. Mental : non jugé. État général : inapte. Observation : après lecture du compte rendu d'opération, il n'est pas envisageable qu'il reprenne le service.

SABINE

Depuis qu'il m'a annoncé la découverte de Cobra, Condor n'est plus ressorti du bureau. Il a juste précisé que son travail n'était pas terminé, qu'il devait désormais se concentrer sur les causes et les responsables. J'ai bien détecté l'envie de vengeance dans le ton de sa voix, et ce n'est pas moi qui vais m'en offusquer. À sa place, je n'aurais aucune pitié pour les hommes qui ont attaqué Cobra.

Lynx étant également occupé auprès de son collègue, puisqu'il reste à ses côtés jusqu'à ce qu'il soit pris en charge à l'hôpital Percy, je n'ose pas le déranger. Et puis, il a promis de me tenir au courant, je lui fais confiance, contrairement à Condor qui dissimule des informations. Je lui donnerai une leçon à ce sujet pour qu'il comprenne l'effet ressenti.

Je n'ai pas l'intention de lui faire la morale puisqu'il me reste un minimum de lucidité, je ne m'en sortirai pas avec cette tête de plomb. Non, je vais faire plus simple. Moi aussi j'oublierai de l'informer de quelques petits détails, qu'il apprendra par les autres. Je prédis que cela lui plaira beaucoup.

Sans me tromper, je peux avancer qu'il me reprochera qu'en ce qui le concerne, c'est professionnel et donc qu'étant le chef, il me transmet ce qu'il juge utile – ou pas. À quoi il s'entendra rétorquer que de mon côté, c'est privé et par conséquent, comme il n'est pas mon supérieur à la maison, je n'ai pas à lui rendre compte de tout.

En train de me chauffer à blanc toute seule, je reviens sur terre à l'arrivée d'un message. À cran, je me jette sur le téléphone. Il faut dire que je tourne en rond depuis des heures, c'est par dépit que j'ai fini par me coller dans le canapé avec un livre, dont je relis inlassablement la même page à laquelle je ne comprends rien. Pourtant, il s'agit d'une romance, pas d'une thèse.

LX : On atterrit à Villacoublay. On file
direct à l'hosto.

SC : Je peux venir ?

LX : Oh ouais. Ça me fera du bien
de te voir. Je dois rester jusqu'à
sa sortie de salle d'opération
par sécurité.

SC : Tu préviens Condor à ma place ?

LX : Tout de suite et je t'envoie
un chauffeur.

Non, je n'ai pas peur de Condor et il ne me refuserait pas de rejoindre Cobra, c'est juste pour gagner du temps. Ce serait trop fastidieux de le faire sortir de son bunker, de lui expliquer pourquoi chez les gens civilisés, il est important d'aller soutenir un ami, même inconscient, même sans pouvoir lui parler.

Rapidement, j'échange mon jogging contre un jean et un pull. Habillée, baskets enfilées, j'opte pour mon gros sac à main dans lequel je fourre des gâteaux que Lynx se réjouira d'avaler, à la place de ses biscuits tout secs ou de ses barres de céréales. Il confirme par message l'arrivée d'une voiture qui me récupérera au pied de l'immeuble d'ici quelques minutes. Je reçois également un mot de Condor qui ne peut s'empêcher de m'offrir ses conseils pertinents.

CD : Tu restes avec Lynx.
S'il doit partir en urgence, tu rentres.

Parfois – ou souvent –, il en fait vraiment trop. Que pourrait-il m'arriver là-bas ? Qu'on me confonde avec un patient et que l'on m'attache sur une table d'opération, sans me laisser le temps d'expliquer que, non, l'ablation de mon appendice n'est pas nécessaire ?

Un peu plus d'une heure plus tard, fébrile, je pénètre dans le hall de l'hôpital. Cela se confirme, personne ne me saute dessus avec pour intention de me découper le ventre. En revanche, Percy a beau appartenir au ministère de la Défense, je doute que la présence en nombre des militaires soit habituelle. Je parle de ceux qui ne sont pas blessés ou en chemise indécemment ouverte qui dévoile leurs fesses, ceux en treillis et armés qui montent la garde dès l'entrée. On s'accoutume à croiser des sentinelles puisqu'ils surveillent les lieux publics, mais ceux-là, ils ne me lâchent pas du regard. Deux m'accompagnent même jusqu'au comptoir, pour attendre derrière moi que la personne de l'accueil leur confirme que je ne représente pas un danger potentiel. Une fois mon identité déclinée et validée, je suis autorisée à me rendre dans une salle privée à l'étage pour rejoindre Lynx.

En suivant les indications fournies, je longe les kilomètres de couloirs quand, dans un virage, je me heurte violemment à une silhouette en tenue noire bien connue, qui arrivait d'un bon pas en sens opposé. J'ai déjà vécu cette scène dans mon bureau avec Condor, alors je ne suis pas vraiment étonnée, je me contente d'assurer ma stabilité en me massant le front.

– Qu'est-ce que vous foutez là ? aboie Squale en me foudroyant du regard.

Avec tout ce qui s'est passé, je l'avais presque oublié. Voici des retrouvailles conformes à ce que j'attendais de lui. Il est fiable ce garçon, d'humeur très constante. Toujours désagréable.

– Bonjour, Squale. Je rejoins Lynx.

– Il a autre chose à foutre que se coltiner une sccrétairc ! Vous n'avcz ricn à fairc ici ! Si vous n'amenez pas notre café, allez faire votre taf en classant des papiers et ne dérangez pas les vrais soldats.

Outch ! Plutôt violente, la remarque. Ce mélange de vérités aussi blessantes qu'injustifiées pique fort. Je dois serrer les dents pour ne pas lui répondre. Les mots qui menacent de sortir impulsivement me coûteraient cher s'ils franchissaient mes lèvres. Du genre : oui, je fais le café et je trie, mais j'expédie des informations qui peuvent sauver ton cul, ou à l'occasion, aider à retrouver ton corps sous des décombres. Ce que pourrait confirmer Cobra. Et je suis militaire quand même, abruti !

Mais non, voici une démonstration de self-control du parfait subalterne. J'adopte une voix posée en totale contradiction avec mon envie de l'insulter.

– En fait, il m'attend.

– Ça m'étonnerait. Déjà, je serais au courant. En plus, vous ne servez à rien.

Quel fiel ! Mais va te faire… Du calme. On respire. On encaisse.

– Pourtant, je vous assure que…

– Sabine ! Viens ici !

C'est Lynx qui me hèle depuis le fond du couloir en agitant la main. Mon sauveur ! Je courrais bien me jeter dans ses bras pour m'avoir sortie de cette situation aussi grotesque qu'humiliante, mais j'opte pour plus sobre. J'ignore Squale en le contournant pour rejoindre Lynx d'un pas léger. Dans la vie normale, chez les civils, j'aurais toisé le jeune présomptueux en reniflant de dédain. Mais ce genre de comportement est à proscrire. La règle à retenir est : le chef a toujours raison, même quand il a tort. Je fais profil bas en faisant semblant de ne pas remarquer son air ahuri, puis contrarié.

– Hey toi, je salue Lynx avec émotion une fois devant lui.

Lui ne se gêne pas, il m'enlace vigoureusement.

– Salut toi. Ça fait du bien de te revoir.

Ensuite, il me tire par la main pour nous mener dans une pièce dont la seule issue est la porte que nous franchissons. On est loin d'un salon chaleureux : c'est tout en carrelage et peinture verte. Serait-ce la salle de l'espérance, justement ? Elle est composée d'une vitre donnant sur le couloir et de deux canapés face à face. Dans les deux coins du fond sont entassés leurs sacs et matériel. La vue de leurs fusils posés sur le dessus me turlupine.

– On ne devrait pas mettre ça en sécurité ?

– On les surveille et on préfère les garder avec nous.

C'est logique. Eux et leurs armes, c'est toute une histoire. En m'asseyant, l'odeur ambiante m'intrigue. Je renifle autour de moi.

– Ça sent fort ici.

– Euh… ouais, ce n'est pas faux. On échangera notre équipement après. Tu tiendras le coup quand même ?

– Je survivrai. Condor m'a fait pire. Même pour ça, il est plus fort que vous.

– Je vais te faire un point, mais je veux mon café avant. Squale est parti les chercher. Tu as pensé au passage à lui demander qu'il t'en prenne un ?

Pas vraiment. Le ton de notre conversation n'était pas aussi badin, mais je ne le lui dirai pas. Il a une petite mine, ce n'est pas la peine d'en rajouter. En plus d'être épuisé, on peut lire la tristesse sur son visage, cela me pince le cœur. Certains les jugent sans sentiments, tu parles. Pour couper court, je balaye sa question d'un geste de la main.

– Non, ça va aller pour moi. En attendant, dis-moi comment tu te sens.

– Bof, soupire-t-il en s'installant à mes côtés.

Je me rends compte qu'il n'y a pas que ses sacs qui fouettent sévèrement. Je pince discrètement mes narines, puis décide de respirer par la bouche.

– Je pue tant que ça aussi ?

Ils m'énervent, ces hommes qui décryptent tout.

– Oui, mais on s'en fiche. Ce n'est pas le plus important actuellement, OK ?

– C’est clair, mais désolé quand même. Donc, mon moral va mieux depuis que nous l’avons retrouvé. Mais à toi, je peux l’avouer, si j’étais efficace pendant les recherches, c’est uniquement parce que je me suis mis en mode « machine ». Devant l’ampleur du désastre, j’avais perdu tout espoir. Pire, je n’ai pas pu m’empêcher de penser que ça aurait pu être moi. On a beau connaître les risques, c’est glaçant. Tu cogites et si tu es peiné pour lui, tu ne peux pas t’empêcher d’être content de ne pas te trouver à sa place.

– Tu n’as pas à t’en vouloir, c’est une réaction normale et cela ne veut pas dire que tu ne tiens pas à lui.

– Oui, mais normaux, nous ne le sommes pas, soupire-t-il en se passant la main sur le visage.

– Pas tout à fait, mais vous êtes humains malgré tout.

Il m’offre un sourire triste.

– Ça me fait du bien que tu sois là. Merci.

Instant câlin nécessaire pour le matou, alors je pose la joue contre son épaule en pressant sa main posée sur sa cuisse.

– Je serai toujours là pour toi, pour vous.

Soudain, la porte s’ouvre, Squale apparaît. Je me redresse vivement pour adopter une attitude plus professionnelle. Il entre en tenant un gobelet dans chaque main. Ils doivent juger que le distributeur de l’hôpital sert des produits dignes de confiance, à défaut d'être bons. À mon avis, cela n'aurait pas été le cas de Condor, mais lui, il est encore inflexible.

Squale tend un café à Lynx qui s'en empare pour humer son contenu sans dissimuler son plaisir, il se met à l'aise en allongeant les jambes. Ce doit être leur première pause depuis un moment. De son côté, Squale s'assied en face de nous avec un air renfrogné. Il me surveille du coin de l'œil pendant que Lynx se délecte de son breuvage, qui doit être aussi délicieux que son odeur de chaussettes chaudes le laisse penser. Ceux qui font du ski savent de quoi je parle, c'est la même senteur que celle qui parvient à leurs narines lorsqu'ils retirent leurs chaussures le soir.

Après quelques gorgées qui le revigorent, Lynx se lance enfin dans les explications :

– Les news : ses blessures sont plus ou moins superficielles. Le scanner n'a révélé aucun dommage interne. Donc, en dehors de son genou qu'ils sont en train d'opérer, tout va bien.

– En voilà une bonne nouvelle !

– Ouais. Il nous a fait une belle frayeur, ce con. En revanche, sa rééducation sera longue et son adaptation peut poser un problème.

– S'adapter à quoi ?

– À sa prothèse bien sûr !

– Mais de quoi parles-tu ? Tu m'as annoncé des blessures superficielles et une opération du genou.

– C'est ça, ils l'opèrent justement, ils lui amputent le genou. Et donc, tout ce qui se trouve en dessous, tu t'en doutes quand même.

Il annonce ça avec détachement. Moi, je suis horrifiée.

– Mais non ! Opérer ne veut pas dire couper. Enfin si, mais pour réparer et non pour ôter un morceau entier.

Mes propos sont confus, au tour de Lynx d'être perdu.

– Je n'avais pas compris la gravité de sa blessure, pas à ce point.

– Sabine, quand même !

Il me gronde comme si j'étais une petite fille qui débite des inepties. À croire que dans leur monde de fous, se faire voler un morceau est habituel. Face à mon air atterré, il s'explique :

– Je ne pensais pas qu'il fallait te préciser qu'un genou en charpie, qui reste sans soin pendant trois jours, serait condamné. Et encore, Cobra a de la chance de ne pas succomber à une infection. On peut remercier le toubib qui passe son temps à nous percer la peau avec ses seringues et les cachets qu'il nous fait avaler par kilos.

– Je ne suis ni médecin ni infirmière, mes connaissances médicales sont quasi nulles. J'ai déjà du mal à me souvenir que les antibiotiques, c'est uniquement quand le souci est bactérien, alors le reste…

– Donc, je te confirme qu'ils l'amputent au-dessus du genou droit et qu'ensuite, il sera équipé d'une prothèse.

La conclusion inéluctable d'une telle nouvelle me frappe. Sonnée, je murmure :

– Il ne sera plus agent.

– Il ne l'est déjà plus. C'est fini.

Lynx est dépité pour son collègue et ami car il se met à sa place sans difficulté, mais en plus, il encaisse ce que cela signifie pour le futur : il perd son binôme et son meilleur ami dans le même temps. C'est la double peine. Si Cobra est réformé, de fait, ses degrés de classification sauteront, il devra également quitter son logement de fonction. Entretenir leur amitié sera compliqué puisqu'ils pourront difficilement se rencontrer dans le civil.

Presque allongé sur son siège, il soupire en se passant la main sur le visage, ou la cagoule, c'est pareil. Pour tenter d'atténuer sa peine, le mieux est de continuer à dialoguer.

– Le plus important dans l'immédiat, c'est qu'il se soigne. Qu'est-il prévu pour le reclassement des agents ?

Abattu, il souffle un grand coup.

– Rien. Je crois que personne n'avait anticipé que la fin d'un agent ne pouvait être autre que mortelle.

Voilà donc un point à ajouter à l'ordre du jour des préoccupations. Si la suite dépend beaucoup de Cobra lui-même – puisqu'encore faut-il qu'il souhaite conserver son statut de militaire –, il serait dommage de se priver d'un tel puits de connaissances et d'expérience dans les bureaux. Même si ce n'est pas au sein de la cellule, beaucoup d'unités seraient prêtes à se battre pour le récupérer dans leurs effectifs.

Nous voici tous les deux pensifs. Toute la durée de notre échange, Squale demeure silencieux, contemplatif. Il est difficile de se faire une idée de ses pensées car son visage fermé ne dévoile aucune émotion. En revanche, sa décision de rester à l'écart sans intervenir dans la conversation indique qu'il n'a nullement pour projet de fraterniser avec moi.

Soit. Je n'aime pas me vanter ou profiter de mes avantages, mais moi, je suis mariée à Condor. Alors, le petit poisson peut aller se brosser les nageoires si son intention est de me faire passer pour une pauvre fille indigne d'intérêt.

Tout à coup, on frappe à la porte. Les trois têtes se tournent dans le même mouvement. À travers la vitre, nous apercevons un homme en blouse qui a tout l'air d'un médecin apportant des nouvelles. Lynx se lève d'un bond pour ouvrir.

– Votre collègue est sorti du bloc et se trouve en salle de réveil.

– Tout s'est bien passé ? je l'interroge.

Lynx secoue la tête puis répond à la place du médecin :

– Sabine ? On ne lui a pas fait une opération à cœur ouvert, on lui a tranché un bout. Comment veux-tu que ça se passe mal ?

L'homme pince les lèvres, indéniablement piqué par la nonchalance de l'agent.

– Hum. Si je puis me permettre, c'est un tout petit peu plus complexe qu'un coup de sabre. De plus, des complications sont toujours envisageables.

Après avoir remis Lynx à sa place en finesse, le médecin se tourne vers moi pour la suite.

– Tout s'est très bien passé, mademoiselle.

Il est souriant, mais je détecte une pointe d'étonnement sur son visage. Lui, il doit s'interroger sur la présence d'une jeune femme sensée parmi ces fous d'agents, qui n'ont aucun respect pour les membres des autres. Il n'en saura pas plus, Lynx le renvoie promptement puisqu'il n'a plus rien à nous apprendre. Il me propose de rentrer, je décline en secouant la tête.

– Je préférerais attendre pour le voir, même si ce n'est qu'une minute. Pour lui montrer que nous sommes avec lui.

Le Lynx boudeur ronchonne :

– Ça peut prendre des plombes et j'ai faim. On va manger et on revient, c'est mieux.

– Si ce n'est que ça, je peux résoudre ce souci.

J'attrape mon sac à mes pieds pour le poser sur mes genoux, et fouille dedans pour en sortir les gâteaux prévus pour son estomac. Son air émerveillé est un remerciement à lui tout seul.

– Sabine, tu es le top des archivistes et la meilleure des amies.

Encore debout près de la porte, il me fonce dessus. Après m'avoir arraché le sachet des mains, il s'assied à côté de moi et s'empresse de l'ouvrir pour y fourrager. Aussitôt, il enfourne trois biscuits à la suite. Amusée, je l'observe qui mastique en gémissant de bonheur.

De son côté, Squale dévoile enfin une émotion qui ne semble pas très agréable. C'est comme s'il venait de mettre les doigts dans une prise électrique. Il se décompose en blêmissant. Je suis certaine que ce n'est pas à cause des gâteaux qui lui passent sous le nez, mais parce qu'il a entendu Lynx me qualifier d'amie. Il n'encaisse pas.

J'ai une furieuse envie de lui lancer un « Et toc ! », mais je reste égale à moi-même en faisant preuve de discrétion. Il faut bien grandir un peu. Mais rien ne m'interdit de jubiler, j'intériorise ma joie. Il ne sait pas tout et quand ce sera le cas, il s'étouffera.

Pendant ce temps, Lynx s'empiffre sans même proposer un morceau à son collègue, qui de toute façon est trop ahuri pour avaler quoi que ce soit. Désormais repu, il est d'accord pour attendre le réveil de Cobra. Il comprend l'importance de lui montrer notre soutien, d'autant plus quand il connaîtra son état. Même s'il doit s'en douter puisque, d'après Lynx, c'est logique. Je note quand même qu'il est plus patient et conciliant une fois le ventre plein, ce détail pourrait s'avérer utile un jour.

Affalée sur ma chaise, j'allonge les jambes pour me préparer à endurer la longue attente. Après une dizaine de minutes, la sonnerie de mon téléphone qui annonce l'arrivée d'un message interrompt mes songes sur l'avenir de Cobra.

Étrange comportement

CONDOR

Je suis enfermé depuis presque deux jours dans le bureau et mon corps me fait comprendre qu'il n'en peut plus. Il faut que je me remue un peu, alors j'enchaîne les tractions, gainages et pompes en continuant à travailler. Les exercices suffisent à me faire patienter, mais dès que ce sera possible, je filerai courir pour un petit quarante kilomètres qui me remettra en forme.

Bouger a une autre utilité : m'éviter de penser que Sabine est partie. Non pas que je veuille l'enfermer, mais après ce qu'elle vient de vivre, la sentir proche est rassurant. Je suis conscient de mon inaptitude à consoler et elle serait la première à déclarer qu'elle est mieux accompagnée avec Lynx, mais je m'en fiche. J'ai tendance à devenir un peu égoïste, je le reconnais.

Quand le rapport de l'hôpital tombe sur la messagerie, je lâche la barre de traction pour le consulter. Le résultat est conforme à nos prévisions, tout va bien pour Cobra, il est sorti d'affaire. C'est dommage pour sa jambe. En revanche, je ne sais pas qui est à la ramasse, mais on nous avait annoncé le genou gauche blessé et là, on lui coupe le droit. Ils ne sont pas cons au point de se tromper quand même ? Lynx va m'expliquer ça.

CD : C'est quoi le binz
avec son genou ?

LX : Rien. Ils l'ont amputé, c'est tout.

CD : Je sais ! On nous avait annoncé
le genou gauche, pas le droit.

LX : Ah ça ! C'était juste mal écrit,
mais c'est bien le droit qui est touché.
Ou plus là, comme tu veux.

Les toubibs et leurs pattes de mouche à l'envers, c'est dingue. Bien ! Sabine va revenir à la maison et moi, je vais courir pendant que toutes les informations demandées arrivent. Sans perdre une minute, je leur envoie un message afin que Lynx la ramène, mais en feintant puisque Squale peut lire la conversation.

CD : C'est fait, vous pouvez rentrer
au bureau.

LX : Opération OK,
mais on attend encore.

SC : OK ? Ça ne va pas bien !
Ils l'ont amputé !

Oui. Et ? Qu'est-ce qu'il lui prend ? Nous le savions et ce n'est pas ce qui nous tracassait, mais plutôt qu'il ait des blessures internes. Ce n'est pas le cas. En tapant la seule réponse qui me vienne à l'esprit, j'ai le pressentiment qu'elle ne lui plaira pas. Et encore, elle a de la chance parce que je ne perdrais pas mon temps à m'exécuter pour quelqu'un d'autre.

CD : C'était logique.

SC : Pas pour moi et à n'en pas
douter, Cobra préférerait de l'illogisme
et une jambe entière.

Évidemment ! Et moi, je préférerais un monde dans lequel je serais au chômage parce que dépourvu de terroristes et de guerres. La vie est dure, il faut faire avec, accepter ce que l'on ne peut pas changer. Se lamenter ou refaire le monde avec des « si », cela ne fait pas avancer les choses. Un petit rappel s'impose, mais en privé.

CD : Il est vivant, en soi, c'est déjà
incroyable. Tu rentres quand ?

SC : Tu pourrais compatir,
quand même.

CD : C'est le cas. Je t'assure que
je peux me mettre à sa place

avec une déconcertante facilité,
puisque cela pourrait m'arriver demain.
Tu veux bien ramener tes fesses
à la maison, maintenant ?

SC : Dès qu'il se réveille. On lui montre
qu'on est avec lui et on part.

J'inspire, j'expire et je laisse couler pour le moment, parce que lui répondre me ferait tomber dans le piège du gars sans scrupule qui se contrefiche de son collègue blessé. Sabine est forte pour ce genre de retournement de dialogue, alors j'aime autant éviter une confrontation stérile.

En revanche, je suis surpris de ne pas lire d'intervention de Squale depuis tout à l'heure. Serait-il rentré dans son logement ? Pour m'en assurer, je repasse sur le général.

CD : Squale est de repos ?

SQ : Non ! Je suis avec Lynx, chef !

Oh ! Il va bien lui ? Il donne l'impression d'avoir bondi de sa chaise, armes à la main. Sur la messagerie, on reste calme. Être attentif, c'est une chose, mais là, il est carrément tendu, alors qu'il se trouve juste dans une salle avec Lynx et Sabine. Serait-ce une réaction suite à l'accident de Cobra ? Le jeune se pose des questions et commence à avoir la frousse ? Il faut que j'en parle avec le docteur Cauvin pour qu'il évalue son mental pendant que je me charge de scruter son comportement. Avec Cobra hors service, nous ne pouvons pas nous permettre d'avoir un agent bancal dans l'équipe. En attendant, il va lui aussi avoir droit à un rappel à l'ordre.

CD : Sur la messagerie, on reste zen
et on n'utilise que les codes.
Le mien te pose un problème ?

SQ : Non, chef !

SQ : Non, Condor !

SQ : CD ! Non, CD !

Houla ! S'il se trouvait à côté de moi, il se taperait cinquante pompes illico et recevrait un bon coup de pied au cul. Il va se calmer rapidement sinon ça va chauffer. Sachant qu'il se trouve avec Lynx, je décide de me renseigner en privé sur ce qui se passe.

CD : C'est quoi son problème ?
Il n'a pas supporté la mission
de recherche ?

LX : Non. Il était normal jusqu'à
tout à l'heure. Mais là, il est étrange
sans que j'en connaisse la raison.
Il ne s'est rien passé de spécial.

LX : À part que le café était infect,
je ne vois pas ce qui le met
dans cet état de stress.

CD : SC ne fait pas de mauvais café.

LX : Je serais bien le dernier
à critiquer SC.

LX : Je parlais de celui de l'hôpital.

J'inspire encore un grand coup pour éviter de hurler inutilement puisqu'il ne m'entendra pas. Quoique.

LX : Je le sais.

CD : Ah ! Il a quoi, alors ?

LX : Je ne sais pas.

Il cherche les coups ? Il a l'impression que je suis d'humeur taquine entre les heures passées enfermé à engranger des informations, un agent *out* et un autre qui ne semble pas stable ? Il ose encore une blague et je vais éclater.

LX : Je parlais du fait que tu meurs
d'envie de faire trembler les murs
pour un pauvre café
venant d'un distributeur public
qui a été rechargé avant même
qu'il soit prévu que nous nous rendions
dans cet hôpital.

Voilà qu'il anticipe aussi mes réactions. Comme Sabine.

Tout à coup, j'aperçois l'arrivée sur mon écran des fichiers attendus, alors je laisse tomber mes projets d'engueulade. Avant de me mettre au travail, je passe la consigne la plus importante et toujours en privé.

CD : Elle fait son câlinou
de retour au pays à CA (tu surveilles)
et tu la ranges ici fissa.

CHAPITRE 3
Constat.

Notes du docteur Cauvin – 11 mai : sujet Lynx. Mental : affecté. État général : OK. Observation : c'est la première fois que je vais réellement remplir mes fonctions de soutien psychologique. Malgré tout, l'état de Lynx ne m'inquiète pas. Il reprendra rapidement le dessus.

SABINE

Surtout, ne pas céder à cette jubilation qui s'empare de moi. Il serait malvenu d'éclater de rire face à Squale qui se liquéfie sur son siège depuis que Condor intervient sur la messagerie. En comprenant que ce dernier s'adresse à moi avec plus de respect qu'il ne l'imaginait, il blêmit encore. À force, il deviendra translucide. Ensuite, lorsque je refuse d'obéir à mon mari, il reprend ses esprits. Un rictus se forme sur ses lèvres, magnifiques au demeurant, il est bien dommage qu'elles ne servent jamais à sourire amicalement, mais ce n'est pas le sujet. Il attend la réponse cinglante qui giflera mon outrecuidance, mais que nenni, ce qui finit de l'assommer.

Livide, il se décompose en comprenant qu'il est le seul à voir en moi une secrétaire que l'on peut malmener à son gré. Sur le fond, c'est bien le cas, mais les agents me respectent et m'apprécient, contrairement à lui.

Le constat l'alarme. Depuis quelques minutes, il tambourine le sol du pied, se mord les ongles et son regard est fuyant. Pour qu'il s'agite à ce point, je peux affirmer sans risque qu'il craint des représailles, il cogite aux comptes qu'il va devoir rendre. Le petit poisson a peur pour son matricule, il doit voir des plats de sushis défiler devant lui. Pourtant, il a tort. Oui, les agents et Condor en tête lui feraient passer un sale quart d'heure s'ils apprenaient son comportement envers moi, mais ils ne le sauront pas. Pas par moi en tout cas. Je m'en tiens à ce que j'ai décidé, conforme à ma mentalité, je n'irai pas chouiner auprès d'eux dès qu'un problème se présentera.

En revanche, je confesse me régaler de le voir transpirer et se ratatiner de trouille à l'idée d'affronter son chef colérique. Il est conscient que face à lui, aucune explication ne sera recevable, que de toute façon, il n'aura pas l'occasion d'en placer une quand il se fera souffler dans les branchies par le volatile furieux.

Squale va serrer les fesses le temps de découvrir que Condor n'est au courant de rien et je n'en raterai pas une miette. Cela suffira à me satisfaire. Que l'on ne me reproche pas un manque de compassion, je rappelle qu'il a commencé à me rentrer dedans sans même me connaître. Alors sur ce coup, mes pensées sont vilaines et assumées.

Malheureusement, elles sont interrompues par le schtroumpf en blouse bleue qui frappe à la porte, nous faisant tous les trois revenir sur terre. Lynx bondit sur ses pieds et se précipite pour ouvrir.

– Votre collègue vient de se réveiller, ses constantes sont bonnes. Vous pouvez aller le voir, mais très peu de temps, comme convenu.

– Sabine, go ! Squale, tu gardes le matos, ordonne Lynx sans se retourner.

Je saute sur mes pieds pour courir derrière lui, qui est déjà sorti en poussant sans ménagement le médecin qui ne s'en offusque même pas. Je passe devant lui avec une petite moue désolée tout de même.

Au pas de course, je fais le maximum pour m'accrocher aux grands pas décidés de Lynx. Une fois à destination, je ne suis pas mécontente qu'il stoppe son footing. Comme je commence à les connaître, j'anticipe son arrêt brutal. Non sans fierté, je ne le frôle même pas en pilant net derrière lui. L'entrée est gardée par deux militaires qui ne bronchent pas quand je suis Lynx dans la salle.

Autant faire preuve de modestie, c'est surtout à la présence de l'agent que je dois cette tranquillité.

Au milieu de la pièce, il s'immobilise, je l'imite. Mon champ de vision se résumant à son dos, je me décale d'un pas pour inspecter les lieux. Une chambre d'hôpital n'a rien d'intéressant, celle-ci est sombre et pourvue d'un seul lit, entouré de machines dont les écrans affichent des informations incompréhensibles. Tous les deux statiques, nous retenons notre souffle. L'ambiance est lourde, le calme pesant, uniquement rompu par les sons aigus ou ronflants des appareils reliés à Cobra par des quantités de fils.

Une vague de tristesse me submerge en le voyant ainsi, inerte sous le drap blanc remonté sur son cou. Il donne l'impression de dormir paisiblement alors qu'il doit souffrir physiquement et encore plus moralement.

– Il est shooté à bloc. Ordre de Condor pour qu'il encaisse un peu mieux les choses. En temps normal, nous ne devons pas être abrutis par les médocs pour rester réactifs, même en étant blessés, souffle Lynx qui fixe son ami sans dissimuler sa peine.

– Il a eu raison. À quoi bon le laisser souffrir s'il ne risque rien ici.

Tout à coup, un détail me saute aux yeux. Affolée, je le pointe du doigt.

– Sa cagoule ?

– Il n'est plus agent, alors l'anonymat est terminé.

Cobra se plaignait de sa cagoule qui gratte, mais à mon avis, il donnerait cher pour la porter à nouveau.

Émue, je m'approche du lit. J'inspecte son visage tuméfié, coloré et coupé un peu partout. Je serre les dents pour retenir une plainte. Il a ramassé. Penchée au-dessus de lui, je tends la main pour caresser doucement son front, sa joue et sa mâchoire. Avec précaution, je serpente pour effleurer du bout des doigts les zones de peau intactes, et elles sont rares.

– Il ne faut pas le toucher, mademoiselle !

D'un mouvement vif, je retire ma main, sous le regard mauvais d'un des militaires.

– Elle fait ce qu'elle veut. Vous n'intervenez pas quand il s'agit de notre archiviste !

Renvoyé sèchement dans ses buts, le garde hoche la tête puis reprend promptement sa place.

– Va gueuler plus loin. Il y en a qui essaient de dormir, grand con, croasse Cobra.

Presque émerveillée de l'entendre, je l'accueille avec un immense sourire quand nos regards se croisent.

– Bonjour, toi.

Je suis trop émue pour trouver mieux comme mot pour son retour à la maison.

– Bienvenue parmi nous, mec.

Lynx ne fait pas mieux que moi.

– Tu veux bien continuer ton truc, demande Cobra avec un regard de chiot.

– Quel truc ?

– Les papouilles. Il veut tes papouilles.

– Ça, je sais faire, j'approuve en me remettant à la tâche avec plaisir.

– Merci d'être venus. Je n'espérais même pas vous revoir.

Il peine à conclure sa phrase juste murmurée, puis ses paupières se baissent. Nous l'observons en silence quelques secondes avant de comprendre qu'il est reparti dans un sommeil réparateur.

– Ce n'est pas la grande forme.

– Bravo pour ta perspicacité, je rétorque en levant les yeux au ciel.

– Ben quoi. Finalement, il a juste une jambe coupée.

– Ouais, rien que ça et le fait qu'il sort d'une opération, grand bête. Votre niveau de compassion si bas est hallucinant. Bref. Allez zou ! Il doit se reposer. Tu verras qu'il sera mieux dès demain.

– On s'en va parce que ça me fait trop bizarre de le voir comme ça.

Je pose un dernier regard tendre sur Cobra endormi, puis nous regagnons la salle d'attente pour récupérer les affaires. Squale se lève à notre entrée, ou plutôt, comme l'avaient fait les gardes, à celle de Lynx. Si j'avais l'intention de me prendre pour ce que je ne suis pas, je pourrais compter sur l'entourage pour me rappeler la puissance dévastatrice de mon petit grade de maréchal des logis.

Je redoute qu'un jour l'on m'assène fielleusement que l'excès de considération dont je suis l'objet a pour unique origine le fait que je couche avec le chef. Comment pourrai-je me défendre ou nier une telle vérité, même s'il n'y a pas que cela ? C'est une très bonne question. Il faudra m'y préparer, car cela me tombera inévitablement dessus lorsque ma relation avec Condor s'ébruitera. Que ce soit le plus tard possible.

Pour le moment, je me contente d'attendre sagement, pendant que Lynx s'empare de tout son barda, ainsi que des restes de celui de Cobra. Il est en si piteux état que je m'interroge sur l'utilité de l'avoir ramené. Il y a bien des poubelles là-bas, non ? Avant de partir, il donne la consigne à Squale de rentrer chez lui et d'y demeurer jusqu'à demain après-midi pour leur séance de sport.

Ensuite, nous quittons l'hôpital. Deux voitures nous attendent devant l'entrée. Lynx me tire jusqu'à la deuxième, ouvre la portière arrière pour me pousser à l'intérieur avant de la refermer. Hop ! On charge le petit margi[1]. Il fait signe à Squale d'utiliser l'autre véhicule, puis il contourne le nôtre pour s'installer à côté de moi. Ou sur moi, c'est à voir, si l'on considère ses énormes sacs qu'il coince entre nous deux, et qui prennent tant de place que je me retrouve avec la joue écrasée contre la vitre.

– Ils ne seraient pas mieux dans le coffre ?

– Pas le temps. Ton molosse s'impatiente et je préfère ne pas perdre une seconde. Sinon, il va se mettre à bouffer les meubles.

---

1. Margi : abréviation du grade de maréchal des logis. Utilisée uniquement verbalement.

Son absence de respect envers le chef me fait rire de bon cœur.

– Il est un peu mieux dressé que ça.

Pendant le trajet, nous nous perdons chacun dans nos pensées en observant le paysage défiler. Tout à coup, un détail me revient.

– Dis-moi, un truc me turlupine. Pourquoi Cobra a-t-il dit qu'il n'espérait pas nous revoir ? Parce qu'il pensait mourir ?

– Non, parce qu'il n'aurait pas dû nous revoir, tout simplement.

Ah oui, tout s'éclaire maintenant. Qu'ils sont fatigants avec leur logique personnelle. « Ben oui, il a une jambe en moins puisqu'on la lui a coupée », ou bien : « Ben… il a dit ça parce que les mots sont sortis de sa bouche. »

– Je ne comprends pas. Tu veux bien être plus précis, s'il te plaît ?

– Il n'est plus agent, donc éjecté de la cellule. En fait, carrément de l'armée. Nous n'avons plus de lien et selon les procédures, nous n'aurions même pas dû aller le voir après l'avoir ramené. Tout comme son interrogatoire demain ne devrait normalement pas être assuré par nous, mais Condor a demandé à s'en charger.

Au fil de ses mots, je me décompose pour finir outrée.

– Mais enfin ! C'est n'importe quoi ! Il n'est pas devenu un paria, quand même ! De plus, ce n'est pas parce qu'il n'est plus agent qu'il n'est plus notre ami.

– Si. Il est écarté pour raison de sécurité.

– Hors de question ! Je ne laisserai pas Cobra tout seul et vous ne le ferez pas non plus. Je te promets que si je dois dormir devant la porte du général pour l'obliger à régler ça, je campe dès demain !

– À mon avis, ce qui ferait bouger les choses dans ce cas, ce n'est pas que tu bloques la porte du général, mais plutôt que tu ne sois pas dans le lit d'une certaine personne. C'est lui qui craquerait le premier.

– Tant mieux et il sera au pain sec s'il le faut jusqu'à ce qu'il intervienne. Je suis sérieuse, Lynx. Nous ne devons pas laisser Cobra être mis au rebut. Il a donné toute sa vie pour la cellule et au premier bobo, zou, dégage de là, le malpropre ? Je ramène rarement ma fraise en ce qui concerne le professionnel, parce que je sais très bien que je n'ai pas mon mot à dire, mais là, tu peux me croire, je ne céderai pas. Je vais rendre votre vie infernale jusqu'à ce que vous trouviez une solution.

– Tu oublies que ce n'est pas vraiment de notre ressort. Un militaire qui n'a plus les aptitudes quitte son service. Il est soit reclassé, soit réformé.

– Reclassé, je suis d'accord, puisqu'il ne faut pas être borné non plus. Il ne peut clairement plus assumer ses fonctions d'agent. Mais ce raisonnement est valable pour l'armée, pas pour la famille.

Tu ne réformes pas ton père ou ton frère quand il est blessé, si ?

– Ben… j'imagine que non. Je te rappelle que je ne suis pas calé en la matière.

– Moi, si, et Cobra reste dans la famille. En tout cas, dans la mienne.

Pour marquer ma détermination, je conclus en levant le menton et en croisant les bras. Lynx m'observe en marmonnant. Je ne sais pas s'il abandonne face à mon air buté ou s'il passe en revue les possibilités futures, mais il conserve le silence jusqu'au parking où nous sommes déposés. En sortant de l'ascenseur, il lance un « à tout à l'heure » en filant vers son appartement sans un regard dans ma direction. Je n'ai pas à composer le code pour le mien, puisque la porte s'ouvre devant moi. Condor apparaît et m'invite à entrer d'un geste de la main.

Après avoir refermé derrière moi, il se rend directement dans la cuisine en demandant si je souhaite boire quelque chose. J'accepte un café, mais j'aurais préféré un câlin. Il faut croire que nous n'avons pas été séparés assez longtemps pour cela. Au moins, pour une fois, j'apprécie qu'il n'utilise pas les formules toutes prêtes automatiques. Que répondre à « Salut toi ! Tu vas bien ? » ? À part lui sauter à la gorge et ne plus le lâcher, jusqu'à ce qu'il promette de s'occuper de la situation de Cobra, je ne vois pas.

Je ne suis pas d'humeur à déclencher un drame, alors je me rends directement dans la salle de bains pour un brin de toilette, ce qui me permettra de ne plus avoir la sensation d'être imprégnée des odeurs d'hôpital. Une fois rafraîchie et changée, je rejoins Condor, que je retrouve debout devant le comptoir de la cuisine. Il grogne en pianotant sur son téléphone. N'ayant pas envie de le déranger et mon café déjà servi, je l'attrape puis m'installe dans le canapé pour le déguster. Et réfléchir.

– Que veux-tu qu'il fasse ? m'interpelle tout à coup Condor.

– Qui donc ? À quel sujet ?

Contrarié, il me fixe en soufflant.

– Mais Cobra ! Lynx me raconte de me démerder, mais qu'il ne réformera pas son père ou son frère. Je ne pige rien à ce qu'il raconte. Donc, j'en conclus que cela vient de toi. Il n'y a qu'en répétant tes propos qu'il peut devenir aussi incohérent.

– Charmant. Je te remercie pour cette plaisante déduction. Comme si j'étais la plus étrange du lot.

Je range mon orgueil dans ma poche puisque ce n'est pas le plus important, surtout s'il est ouvert à la discussion. Il ne faut pas louper le coche avec lui, l'huître refermée est délicate à desceller. Je lui répète donc tout ce que j'ai déjà expliqué à Lynx. À la raideur de Condor, ses yeux levés au ciel et sa main qui passe sur son visage à la fin de mon discours, je sais qu'il a compris de quoi il retourne. Et qu'il se fait une joie de régler le problème.

– S’il ne veut pas ?

– Il faut lui proposer un reclassement digne de lui, qui prenne en compte ses atouts. Ensuite, s’il n’accepte pas, c’est son choix. Au moins, il l’aura eu.

– Sinon ?

– Je boude.

– Je sais que tu ne le feras pas au travail, gronde-t-il en me menaçant du regard. Donc, j’en conclus que tu prévois de mettre ta menace en pratique la nuit. En gros, tu vas me punir pour ce qui est arrivé à Cobra.

– Non ! Ne transforme pas mes propos. Je ne suis pas une demeurée capricieuse. Je boude juste si tu as l’intention de ne pas intervenir. Ou pas l’intention d’empêcher Cobra de finir dans un placard miteux, ou sans rien du tout.

– Je vois. J’ai quelques appels à passer, mais j’ai besoin de courir avant tout. Je vais à Beynes me défouler et m’occuper de ça en même temps.

– Tu vas parler en courant ?

Il penche la tête en m’observant avec une pointe de désespoir avant de sortir de l’appartement en soupirant de lassitude. Excusez-moi, monsieur Je-peux-faire-un-discours-en-faisant-du-sport, mais ce n’est pas mon cas, puisque j’ai déjà du mal à respirer.

En tout cas, je note qu’il n’a pas refusé d’emblée ma proposition. À mon avis, il ne s’en occupera pas à contrecœur non plus. Il s’est attaché à ses collègues, alors je lui fais confiance pour trouver le meilleur poste à Cobra.

Reclassement

CONDOR

Après un trajet en voiture qui manque de me rendre enragé d'être encore assis, je saute du véhicule à mon arrivée au camp de Beynes pour enfiler des kilomètres. Le vingtième passé, mon trop-plein d'énergie est évacué, je me sens bien.

Maintenant, je suis en condition pour joindre le général et passer les consignes. Je n'ai même pas tenté de dissuader Sabine. Comme un bon toutou – quelle horreur ! –, je m'empresse d'obéir. Mais pour un seul et unique motif, c'est qu'elle a raison. Ah non ! Deux motifs, en fait. Le second est qu'elle est très butée lorsqu'il s'agit du bien-être de notre petit cercle.

En résumé, je n'abdique pas, je l'approuve. Voilà.

Je compose le numéro du général puis lui explique rapidement les faits.

– Amputé, il est réformé, tu le sais bien. Mais il n'est pas abandonné financièrement. Il possède largement de quoi vivre jusqu'à la fin de sa vie, entre l'argent placé sur ses comptes, les pensions et primes d'assurances que nous avons blindées pour vous tous. Je te certifie que ça va aller pour lui, nous y avons veillé.

– Tu n'as pas compris ma demande, alors je reformule : Cobra doit rester parmi nous.

– Écoute, je sais que vous vous êtes rapprochés tous les trois et que tu dois…

– Non ! Enfin si ! Ça me démonte qu'un gars comme lui soit invalide, mais ce n'est pas ça le problème. C'est… la famille.

Si j'avais imaginé dire ça un jour ! Le général doit me trouver aussi confus que Lynx l'était pour moi tout à l'heure.

– Attends, tu me perds. Vous n'avez pas de famille, c'est une de vos spécificités.

– Je te parle de celle que nous avons créée. La nôtre.

– Oh ! D'accord. La situation est délicate, vois-tu…

– Non, je ne vois pas. Tu ne me feras pas croire que Cobra sera moins efficace sur un pied que certains qui peinent à monter les escaliers du ministère à cause de leur ventre énorme.

– Je te rejoins sur ce point. Je ne pense pas que son reclassement soit un problème, en effet, y compris en tant que personnel civil.

– Hier, nous avons effectué un bilan sur les manques pendant qu'on le recherchait. Même formée, Sabine ne peut pas être disponible vingt-quatre heures sur vingt-quatre ni sept jours sur sept. Si elle l'accepte actuellement, c'est uniquement parce qu'elle est jeune, pleine de fougue et logée dans nos appartements. Cobra représente une excellente solution à ce problème. Étudie la possibilité de création d'un poste pour lui au sein de notre cellule.

– Et donc, ton idée est de mettre en place un binôme d'archivistes avec Cobra ? Je crains que le supplément de budget que cela induit soit refusé. Actuellement, on supprime davantage de postes qu'on n'en crée.

– Je m'en doute bien, j'ai anticipé. Tu supprimes celui de l'adjudant-chef. À la place, tu en crées un pour Cobra, mais au-dessus de celui d'archiviste. Un poste à responsabilités, comme il sied à son grade. Il assurera les réunions avec les autorités, étudiera les rapports reçus et toutes les tâches que nous faisons nous-mêmes. En plus de nous dégager du temps, Sabine et lui formeront une équipe d'enfer, parce qu'il élargira ses connaissances. Pour finir, ils s'entendent à merveille et font preuve d'une confiance totale l'un en l'autre. L'équipe idéale !

En vingt kilomètres, j'ai trouvé la solution parfaite. Je m'épate.

– Crois-tu que l'adjudant-chef va apprécier de se faire virer de la sorte ? râle-t-il.

– Pas virer, mais muter. De plus, tu crois que ça m'importe ?

– Bien sûr. J'imagine que tu es affreusement désolé pour elle. Que tu vas même lui offrir un énorme bouquet de fleurs pour te faire pardonner.

– C'est bon ? Tu as fini ton délire ? Donc, le plan est parfait, voilà.

– Je suis d'accord. Sur le papier, du moins. Laisse-moi deviner la suite.

Un bruit de fond indique qu'il s'affale dans son fauteuil.

– Les choses étant dites, tu les considères comme votées à l'unanimité. Je dois maintenant me débrouiller du reste. Ce qui veut dire faire valider le budget, reclasser Cobra, annoncer à l'adjudant-chef qu'elle est mutée et toutes les broutilles qui vont avec.

Voilà ! Exactement ça, c'est très bien.

– La bonne nouvelle, c'est que tu as du temps devant toi, puisque Cobra ne sera pas sur pied demain.

– Évite cette formulation. Il pourrait ne pas apprécier, fait-il remarquer avec justesse.

Ça promet, s'il faut que nous virions de notre vocabulaire le mot « pied » et tout ce qui s'y rapporte pour ne pas le perturber. Je vais laisser Sabine nous trouver des parades, elle a l'imagination nécessaire pour remplir cette mission. Moi, j'ai fait ma partie du travail. Elle sera ravie et j'aurai mes nuits tranquilles.

CHAPITRE 4
Se soutenir.

Notes du docteur Cauvin – 12 mai : sujet Cobra. Observation : sortie définitive des effectifs de terrain.

SABINE

L'homme inépuisable étant parti se défouler, me voici rassurée sur l'avenir de Cobra. L'esprit libéré, je m'occupe en cuisinant une alimentation plus légère, après cette semaine d'abus en tous genres. C'est une activité détente que j'apprécie, ce qui est sans aucun doute la véritable raison de ma présence derrière les fourneaux. Nous sommes revenus de l'hôpital depuis deux heures, c'est entre deux cuillerées de farine ajoutées à ma sauce que Lynx donne signe de vie sur la messagerie. Depuis l'arrivée de Squale dans l'équipe, nous devons jongler entre la conversation de groupe et la conversation privée, c'est stressant pour une reine de la gaffe comme moi. Du coup, j'applique une méthode sûre : je me contente de répondre à leurs messages, de cette façon, aucune erreur possible.

LX : On mange quoi ?

Il reprend vite ses bonnes habitudes, ce n'est pas pour me déplaire. En revanche, lui qui aime manier les casseroles, d'habitude, il ne s'embarrasse pas, il débarque. C'est donc une façon détournée de m'indiquer qu'il est seul dans son coin. Il a raison, afin que le moral de tout le monde remonte, il faut de la cohésion.

SC : Que des choses
que tu apprécies. Ramène tes fesses.

Aussitôt, il entre dans l'appartement. Je me demande même si le réseau a été assez rapide pour lui expédier mon message avant. J'espère qu'il ne se trouvait pas en embuscade derrière la porte sans oser venir. Lorsqu'il apparaît dans le salon, je m'en assure :

– Ne me dis pas que tu hésitais à me rejoindre ?

– Ben si. Quand c'est le caca, ce qui est rare, on s'enferme chacun chez soi. Mais cette fois, je n'ai pas envie de rester seul, explique-t-il d'une voix lasse en s'asseyant face à moi devant le comptoir.

– C'est n'importe quoi, vous faites les choses à l'envers. Quand ça ne tourne pas rond, ou si l'un de nous ne va pas bien, il faut au contraire se regrouper pour se soutenir. Et moi, je picole un peu.

D'ailleurs, sers-moi un verre de vin. Toi, tu as des jus de fruits dans le frigo.

– J'en prendrais bien aussi pour dissiper cette chape de noirceur.

– Hors de question. Je n'ai pas dit que nous devions faire n'importe quoi. Tu choisis entre abricot, orange et pomme, zou !

J'imagine bien le drame qui pourrait se profiler avec un Lynx pompette. S'il vaut mieux éviter cela en cas d'urgence, c'est également pour préserver mes propres fesses. Je n'ose penser à la réaction de Condor si je lui répondais : « Ah, désolée. Il n'est pas dispo parce qu'on vient de picoler et on rigole comme des baleines. Rappelle plus tard. Bisou ! » À coup sûr, j'aurais beau lui expliquer que Lynx souhaitait juste goûter une nouveauté pour décompresser, il n'accepterait pas. Et il aurait raison, évidemment.

Lucide, il se contente de son jus d'orange qu'il sirote, son coude posé sur le comptoir et sa mâchoire dans le creux de la paume, pendant que je cuisine. C'est tellement inhabituel de le voir se morfondre qu'il me fait de la peine. Je place mon plat dans le four en réfléchissant à une manière de lui rendre le sourire. En m'essuyant les mains sur un torchon, je me lance :

– Tu sais danser ?

Oui, des fois, il me vient des idées étranges qui semblent inadaptées, mais cela fait partie de mon charme. D'ailleurs, Lynx pourrait le confirmer, il reste ahuri quelques secondes.

– La dernière fois, c'était en maternelle, alors à part une ronde, c'est non.

– Une ronde à deux, c'est nul.

C'est parti, nous allons nous remuer un peu. Optimiste, je lance une piste sur mon lecteur MP4. Lorsque la voix de Rag'n'Bone Man emplit la pièce, je me trémousse au milieu du salon en l'invitant à me rejoindre d'un signe du doigt. Amusé, il pose son verre puis bondit de sa chaise. Avec un air séducteur, il vient jusqu'à moi en se dandinant. Nous dansons en nous tournant autour. Il est ravi, c'est ma récompense.

En revanche, il ne faut pas longtemps pour qu'il me bluffe à se déhancher aussi bien, et de façon naturelle. J'aurais dû m'en douter avec un gars souple et sportif. Il a beau faire l'imbécile, il est moins ridicule que moi.

En quelques minutes, sa morosité est vaincue, il s'éclate. Déchaîné, il se lâche complètement avec un magnifique sourire qui illumine son visage. La musique passe sur un rock, nous dansons en nous tenant les mains, en riant lorsque nous nous télescopons par maladresse.

– Vous foutez quoi ?

Surpris, nous nous figeons pour faire face à Condor qui nous scrute avec un mélange de perplexité et de méfiance. C'est la fin de la fête. Je baisse le son pour lui répondre, mais Lynx me devance.

– Comme tu as pu le voir par toi-même, nous étions en train de jouer au golf.

– Pourquoi dansez-vous ? insiste-t-il sans relever le sarcasme.

– Pour décompresser. Tu devrais essayer, ça te ferait du bien.

– Oh oui ! Viens là me montrer comment tu ondules ton corps, je l'aguiche en riant.

– Tu as craqué ! C'est Robocop ! De toute façon, avec ses cuisses énormes, il ne peut même pas serrer les genoux, raille Lynx.

– Tu devrais aller courir, ça te bougerait et t'éviterait de dire des conneries, le rembarre Condor qui part se servir un verre.

– On pourrait inviter Sylvie puisqu'elle est rentrée, je propose.

– Non ! claquent-ils d'une seule voix.

Je cille. De la part de Condor, je peux admettre cette virulence, mais venant de Lynx, c'est incompréhensible.

– C'est juste que je ne suis pas en forme, je risque d'être chiant plus qu'autre chose. J'ai déjà du mal à gérer en temps normal, alors en période d'approche, il vaut mieux éviter.

– Elle se douterait qu'il y a un problème, sauf qu'on ne doit rien ébruiter, c'est ça ?

Ils opinent avant de s'asseoir devant le comptoir.

– Ça va vite se voir qu'il lui manque un morceau. Vous en êtes conscients tout de même ?

– Sabiiiine, gémit Condor.

Il se frotte le visage avec un air épuisé, mais pas physiquement, juste par moi.

– Ben quoi ?

– Si tu ne lui précises pas qu'il n'y a pas de levée de son anonymat, comment veux-tu qu'elle comprenne ? me soutient Lynx.

– Pas faux. J'oublie parfois que tu ne connais pas toutes les procédures.

– Toi non plus. Il te manque le volume qui traite des relations sociales et des vacances.

Même pas vexé, il me sourit avant d'expliquer comment les choses vont se dérouler pour Cobra. J'apprends qu'il sera transféré dès demain à un autre étage, sous son identité civile. Le lien entre l'homme et l'agent est effacé. Comme je m'apprête à rouspéter – et plus encore –, il m'arrête en levant la main.

– Il ne sort pas de notre vie. C'est uniquement pour sa sécurité, pour le futur et pendant sa guérison. On ne peut pas le confiner sous garde militaire pendant des semaines.

– L'utilisation du mot « guérison » est étrange, non ? C'est comme si son pied allait repousser.

Les réflexions de Lynx n'ont parfois rien à envier aux miennes.

– C'est presque ça puisqu'il en possédera un en fer après. Et ensuite, il se passe quoi ?

Condor se redresse pour nous observer de haut, un sourire satisfait sur les lèvres. Il ménage son effet.

Trop de suffisance en lui, j'en suis maintenant certaine, il a décroché la lune.

– Il sera intégré à la cellule comme personnel administratif.

– Yeah ! crions-nous en nous tapant dans la main.

De façon impulsive, je contourne le comptoir en courant pour me jeter dans les bras de l'homme qui n'a pas failli. Je l'embrasse pour le remercier d'avoir relevé le défi.

– Merci. Tu es le meilleur.

– Je sais, se rengorge-t-il.

– Moi aussi, j'aimerais trop me la raconter auprès d'une femme, grommelle le matou.

– J'avoue. C'est trop bon d'être le Dieu de son épouse. Mais si tu arrives à lev… séduire ta Sylvie, tu apprendras qu'elles font et disent des trucs étranges assez déstabilisants.

– Avec Sabine, je crois que j'ai terminé la période de rodage.

Je me tais pour ne pas lui ôter ses illusions. Laissons-le découvrir les joies de la vie de couple, les spécificités des points de vue de l'homme et de la femme. D'autant plus que ces hommes partent de très loin. Par moments, j'ai la sensation qu'en matière d'amour, ils viennent de naître tant ils sont à l'ouest.

Nous dînons tous les trois dans une ambiance un peu plus détendue, sans jamais aborder le sujet de Cobra. Non pas que nous ne pensions pas à lui, mais se lamenter encore n'aidera pas les agents à se remettre en condition. De plus, son avenir désormais assuré, la priorité est l'efficacité des hommes restants.

Lynx rentre chez lui de bien meilleure humeur et je profite d'un Condor moins soucieux. À mon retour dans la chambre après ma toilette, je le découvre dans le lit, concentré sur son téléphone. Sans lever le nez de son écran, il tend le bras en soulevant la couette afin que je m'installe.

– J'ai deux trois trucs à lire, mais tu peux me faire la dinguerie pendant ce temps.

Je suis bouche bée un instant, tant j'ai la sensation d'halluciner.

– Pardon ?

– Ma dinguerie. Je la mérite bien, non ?

J'inspire, j'expire en fermant les yeux pour garder mon calme en me répétant qu'il ne se rend pas compte. Il ne sait pas. C'est encore un oisillon qui découvre la vie. Il ne faut pas que je l'oublie si je veux me retenir de lui sauter dessus et de le mordre. Les dents serrées pour conserver ma maîtrise, je m'installe dans le lit en me lançant dans une explication surréaliste.

– Non. Ça ne fonctionne pas de cette façon. Tu mérites ma reconnaissance, certes. Mais je ne suis pas ta pute. Tu comprends ?

Il se raidit et s'offusque :

– Mais non ! Jamais je ne te traiterais de cette manière !

– Ce n'est pas voulu, je le sais, mais c'est pourtant le cas. On n'utilise pas le sexe comme moyen de paiement. Ce n'est pas non plus une petite attraction pendant qu'on lit ses messages. C'est uniquement pour le plaisir, motivé par le désir et l'envie.

– Ben… j'ai vachement envie, en fait, rétorque-t-il avec un air confus qui me fait rire.

– Ça, tu n'auras jamais besoin de le préciser. C'est une évidence, tu es un homme.

– Si je ne peux pas demander, je fais comment pour avoir ma dinguerie ? s'agace-t-il.

– Tu le fais plus finement qu'en me claquant un ordre, espèce d'Ostrogoth. Tu le suggères, tu m'aiguilles en me câlinant et tu peux même le réclamer avec gentillesse et douceur.

– Tu te rends compte du nombre d'adjectifs en totale contradiction avec moi que tu viens d'utiliser dans cette phrase ? En gros, je n'en aurai jamais quand je le veux.

J'éclate de rire devant son adorable moue.

– Mais si ! J'avais oublié de te parler de la mignonitude du Condor à la bouille de chiot tristounet. Je t'assure que ça fonctionne aussi.

– Prouve-le.

Il pose son téléphone avec un sourire en coin, l'homme taquin est de retour. Le regard plein de promesses, je glisse sous la couette puisqu'il se déleste de son appareil. Il a compris le principe de ne pas me transformer en secrétaire à quatre pattes sous le bureau pour lui faire passer le temps ou pour le remercier d'une augmentation.

Très vite, à ses soupirs et à la façon dont il se relâche complètement, j'ai la certitude qu'il profite en se concentrant plutôt qu'avec la tête ailleurs. Un peu plus tard, j'abandonne un Condor inerte et repu pour me rendre dans la salle de bains. À mon retour, égal à lui-même, il a repris ses esprits et la lecture de sa messagerie.

– Merci pour cette belle surprise si imprévue, ironise-t-il en soulevant la couette quand j'approche du lit.

– Avoue que tu ne t'attendais pas à une dinguerie ce soir ?

Il rit en m'attrapant par la taille. Me tenant bien serrée dans ses bras, il m'embrasse avec passion. Mon homme est spécial, mais formidable. Je me suis lancée dans l'aventure de façon insensée, il faut le reconnaître, mais il tient toutes ses promesses. Aujourd'hui, je peux l'affirmer, je n'en voudrais aucun autre. Pelotonnée contre son imposant corps chaud, envahie par la sérénité, je suis parée pour une bonne nuit de sommeil.

Une minute plus tard, je l'entends parler. De prime abord, je pense être éveillée.

– Je suis le premier à reconnaître à quel point tu me rends meilleur, alors c'est OK pour Lynx et ta copine. Sa fiabilité est éprouvée. Par contre, il n'y connaît rien du tout. Pour te faire plaisir, je vais le coacher.

Non, je dors, c'est certain. Je ne peux qu'avoir rêvé cette dernière phrase tant elle est absurde.

– Sans vouloir porter atteinte à ta fierté, je préférerais que tu ne t'en mêles pas. Vraiment, je marmonne contre sa poitrine.

Mince. J'aurais pu mieux choisir mes mots. Il ne mérite pas que je le raille puisque son offre partait d'un bon sentiment. J'adoucis mes paroles :

– Disons que tu as beaucoup de choses à gérer. Comme ce n'est pas un sujet professionnel, cela me fait plaisir de te décharger de cette tâche.

– C'est gentil d'être attentive à moi, merci.

Il approuve en me caressant la joue. Je pense surtout à ma copine, mais je ne vais pas le détromper. Sylvie apprécie de plus en plus Lynx, surtout parce qu'il est moins Condor que mon Condor, alors autant que ce dernier n'intervienne pas.

– Je te confie la direction, mais si tu as besoin d'aide, n'hésite pas à m'en faire part. De plus, tu me tiens au courant de l'avancement de la mission.

– Oui, promis.

Rassurée sur l'avenir plus serein de mon amie, je me laisse sombrer. Sylvie pourra me remercier de l'avoir sortie d'une telle situation, car comme je m'y attendais, il aborde la chose comme une opération militaire. Je m'endors en l'imaginant rédiger des plans d'attaque et de secours en les numérotant. Objectif : Sylvie dans le lit de Lynx. Étape 1 : la confiner dans une pièce fermée et la plaquer contre un mur. Plan de secours : la prendre en filature et dès que possible, sur terrain isolé, la plaquer contre un mur. Étape 2 : investir sa bouche jusqu'à reddition complète.

Au réveil, alors que je suis encore étalée sur le corps de Condor, des petits bruits suspects m'alertent. Je suis en train de lui téter le torse ou autre geste humiliant de ce genre. Je redresse la tête aussitôt pour qu'il ne s'en rende pas compte.

– Tiens, pour essuyer la bave, s'amuse-t-il.

Il me tend un mouchoir en papier attrapé sur la table de nuit.

– Je ne bave pas. C'est uniquement parce que j'ai la joue écrasée sur ta poitrine quand je dors.

– Ce qui ne change rien, tu me baves dessus. Mais ne t'inquiète pas, je trouve tes petits bruits de bouche mignons et excitants.

Effectivement, je le sens très en forme sous moi. Ce qu'il me prouve en me soulevant pour m'allonger sur le lit et me faire profiter de sa vigueur matinale.

Plus tard, nous prenons le petit déjeuner avec Lynx qui nous rejoint. Condor m'apprend que le transfert de chambre de Cobra a été réalisé, ainsi que son changement d'identité. Il précise que pour lui rendre visite, je dois désormais demander monsieur Hector Almeida.

– S'il n'y a rien au programme, je peux m'y rendre avec Sabine ? questionne Lynx.

– Non. Tu ne peux pas puisque les gardes sont levées.

Lynx accuse le coup en baissant la tête sur son mug de café. De mon côté, si je comprends ce qu'il veut dire, il y a quand même quelques détails qui m'échappent.

– Excuse-moi, mais j'ai du mal à suivre. Il n'est plus agent, donc il a désormais le même statut que moi. Si j'étais hospitalisée, il n'y aurait pas de garde devant ma porte, donc tu ne me rendrais pas visite ?

– Tu rigoles ? Il y aurait plus de sentinelles que d'infirmiers et il poserait caméras et alarmes dans ta chambre, corrige Lynx.

– Il le voudrait, je n'en doute pas. Mais cela ne serait pas justifié ni autorisé. Donc, ma question tient toujours.

Prenant conscience des incohérences, Condor marmonne en émettant des bruits étranges, comme des grognements d'ours contrarié. Et ce, pendant sa réflexion qui dure une bonne minute, puis il finit par souffler bruyamment.

– OK ! On peut s'y rendre. C'est vrai que c'est comme si on te visitait, toi.

Cela m'aurait étonnée qu'il accepte de me livrer aux bons soins d'un hôpital sans pointer son nez. Et encore, j'espère pour l'équipe médicale en question qu'ils n'auront jamais à me soigner, avec lui dans les pattes, ils deviendraient fous. J'imagine fort bien la terreur de l'infirmier qui se retrouverait avec un canon sur la tempe parce qu'il aurait pour coupable intention de me percer la peau avec son aiguille. Le vilain sadique.

Comme le sport est sacré pour eux – et encore plus pour moi parce qu'ils sont insupportables s'ils n'ont pas leur dose –, ils partent pour une séance de sudation intense. Me voici libre en attendant, car ma présence au bureau n'est pas requise, d'après Condor.

J'en profite pour rassurer Sylvie qui a repris le travail et doit s'interroger sur mon absence ce matin. Nous échangeons rapidement par messages. Elle me trouve chanceuse uniquement parce qu'elle ne connaît pas la raison de mon repos forcé.

Les deux loustics dégoulinants de sueur rentrent et filent sous leur douche. Comme il n'y a toujours pas d'urgence à gérer, nous partons ensemble rendre visite à Cobra. Si Lynx avait retrouvé le sourire pendant le trajet, il se renferme quand nous pénétrons dans l'hôpital.

Dans le plus grand silence, nous nous dirigeons vers la chambre, accompagnés par les regards étonnés des personnes que nous croisons. Une fois devant la porte ouverte, j'observe un peu la pièce toute simple dans laquelle un seul lit est disposé.

Allongé dessus, Cobra ne dort pas. Il a la tête tournée vers la fenêtre, le regard perdu sur le paysage bétonné de la ville. Condor et Lynx hésitent sur le seuil. Je ressens leur malaise, alors j'y vais la première, ils suivent.

Au bruit de notre arrivée, Cobra pivote la tête pour identifier ses visiteurs. Il arbore un air las, fataliste, signe d'un épuisement moral aussi bien que physique. Le désespoir visible dans ses yeux me trouble. Mais lorsqu'il nous reconnaît, un sourire étire ses lèvres, qui me réchauffe le cœur.

Et après ?

CONDOR

Que je n'aime pas poser les pieds ici ! C'est rempli de malades et de souffrance. C'est un brutal rappel des risques que nous prenons, et qu'ils me soient étalés sous le nez n'est guère appréciable.

Là, en apercevant toute la misère imprimée sur le visage de Cobra, comme le drap plaqué sur le matelas à l'endroit où son pied est censé se trouver, mes tripes se nouent.

Lynx n'en mène pas plus large que moi, il reste en retrait pour laisser Sabine s'approcher du lit. Elle salue notre ami d'un immense sourire, affichant un bonheur sincère qui éclaire toute la pièce. Elle est éblouissante, Cobra n'y résiste pas.

– Sabine, tu as avalé le soleil au petit déj ?

– Tu m'as fait si peur. Je suis tellement heureuse de te retrouver, répond-elle en l'embrassant sur le front.

– Salut les gars. Moi, c'est vous que je ne pensais pas revoir.

– Les choses changent, je déclare en m'approchant.

– Et à la vitesse d'un TGV avec Sabine dans notre vie, ajoute Lynx.

Après les blagues de bienvenue qui détendent un peu l'atmosphère, Sabine s'assied sur le bord du lit puis s'empare de sa main pour la caresser. Je ne dis rien, mais je n'en pense pas moins. Lynx et moi restons debout de chaque côté. Sachant que son futur est un réel souci, qui représente sa préoccupation principale, je lui annonce ce que nous avons prévu en quelques phrases. Je m'attendais à une réaction joyeuse, il me détrompe en gémissant.

– Au bureau ? Je ne suis plus rien, alors.

Lynx et moi ne savons quoi répondre devant sa déception. En revanche, Sabine sursaute presque, comme piquée par une guêpe.

– Dis donc ! Tu ne vas pas t'y mettre également.

C'est quoi ces conneries ? Aussi intrigué que mécontent, je me tourne d'un bloc vers elle.

– Comment ça « toi aussi » ?

– Non, rien. Je dis ça comme ça. Tu sais, ceux qui pensent que dans les états-majors ou au ministère, il n'y a que des militaires en carton, c'est tout.

En se justifiant, elle agite la main comme pour m'éloigner, mais surtout, elle évite mon regard. Ce n'est pas normal. Elle convainc peut-être les autres, mais pas moi. Je creuserai la chose pour découvrir qui a pu se permettre de l'humilier. Et ça va sévèrement barder pour lui.

– Je ne voulais pas te blesser, Sabine. Pardonne-moi, s'excuse Cobra.

– Ça ira pour cette fois, Hector, le taquine-t-elle.

Ah oui ! C'est vrai qu'il faut s'habituer à le nommer ainsi. En tout cas, il est certain qu'il ne faut pas compter sur Lynx et moi pour le contredire. Nous sommes trop conscients tous les deux de ce que nous ressentirions à sa place : n'être plus rien ni personne.

Cobra… non… Hector continue en s'adressant à Sabine d'une voix chargée de tristesse :

– Sais-tu à quoi j'ai pensé avant de sombrer ? Ma dernière réflexion quand je pensais mourir ?

– Non. Dis-moi, l'encourage-t-elle.

Dans mon cas, je sais. C'est à elle que j'aurais pensé. Je me serais reproché de l'abandonner. Je lui aurais demandé pardon en lui murmurant une dernière fois que je l'aime. Pour mourir, c'est elle que je veux dans ma tête. Consacrer les ultimes minutes de ma vie à ce qu'elle m'a offert de plus beau, son amour. Et les dernières secondes à ce qui a illuminé ma vie, son visage.

– Que je laisse du vide. Rien derrière moi pour prouver mon existence. Le néant, comme si je n'avais pas vécu. Ça m'a fichu un coup, souffle-t-il.

Bon sang ! Il a raison ! Il reste quoi de moi sur terre si je meurs ? À part une veuve et un tas de barbaque, absolument rien. Lynx se tourne discrètement vers moi en écarquillant les yeux. Tiens, lui aussi vient de prendre une claque. Pendant ce temps, Hector continue sa confession à Sabine :

– Maintenant, je comprends ton idée du banc pour l'ancien Lynx. Grâce à toi, nous commençons à aborder les événements avec une vision plus humaine.

– C'est une bonne chose, non ?

– Oui, je pense que oui, même si ça fait mal.

Je ne suis pas totalement d'accord sur ce coup-là.

– Ça se discute, intervient Lynx.

Je ne suis pas le seul pour une fois, alors j'argumente :

– Avant, nous ne nous posions pas de question. L'après et ce qui restera, nous nous en fichions complètement.

– Et vous voudriez retrouver votre aveuglement d'avant ? sonde Sabine.

– Jamais de la vie. Il faut juste qu'on s'adapte à ces changements, répond Lynx à ma place.

Et qu'on ne se laisse pas envahir par le doute pendant les missions, surtout. Purée, il faut que je cogite, parce qu'avec les yeux désormais ouverts, je refuse de disparaître comme si je n'avais jamais vécu. Pour ma part, ce n'est pas un banc pour recevoir des culs toute la journée qui va me contenter.

J'ai bien une idée de ce que je souhaiterais, mais cela demande réflexion.

CHAPITRE 5
Moment funèbre.

Notes du docteur Cauvin – 14 mai : sujet Squale. Mental : OK. État général : OK. Observation : évaluation suite à la demande de Condor. Bon résultat, même s'il présente des signes de crainte de son supérieur. Rien d'anormal.

SABINE

Dans la chambre d'hôpital, face à Hector qui a perdu tous ses repères, je prends sur moi pour garder un visage radieux. Je dois faire preuve d'une douce persuasion pour l'obliger à assimiler qu'il n'est pas fini, contrairement à ce qu'il déclare. Avec l'humeur sombre qu'ils dégagent, je ne peux pas compter sur Condor ou Lynx. Au contraire, ça en fait deux de plus à convaincre qu'il y a une vie après la leur, et pas si insignifiante que cela.

– Tu abordes ta situation de façon dramatique, mais j'aimerais que tu modifies ta vision de l'avenir.

Tu es formaté et n'envisages les événements qu'avec ton vécu d'agent.

– Oh, ça va être simple. Il me suffit de les voir comme quelqu'un qui avance à cloche-pied, c'est ça ? raille-t-il.

Son amertume ne va pas me faciliter les choses.

– Faux. Tu auras deux pieds, intervient Lynx.

Merci Lynx. Il va m'aider à remonter le moral de notre ami.

– Sauf que l'un d'eux sera en ferraille, ajoute Condor.

Par contre, lui, je préférerais qu'il se taise.

Hector gémit avec un air désespéré. Bon ! Ça suffit ! La manière douce n'est pas productive. Je vais donc appliquer la méthode militaire, la plus efficace avec des crânes aussi épais.

– Dis donc ! Qui est cet homme pleurnichard qui se lamente sur ce qu'il n'a plus ? Je ne reconnais pas le type fort au moral indestructible, celui qui lutte et avance avec un genou en miettes, celui prêt à mourir pour la paix. Tu as oublié tes tripes sur le terrain ? On t'a transfusé du sang de chaton ou quoi ?!

Sidérés, ils se raidissent tous les trois pour me fixer avec des yeux ronds.

– Tu dis que tu es fini, mais tu devrais être mort. Tu t'en rends compte ? Mort !

– Je… oui, murmure Hector.

– Donc, tu fais du rab. Tout ce que tu vivras à partir de maintenant, c'est du bonus. Alors oui, adieu l'agent, mais bonjour Hector et bonjour la vie.

On s'en fout, que ce soit sur un pied parce que ça aurait pu être pire. Par conséquent, cette seconde vie que tu aurais pu ne jamais connaître, tu vas la bouffer à pleines dents ! C'est bien compris ?

En colère, après avoir assené le fond de ma pensée, j'inspire pour me contenir en attendant qu'il se défasse de son air stupéfait. Tout à coup, ce sont trois têtes qui opinent dans le même mouvement. Cette vision m'amuse, je reprends mon sermon sur un ton plus doux :

– Bien. Je comprends que la pilule soit amère à avaler pour le moment.

– Tu m'étonnes, elle est grosse quand même, intervient Lynx en roulant des yeux.

– C'est clair. La taille d'un pied, rien de moins, précise Condor.

Mais bon sang ! Vont-ils se taire ? Pour qu'ils cessent d'en rajouter et d'anéantir mes tentatives de positivisme, je les fusille du regard. Ils pincent la bouche tous les deux en croisant les mains dans le dos, signe qu'ils vont se tenir tranquilles. Un petit temps, du moins.

– On s'en fiche de la taille, on fait avec et puis c'est tout. Afin que ta réinsertion se passe au mieux, il est nécessaire que tu arrêtes de penser à ce que tu perds, mais plutôt à ce que tu gagnes.

– Comme ? s'enquiert-il avec méfiance.

– En plus de rester avec nous, tu pourras vivre normalement. Ce n'est pas un pied en fer qui t'en empêchera, sois-en sûr.

– Adieu cagoule qui gratte, murmure-t-il sans enthousiasme.

– Bonjour promenades en public et sorties où tu veux.

– Adieu tubes de crème pour cacher ma couleur de peau, approuve-t-il avec un sourire timide.

– Bonjour les femmes qui vont baver sur toi.

– Je vais pouvoir baiser à tout-va, conclut-il cette fois-ci avec un espoir évident.

Quel sens des priorités bien masculin ! J'aurais dû commencer par ça.

– On se calme. Il y a plus important avant de sauter tout ce qui bouge.

Pendant un quart d'heure, nous passons tous les quatre en revue tout ce qu'il pourra découvrir. Au fil des minutes, le visage d'Hector se transforme, pour être maintenant radieux parce qu'il assimile que la vie ne sera pas si désagréable. En revanche, Lynx et Condor empruntent le chemin inverse, ils se renfrognent.

– Regarde les deux jaloux, je me moque.

– Vous avez un couteau à la ceinture les gars. Vous n'avez plus qu'à vous couper le pied et nous irons faire la teuf ensemble.

– Ça va aller, grince Lynx.

– Pour moi également, et la retraite approche. Tiens, on m'a donné ça pour toi, dévie Condor qui sort une boîte de son sac à dos.

Hector s'en empare pour l'inspecter. Curieuse, je me penche pour en faire autant. Les yeux brillants, je découvre le dernier téléphone à la mode.

– Han ! Je veux ça moi aussi, je m'exclame, telle la grosse jalouse que je suis précisément.

– Tu en as déjà un, plus le professionnel, relève Condor.

– Ne cherche pas à comprendre. Les smartphones, c'est une denrée qui se périme aussi vite qu'un yaourt et le mien a déjà un an. En plus, ils l'ont sorti en rose givré, tu ne te rends pas compte.

– Je confirme, je ne vois pas du tout, s'amuse-t-il en secouant la tête.

– Pas grave. Le même en rose givré et tu fais une femme heureuse pour un an.

Avant, il aurait posé plus de questions, aurait voulu savoir de quoi il retournait. Mais non, il se contente de sourire. Je l'aurai, mon super téléphone girly. S'il reste parfois déstabilisé face à mes réactions, il est désormais convaincu d'une chose : il est plus fastidieux de chercher des raisons valables et compréhensibles, que de céder à mes petites particularités de fille.

Hector déballe son cadeau et quand il ouvre la boîte, il n'a pas le temps de s'emparer de l'appareil, je l'arrache avant lui pour l'admirer. Il râle en me tapant sur les doigts pour le récupérer, alors, bonne joueuse, je me contente de lui expliquer comment ça fonctionne. Nous sommes très loin de l'interface rustique du téléphone militaire qu'il a toujours utilisé, d'où ses tâtonnements. Mais, habitué à la technologie, il ne faut pas longtemps pour qu'il le manipule et hallucine en découvrant toutes les applications.

– Quand tu reprendras le service au bureau, tu percevras un nouveau téléphone sécurisé. La seule consigne, c'est que tu changeras d'initiales sur la messagerie, l'informe Condor.

– Hector Almeida… Ça va animer les dialogues de voir « HA ». Nous allons sursauter en pensant à une tuile à chaque fois, dit Lynx.

Il n'a pas tort et je serai la première à peiner pour m'y habituer. D'humeur plus joviale, nous restons avec Hector jusqu'à l'heure du repas, moment où Condor sonne le départ :

– Il faut y aller. Nous avons juste le temps de manger, puis de rejoindre l'école militaire, sans arriver en retard pour la cérémonie.

– Quelle cérémonie ? demandons-nous d'une seule voix.

– Ton hommage et ton enterrement, alors, nous ne sommes pas rentrés.

Lynx et moi sommes stupéfaits, Hector s'étrangle.

– Vous allez m'enterrer ?

– Ben oui.

Face à nos visages hallucinés, il se reprend :

– Mais non ! Vous êtes malades ou quoi ? Je vous rappelle que Sabine a insisté pour que les agents aient des funérailles à leur hauteur.

Houla ! Ça va être de ma faute si je ne me défends pas.

– Ai-je omis de préciser qu'il fallait qu'il soit décédé ?

– Officiellement, Cobra est mort.

– Pas faux. Petite question, qu'y a-t-il dans le cercueil ?

– Son uniforme rempli de sacs de sable et son téléphone cassé.

– Ce n'est pas con. Finalement, ce n'est pas un enterrement de vie de garçon, mais de vie d'agent.

– Les cérémonies se déroulent aux Invalides normalement, commente Lynx.

– Oui, mais pour la sécurité, l'école militaire est plus adaptée.

Deux heures plus tard, nous arrivons sur les lieux. À la descente du véhicule, en bon chef de section, Condor inspecte nos uniformes. Eux ont revêtu l'habituel avec cagoule, mais propre et parfaitement repassé avec les plis réglementaires dans le dos. Quant à moi, j'arbore la tenue de cérémonie. Condor en tête, nous rejoignons notre place dans les rangs, sous les regards empreints de respect adressés aux agents. Leur investissement est reconnu à la hauteur de leurs sacrifices, ils reçoivent aujourd'hui la reconnaissance de leurs pairs.

Nous voici alignés au cordeau dans la cour pavée, moi calée entre les deux géants. Le ministère a organisé une cérémonie entre militaires, beaucoup se sont déplacés pour cet hommage, la cour est bondée. En revanche, je dois être attentive à intérioriser mes sentiments : je suis loin d'être aussi peinée que les personnes présentes.

Une cérémonie funèbre est toujours émouvante, celle-ci ne déroge pas à la règle. Au centre, le cercueil drapé des couleurs françaises occupe toutes nos pensées. Il règne un silence de circonstance. Normalement, une photo du militaire décédé devrait être disposée, mais à juste titre, personne n'a jugé utile de mettre celle d'un homme cagoulé. L'ordre « Ouvrez le ban ! » déclenche le début de l'épreuve. Le long discours prononcé par le chef d'état-major de l'armée de Terre parvient à m'humidifier les yeux. Ses paroles sont justes, magnifiques et méritées. Pour finir, la marche funèbre retentit, manquant réduire à néant la retenue que je tente de conserver. Ils vont réussir à me faire pleurer pour des sacs de sable et un téléphone cassé.

Avant les dernières notes de musique, un bruit sourd et puissant venant du ciel nous fait lever la tête. Au-dessus de nous passent les avions de la patrouille de France en formation, diffusant le drapeau tricolore dans leur sillage. Purée, ils lui offrent la totale, je suis bluffée.

Lorsque le cercueil est chargé dans le véhicule qui le mènera au lieu de l'enterrement, Condor et Lynx me prennent en sandwich pour que nous évacuions la zone rapidement, avant que la foule ne se disperse. Quand nous sommes dans la voiture – qui pour une fois est conduite par un gars de l'équipe Log –, nous partons en direction du cimetière. Encore sous le coup de l'émotion, j'observe le paysage défiler à travers la vitre, pensive. Le calme est tout à coup rompu par la voix joyeuse de Lynx :

– Alors ? Tu l'as kiffée, ta cérémonie ?

Je tourne vivement la tête puis me penche pour découvrir qu'il est en ligne avec Hector. Je comprends l'utilité d'avoir un de leurs hommes de confiance pour chauffeur, comme le fait que Lynx ait tout filmé en direct afin qu'Hector participe à son hommage. La voix de ce dernier résonne dans l'habitacle *via* le haut-parleur :

– Grave ! Vous ne pouviez pas faire mieux.

– Je vote surtout pour que l'on ne refasse plus jamais, je ronchonne.

– C'est vrai que si on pouvait éviter de refaire tout le spectacle, ce serait une bonne chose, confirme Condor.

– N'empêche, j'ai failli verser une larmichette pendant le discours. Purée, j'étais trop triste pour moi, renifle Hector avant de se bidonner.

Ces hommes sont impossibles. Je n'en reviens pas, que nous éclations tous de rire alors que nous sortons d'un moment chargé d'émotions. Plusieurs minutes sont nécessaires pour calmer notre fou rire, sous le regard halluciné du chauffeur qui n'a jamais dû voir simplement sourire le grand chef.

– Vous êtes les meilleurs, mais vraiment trop cinglés parfois, je conclus en séchant mes larmes.

– Ouais. Mais tu nous adores comme ça, se rengorge Lynx.

– C’est clair. Ne changez jamais, vous êtes terribles.

Après une séance de franche rigolade en voiture, nous voici à nouveau au garde-à-vous devant le cercueil qui s’enfonce sous terre. Cette fois, nous sommes en petit comité.

– Ça fait bizarre quand même, murmure Lynx.

Tu m’étonnes. C’est la journée du surnaturel. Ce matin, nous avons discuté avec un ami que nous sommes en train d’enterrer, et avec qui nous passerons sûrement la soirée à plaisanter alors qu’une partie de l’armée française trinquera à son souvenir. Tout est normal.

Stoïques, nous patientons jusqu’à la fin de la mascarade, quand un officier s’approche de Condor. Comprenant ses intentions, celui-ci fait signe de me donner le drapeau français plié qui recouvrait le cercueil ainsi que la médaille remise à titre posthume. J’enfile mon masque de tristesse infinie pour le remercier, il me répond par un encouragement à tenir le coup avant de retourner à sa place.

Pour m’occuper l’esprit dans l’attente du départ, je réfléchis à l’utilisation de ce grand drapeau. Je me retiens de rire en imaginant lui tailler un short dedans, mais je n’oserai jamais découper un drapeau français ; trop de respect. En revanche, l’idée d’un plaid pour son canapé ou de rideaux est jouable.

Une fois le costume de Cobra sous terre, nous rentrons enfin. Pendant le trajet, je reçois un message de Sylvie sur mon téléphone personnel.

Sylvie : Tu aurais dû me prévenir !
Je n'ai même pas pu me rendre
à la cérémonie. Je m'en veux
terriblement.

Oups, mais je ne le savais pas moi-même ce matin. Ce qui me rappelle que nous devrons gérer un problème, puisque Sylvie est peut-être discrète, mais loin d'être bête. Elle rencontrera Hector chez moi et au bureau alors qu'elle a déjà approché Cobra. Inévitablement, elle devinera le subterfuge, ce dont je fais part aux gars. Condor agite la main avec un air fataliste.

– Sylvie n'est plus à ça près. Nous lui expliquerons si elle pose des questions.

– Je t'avoue que ça m'arrange. Si je veux une relation avec elle, ça aurait été compliqué à gérer, approuve Lynx.

– Cela dit, je ne comprends toujours pas pourquoi il faut tuer Cobra, fais-je remarquer.

– Tu aurais pu le dire autrement, râle Condor.

– Pour une fois que c'est moi qui dis des choses étranges.

– Mouais. Sinon, c'est toi qui as demandé des funérailles au top, je te le rappelle.

Il est sérieux ? Les yeux ronds comme des billes, je l'observe pour en avoir la certitude. Mais oui, en plus !

– N'importe quoi ! Je n'ai jamais parlé de ça pour un vivant, uniquement pour un mort !

– La différence peut sembler minime, mais ce détail est important, s'esclaffe Lynx.

– Certes, répond Condor, décontenancé.

– En gros, tout ça pour rien ? Mais pourquoi le général l'a-t-il autorisé ?

– J'ai beaucoup insisté pour te faire plaisir, grimace Condor.

Mais que vais-je faire de lui ? Il m'épuise.

– Il faudra faire machine arrière. Tu trouves ce que tu veux, qu'il s'est planqué, soigné avec du jus de lézard et nourri de lait de chamelle, je m'en fiche, mais il faudra le faire revenir sur terre lorsque les choses seront tassées, dis-je avec fermeté.

– Finalement, c'est si grave qu'il soit mort ? rétorque-t-il.

Ces conversations de fous que nous avons, je ne m'y ferai jamais.

– Je ne sais pas. Disons que ce n'est pas pratique, mais bon, nous gérons pire que ça comme secrets.

– Pour son anonymat, c'est une bonne chose, décide Condor.

– De toute façon, c'est fait, alors autant lui laisser la décision maintenant. S'il veut rester anonyme, on ne change rien, sinon, zou le lait de chamelle ! J'aime bien l'idée, s'amuse Lynx.

Le fou rire nous reprend. Nous sommes pressés de raconter la bévue à Hector. Je pense que cela le fera bien marrer aussi. Mais en attendant, je réponds à Sylvie qui doit me croire en larmes et effondrée suite à la perte de mon ami.

Moi : Désolée. Tout s'est passé
très vite et j'avais la tête ailleurs.

Sylvie : Il y a de quoi. Je suis vraiment
navrée et si tu as besoin de soutien
ou d'une épaule, je suis là.

Je prends le temps de la rassurer en serrant les dents parce que je déteste lui mentir. En fait, j'ai hâte qu'elle cède à Lynx, cela facilitera beaucoup les choses.

Hésitation infondée

CONDOR

Notre cellule se trouve sur la touche depuis l'enterrement, il y a déjà un mois. Pas par sanction ni contre notre volonté, mais parce que nous l'avons décidé avec le docteur Cauvin. Nous sommes en mesure d'assurer des missions, mais sans urgence signalée, nous préférons reprendre nos marques et mettre en place la nouvelle organisation. De plus, des périodes de coupures pour s'entraîner à de nouvelles techniques ou matériels sont profitables.

Cela concerne également les aptitudes en mission, alors Lynx se charge d'entraîner Squale pour qu'ils fonctionnent en binôme de façon naturelle. Deux hommes qui se font confiance au point de confier leur vie à l'autre, ça ne se construit pas en quelques jours. Pendant ce temps, le général et moi gérons l'administratif, ainsi que les affaires courantes.

De son côté, Sabine a repris ses tâches d'archivage informatisé au bureau et rend visite à Hector chaque jour. Ce dernier séjourne actuellement dans un centre spécialisé ; il est équipé d'une prothèse depuis une semaine. Il s'y adapte plutôt bien, notamment grâce à sa forme physique, et il pourra bientôt rentrer.

Je suis ravi pour lui, bien entendu, mais je sais aussi que Sabine va le dorloter et donc, que je devrai la partager avec lui. Il passe en premier pour le moment, je me contente d'organiser son retour.

Par ailleurs, je suis préoccupé par les paroles d'Hector sur son lit d'hôpital. Elles tournent en boucle dans ma tête. Je sais ce que je souhaite, mais je ne sais pas comment aborder le sujet avec Sabine. J'ai appris que les changements peuvent se révéler délicats si je m'exprime mal ou choisis les mauvais mots. Je dois trouver la bonne formulation.

Pour le moment, je suis assis dans le bureau du général où se trouve également l'adjudant-chef à qui il vient d'annoncer sa mutation prochaine, sans lui cacher les raisons de notre décision.

– Me voici mise au placard. Il est certain qu'une simple responsable de secrétariat ne peut rivaliser contre un ex-agent. Votre choix est justifié.

Je m'attendais à l'entendre monter dans les tours, mais non, elle l'accepte plutôt bien.

– Je suis satisfait que vous conceviez l'intérêt d'utiliser Cobra en soutien administratif, répond le général.

– S'il est vexant de se faire sortir, je n'ai pas la prétention de posséder ses compétences.

En revanche, j'espère que les années passées à support… à travailler pour les agents vont m'offrir la possibilité de choisir ma prochaine affectation, n'est-ce pas ?

Je devine ce qu'elle allait prononcer avant de se rattraper, mais je fais comme si de rien n'était. Je ne suis pas devenu gentil, c'est uniquement parce que Sabine m'a déjà offert une leçon à ce sujet il y a trois jours, lorsque je lui ai annoncé le départ de l'adjudant-chef. J'en ai pris pour mon grade, sur mon manque de reconnaissance, et tout le blabla qui a duré dix bonnes minutes. Mouais. Elle effectue son boulot, c'est tout.

Je ne vais pas me mettre à genoux devant une secrétaire parce qu'elle n'assure que son travail, aussi bon soit-il. Purée ! Heureusement que je n'ai pas dit ça devant Sabine ! Elle n'aurait pas manqué de rétorquer que ses genoux n'ont plus de secret pour moi, et le reste non plus.

– Bien entendu. Vous me ferez part de votre souhait, je me charge d'y répondre positivement. Votre abnégation durant vos années de service pour la cellule le justifie amplement, approuve le général.

– Parfait ! Je ne vais pas vous cacher que, la retraite approchant, j'apprécierais de retrouver mon Sud natal. Et un poste plus serein aussi, marmonne-t-elle avec un regard en biais dans ma direction.

Sabine m'a dit de la fermer et je le lui ai promis, alors je ne moufte pas. Mais je crispe les mâchoires. Ça, j'ai le droit.

Satisfaite, l'adjudant-chef sort du bureau sans prendre la peine de dissimuler sa joie. Ma femme sera heureuse, personne n'a été floué dans cette affaire. Ensuite, le général répond à un appel, alors, pendant que je patiente, mes pensées reviennent à mon sujet de préoccupation du moment pendant quelques minutes.

– Tout s'est bien passé finalement, déclare-t-il en raccrochant.

– Ouais. Dis, quand tu veux un nouveau truc chez toi et que tu ne sais pas comment l'aborder avec ta femme, comment tu t'y prends ?

– Eh bien… Je dirais que ça dépend un peu de la fameuse chose. Si c'est une maîtresse, tu oublies l'option de demander l'autorisation.

– N'importe quoi. Je suis fou de Sabine et n'en voudrais aucune autre.

– Je sais, c'était juste une plaisanterie. Si tu m'expliquais de quoi il retourne, j'aurais plus de facilité pour t'aider.

Non. Je ne souhaite pas en parler et c'est bien ça mon problème. Je le veux et puis c'est tout. Le coup du bonbon est déjà utilisé, alors comment vais-je tourner cela ? Voyons voir les mots qui me viennent lorsque j'y pense. Cela fonctionne, car il ne faut pas longtemps pour que mon vœu soit formulé dans ma tête, je le lui répète tel quel :

– C'est quelque chose d'incroyable qui rend heureux. Tous les couples en rêvent, ou presque.

– Dans ce cas, quelque chose d'aussi chouette ne peut être qu'une bonne surprise.

– Oh oui. Le plus beau des cadeaux, puisque ça représente mon amour et mon engagement à vie.

– Alors où serait le problème si tu le lui offrais ?

– Je ne sais pas, justement. Je doute.

– Un cadeau aussi fabuleux ne peut que lui faire plaisir, non ?

– Nous en avions parlé il y a quelques mois et elle m'avait avoué qu'elle l'envisageait aussi. Alors, je pense que oui.

– Donc, je crois que tu as ta réponse. Si Sabine le souhaite, tu ne prends aucun risque à le lui offrir, conclut-il avec un grand sourire.

Effectivement, vu comme ça, c'est logique. Comme il le dit, je n'ai aucune raison de m'en faire. J'ai bien fait de lui en parler.

– Pour revenir sur un sujet professionnel. Que décides-tu concernant la mission à l'étranger que nous devons assurer la semaine prochaine ? Tu t'en charges ou tu envoies Lynx ?

– J'y vais. Lynx s'en sort bien avec Squale, autant qu'ils finissent de se caler avant de se lancer. Encore une semaine, c'est le temps nécessaire d'après lui.

– Très bien. Je prépare tout ça. Tu as des consignes particulières ?

– Oui. J'ai besoin de faux médocs, justement. Tu préviens le labo que je leur envoie un message dès demain, avec le détail des cachets et boîtes à fabriquer.

– Pas de problème, ils ont l'habitude.

Un quart d'heure plus tard, je quitte le ministère d'un pas léger. J'ai même le cœur qui exécute des saltos, tant je suis heureux de préparer la plus belle des surprises à Sabine. Elle n'en reviendra pas.

CHAPITRE 6

Réorganisation.

Notes du docteur Cauvin – 2 juillet : sujet Condor. Mental : OK. État général : OK. Observation : a repris les missions à l'étranger. Il fait preuve d'une sorte d'excitation étonnante depuis deux semaines, mais positive.

SABINE

Aujourd'hui, la petite archiviste part en mission et n'est pas peu fière que celle-ci lui soit confiée. Ma tenue de combat enfilée – un jean et des baskets –, mes armes en place – mes téléphones –, je descends pour rejoindre le véhicule militaire qui m'est affecté, une berline et non un blindé. Car non, je ne suis pas chargée de donner une correction sanglante à des terroristes mais de récupérer Hector pour le ramener chez lui, chez nous, après six semaines d'hôpital. Si la dangerosité de cette tâche n'atteint pas celles des agents, cela n'enlève rien au plaisir ressenti d'être l'élue qui l'accompagnera dans sa nouvelle vie.

Une fois installée dans la voiture, à l'avant et à côté d'un chauffeur de l'équipe Log en civil, j'ai pour une fois le temps de l'observer. Il est jeune, plus que moi, en civil, tendu et muet comme une carpe après son salut d'accueil. Il a besoin de se détendre, alors je décide de lancer une conversation sur un ton badin :

– Vous êtes en poste depuis peu ?

– Deux ans, madame.

– Vous êtes le dernier arrivé ?

– Non. Je suis le plus ancien, madame.

– Ah bon ? Le turn-over est si important ? Et arrêtez de me donner du « madame », s'il vous plaît.

– Bien, ma…

J'attends quelques secondes, mais rien ne vient. Il y a comme un bug. Ce n'est pas un détail qui peut m'effrayer, je suis diplômée en conversation avec les hommes peu causants, alors je continue :

– Nous avons le même grade ?

– Oui. Je suis sergent.

– Bien. Donc moi, c'est Sabine.

– Je ne pense pas que Condor apprécierait une telle familiarité, désolé. Sinon, pour répondre à votre précédente question, nous restons environ quatre années dans cette équipe.

– J'ignorais que le temps était limité. J'imagine que c'est pour l'efficacité ?

– Pas vraiment, marmonne-t-il.

Son ton railleur fait naître une vérité bien différente dans mon esprit.

– C'est vous qui n'en pouvez plus et souhaitez partir. C'est bien ça ?

Il soupire discrètement mais ne répond pas.

– Vous savez, je sais de qui et de quoi nous parlons. De plus, je n'ai pas l'intention de répéter vos confidences. J'ai mon lot également, dis-je en riant.

– J'imagine bien. Lorsque nous discutons de vous entre nous, nous sommes admiratifs. Nous envisageons même de dresser un autel à votre effigie.

– Il n'est pas aussi terrible que… Si, il l'est. Autant rester honnête. Disons qu'il l'est beaucoup moins avec moi.

– Heureusement, s'esclaffe-t-il. L'exigence des agents est élevée. Ils n'autorisent pas la moindre erreur, mais ce n'est certainement pas nous qui le leur reprocherons. Nous savons les risques qu'ils prennent. La raison de notre lassitude pour ce travail, ce sont les multiples tâches qui n'emballent pas les jeunes engagés que nous sommes. Quand on m'a proposé d'assister les CCL, on m'a vendu du rêve. Je ne m'attendais pas à me transformer en femme de ménage ou homme à tout faire.

C'est la première réflexion qui m'était venue en apprenant l'étendue de leur domaine de compétences, alors il m'est difficile de le contredire. Déjà que je prenais mal le fait de me retrouver dans un bureau, alors lui, avec une serpillière comme arme, je n'imagine même pas. Autant, le nettoyage des armes et équipements militaires, cela doit aller, mais les petites lessives, courses alimentaires et autres joyeusetés, c'est clair qu'on ne s'engage pas pour ça.

– Je conçois bien ce que vous ressentez. Vos tâches ne sont pas à la hauteur de vos espérances, mais vous pourriez aborder les choses différemment. Lorsque vous leur tendez un sac pour partir en mission, vous vous dites que vous n'êtes qu'un esclave qui a lavé et plié son linge. Mais eux, ils chargent ce sac sur leur dos en se sachant parés. Pas une seconde ils ne s'interrogent sur le contenu, ils ne le contrôlent pas, au cas où vous auriez commis un oubli. Ils s'en remettent aveuglément à vous. Sans votre travail parfois ingrat, les agents ne pourraient pas être aussi efficaces. Les personnes sur lesquelles ils se reposent sont rares.

– Je ne voyais pas les choses de cette façon, c'est vrai. N'empêche qu'ils ne connaissent même pas nos noms.

Sur le ton de la confidence, je lui fais un aveu :

– Je ne suis pas autorisée à laver les affaires de Condor.

Étonné, il réfléchit quelques secondes.

– Merci. Vos paroles sont justes, j'en avais bien besoin.

– Ne doutez jamais de votre importance dans la chaîne parce qu'elle est réelle.

Une fois devant l'hôpital, nous n'avons pas besoin de chercher Hector, nous le retrouvons dehors, devant l'entrée. Dès qu'il nous repère, armé de ses béquilles, il descend l'escalier d'une démarche incertaine, concentré. Il y a une rampe, mais je pense qu'il ne s'envisage pas comme un handicapé – il est bien trop entêté pour cela. Une fois la voiture immobilisée au bas des marches, je m'en extrais pour aller à sa rencontre, mais il me fait signe de rester à ma place. Obéissante, je l'observe approcher, heureuse de découvrir qu'il se débrouille très bien. Quand il arrive à ma hauteur, je peux apprécier son humeur.

– Enfin ! Je n'en pouvais plus d'être coincé ici. Six semaines chez les dingues. Je patiente sur le pas de la porte depuis deux heures et je les ai envoyés paître avec leurs examens de sortie à la con. Non, mais sérieux, je sors et puis c'est tout !

– Ils doivent être aussi ravis que toi de ton départ.

– Stéphane, j'ai laissé mon sac en haut des marches. Vous pouvez le prendre, s'il vous plaît ?

L'intéressé, surpris d'avoir été hélé par son prénom, a un moment d'absence. Il pivote vers moi avec un air interrogateur. Eh oui, les agents connaissent leur nom.

Hector nous presse pour partir, ce n'est que lorsque la voiture démarre qu'il devient plus aimable. Une fois chez lui, Hector ne cache pas son bonheur de retrouver le confort de nos appartements. Ledit Stéphane lui explique les modifications apportées à son logement, des détails pour l'aider dans la vie quotidienne. Cela va des poignées ajoutées aux endroits stratégiques, comme les toilettes ou la salle de bains, ou du lit surélevé, au canapé déplacé contre un mur pour libérer de l'espace.

– Mon tapis a disparu, se désole-t-il.

– Il est roulé dans le placard de l'entrée. Nous avons pensé qu'au début, il pourrait perturber vos déplacements, explique Stéphane.

– Osez dire les mots. Vous avez pensé que j'allais me casser la gueule en me prenant les pieds dedans, bougonne Hector.

– Il a eu raison, non ?

– Ouais, mais ça fait mal au cul quand même.

– Tu auras encore plus mal à tes fesses si tu te vautres dessus.

– Nous avons rempli vos placards de nouveaux vêtements, des tenues civiles. Tout a été lavé et rangé, mais nous n'allons plus nous occuper de votre linge désormais, continue Stéphane.

– Ouais, normal. Ce n'est plus justifié, soupire Hector.

– Je t'aiderai pour la mise en route, ne t'inquiète pas.

– Et à titre personnel, moi aussi si vous le souhaitez.

Son offre touche Hector et Stéphane nous quitte en affichant plus de peps qu'à son arrivée. Peut-être fera-t-il quelques années de plus à son poste, sait-on jamais ?

Concernant Condor, il part souvent en vadrouille. Un détail tout de même, il a changé. Un peu. Une semaine après l'hospitalisation de Cobra, il s'est acquitté d'une mission sur plusieurs jours et à son retour, il était étrange. Mais étrange dans un sens positif, pas bizarre. Pour mieux comprendre ce qui m'a surprise, c'est qu'il est devenu très câlin, mais du genre vraiment, beaucoup, tout le temps.

À croire qu'il subit une montée d'hormones. Parce que oui, les câlins de Condor, ce ne sont pas des petits bisous assis sur le canapé mais des séances torrides au lit. Il s'y emploie avec un tel sérieux, me fixant avec gravité tout au long, qu'il donne l'impression d'y jouer sa vie. Attention, je ne me plains pas, mais disons que son nouveau départ en mission hier me permet de souffler un peu.

Aujourd'hui, après une matinée à lui expédier des cartes et images satellites, il a rompu le contact. Non sans m'avoir transmis un dernier message privé tout mignon, un style auquel il ne m'a pas habituée, dans lequel il m'enjoint de prendre bien soin de moi. Même si je n'apprécie jamais les silences opérationnels, comme il les nomme, je ne m'inquiète pas outre mesure. De son côté, Lynx est parti la veille dans un autre pays. Il ne reste donc que Squale en disponibilité sur place.

Trois semaines passent dans le calme. Je me partage entre Sylvie au bureau et Hector à la maison, dans laquelle il se confine par choix personnel. Je lui laisse un peu de temps, mais je le traînerai dehors le plus tôt possible. En attendant, je lui enseigne la gestion du quotidien, et comme en matière d'amour, on part de loin. Heureusement, il apprend vite, tout se déroule bien. Hormis quelques déconvenues comme du linge blanc qui ne l'est plus après un hasardeux mélange au lavage, des toilettes bouchées parce qu'il ne faut pas y jeter de chaussettes trouées et un micro-ondes nettoyé avec du gel pour W.-C. parce que ça sent bon, d'après lui…

Le jeune Stéphane qui ne cessait de souffler avant de réparer les bêtises a pris les choses en main. Tous les produits arborent désormais une grande étiquette indiquant leur utilisation et des fiches sont collées sur les appareils critiques, comme le lave-linge.

Pas de nouvelles de Condor ni de Lynx, on peut dire que ma nouvelle routine s'installe, sans incident particulier. Ce qui n'est pas plus mal avec ce que nous avons vécu précédemment.

De retour au bureau après mon repas de midi avec Sylvie, je suis occupée à scanner des archives lorsque Squale pénètre dans la salle, puis se dirige sans un mot jusqu'au coin café pour s'en servir un. Depuis notre « collision » à l'hôpital, il ne m'a plus adressé la parole, il se contente de me surveiller du coin de l'œil. C'est donc la première fois que nous nous retrouvons en tête à tête. Si l'on prend en compte le ton qu'il employait avec moi, son silence est une bonne chose et qu'il daigne toucher la cafetière, carrément une grande avancée. En train de placer un document sur la vitre du scanner, je suis interrompue par sa voix tranchante qui résonne dans la pièce.

– Vous ne leur en avez jamais parlé, n'est-ce pas ?

Je lève la tête vers son visage renfrogné qui surmonte son corps tassé dans un fauteuil. Même les plis sur sa cagoule donnent l'impression de faire face à un bouledogue.

– Faites-vous référence à nos échanges précédents ?

– À quoi d'autre ? grogne-t-il en me fusillant du regard.

– Pourquoi leur en aurais-je parlé ?

– Pour qu'ils prennent votre défense, puisqu'ils ont l'air de vous considérer comme leur petite fille ou je ne sais quoi, dit-il en reniflant de dédain.

– Je n'ai pas jugé nécessaire d'aller pleurer dans leurs jambes. Ai-je eu tort ?

– Ça ne change rien. Je ne vous aime pas.

Je vais éviter de lui préciser que la réciprocité est de mise.

– Vous ne me connaissez pas. J'en conclus que ce n'est pas après moi que vous en avez, mais après ce que je représente. Ou plutôt, après ce que vous croyez que je représente.

– Vous portez un uniforme alors que vous n'êtes pas un soldat. J'en ai bavé pour obtenir le mien ! Alors oui, je déteste les gens qui s'en glorifient sans mérite.

Il enrage, je reste calme.

– Soit, je peux le comprendre. Mais tous les militaires bénéficient de la même formation de base, mes galons ne m'ont pas été offerts par la fée Clochette. Ensuite nous tenons tous un rôle, petit ou grand, visible ou non.

– Tu parles ! À part coucher avec Lynx et classer des papiers, je ne vois pas le vôtre, crache-t-il.

Alors celle-là, je ne m'y attendais pas. Mauvaise pioche ! Tu t'es trompé de bonhomme. Je m'attendais à subir des attaques sur des coucheries avec Condor, voilà que si ça continue, on m'attribuera des sauteries avec toute l'équipe. Je ne répondrai pas à ses accusations. Déjà parce que c'est exactement ce qu'il espère, ensuite, parce que je n'ai pas à me justifier. Il mélange tout, le privé comme le professionnel, sa rage le rend injuste et l'aveugle. Et puis, autant l'avouer, qu'il se mange en pleine face ses âneries est bien plus jouissif que de l'affronter. Oui, qu'il aille baver à Condor que je me tape Lynx, ça nous offrira un moment magique. Je connais le couteau et la mansuétude de mon homme, Squale va vraiment finir en sushi.

Voyant que je déserte le champ de bataille – comprenez par là que je l'ignore pour recharger le scanner –, il pose bruyamment sa tasse dans l'évier puis sort du bureau en martelant le sol de ses talons. C'est ça, brave soldat, retourne à ton travail, puisque tu es le seul à en avoir un digne d'intérêt.

Squale est toujours aussi désagréable, mais à l'inverse, Stéphane de l'équipe Log s'avère une excellente surprise. Il a tenu sa promesse. Comme il doit venir quotidiennement dans nos appartements pour effectuer ses tâches, il prévoit du temps pour le passer avec Hector qui se plaint de la solitude en journée. D'ailleurs, en rentrant ce soir, dès la sortie de l'ascenseur, j'entends du remue-ménage venant de son appartement. Comme il m'y a autorisée, en me certifiant que je ne le surprendrais pas en tenue indécente dans son salon, j'ouvre avec son code. Je découvre une scène surréaliste.

Hector se trouve en compagnie de Stéphane. Tous les deux sont assis sur le canapé, manettes de jeu en main et surexcités par leurs performances sur un jeu vidéo de combat.

– Sabine ! Il est nul. Je reste le meilleur, même en virtuel ! s'écrie Hector.

– J'ai toujours su qu'un pied en moins ne suffirait pas pour t'affaiblir.

– Sûr qu'il me faudra plus que ça pour me mettre à terre. Tu crois que je pourrais coller une raclée à Condor ce soir ? J'aimerais trop.

– Ton plus dur combat sera de lui faire comprendre l'intérêt des jeux vidéo. Si tu y parviens, ne sois pas si certain de le rétamer. Il nous surprend toujours, il y a trop de ressources en cet homme. Ensuite, tu devras attendre qu'il rentre de mission parce qu'il est parti pour une durée indéfinie.

– Ah oui, c'est vrai. C'est pour ça que tu glandes chez moi, note Hector en assénant un coup dans l'épaule de Stéphane.

– Ben oui. Tous les agents sont sur le terrain, alors c'est plus calme pour nous.

– Il reste Squale, fais-je remarquer.

– Non. Il est parti cet après-midi, mais en France, corrige-t-il.

Je suis étonnée de n'avoir pas reçu de demande de renseignements pour la mission de Squale. Ils n'ont pas besoin d'images satellites pour une intervention sur notre territoire, mais généralement, ils réclament une recherche de ma part dans notre base de données pour vérifier si des informations sont recensées sur les personnes ou les lieux qu'ils surveillent. Squale ne devait pas en avoir l'utilité.

– Vous voulez dîner avec nous ? je propose.

– C'est gentil, mais j'ai rendez-vous avec ma copine.

Après un coup d'œil à sa montre, il s'éjecte d'un bond du canapé en couinant qu'il est en retard et va se faire tuer. Nous le saluons pendant qu'il sort en courant de l'appartement. Hector et moi passons la soirée comme deux vieux patachons, sur son canapé devant un film, en picorant dans le saladier rempli de chips coincé entre nous. Tout serait parfaitement normal si un pied en plastique n'était pas posé au milieu de la pièce, comme prêt à partir tout seul. Je commence à m'y habituer, mais l'effet est bizarre quand même.

Demain, c'est le week-end. Aucune garde n'est programmée pour moi, alors nous éteignons l'écran vers deux heures du matin. Comme les deux prochains jours se dérouleront dans le calme puisqu'il n'y a même pas de contact possible sur la messagerie avec les agents, dès demain matin, j'organiserai une activité extérieure avec Hector. Nous pratiquerons tout ce qui le tente, mais j'arriverai à le sortir de son appartement.

Comme ces hommes aiment me faire mentir, alors que je suis profondément endormie, la sonnerie du téléphone me fait bondir sur le lit. Qui s'est amusé à la régler aussi puissante qu'une cloche de cathédrale ? Le cœur battant fort, je me jette sur l'appareil pour lire le message. Au passage, je découvre qu'il est quatre heures du matin.

SQ : Besoin aide urgent.

Le grand guerrier fait appel à la secrétaire ? Je vérifie deux fois pour en être certaine, mais oui, c'est bien à moi et en privé qu'il s'adresse. Pour qu'il en arrive là, il doit juger la situation désespérée.

Dans le même temps, je découvre qu'un rigolo a créé une sonnerie paramétrée aux heures de nuit et nommée « Réveil d'urgence pour Sabine ». Ils m'épuisent.

Le pire du pire

Quelques heures plus tôt.

SQUALE

Étant le seul agent disponible, j'opère ma première mission en solo, mais avec une équipe professionnelle en soutien. Après une heure de préparation, tout est calé. Avec le GIGN, nous investissons un immeuble abandonné dans lequel deux terroristes se planquent. Nous avons chacun notre point d'entrée et notre angle de progression, dans le but de les encercler pour nous retrouver au centre, où se situent les cibles. Une prise en étau classique.

Quand vient le moment d'intervenir, j'arrive sans souci jusqu'au lieu précis et pile dans le délai prévu, mais seul. Personne pour m'appuyer quand je fais face aux terroristes armés, qui ne sont pas deux, mais quatre. Je me trouve dans le coin d'un immense hall délabré humide et puant, sans autre lumière que la lueur de la lune, offrant quelques zones à la visibilité correcte. Avant même que je n'ouvre la bouche, ils me tirent dessus. Par réflexe, je plonge au sol puis rampe pour me mettre à couvert, lorsque deux impacts rapprochés me brûlent la cuisse et le cul.

Il faut une bonne minute, qui me semble une heure, pendant laquelle les balles pleuvent dans un chaos assourdissant, avant qu'enfin, les gars du GIGN entrent dans la danse et me sortent de ce guêpier. Les détonations redoublent, des mains m'attrapent les jambes et les bras pour me faire glisser sur le sol afin de m'évacuer.

J'ai cru ma dernière heure arrivée, mais tout s'est déroulé trop vite pour que j'aie eu vraiment peur. Maintenant rassuré, c'est avec confiance que je me laisse manipuler par les gars qui me posent à l'abri. Une fois protégé par un mur, alors que ça tire sans répit dans la salle, je lève la tête pour… apercevoir deux hommes mal rasés et en civil qui me font face. D'instinct, j'agrippe mon arme pour tirer, mais l'un d'eux remonte ma visière d'un coup sec, puis le second me projette la crosse de son fusil en plein visage. Trou noir.

Quand je reprends mes esprits, je ne sais pas combien de temps s'est écoulé. Comme on me l'a appris, je n'ouvre pas les yeux et contrôle bien ma respiration pour ne pas en changer le rythme afin que mon réveil ne soit pas détecté. Ensuite, il faut analyser l'environnement avant d'agir. Le sol sur lequel je me trouve allongé ainsi que les sons ambiants indiquent clairement que je me situe dans le fond d'une caisse de fourgonnette, et en mouvement. Au niveau des autres bruits, j'entends deux hommes s'exprimer en arabe et positionnés proches des portes arrière. Le son du moteur est étouffé, j'en déduis que l'arrière est séparé de la partie conduite. Ça, c'est une bonne chose. Au moins une dans cette situation merdique.

Aux multiples ralentissements du véhicule, je conclus que nous sommes en ville. Pour commencer, j'opère une inspection éclair de mon état. Je ne possède plus mes armes, mais je ne suis pas attaché. Tout n'est pas perdu, je peux encore m'en tirer. En revanche, il faut que je me prépare à serrer les dents car je dois tenter d'oublier mes blessures. Si je ne me libère pas le plus rapidement possible malgré la souffrance, il y a peu de chances que je sorte de là vivant.

Mon plan en tête, lorsque le véhicule ralentit – certainement pour un arrêt à un feu –, je me dresse d'un bond pour sauter sur le premier homme. Même en m'y étant préparé, la douleur manque me stopper, mais je tiens bon. Le bras enroulé autour de son cou pour l'étrangler en le plaquant contre la paroi, je projette le pied dans le visage du second pour l'assommer avant qu'il ne réagisse. Aucun n'a pu alerter ceux qui se trouvent dans la cabine, mais il faut quatre coups de pied supplémentaires bien ciblés pour neutraliser le second type, pendant que l'autre faiblit sous la pression sur son cou, pour finir par s'affaler.

Une fois les deux maîtrisés et inertes, je jette un coup d'œil rapide dans la caisse. Je repère mon matériel dans un coin mais pas mes armes. Ne connaissant pas l'équipement ni le nombre de personnes devant, il est plus sage de virer mon cul de là avant qu'ils ne s'aperçoivent que je suis debout et leurs potes au tapis.

Je tire mon sac vers moi, passe une sangle autour de mon bras avant de m'agenouiller devant la porte arrière. Maintenant, j'attends un arrêt de la fourgonnette, dont la vitesse est trop élevée pour m'en extraire sans risquer de gros dégâts. Quand elle s'immobilise, je suis à l'affût. Juste au moment où elle redémarre, pour que ce soit plus discret, j'ouvre la porte puis saute pour me ramasser de tout mon long sur le bitume. Ce n'est pas le moment de faiblir, ils vont vite se rendre compte d'un bruit anormal causé par les portes restées ouvertes. Vivement, je me redresse puis cours comme un dératé en boitant, sans savoir où je ne me trouve ni où je vais, si ce n'est que cela ressemble à une zone industrielle. Au bout de quelques minutes, n'en pouvant plus, je me réfugie dans un hangar abandonné. Terrassé par la douleur, je m'écroule au sol. La dernière consigne dans ces cas-là est de se planquer, alors je rampe jusque sous un amas d'établis et de vieux bureaux enchevêtrés.

Je suis bien plus atteint que je ne le pensais, car une fois dans mon trou, je m'affaiblis et vois trouble. Avant de m'évanouir pour de bon, je chope mon téléphone dans ma poche latérale pour envoyer un message. Péniblement, les doigts tremblants, je déverrouille l'engin puis tape un texte court, mais clair. Maintenant, je suis dans les contacts. Là, j'hésite sur le choix du destinataire. En grimaçant de dépit, je l'expédie à la seule personne joignable de la cellule, parce que j'aime autant que mon ratage reste en interne.

Voilà où j'en suis. Perdu dans un trou à rat – comme un rat, d'ailleurs – avec deux balles dans le corps et plus de jus pour sortir de là. Et pire que tout, c'est à elle que j'envoie mon appel au secours.

La poisse ! La seule personne disponible, c'est une trieuse de papiers ! je suis vraiment dans la mouise. Ou carrément fichu. Mais dans quelle merde me suis-je collé ?

CHAPITRE 7

C'est la fête !

Notes du docteur Cauvin – 3 juillet : sujet Squale. Mental : à surveiller. État général : inapte. Observation : suite à blessures, en indisponibilité.

SABINE

Je ne rêve pas et à moins que ce soit sa nouvelle méthode pour me rabaisser, Squale vient bien de requérir mon aide. Moi, le petit personnel qui ôte les agrafes ou lave les tasses. Bien entendu, je pourrais rester sur ma première impression et ne pas y croire, mais les hommes avec qui je travaille ne sont pas dotés d'un humour potache. Il me faut donc en savoir plus pour comprendre ce dont il a besoin.

SC : Que vous faut-il ?

Assise sur le bord de mon lit, le regard rivé sur l'écran, les secondes passent péniblement sans retour de sa part. La pression monte, elle ne redescend pas quand sa réponse arrive enfin.

SQ : Mo cherchyz

OK. Houston, on a un problème. Il n'écrit même plus français.

SC : Où êtes-vous ?

SQ : sai pa

Houla ! Je ne pense pas qu'il soit soûl, alors on est mal. Vite, faire un bilan de la situation. Il me contacte, par conséquent, il ne peut pas solliciter l'équipe Log ou autres unités. Donc, c'est à moi d'intervenir et non de transmettre son appel.

Aller le chercher, ce n'est pas compliqué en soi, il suffit de savoir où. J'enfile rapidement un jogging en réfléchissant à la façon de le localiser. C'est facile, il porte un traceur. Sauf que je n'ai pas accès au logiciel dédié, mais par chance, j'ai accès à un homme qui l'a, l'ex-Cobra.

Mes baskets aux pieds, je file aussitôt chez lui, mais plutôt que d'ouvrir sa porte et de le surprendre en plein sommeil – pour me manger ensuite son poing dans la figure parce qu'il n'a pas perdu ses réflexes –, je toque fort pour le prévenir de mon arrivée. J'attends quelques secondes avant de composer le code et d'entrer. J'allume, puis je me félicite de ma prévoyance. Hector me fait face, debout sur un pied et s'appuyant au mur, intrigué mais sur la défensive. Détail gênant, il est entièrement nu.

Je détourne vivement la tête pour ne plus voir ce que je n'aurais jamais dû apercevoir. Le regard rivé sur le plancher, je tends mon téléphone pour qu'il découvre le problème sans perdre de temps en explications.

– Il faut aller le chercher et tu ne sais pas comment le repérer.

Sa capacité d'analyse n'a pas disparu avec son pied, c'est une bonne chose.

– Tu fonces te mettre en tenue de combat et tu me retrouves dans le bureau. Go ! claque-t-il.

Je ne demande pas mon reste. Attentive à ne pas laisser mon regard dériver sur sa personne – ou sur le bas de son corps pour être exacte –, je cours jusqu'à ma chambre. Opération caméléon, le retour ! En sautant dans mon treillis puis mes rangers, je comprends enfin l'intérêt de ce calvaire enseigné lors de la formation. J'enchaîne les gestes avec efficacité et en quelques minutes, me voici prête à repartir à fond de train au bureau.

La porte est ouverte, Hector déjà assis devant un écran. En revanche, il est en jogging et baskets, ce que je lui fais remarquer.

– Ils m'ont piqué mes tenues et pire, toutes mes armes ! Tu y crois ? aboie-t-il en lançant un logiciel.

– Mince. C'est logique, non ?

– Mais non ! Tous mes flingues, bordel ! Comment fait-on maintenant ? Il n'y en a pas ici et les gars sont partis avec les leurs.

– Partons du principe que nous n'en avons pas besoin et puis c'est tout.

Prions pour que l'avenir me donne raison. Il est inutile d'envisager le pire, comme imaginer que nous nous apprêtons à affronter un groupe terroriste avec l'intention de leur coller une pâtée à mains nues.

– On va espérer que c'est le cas parce que je n'ai que mon couteau.

– Donc, tu as ta bite et ton couteau. C'est deux fois plus que moi, dis-je pour dédramatiser.

– T'es con, pouffe-t-il en entrant les informations demandées à l'écran.

– Souhaitons également que tes codes n'aient pas été effacés.

– Manquerait plus que ça.

Nous sommes tous les deux suspendus à la réaction du logiciel lorsqu'il presse sur la touche « Enter ».

– Yes ! s'exclame-t-il lorsque l'accès est autorisé.

En quelques clics, il fait apparaître une carte et des écrans inconnus pour moi. Quelques secondes plus tard, un point s'affiche.

– Il est à Wissous, dans une zone industrielle.

– Je croyais qu'il était en France ?

– Sabine, ne fais pas ta neuneu. C'est à côté d'Orly et Rungis.

– Oh, excuse-moi. La géo et moi… je me défends en agitant la main.

Wissous ? Ça ne sonne pas franchouillard. Au mieux, je l'aurais situé en Alsace.

– Il est mentionné que son dernier mouvement date d'il y a douze minutes, ce qui correspond à son premier message. Allez go, on est partis ! ordonne-t-il en se levant d'un bond de son siège.

Alors que je m'apprête à sortir de la pièce, je m'aperçois qu'il vacille dangereusement. Il bat des mains pour retrouver sa stabilité mais finit par basculer en arrière sur la tablette servant de bureau. Sous le choc, elle cède et Hector s'écroule au sol, dans un fracas d'écrans, de papiers et de dossiers qui volent en se renversant sur lui. Je me jette aussitôt à genoux pour l'aider à se remettre debout. À ce moment, je comprends la raison de sa perte d'équilibre.

– Mais tu n'as pas ta jambe !

– Pas eu le temps de l'enfiler. Je suis venu avec mes béquilles, j'avais oublié, bougonne-t-il.

– Sur ce coup, je pense que ta jambe est plus importante qu'une arme, je le taquine en récupérant ses béquilles pour les lui tendre.

Quelques minutes plus tard et sur nos quatre pieds, nous rejoignons la voiture dont je prends le volant. Sur ses indications, nous partons en direction de la ville où se situe théoriquement Squale. Dès que nous atteignons une quatre voies, il s'agace de mon respect des limitations de vitesse.

– On est en pleine nuit et ça roule, tu ne peux pas accélérer ?

– Non. Il y a des contrôles partout et encore plus le week-end. Se faire arrêter nous retardera.

– Je leur dirai qui nous sommes.

– Surtout pas ! Nous serions bons pour un dépistage d'alcoolémie et de substances illicites. Tu nous as bien regardés ? Face à une blondinette en treillis et un Black avec prothèse en jogging, ils nous prendront pour des cinglés sous acide.

– Nous avons nos papiers militaires. Euh… enfin, tu as les tiens, non ?

Mais bien sûr ! Et mon sac à main aussi, ça va tellement bien avec la tenue de combat. Frustrée par mon oubli, je grimace en avouant.

– Rien du tout. Je suis partie avec mon téléphone et c'est tout.

– Ah ouais ! Alors attention de ne pas te faire arrêter. Sinon, c'est clair qu'on est bons pour une nuit en cellule.

Je ne la sens pas, notre équipe de sauvetage improvisée, trop bancale et pas outillée. Pendant que je me concentre sur la conduite, Hector utilise mon appareil pour contacter Squale, mais il n'obtient aucune réponse. J'ai beau l'interroger, il refuse de se confier, mais son air soucieux exprime ses craintes.

Nous arrivons enfin dans la zone industrielle, il me dirige dans un véritable labyrinthe d'entrepôts. Il indique tout de mémoire, je n'en reviens pas.

– Nous sommes à environ cinq cents mètres du lieu où s'affichait son traceur. Tu éteins les phares et tu roules en seconde, en calant ta vitesse sur le bruit du moteur qui doit être le plus faible possible.

Je m'exécute en ralentissant, c'est plus sûr parce que je n'y vois plus grand-chose avec un lampadaire sur trois qui fonctionne. Lorsque nous sommes à une dizaine de mètres d'une grande grille ouverte, Hector me fait stopper le véhicule et couper le moteur. Ensuite, un doigt sur ses lèvres pour m'intimer le silence, il entrouvre sa portière, et sort la tête afin d'écouter les sons environnants.

– Rien. Pas de conversation lointaine, aucun mouvement. À mon avis, c'est sans risque. Tu démarres pour avancer lentement dans la cour, mais tu rallumes les phares et tu te gares devant le hangar en les braquant sur l'entrée.

En roulant au pas, je m'approche du bâtiment d'un autre âge. Vu son état, il n'est pas en attente d'une location, mais plutôt d'une destruction. C'est une structure en fer recouverte de plaques de métal, dont la plupart se décrochent, certaines pendent dans le vide.

Quand j'arrête la voiture, il scrute l'intérieur du hangar sur toute la surface éclairée grâce aux faisceaux lumineux. Confiant, il m'autorise à couper le moteur, mais pas les phares, puis nous descendons sans bruit. Prenant la tête, Hector m'intime de le suivre en conservant une distance de quelques mètres et déportée sur sa gauche afin que je ne me trouve pas dans la même ligne de mire. À l'affût, attentifs à tout ce qui nous entoure, nous progressons lentement, jusqu'à pénétrer dans le hangar sombre. Déjà que nous n'étions pas très à l'aise, les plaintes des tôles que le vent fait grincer et claquer n'arrangent rien. Les gémissements de cette bâtisse croulante sont dignes d'un bon vieux film dont les personnages qui tiennent notre rôle finissent toujours mal.

Devant l'entrée, je surveille Hector pour attendre ses consignes. Je peux vous assurer qu'il n'a rien perdu de ses réflexes d'agent. D'un signe de la main, heureusement appris lors de ma formation, il m'ordonne de stopper, puis il scrute l'environnement en scannant la zone avec précision.

– Squale ? appelle-t-il d'une voix forte qui résonne dans le hangar.

Immobiles, nous écoutons. Aucune réponse. Hector me fait signe de ne pas bouger, puis d'un pas étonnamment souple, il pénètre dans l'entrepôt, dont il effectue lentement le tour en restant sur ses gardes. Je le perds de vue lorsqu'il passe derrière une pile de meubles enchevêtrés. J'hésite à avancer pour retrouver le contact visuel, mais comme il est maintenant certain que le bâtiment est vide, je choisis d'obéir.

– Sabine ! Tu peux venir !

Ni une ni deux, je le rejoins rapidement en restant vigilante aux débris qui jonchent le sol. C'est un fatras d'objets abandonnés, qui forment des piles qui n'attendent qu'un grand coup de vent pour s'écrouler. Dans le fond, j'aperçois l'ombre d'Hector accroupi, je me poste à sa gauche. Squale est allongé devant lui, inconscient.

– Tu as des tampons sur toi ? demande-t-il.

– Hein ? Euh… non, c'est dans mon sac à main.

– Attrape son paquetage et cherche dans la deuxième poche du côté droit, m'indique-t-il pendant qu'il commence à le palper pour déterminer son état.

Le gros sac est juste à côté, mais connaissant le poids de leur malle ambulante, je m'en approche plutôt que de le tirer à moi. À genoux à côté de Squale, je trouve très vite une pochette noire. À l'intérieur, je reconnais un nécessaire pour faire du feu : allumettes, briquet, pastilles et deux préservatifs emballés ainsi que quatre tampons. Heureusement que Condor m'a fait un cours sans le vouloir parce que j'hallucinerais.

En plus, il y a deux tailles proposées, je n'ose croire que c'est pour petit barbecue ou gros méchoui, alors j'hésite, la main au-dessus. Si au moins je savais ce qu'il souhaite en faire.

– Le plus petit, mais avant, sors la trousse dans la poche du dessus.

Ladite pochette trouvée et promptement ouverte, je découvre une mini-pharmacie.

– Attrape la bouteille de désinfectant et garde-la en main.

Je m'exécute et une fois prête, je le regarde faire. Il déboutonne le pantalon de Squale puis le baisse jusqu'aux genoux. Sur sa cuisse apparaît une plaie ronde d'où s'écoule du sang. À fond dans mon rôle d'assistante, je tends la bouteille qu'il attrape pour en verser une grosse quantité sur la blessure avant de me la rendre.

– Tampon !

Objet incongru aussitôt tendu. Hector s'en empare, puis d'un geste rapide et précis, il ôte l'emballage. Sous mes yeux arrondis, il l'enfonce dans le trou d'un coup. Outch ! Squale fait bien de rester évanoui parce qu'il apprécierait moyennement le pansement à la dure. Il reprend ses palpations en passant ses mains sous les genoux, puis en les remontant jusqu'aux reins. Hector marmonne en appuyant sur un point, certainement une autre blessure. Il empoigne Squale par les hanches pour le retourner d'un bloc, puis lui baisse son boxer d'un coup sec. Me voici aveuglée par un cul rond tout blanc, mais avec un trou. Enfin… non. Je veux dire qu'il y a un trou de balle. Non ! Pas un trou de… Oh zut ! Bon, je reprends. Il a une blessure par balle sur la fesse, voilà !

Hector – pas perturbé par la vision du magnifique postérieur percé – répète les mêmes gestes que pour la première plaie. Quand il a terminé, il me demande de tout plier. Un détail m'interpelle tout de même.

– Tu laisses les balles ? C'est normal ?

– Oui. Elles sont bien situées et tripoter dans la plaie est la plus mauvaise chose à faire dans ce cas. Là, on comprime juste et ils feront le reste à l'hôpital dans les conditions sanitaires requises.

Plutôt sensé. Les pochettes refermées, je me penche pour les ranger dans le sac. Mon visage à vingt centimètres des fesses nues, je me concentre sur les mouvements de mes mains. C'est ce moment que choisit Hector pour retourner Squale d'un coup sur le dos. Oh mon Dieu ! Mais il aurait pu lui remonter son boxer avant quand même !

– Aide-moi à le rhabiller, déclare-t-il.

Je grogne mais je m'exécute. Première chose, cacher ce que je n'aurais jamais dû voir, encore une fois. À croire que c'est la journée des fesses à l'air, et du reste. J'attrape le boxer sur les côtés puis le remonte d'un coup sec en fixant le logo de sa cagoule.

– Hey ! Fais attention à son matos ! me houspille Hector.

– Je te laisse te charger de le lui mettre en place parce que déjà, si Condor apprend que j'ai eu le nez à vingt centimètres de sa queue, il deviendra dingue. Alors si j'y touche, je ne t'en parle même pas.

– Pas faux. Pris par notre mission, j'ai omis les détails annexes.

Sans faire de manières, il replace le service trois-pièces malmené et compressé par l'élastique du boxer. Et qui doit représenter plus qu'un détail pour Squale.

À son réveil, j'imagine bien sa surprise en ne comprenant pas pourquoi, après avoir reçu une balle dans la fesse, il a mal à ses parties. Une fois son matériel en place, nous finissons de le rhabiller.

Pendant qu'Hector reboutonne son pantalon, je suis chargée de récupérer une longue planche pour servir de civière. Dans le fatras du hangar, je repère une table qui conviendra, alors je défonce les pieds avec une barre de fer.

En mode sauveteurs d'élite, nous glissons Squale dessus, puis moi devant et Hector derrière, nous levons le tout pour l'emporter lentement jusqu'à la voiture. Doublement lentement, car il serait bon de ne pas le faire tomber et je lutte pour ne pas ployer sous son poids. Ils sont beaux, leurs muscles aussi gonflés, mais purée qu'ils pèsent lourd ! Après ce trajet fastidieux, il faut encore le transférer sur la banquette arrière. Pendant que je l'allonge dans le but de l'attacher avec les ceintures de sécurité pour le stabiliser, Hector retourne dans le hangar récupérer son sac, qu'il jette ensuite dans le coffre. Dès que nous sommes tous les deux installés à l'avant, nous ne perdons pas une minute.

– Je vais au premier hôpital ? je questionne en démarrant.

– Non. Percy. Je vais t'indiquer la route.

– Mais il est toujours inconscient, ça craint, non ?

– Il tiendra, ne t'en fais pas. Tu vas rouler vite cette fois. Maintenant que nous l'avons récupéré, je préviens le général.

Heureusement que les routes sont dégagées, parce qu'en plus du stress, on ne peut pas dire que ma conduite soit simplifiée par Hector. Concentrée sur la route, je l'écoute expliquer au général ce qui se passe.

Quand il raccroche, il se contente d'indiquer les changements de direction et de répéter sans cesse de rouler plus vite. Considérant que cent quarante kilomètres/heure sur une voie limitée à quatre-vingt-dix, c'est bien suffisant, je m'agace.

– Il serait souhaitable que nous ne finissions pas tous les trois dans une ambulance.

Il ronchonne en admettant que j'ai raison. Lorsque nous arrivons en zone urbaine plus dense, les choses se corsent. Non pas que la circulation devienne difficile, mais je crois que nous avons été repérés par la police. Non, en fait, j'en suis certaine. Il faut dire qu'à rouler aussi vite et faire fi des stops, c'était prévisible.

– Nous avons des gyrophares aux fesses, je préviens Hector qui lève la tête pour admirer les jolies loupiotes colorées dans le rétro.

– Accélère.

– Pardon ? Ils ne vont pas aimer du tout. S'ils nous tirent dessus ?

– N'importe quoi. Ils vont te suivre, c'est tout. Et on s'en fiche, nous sommes presque arrivés. Je me charge d'eux ensuite, ne t'inquiète pas.

– Si je perds mon permis de conduire, j'exige un chauffeur jusqu'à ce que je le récupère.

En serrant les dents et les fesses, je poursuis ma route, stressée comme je l'ai rarement été. Conduire dans ces conditions, c'est juste une horreur. Entre Hector qui crie presque les indications en tapant sur la console pour que j'accélère toujours plus, ma vitesse bien trop excessive et les sirènes derrière qui nous hurlent dans les oreilles, c'est un régal.

Heureusement, nous arrivons rapidement à Percy, je m'engouffre dans la cour pour piler en dérapant sur les graviers devant l'entrée du bâtiment. Une équipe médicale nous attend, déjà postée autour d'un brancard. Médecin et infirmiers se précipitent sur la voiture pour ouvrir les portières et se saisir de Squale. En deux minutes, c'est plié, ils l'embarquent à l'intérieur et s'occupent déjà de lui.

Je pousse un gros soupir de soulagement et me penche pour poser le front contre le volant. Enfin, je relâche la pression. De son côté, Hector sort du véhicule pour aller à la rencontre des policiers très agressifs, qui hurlent leur mécontentement. Qu'il se débrouille, j'ai mon compte pour ce soir et j'aimerais sauvegarder mon permis, si possible. D'ailleurs, je sors discrètement, ferme ma portière sans bruit, puis d'un pas las, je rejoins la salle d'attente pour m'affaler sur un fauteuil. Il faut maintenant déstresser et patienter jusqu'aux prochaines consignes.

Tachycardie et tracé plat

SQUALE

Après une opération merdique, une nuit immonde et un lendemain pourri, je rêve de me terrer dans un trou pour qu'on me fiche la paix. Ce qui m'éviterait également d'envoyer tout le monde se faire pendre. Qu'on me tire dessus et m'enlève ne devait pas suffire à ma déconvenue, il a en plus fallu que je me prenne une balle dans le… dans le cul !

Tout à l'heure, les officiers de renseignement qui m'ont interrogé afin de comprendre ce qui a foiré hier m'ont confirmé qu'aucune erreur n'avait été commise de ma part. Si ce n'est demander à entrer seul par un coin du bâtiment pendant que les autres intervenaient par la porte principale. Soit, j'ai été trop sûr de moi, mais cela vient aussi de l'information de base erronée qui annonçait deux personnes à neutraliser. Deux, ça le faisait, mais quatre, j'ai la preuve deux fois dans le corps que c'était impossible.

J'avais gagné un peu de respect, avant d'en reperdre à cause de mon cul troué. Purée ! Je peux vous assurer que je suis à manipuler avec des pincettes. Les infirmiers l'ont bien compris, d'autant que je dois leur offrir mon cul deux fois par jour. Ils pratiquent les soins au plus vite sans dire un mot avant de s'enfuir de la chambre.

– Salut ! lance une voix chantante.

Je vais m'empresser de calmer l'importun qui est prié de respecter mon humeur sombre. Je tourne la tête, la bouche déjà ouverte pour insulter l'intrus bien trop gai à mon goût, mais je la referme en claquant les dents. L'ex-Cobra. Radieux, il s'approche de moi qui suis obligé de me positionner de biais.

– Ce sont tes premières balles, bienvenue au club. Tu verras, dans quelques jours, ça ira mieux. Elles étaient bien placées.

Bien placées ? Tu parles, mon cul, oui !

– Je suis au moins content que la bonne à rien ait fait fonctionner son cerveau quelques secondes pour t'appeler, je râle.

Décontenancé par ma remarque, il hésite quelques secondes.

– Euh… Non. C'est Sabine qui m'a prévenu.

– C'est bien ce que je dis. Pour une fois, elle aura été utile.

Il est stupéfait, sans que j'en comprenne la raison. Tout à coup, il devient furieux en inspirant fort. Avant que je puisse réagir, son poing me percute violemment la mâchoire, me projetant la tête dans l'oreiller. Sonné, je me remets du choc en me massant le visage. Dressé au-dessus de moi, il donne l'impression de vouloir me hacher menu.

– Mais qu'est-ce qui te prend ?

– Un mot de plus sur Sabine et je te brise les dents !

– Quoi ? Parce qu'elle couche avec Lynx ? C'est juste une…

Outch ! Je serre les dents en baissant les yeux vers la source de ma soudaine douleur. Je découvre ses doigts plantés sur ma cuisse blessée.

– Oui ? siffle-t-il en me fusillant du regard.

– Hey ! Ce n'était pas la peine de venir me sauver si c'est pour me finir ici !

– Ne lui manque jamais de respect ! Ne t'avise même pas de le faire en pensée. Sabine fait partie de la cellule. De son bureau, elle a même déjà sauvé nos fesses. Les miennes très récemment, d'ailleurs !

– Quoi ? Mais comment ça ?

Je tombe des nues. Je ne vois pas comment une telle chose peut arriver entre deux feuilles qu'elle insère dans un dossier. Il desserre sa prise en secouant la tête, ça soulage.

– Il faut redescendre de ton nuage. Bouffi d'orgueil d'être agent, tu as oublié les bases. Que doit-on faire lorsqu'on intègre une nouvelle équipe ?

Se faire respecter d'entrée de jeu. En imposer pour ne laisser personne nous traiter comme un petit bleu. M'étant imposé dès le départ, je ne vois pas à quoi il fait référence. Penché au-dessus de moi, il me scrute dans l'attente d'une réponse. Vite, je cogite pour trouver où j'ai pu pêcher. Soudain, la lumière se fait dans mon esprit. Zut ! J'ai complètement zappé cette phase !

– Lire les dossiers personnels, je gémis honteusement.

– Eh ouais, abruti ! Tu aurais appris beaucoup de choses utiles. Tu la traites comme une crotte depuis ton arrivée ?

Inutile de mentir, alors je hoche la tête et tant pis si je mange encore son poing, je l'aurai bien cherché. Mon aveu le fait renifler de mépris.

– Je vais éviter de t'expliquer tout ce que j'ai envie de te faire, là, maintenant. Tu vas lire son dossier, ses notations ainsi que ses fonctions exactes, auxquelles tu n'as pas jugé nécessaire de faire appel. Ensuite, tu vas également réfléchir au fait que nous sommes tous protecteurs et amicaux envers elle. Il y a une excellente raison et ça me sidère que ça ne t'ait pas effleuré l'esprit. D'ailleurs, tu es complètement taré de t'en prendre à une personne que nous apprécions autant, tu cherches vraiment les emmerdes.

Vu comme ça, on peut convenir que je suis suicidaire.

– J'avoue, je me suis comporté comme un con.

– En plus de ce qu'elle représente pour nous au niveau professionnel, elle fait partie de notre famille. J'ai envie de te briser les rotules pour l'avoir maltraitée. Mais je ne vais pas le faire, tu sais pourquoi ?

– Parce que je ne pourrais plus travailler ? je tente sans trop y croire.

– Oh non. C'est uniquement parce que tu vas tellement souffrir prochainement qu'il est inutile d'en rajouter. Je vais me contenter de jubiler en te regardant te débattre pour sortir le nez de ton océan de connerie.

– Comment ça ? je m'inquiète en espérant qu'il ne fasse référence qu'à mes blessures actuelles.

– Tu as été validé comme agent définitif, alors je vais me faire un immense plaisir de te mettre au courant. Écoute bien : tu vas déménager et intégrer ton logement à notre étage.

Mouais. Jusque-là, je n'entends que de super bonnes nouvelles. Ça me va très bien. Par contre, l'air sadique qu'il affiche pour annoncer la suite ne me dit rien qui vaille.

– À cette occasion, tu vas te rendre compte que Sabine vit avec nous.

Ma stupeur suffit à lui montrer que l'ampleur de la situation ne m'échappe pas. Leur rapprochement est bien plus important que je ne le pensais. Ils vont m'en vouloir à mort, d'où mes souffrances à venir.

– Attends, j'ai gardé le meilleur pour la fin. Ça tombe bien, tu es allongé, tu pourras t'évanouir après ma phrase.

Il parle d'une voix menaçante avec un rictus mauvais qui fait craindre le pire. Ce n'est quand même pas la fille du général ?

– Sabine, notre super archiviste et amie qui n'a jamais fricoté avec Lynx… il se trouve que c'est également la femme de Condor, lâche-t-il sur un ton fielleux qui me glace.

Oh putain ! C'est encore pire ! Tout mon sang vient de se transformer en poudre. Le Condor ! Je crois que mon cœur fait un arrêt brutal.

Je suis mort. Adieu Squale et merci pour ta petite visite sur terre.

CHAPITRE 8
Enfance.

Notes du docteur Cauvin – 4 juillet : Sujet Condor. Mental : OK. État général : OK. Observation : au cours d'une conversation téléphonique, il a fait preuve d'une agitation particulière à propos d'un problème important à régler dès son retour. Malgré tout, il reste concentré sur sa mission.

SABINE

Le réveil est difficile en ce samedi matin. Notre virée nocturne était bien sympathique, mais j'en paye le prix. Avant toute autre activité, je pars en direction de la cuisine, en traînant les pieds, pour préparer un café double dose. Quelques minutes plus tard, je m'affale dans le canapé, le nez plongé dans un mug que je sirote en suivant les informations, non sans bâiller régulièrement.

Après une quantité raisonnable de caféine, j'enclenche la deuxième phase du réveil, sous une douche que je fais durer. Un peu requinquée, je reste plantée devant le placard pendant quelques minutes. J'opte finalement pour ce qui me semble le plus adapté à mon état comateux : un jogging.

En plus de la fatigue, un truc me turlupine. Une sensation étrange, comme un détail qui cloche. Ce n'est qu'une heure plus tard, quand je suis revenue me vautrer dans le canapé et qu'une publicité passe à l'écran, que je comprends ce qui ne va pas. Elles devraient être là !

Je bondis sur mes pieds pour courir dans la salle de bains afin d'ôter tout doute possible. Sur la tablette au-dessus du lavabo, je cherche ma plaquette de pilules contraceptives, qui ne s'y trouve pas. C'est normal, puisque l'ayant terminée il y a cinq jours, je l'ai jetée dans la petite poubelle. Accroupie, je fouille dedans et une fois le rectangle d'aluminium en main, je l'inspecte. Oui, j'ai bien pris chaque comprimé comme il faut. Je le savais déjà, mais une vérification rassure. Ce coup de stress ! Pfiouu.

En revanche, les retards sont rares chez moi. Que se passe-t-il ? Je dois être fatiguée, c'est tout. Au moins, j'ai la certitude de ne pas être enceinte. Non pas que ce serait dramatique, il y a pire que ma situation actuelle pour avoir un enfant et je le souhaite, plus tard. En dehors de l'envie de profiter un peu de ma vie sans contraintes parentales, la retraite de Condor représente le critère absolu. En plus des raisons déjà évoquées, cela me permettra de prouver à mes parents que mon futur enfant est bien pourvu d'un père, et par chance, c'est aussi mon mari que je pourrai leur présenter.

Tranquillisée, je retourne procrastiner en pouffant aux images qui me viennent d'un baby Condor à la maison. Rien que la vision de la tête rouge de colère de Condor à l'annonce de sa paternité non préméditée est drôle. À mon avis, il paniquerait tant que je me sauverais chez Lynx ou Hector pour préserver mes oreilles de ses beuglements et reproches.

Au gré de mes pensées qui évoluent, mon sourire s'efface. Condor ne peut être père, puisque ce serait dangereux pour lui. Non, je ne me trompe pas en disant cela, car il n'aurait plus l'esprit libre pour s'acquitter de ses missions. L'inquiétude le perturberait, risquant de lui faire commettre une erreur, voire qu'elle lui soit fatale. De ce point de vue, c'est nettement moins drôle.

Allez, cela ne sert à rien de me plomber le moral inutilement, je peux bien rire en l'imaginant se battre avec des couches minées et pestilentielles, qu'il changerait avec son masque à gaz. Ou des rototos vomitos qui laisseraient des traînées blanches et puantes sur sa tenue. Très vite, je me bidonne avec l'image de lui en train de tendre un doigt autoritaire vers son mini-lui pour lui ordonner de dormir ou de cesser de pleurer.

Mes pensées sont interrompues par la sonnette d'entrée qui retentit. Je vais donc accueillir Hector, puisque ce ne peut être que lui, mais il ouvre la porte avant. Dans le couloir, il se plante devant moi avec un air furieux. En guise de bonjour, j'ai droit à son courroux.

– Tu me l'as caché, pour Squale !

– Hector ? Nous étions ensemble cette nuit pour le chercher.

– Mais pas ça ! Le fait qu'il te traite comme une moins que rien !

Ouille. C'est marrant comme il le prend encore moins bien que moi, qui suis pourtant l'intéressée.

– Café ?

– Oui et tu en profites pour t'expliquer.

– Genre, c'est à moi de me justifier. On aura tout vu, je me moque en partant vers la cuisine.

– Ben oui. Je sais bien que tu ne pouvais pas te défendre contre lui, mais justement, tu aurais dû nous en parler.

– Il est jeune, fier et arrogant, c'est tout. Sa rudesse ne nécessite pas votre intervention. Il se calmera tout seul.

– C'est fait. Je peux t'assurer qu'il l'est.

Oh non. Il a passé une soufflante à Squale qui est blessé. Il le mérite, bien sûr, mais ce n'était pas le moment. De plus, ce n'est pas depuis son lit d'hôpital qu'il pouvait s'en prendre à moi, il n'y avait pas d'urgence.

– Tu crois vraiment qu'il était en état de recevoir une engueulade ? Il est mutilé et n'avait pas besoin de ça.

– Je ne pense pas que ce soient mes mots qui lui aient fait le plus de mal.

Hector ne cognerait pas un gars blessé et alité, si ? Je l'interroge du regard, il lève la main pour me montrer un poing fermé en hochant la tête.

Je n'en reviens pas. Bravo ! Voilà qui apaisera l'état d'esprit de Squale à mon égard. Qu'ils interviennent était exactement ce que je ne souhaitais pas, cela fragilise encore plus l'opinion qu'il a de moi. En déposant nos cafés sur un plateau que je transporte dans le salon, je lui fais part du fond de ma pensée.

– Je ne voulais pas que vous vous en mêliez. Ça ne va pas améliorer les choses qu'il fasse semblant de me respecter, tu comprends ?

– Tu as raison, mais il ne t'a même pas laissé une chance. D'emblée, il t'a cataloguée. Maintenant, au moins il ne te maltraitera plus et comme il n'est pas con, il se rendra vite compte de ta valeur. Quand il a su ce que tu as fait pour lui la nuit dernière, il était tout péteux. Il y a de quoi.

Allongé dans un lit et dans son état, cela prendra un peu de temps avant que Squale puisse évaluer mon travail, mais Hector n'a pas tort. Tellement aveuglé par sa colère irrationnelle, quels que soient mes talents, Squale n'aurait pas jugé cela comme suffisant pour que je monte dans son estime. De toute façon, c'est fait, alors là encore, pas besoin de ruminer.

– Je vais en informer Condor également, tu t'en doutes n'est-ce pas ?

– Hector, ne fais pas ça. Tu vas nous l'énerver pour des broutilles qui vont se régler d'elles-mêmes, je soupire.

– Non ! On ne lui cache rien. Je ne tiens pas à me le mettre à dos et je t'assure qu'il ne comprendrait pas. Je lui dirai aussi que tu couches avec Lynx.

– Quoi ?!

– Ah, tu vois. On ne peut pas taire un truc pareil.

– Mais c'est n'importe quoi ! Qu'est-ce qui te prend de sortir cette absurdité ?

– Ce n'est pas moi qui ai inventé cette débilité, c'est Squale, rétorque-t-il en levant les yeux au ciel.

– Excuse-moi, mais la façon dont tu l'as prononcé n'était pas vraiment explicite.

Hector se met à réfléchir quelques secondes avant de rire.

– Je l'avoue, c'était un peu maladroit.

– Tu serais gentil d'être plus attentif. Tu imagines si tu avais sorti ça devant Condor ?

– Oh la vache, oui. Il foncerait dans l'appartement d'à côté et il lui démonterait la tronche sans sommation.

– Tu veux dire dans celui d'en face.

– Ben non. En face, c'est Lynx.

En dehors des conversations professionnelles, ils sont désespérants. Une fois sur deux, ils me perdent. À ma façon de le regarder, il comprend que je tâtonne dans un champ de brume.

– Mais enfin, Sabine ! Condor ne casserait pas la figure à Lynx.

Ah bon ? Si on lui annonce que je couche avec, il ne s'énerverait pas ? Alors là, je tombe des nues.

– Et qu'irait-il faire ?

– Refaire le portrait de Squale, bien sûr.

Quelque chose m'échappe, c'est obligé. Je pense qu'il y en a même plusieurs, ce qu'il déclare n'est pas rationnel du tout.

– Pourquoi s'en prendrait-il à Squale dans ce cas précis ?

– Ben, pour avoir osé dire des âneries !

– Ce n'est pas très clair puisque ce n'est pas Squale qui le lui aurait annoncé, justement.

– Tu le fais exprès ?

Non, même pas. Je ne comprends rien à son raisonnement, vraiment.

– Condor ne croirait jamais à un truc entre Lynx et toi, c'est évident. Il déduirait immédiatement que c'est une connerie venant de Squale, puisque c'est le seul qui en serait capable. Et c'est sur lui qu'il irait déverser sa colère, c'est pourtant limpide.

– Mouais. Pas tant que ça. Personnellement, j'aurais pu me ruiner en pariant sur le fait qu'il fonce chez Lynx pour l'attraper par le col.

– Nous nous accordons une confiance totale. Tu veux bien me refaire un café ? J'ai du mal ce matin.

Et moi donc !

– Bonne idée et je vais t'accompagner.

– On s'offre une journée canapé télé ? propose-t-il.

– Ce programme me convient tout à fait. Dis, une question con que je n'ai jamais posée : si j'envoie un message à Condor pendant ses silences opérationnels, c'est problématique ?

– Non, tu peux. Tant que nos tél…

Il s'interrompt, affiche une moue contrariée, puis se reprend :

– Leur tél, plus le mien. Bref. Ils les éteignent, mais lorsque Condor rallumera le sien, il sera ravi d'avoir de tes nouvelles.

Parfait ! Il peut compter sur moi pour lui remplir sa boîte à défaut de l'appeler. Notre couple est improbable, mon mari souvent bizarre, mais j'en suis très éprise. Le chemin que nous empruntons se dégage plus chaque jour, Condor s'y lance avec enthousiasme, comme un poulain qui découvre le galop. Il n'adopte pas toujours le bon comportement mais s'emploie sans cesse à s'améliorer, uniquement motivé par notre bonheur. En fait, il pèche par ignorance. Il apprend et surtout, ça rentre. En résumé, mon grognon adoré me manque, alors je commence tout de suite à lui écrire. Quand j'expédie le sixième texto, Hector se moque :

– J'ai dit un message, pas dix.

– Tu ne sais pas ce qu'est l'amour, tu ne peux pas comprendre. Cela fait des semaines que je ne l'ai pas vu. Cesse de te moquer des tourtereaux, parle-moi plutôt de ton enfance. Je te propose d'ouvrir la séquence « souvenirs » et je ne te cache pas que je trépigne d'en apprendre plus.

– Pfiou, tu vas être déçue, il n'y a rien de bien palpitant.

– Laisse-moi en juger. C'est un sujet jamais abordé avec Condor, alors je suis tout ouïe.

– Je sais par le général, le seul à connaître notre historique, que notre parcours est identique. Même s'il ne parle pas beaucoup de lui, pour nous occuper lors de longues planques, il nous est arrivé d'en discuter.

– Encore mieux, je vais en apprendre sur mon mari. Tu me racontes ?

– Je ne suis pas certain de l'intérêt, mais si ça te fait plaisir.

Il accepte ! Enfin des révélations ! Je ne connais rien de rien, si ce n'est qu'ils sont orphelins, et lui, il me propose ça, comme ça. Je tente de conserver un visage neutre, mais à l'intérieur, je suis ravagée de curiosité.

– Que veux-tu avoir ?

Tout ! Même la couleur de ses slips. Qu'il me parle d'un petit Condor mal peigné, en baskets, avec un cartable sur le dos, le truc de dingue. Crache tout, Hector !

– Vas-y, ça nous occupera, je l'encourage d'un ton faussement blasé, en totale contradiction avec mon impatience.

– C'est rigolo, mais nous avons été repérés et recrutés pour les mêmes raisons.

– Qui sont ?

Je crains presque qu'il m'annonce qu'ils ont tué leur premier terroriste à l'âge de douze ans.

– Petite enfance en centre, puisque nés sous X tous les deux et pas adoptés. Je me trouvais à Lyon et lui à Paris.

– Vous n'avez pas grandi ensemble ?

– Non, du tout.

Mince, je n'entendrai pas de détails sur mon mari enfant. Pas grave, la vie d'Hector m'intéresse autant, je lui fais signe de continuer.

– Un jour, encore petit, j'ai vu *Rambo*, ça m'a rendu dingue. Je bouffais les livres et les films sur l'armée, bien souvent en cachette. Très vite, je me suis créé un monde coloré de kaki et de règlements inventés. Avant même d'avoir un poil dans le slip, j'étais décidé à porter l'uniforme une fois adulte. J'imaginais que j'étais une jeune recrue, ma chambre brillait, mon lit toujours nickel, je me prenais pour un soldat stagiaire. Seul dans mon trip, quand les autres me jugeaient taré.

Comme c'est étonnant. Ils avaient encore des dents de lait qu'ils étaient différents.

– Je t'y vois très bien.

Et là, mes délires de bébé avec Condor reviennent. J'ai une pensée émue pour ce pauvre petit – notre futur enfant – dont le père viendrait inspecter son lit au carré et sa chambre rangée tous les jours. Je pars loin, mais je suis intimement persuadée que cet homme qui n'a jamais eu de famille sera justement un père merveilleux.

– Condor m'a avoué qu'il faisait pire parce qu'il avait trouvé une vieille trompette dans les poubelles municipales. Alors tous les matins, comme il était toujours le premier levé, il allait dans le couloir pour souffler dedans, raconte-t-il avant d'éclater de rire.

Il ne manquerait plus que ça. S'il lui venait l'idée saugrenue d'effectuer un réveil au clairon chez nous, il le retrouverait bourré de compote, promesse de Sabine. Ça lui fera tout drôle quand il la verra gicler. En tout cas, je visualise très bien le petit pénible qu'il était alors.

– Laisse-moi deviner. Tout le monde le détestait.

– Oh que oui parce qu'il était déjà bien revêche. Donc, nous avons grandi avec une seule idée en tête : devenir militaires et dans une unité d'élite, tant qu'à faire. Nous voulions être ces héros à la télé pour ne plus être personne. C'était plus qu'un métier pour nous, il s'agissait de se créer une vie, tu comprends ?

– Que trop bien, j'opine tristement en pensant à ces deux petits garçons qui manquaient d'amour et de liens familiaux.

– Pour ça, nous avons travaillé comme des dingues, en nous imposant une hygiène de vie impeccable dans le même temps. Notre credo était : l'excellence ou rien. Grâce à cela et à notre qualité d'orphelins, nous avons pu intégrer l'école militaire d'Autun dès la sixième. Condor un an avant moi.

– Qu'a-t-elle de spécial, cette école ?

– Rien. C'est la seule qui assure le collège, les autres, c'est à partir du lycée. Purée, en la découvrant, j'étais surexcité. C'était déjà un pied dans l'armée. Là-bas, on porte l'uniforme et l'encadrement est militaire. Un règlement strict, bosser à fond et beaucoup de sport en ce qui nous concerne. Bref, c'était le paradis.

– Nous n'avons pas eu les mêmes rêves, c'est clair.

J'imagine très bien ce que j'aurais pensé d'avoir deux tarés qui se prennent pour des soldats dans mon collège. J'aurais certainement été persuadée d'avoir affaire à deux psychopathes, qui finiraient en taule ou tués en commettant un meurtre de masse.

– Bon, je te résume la suite. Tellement à fond dans mon délire, j'ai vite été repéré pour bénéficier d'une préparation physique. Alors que les autres élèves se détendaient pendant les quartiers libres, je pratiquais des sports de combat et entraînements intensifs. Le week-end et les vacances, je restais à l'internat pour m'améliorer grâce aux militaires sur place.

– Tu n'as fait que ça et travailler ? C'est ça, ton enfance ?

– Ouais ! C'était génial ! s'extasie-t-il, un bonheur évident sur le visage.

– Laisse-moi deviner la suite. Après ton passage en seconde, la prise en main a été plus soutenue. Quand tu as obtenu ton bac, tu étais déjà un soldat aguerri. C'est ça ?

– Ouep ! Mais après la troisième, on m'a transféré au lycée militaire de Saint-Cyr, où se trouvait également Condor, mais qui ne l'était pas encore, bien sûr. Nous étions tellement à fond sur l'apprentissage que nous n'avons aucun souvenir de nous être croisés là-bas. C'était le top, j'en bavais encore plus. Le général travaillait sur la création de la cellule. Dès le bac passé, un recruteur m'a vendu du rêve, alors j'ai signé pour devenir Cobra. J'ai rejoint un centre d'entraînement commando avec une cagoule sur la tête. C'est là que j'ai réellement rencontré Condor et le premier Lynx, arrivés un an plus tôt.

– Pendant plusieurs années, nous avons connu un emploi du temps de dix heures par jour, partagé entre entraînement militaire et poursuite des études en cours particuliers. Les diplômes obtenus et jugés aptes, nous avons commencé doucement avec du soutien, puis au fur et à mesure, seuls et à l'étranger.

– Donc, ils repèrent les tarés au potentiel d'agent dès l'école.

– Et pas de liens, surtout.

– Si je comprends bien, déjà tout petits, vous n'aviez pas d'amis ?

– Nous étions trop bizarres pour les autres. Quant à nous, nous les trouvions inintéressants. Je rêvais d'armes, alors qu'eux rêvaient de téléphones ou de jeux vidéo.

– Mais avec votre parcours commun, pourquoi n'étiez-vous pas plus proches tous les deux quand je vous ai connus ?

– Par réflexe. Une manière de nous protéger de la mort de l'autre. Mais tu nous as montré que ce n'est pas une bonne chose. Nos moments de détente sont bénéfiques pour notre moral. Et Lynx rajouterait que la bouffe aussi.

Quelle déception. Il n'y a jamais eu de petit Condor mimi avec sa raie sur le côté, ses baskets trouées et son jean trop grand ? Il a toujours été rigide et teigneux, même lorsqu'il arborait ses grandes dents de gamin ? Mince. Je tente de pêcher d'autres anecdotes aussitôt :

– Allez, tu as bien une bricole à me raconter ? Un truc qui pourrait me servir ?

– Pas du genre de ce que tu souhaites, je le crains. Le seul détail gênant, c'est que nous n'avons jamais touché une fille, sauf Condor maintenant. Mais ça, tu le sais déjà.

– Certes, j'en ai eu la confirmation rapidement.

– Aucun de nous n'a de casserole, tu penses bien que nous n'avons pas eu l'occasion d'en créer, puisque nous avons été encadrés très tôt.

– Vous n'êtes pas drôles, je ronchonne.

– Ose me dire qu'être l'unique femme dans sa vie ne caresse pas ton orgueil.

À peine. Si ma fierté se transformait en laine, je pourrais tricoter des chaussettes pour toute la population française.

– Un peu, c'est vrai, je rétorque sur un ton neutre.

– La grosse menteuse !

– Tu ne m'as fourni aucun os à ronger, alors j'en fais autant.

– Allez, je peux t'en offrir un petit. Je vais te raconter la fois où je l'ai surpris en pleine séance de masturbation, murmure-t-il sur un ton de connivence en me donnant un coup de coude.

Sidérée, je reste figée quelques secondes, le temps d'assimiler ses paroles et de réagir. Je le stoppe en levant les mains.

– Non ! Ça va aller ! Je souhaitais quelque chose pour le charrier, pas pour détruire le mythe, non plus.

– Mais si, c'est drôle. Alors, ce jour-là, nous étions dans un souterrain…

Ils n'ont aucune gêne, sont capables d'aborder tous les sujets possibles, même les plus intimes, avec le plus grand naturel. En ce qui me concerne, c'est hors limite. Je me rue sur lui pour plaquer les deux mains sur sa bouche.

– J'ai dit : non ! Sois gentil d'oublier tout ça. Je vais de ce pas me resservir un café pour effacer les affreuses images que tu as fait naître dans mon esprit. D'ailleurs, je vais peut-être devoir retourner me laver.

Un café n'y suffit pas, ça va me hanter un moment. Du coup, l'envie de prendre l'air me taquine, rendre visite à mes parents aussi. Je propose à Hector de m'accompagner, mais il hésite.

– Je ne sais pas. Je n'y connais rien en famille.

– Justement, c'est l'occasion de rencontrer des parents adorables. Ils sont gentils comme tout, tu verras.

– Tu me promets que si je me sens mal, tu me sors de là ?

– Oui. Je les préviens que nous passons en coup de vent. De cette façon, nous pourrons partir dès que tu le souhaites.

Mes parents sont des gens très simples et accueillants, alors deux heures plus tard, nous sommes installés dans leur salon avec un Hector très à l'aise. C'est la star du jour, ce qui lui plaît beaucoup. Il faut dire que ma mère n'arrête pas de le chouchouter avec des gâteaux pendant que mon père boit ses paroles, puisqu'il n'a jamais réussi à me faire parler de ma vie dans l'armée.

J'ai beau le tuer du regard tout le long, il est trop heureux de narrer mes déboires dans la cellule. Par professionnalisme, il transforme Condor en simple chef irascible et, comme je le lui avais demandé, il n'affole pas mes parents en leur dévoilant nos véritables fonctions. À leurs yeux, nous restons deux administratifs, c'est mieux.

Au final, Hector s'amuse comme un petit fou, il régale son public. Je ne l'aurais pas parié en venant, mais c'est moi qui décide de mettre fin à mon calvaire. Au moment de partir, ma mère le serre dans ses bras en lui claquant quatre baisers qui lui plissent les joues. Hector est surpris et confus, mais par chance, il n'a pas de réflexe malheureux.

– Il faudra revenir, mon petit. C'est un plaisir de rencontrer un ami de notre pépète.

Misère ! Elle a osé divulguer mon affreux surnom de fillette. J'adore ma mère, mais là, j'ai envie de la broyer. Pour coller la honte, mes parents sont des champions. Je serre les dents en l'embrassant, puis je sors rapidement en traînant Hector derrière moi. Heureusement, il n'a pas l'air d'avoir relevé le sobriquet.

Lorsque nous sommes assis dans la voiture, il éclate de rire.

– Alors comme ça, Pépète ?

– Si tu le répètes, tu es mort.

– Mais bien sûr, je tremble. J'adore tes parents. On pourra revenir ?

– Si tu promets de te taire, je te les prête.

– Je jure de ne jamais t'appeler Pépète devant les autres, dit-il en souriant et en levant la main.

– Non. Ce n'est pas ce que j'attends de toi.

Il est nécessaire d'être précis avec ces loustics.

– J'ai déjà oublié. Ta mère marmonnait et je n'ai rien compris, s'amuse-t-il.

– Voilà ! Très bien. Alors mes parents, je te les loue à un tarif très intéressant, tu verras.

Loin, mais de près quand même

CONDOR

Depuis un mois, j'enchaîne les missions. À chaque fois, je pense conclure la dernière, mais un nouvel objectif tombe. Le boulot est prioritaire, j'en suis conscient et je l'accepte. Ce qui n'enlève rien à ma hâte de rentrer.

Avec mon empressement à la rendre heureuse, je n'avais pas anticipé que Sabine se trouverait seule pour découvrir la surprise. Quel con ! Je voulais tellement être auprès d'elle pour profiter de sa joie. Voir la stupeur sur son visage, suivie d'un immense bonheur, qu'elle me saute dans les bras, que je la couvre de baisers en lui susurrant à quel point elle est merveilleuse. Mais pour vivre ce moment magique, il faudra encore attendre. Tant pis.

Plutôt que me lamenter, autant utiliser le court laps de repos pour la contacter. Avant toute chose, je dois préparer mon coin pour la nuit. Armé de ma pelle, je creuse un trou en longueur dans le sable, dans lequel je déroule mon duvet. J'y cale ensuite mes affaires, puis je m'allonge en terminant par la bâche camouflage que je tire pour me couvrir. Me voici à l'aise et confortablement installé sur le ventre, mon fusil qui remplace Sabine à mes côtés.

En sécurité, j'attrape mon téléphone pour le mettre en route. Je découvre avec un grand plaisir les messages qu'elle m'a laissés. Un peu de douce chaleur après ces longues semaines en solitaire. Je m'empresse de lui répondre.

CD : Tout va bien pour toi ?

SC : Très bien. Hâte de te retrouver.

Et moi donc, mais ce n'est pas ce que je brûle de savoir.

CD : Rien de spécial ?

SC : Non, le train-train s'installe.

Elle n'a pas encore découvert mon cadeau, c'est parfait. Avec un peu de chance, je serai à temps à la maison pour que nous le fêtions ensemble.

CD : Normalement, c'est la dernière
et je rentre.

Dans le même temps, j'ouvre les messages qu'Hector a également envoyés. En lisant les quelques lignes, je serre mon téléphone entre mes doigts. Merci à la coque robuste, car je l'aurais cassée de rage.

CD : SC ! C'est quoi ces conneries ?
SQ te maltraite
et tu ne m'en parles pas ?!

SC : Mais quels cafteurs et commères
vous êtes !

Purée ! Je la vois très bien en train de soupirer et de lever les yeux au ciel. Même de loin, je n'aime pas qu'elle fasse ça. Et ce n'est pas le sujet !

CD : SC !

SC : Je gérais très bien toute seule,
tu n'as pas à t'inquiéter.

CD : Non ! Tu subissais, tu ne gérais
rien du tout ! HA s'est chargé
du problème, mais je remettrai
une bonne couche à mon retour.

SC : Je te propose plus intéressant
à pratiquer à ton retour.

Veut-elle parler de ce à quoi je pense ? Si c'est le cas, j'aime bien cette conversation. Étonnant comme ma colère s'envole subitement à l'idée de tenir ma femme dans mes bras. En revanche, si elle espère me faire oublier le reste, elle rêve. Le petit con qui s'attaque à elle… il ne perd rien pour attendre.

Houla ! Non, je m'emballe un peu trop. Je ne dois pas sortir du cadre. Je vais lui pourrir la tête parce qu'il s'en est pris à notre archiviste, uniquement cela. Pour la partie personnelle, j'aviserai. Mais pour l'instant, je parle avec ma femme. Bonjour le cloisonnement, c'est gonflant comme exercice.

CD : Je ne vois pas ce que tu veux
dire. Pourrais-tu être plus claire
pour une fois ?

SC : Je pensais à un entraînement
intensif en corps à corps.
Je crois que je manque de pratique
ces derniers temps.

Je suis absent, alors j'espère bien !

CD : Tu veux m'affronter sur un tapis ?

SC : Je pensais plus à notre lit.

CD : Ce n'est pas franchement adapté.
Tu vas encore te plaindre de tomber.

SC : Très drôle. Tu fais exprès
de ne pas comprendre ?

Pour une fois que c'est moi qui fais tourner l'autre en bourrique, j'en profite.

CD : Il serait bon que tu fasses preuve
de clarté dans tes propos.
Tu veux te battre avec moi, c'est ça ?

SC : Mais non. Tu n'es vraiment pas
drôle. Les sextos avec toi, c'est nul.
Je faisais référence à nous deux au lit,
c'est tout.

Elle abandonne déjà ? Tssss, tu me déçois, ma femme.

CD : Dommage. Je me voyais bien
te ceinturer par-derrière, te plaquer
contre le matelas, t'empêcher de crier
en te dévorant la bouche et te porter
l'estocade en m'enfonçant en toi.

SC : Tu te moquais de moi. En dehors
du fait que je suis vexée
comme un pou, je valide ce scénario
prometteur.

CD : Alors tu auras ton cours
particulier, promis. Je te laisse.
Je dois faire un point avec le GAL
avant de dormir un peu.

SC : Bonne nuit, mon guerrier.

Hop, je coupe sa messagerie pour passer sur celle du général.

CD : Repos et j'enchaîne.

GL : Bien. Malgré la mise hors service
de SQ, LX et toi pourrez rentrer ensuite.

Carrément HS ? Hector m'a dit lui avoir collé son poing dans la figure, mais pas qu'il lui avait assené une correction. S'il est allé jusque-là, ça va barder. Nous ne sommes pas tendres, mais il n'est pas question de nous blesser.

CD : SQ HS ?

En quelques messages, le général résume la situation. Plus j'en lis, plus je me raidis dans mon trou. Elle est allée en pleine nuit dans une zone industrielle et sans arme. Pour sauver le cul d'un mec qui la maltraite ! Et elle me dit « je gère » ?

Bon, en même temps, c'est aussi son supérieur. Si je reconnais qu'elle a assuré en faisant passer son travail avant son avis personnel, il faudra vraiment que je lui explique que cela ne sert à rien de me mentir, même par omission. En plus du comportement de Squale, j'aurais inévitablement appris sa sortie de nuit avec Hector pour le récupérer.

Et elle ose me dire que c'est le train-train ? Elle ne perd rien pour attendre.

CHAPITRE 9

Placebo.

Notes du docteur Cauvin – 16 juillet : sujet Hector Almeida. Mental : OK. État général : OK. Observation : dernière évaluation très bonne. Il est apte à tous niveaux pour démarrer sa nouvelle carrière.

SABINE

Condor effectue sa dernière mission avant son retour à la maison, il est dessus depuis deux semaines. Le temps s'étire, je ne l'ai pas vu depuis un mois et demi. C'est long. Quant à Squale qui a quitté l'hôpital il y a cinq jours, je ne l'ai pas croisé depuis notre virée nocturne, la nuit des fesses à l'air. Hector m'a déconseillé de lui rendre visite pendant sa période de soins, sans plus de précision. Pour des raisons de sécurité, j'imagine. Vous pensez bien que je n'ai pas insisté puisque j'y serais allée à reculons, uniquement motivée par le devoir et ma bonne éducation.

Ce matin, Hector vient prendre son petit déjeuner en ma compagnie. Je suis déjà dans la cuisine pour préparer quand je l'entends entrer dans l'appartement, puis longer le couloir. Il apparaît à la porte du salon, son air radieux est suspect. Quel coup fomente-t-il encore ? En le scrutant, j'aperçois deux autres pieds derrière lui. D'abord méfiante sur l'identité de l'invité, quand je reconnais Lynx, je bondis de ma chaise pour l'accueillir par une franche accolade.

– Te revoilà !

– Yep ! Je suis rentré cette nuit. C'est bon de revenir.

– C'est bon de revoir les hommes à la maison, et encore plus parce que le mien ne devrait plus tarder.

Guillerette, je retourne derrière le comptoir.

– Et vous ? Quoi de neuf ici ? En dehors de l'affaire Squale, bien sûr, gronde Lynx en me fusillant du regard.

– Ne commence pas. Mêlez-vous de vos fesses et laissez-moi gérer les miennes.

– Tu te goures, aucun de nous ne passera sur son comportement. Hector lui a mis les points sur les I, je lui ai mis les barres sur les T. C'est tout.

– Et Condor lui mettra juste son poing dans la tronche, ajoute Hector.

C'est bien possible, mais je n'y tiens pas. Je soupire de lassitude en les regardant de travers.

– Vous êtes terribles en grands frères.

Il faut y aller, le chauffeur doit être là.

Oui, je profite du chauffeur missionné pour les trajets d'Hector et, on ne va pas se le cacher, cela offre un certain confort. Pour sa première semaine, Hector n'a pas souhaité manger au self avec Sylvie et moi mais il est enfin décidé à essayer aujourd'hui. Les plateaux en solitaire au sous-sol ont eu raison de lui. Lorsque l'heure arrive de le former aux repas à la chaîne, je traverse le couloir pour le récupérer dans son bureau, celui de l'ancienne adjudant-chef.

Cette dernière a organisé un pot de départ, réellement heureuse de quitter Paris pour rejoindre le Sud, contrairement à mes craintes initiales. Non moins ravie de fuir la cellule. Quant à sortir Condor de sa vie, je n'en parle même pas. Il n'était pas présent pour la fête et c'était tant mieux, il l'aurait gâchée en bougonnant dans son coin.

Totalement habitué à sa prothèse, Hector se déplace avec souplesse. Personne ne peut imaginer ce qu'il dissimule sous ses pantalons civils tant il est à l'aise dans les escaliers. Lorsque nous arrivons dans le hall, nous retrouvons Sylvie. À notre vue, elle cille légèrement, puis ouvre grand les yeux posés sur Hector. Je l'avais bien sûr prévenue d'un remplaçant à l'adjudant-chef, mais elle ne l'avait pas encore rencontré. Comme le reste du personnel, elle ne sait pas qu'il est anciennement Cobra. En effet, il a décidé de conserver son anonymat total, de rompre le lien afin d'avancer sans ruminer.

Pour en revenir à Sylvie, pourquoi le fixe-t-elle ainsi ? Pour une raison toute simple, qui dans le même temps commence sérieusement à me fatiguer : Hector est magnifique. C'est un détail qui n'échappe pas aux femmes que nous croisons. Lorsque nous nous déplaçons dans les couloirs, tous les regards appuyés, les soupirs et les sourires aguicheurs qui lui sont offerts, et pire, les gloussements après notre passage, m'horripilent. Lui, il jubile.

Une fois que nous sommes arrivés devant elle, je dois effectuer les présentations. Je m'exécute en grinçant tant la situation est absurde.

– Sylvie, Hector. Hector, Sylvie.

Ils se sont déjà retrouvés chez moi sur le même canapé, mais Sylvie n'a pas le moindre soupçon, persuadée de le rencontrer pour la première fois.

– Enchantée de vous connaître, Hector, l'accueille-t-elle avec un immense sourire.

Une de plus qui succombe. Si je dois consoler Lynx, voire servir de tampon entre lui et Hector qui lui pique sa prétendante, je ne suis pas sortie de l'auberge. Malheureusement, je comprends l'ampleur du désastre lorsque nous nous insérons dans la file du self, puis en traversant la salle pour rejoindre notre table du fond avec nos plateaux en main. Notre credo, à Sylvie et moi, c'est la discrétion. Comment y parvenir avec ce bellâtre sur mes talons ? Les têtes féminines se retournent sur son passage, quelques-unes masculines aussi.

Il ne passait déjà pas inaperçu cagoulé, c'est presque pire sans.

– Ça fait bizarre d'être reluqué de la sorte, s'amuse-t-il en s'asseyant.

– Ne t'inquiète pas, cela passera d'ici quelques jours. C'est la nouveauté.

– Merci bien d'insinuer que ce n'est pas tout simplement l'attrait de ma personne, me rembarre-t-il.

– Mais si, je vous assure que c'est votre physique, abonde Sylvie qui l'admire autant que toutes les autres.

– Merci, Sylvie. Je suis officier, mais dans notre cellule, c'est un peu particulier, alors nous allons nous tutoyer. Heureusement que toi, tu crois en moi, la remercie-t-il avec un clin d'œil.

Je rêve ? Elle ne vient pas de rougir ? Elle pense vraiment pouvoir le dissimuler derrière son verre d'eau ? Cela n'échappe pas non plus à Hector qui lui offre un sourire étincelant, il se découvre charmeur et aime ça. Elle avale de travers, je lève les yeux au ciel. Après s'être noyée dans son verre, elle s'essuie en toussant. Moi, je punis Hector en lui assenant un coup de pied sous la table.

Comme la Doris[2] que je suis, j'oublie de calculer mon coup. Mon pied percute douloureusement son

---

2. Doris : poisson chirurgien dans le dessin animé *Nemo*, de Disney. Sa particularité est sa mémoire défaillante, elle oublie tout dans la minute qui suit.

tibia en ferraille. Il ricane en me voyant grimacer, je le fusille du regard en recroquevillant mon petit orteil dans mon escarpin. Finalement, je vais regretter qu'il ne veuille pas continuer à prendre son plateau dans notre coin cuisine.

Au cours du repas, la conversation tourne autour d'Hector, surtout à cause de Sylvie qui l'interroge sur sa carrière et les raisons de son arrivée chez nous. Sans aucune hésitation, les réponses fusent et narrent le scénario que nous avons mis au point tous ensemble. Hector est donc un ancien militaire accidenté bêtement pendant un séjour dans un camp de manœuvre. Ensuite devenu personnel civil, car non désireux de quitter ce milieu, il a été muté au ministère. Cela a le mérite d'être plausible. De plus, les gens n'étant pas à l'aise avec ce type de blessures, ils ne demandent pas de précisions sur les circonstances ni sur son ancien poste.

De retour au bureau, il me questionne sur mon humeur.

– Pourquoi fais-tu la tête ? Tu devrais être contente que je plaise, non ?

– Mais oui, c'est bien. Mais c'est un peu trop quand même. Si pour toi c'est agréable, je t'assure que le vivre à tes côtés, ça l'est beaucoup moins.

– Tu es jalouse ? sonde-t-il en me scrutant.

– Mais non, ni de toi ni de l'attention des autres. J'ai déjà mon homme et j'y tiens. C'est juste soûlant, c'est tout.

– Laisse-moi en profiter un peu, puisque tu penses que c'est éphémère.

– Tu as raison, pardonne-moi. Je suis égoïste sur ce coup.

Il mérite bien un peu de gloire – même si elle n'est liée qu'à son physique – pour contrebalancer celle qu'il n'aura pas eue de son vivant pour ses fonctions d'agent.

Dans l'après-midi, Lynx me rend visite accompagné d'Hector et c'est dans la bonne humeur que nous passons le reste de l'après-midi tous les trois. Lynx nous a déposé une quantité incroyable de données sous toutes les formes, papiers, photos, sa mémoire ou même des inscriptions sur ses bras. Alors nous recopions et trions tout cela, puis faisons le point sur celles à traiter en priorité. En fin de journée, je coupe mon poste.

– C'est l'heure, je dois y aller.

– On rentre avec toi, rétorque Lynx.

– Non. On se retrouve plus tard à la maison. J'ai un rendez-vous privé, votre présence n'est pas requise.

– Chez qui ?

– À quel sujet ?

Comment ai-je pu envisager qu'ils se contenteraient de moins que la totalité des détails ? Tout ce qui me concerne les regarde. D'après eux, bien entendu. Il est inutile d'essayer de feinter, ils ne me lâcheront pas dans la nature sans un minimum d'informations. Pourtant, je peux certifier que je n'ai pas la moindre envie d'aborder le sujet avec eux, parce qu'il s'agit de mon rendez-vous de suivi annuel chez ma gynécologue. Et il tombe bien, car après l'absence de mes règles, j'ai entamé la nouvelle plaquette comme d'habitude. Je pourrai en parler à Condor, mais certainement pas à eux, il ne manquerait plus que ça. Donc, il me faut leur fournir une explication afin de me débarrasser des curieux. La méthode la plus efficace est de les choquer. Alors j'y vais cash, ça leur apprendra à se mêler de mes affaires. Après ça, ils hésiteront un peu plus à fouiner.

– J'ai mon rendez-vous de contrôle chez mon médecin de la foufoune. Cela vous suffit comme justification à mon besoin d'intimité ?

Les voici tous les deux qui m'observent avec un air halluciné.

– On va dire que ça me va. On se retrouve à la maison, bougonne Hector.

– Pour moi aussi. Ça ira.

– Condor serait peut-être venu quand même, ajoute Hector.

Oh que oui ! Je l'en crois tout à fait capable. Et il ferait fermer le cabinet au public pour ça. Je me demande même s'il aurait accepté de rester sagement assis devant le bureau pendant la consultation. Avec lui, tout est possible. Par chance, il est bloqué dans un coin de la planète, alors je peux vaquer en paix à mes occupations. Ce que je fais en rejoignant le cabinet à pied avec le sourire parce qu'il fait très beau.

Un peu plus tard, mon sourire s'efface de façon soudaine. Comme si je recevais un gros coup de poêlon en fonte sur la tête.

– Vous pouvez répéter ? je souffle après un moment de stupeur.

– Vous êtes enceinte. Félicitations !

Abasourdie, je n'arrive pas à prononcer un mot. Quelqu'un a appuyé sur l'interrupteur du temps, la terre vient d'arrêter de tourner. Voilà exactement mon ressenti. Allongée sur la table d'auscultation avec la sensation d'être située à côté de mon corps, j'observe la gynécologue s'emparer d'instruments en parlant, mais je ne l'entends pas. Tout à coup, je sursaute en sentant un liquide froid sur mon ventre. Afin d'en comprendre l'origine, je redresse ma tête qui pèse une tonne – le poids de l'engourdissement causé par la nouvelle – et découvre qu'elle m'asperge d'un gel aussi transparent que glacé. Ce petit choc thermique a le mérite de remettre mon cerveau en route.

Pendant qu'elle s'occupe de son matériel, je cogite. Pourquoi ? Comment ? Mais pourquoi, nom d'un petit bonhomme ?! Spontanément, l'image d'un coupable se dessine. Un homme que je ne connais que trop bien. C'est lui ! Même ses minuscules spermatozoïdes sont trop forts, ils font fi de ma pilule. Stop, je délire. Mais ça ne peut être que lui, c'est sûr. Le soir où nous avions abordé le sujet, ses yeux brillants m'avaient alertée, mais j'ai naïvement cru l'avoir calmé ensuite avec mes paroles. Je me suis leurrée. Plus tard, avais-je dit. « Ben oui, nous sommes des mois plus tard », me répondrait-il aujourd'hui.

À ce moment précis, allongée nue sur la table d'examen avec les jambes écartées, on ne le croirait pas, mais je vous assure que je fomente un meurtre. Ma cible est le Condor, bien sûr, et si ma gynécologue ne cesse pas d'exprimer sa joie à ma place, je vais l'ajouter à la liste.

– Vous le voyez, il est là, déclare-t-elle d'une voix enjouée en pointant l'écran de son index.

Puisqu'elle a voulu confirmer les choses avec une échographie, oui, je vois bien… un truc. Je m'attendais presque à apercevoir un mini-bébé avec une cagoule sur la tête, qui me salue en levant la main avec deux doigts en V pour fêter sa victoire. Mais non, c'est juste une tache, mais bel et bien présente dans mon ventre.

C'est une catastrophe ! C'est la fin du monde. Bon, peut-être pas, j'exagère sous le coup de la colère. Ce qui est certain, c'est que ce n'est pas un problème dont je vais me sortir en exécutant des pirouettes. Cette nouvelle est trop soudaine et imprévisible, c'est une douche glacée.

Pendant que je me rhabille en ruminant, la gynécologue retourne à son bureau pour remplir les papiers de déclaration de grossesse. Avec ses drôles de règles en plastique, elle se met à calculer la date de conception. Moi, je la connais parfaitement. Tout s'éclaire, je comprends maintenant le regard si grave de Condor lorsqu'il me faisait l'amour avant son départ. Tu m'étonnes qu'il était sérieux, il concevait son enfant. J'aurais dû me méfier, car en analysant son comportement avec le recul, c'était tellement évident que je me ficherais des claques.

Cela dit, il aurait fallu que je sois aussi tordue que lui pour soupçonner qu'il se hasarderait à un coup pareil. Je dois être la seule femme au monde à qui on fait un bébé dans le dos ! D'habitude, ce sont des femmes qui l'osent. Moi, j'ai hérité de l'unique homme capable de tout inverser, c'est merveilleux. D'ailleurs, comment a-t-il réussi puisque je prends bien ma contraception ? Ce que je m'empresse de mentionner à ma gynécologue.

– Vous avez dû l'oublier.

Oh que non, et vous sauriez qui est mon mari, vous ne douteriez pas de mon sérieux en la matière.

– Vous êtes enceinte de cinq semaines, sept semaines d'aménorrhée, conclut-elle avant de reposer sa réglette. Au pire, ce n'est malheureusement pas efficace à cent pour cent. C'est rare, mais cela arrive. Vous ne souhaitiez pas cette grossesse ? s'enquiert-elle.

Il était temps de poser la question, docteur. Ma stupéfaction à l'annonce, mon silence et ma déconfiture ensuite auraient dû vous aiguiller. Ça ne se voit pas à ma tête décomposée et à ma façon de traîner les pieds ?

Soudainement, elle comprend qu'en face d'elle ne se trouve pas la femme épanouie qui attendait ce moment avec impatience, et change d'attitude aussitôt. Pendant que je m'assieds face au bureau, elle retire ses lunettes puis entame son travail de médecin. Elle prend le temps de me rassurer, de m'expliquer les options et quand elle mentionne également la possibilité d'une interruption de grossesse, je sursaute. Je ne suis pas contre l'avortement pour les femmes qui le désirent, elles ont leurs raisons, mais cette option me perturbe en ce qui me concerne.

Je n'ai pas préparé cette grossesse, certes. Mais quelle autre motivation que cette anticipation surprise comme motif d'avortement ? J'ai un métier, un logement, un mari qui souhaite autant que moi être parent, même s'il est spécial et pas encore disponible pour assumer son rôle. Financièrement, élever notre enfant n'est pas un souci, les fonctions du père représentent le seul problème. Non, le scénario de l'avortement n'est pas envisageable, je le vivrais mal. Encore plus si je l'associe à la petite tache que je viens de voir il y a quelques minutes. Pire, après avoir entendu son cœur battre si fort, ce que je ne pensais pas possible si tôt. Devenir mère était un souhait, l'instinct de le protéger est déjà là. Même s'il est imprévu, c'est mon bébé, il est à moi.

Évidemment, nous sommes loin de l'explosion de joie que j'espérais pour ce moment. Pour l'heure, je dois tirer cette affaire au clair.

Après une heure de conversation, je quitte le cabinet avec mes papiers de future maman dans le sac ainsi qu'une quantité de documentation dont le poids ferait pâlir de jalousie le gros Larousse. Une fois sur le trottoir, je suis toute chose. Je ne suis pas abattue, mais confuse. Je n'étais pas prête mentalement. Je dois assimiler les faits, les accepter, et surtout m'approprier cette grossesse afin de la vivre sereinement. Pour l'instant, elle me paraît abstraite.

Pendant le trajet de retour, je me pose mille questions. Sur la grossesse, le bébé, la vie. En passant devant un square, j'y pénètre pour m'asseoir sur un banc à l'ombre d'un arbre. Le regard perdu au loin, je continue ma réflexion. Après une demi-heure, au lieu de me sentir motivée, c'est tout l'inverse. Une vague de solitude m'étouffe. Je n'y connais rien. Je n'ai même pas d'amie ou de membre de ma famille qui pourrait m'aider à y voir plus clair. Et bien évidemment, il est inenvisageable d'en parler à ma mère. Avant toute chose, il faudrait discuter du père qui est classifié secret défense.

Le père… Voici qui me fait penser à Condor. Je ne sais pas comment il a réussi son coup, mais il l'a voulu, ce bébé, alors il peut compter sur moi pour l'obliger à assumer. Il ne va pas s'en sortir aussi facilement qu'en plantant sa graine et me laisser gérer le reste. J'avais pourtant été claire. Tu as désiré être père, mon amour ? Tu vas l'être à fond. Et tu vas également me payer cette trahison, parole de Sabine.

D'ailleurs, me reviennent les images de lui avec un bébé dans sa vie, celles qui m'ont tant fait rire l'autre jour. Hé hé hé, c'est encore plus hilarant en sachant qu'elles vont devenir réalité.

En revanche, je suis furieuse après lui d'avoir osé se servir de mon corps dans le but d'assouvir ses envies de bébé.

En arrivant à l'appartement une bonne heure plus tard, mon premier geste est, sans trop savoir pourquoi – une intuition sans doute –, de me rendre dans la salle de bains pour récupérer mes plaquettes de pilules. Je retrouve la boîte entamée ainsi qu'une neuve que je vérifie. Ma première idée était que Condor les avait trafiquées, mais après inspection, elles s'avèrent tout à fait normales. Les comprimés ont les bonnes couleurs, ils sont emballés sous leur papier-alu collé, rien n'indique qu'il ait pu y toucher.

En tournant les boîtes dans la main, je m'assieds sur le rebord de la baignoire en soupirant. Est-il possible que ce soit un accident ? Que Condor n'ait rien à voir là-dedans ? Dans ce cas, l'annonce de ma grossesse sera diamétralement différente. Alors que je pensais la lui reprocher et l'étrangler, je vais marcher sur des œufs.

Comment lui révéler un changement qui aura un impact si important sur le reste de sa vie ?

Sa réaction risque d'être à la hauteur et de m'offrir un épisode désagréable. Mes deux boîtes toujours en main, je me lève pour les ranger dans le placard. D'ailleurs, comme c'est pour un bon moment, je vérifie la date de péremption pour décider s'il faut les jeter tout de suite ou les conserver pour plus tard.

En apnée, je découvre la vérité, la confirmation de mes soupçons. J'achète une boîte lorsque j'entame la précédente. Par conséquent, que la date ainsi que le numéro de lot soient identiques pour les deux, c'est juste impossible.

Mon cerveau qui fonctionnait au ralenti sous le coup de l'émotion implose d'un coup. Il a fait fabriquer de fausses pilules par le labo ! Maintenant, c'est sûr, je vais le tuer !

Hop et je rentre

CONDOR

Sur une colline depuis une semaine, je planque pour observer l'arrivée de ma cible. Cela fait un bon moment que nous voulons mettre la main sur ce type, ce qu'il sait pertinemment. Du coup, c'est un vrai courant d'air, impossible à localiser tant il se déplace de cache en cache. Lorsque nos services de renseignement ont intercepté un message laissant penser qu'il allait prochainement pointer son nez dans cette maison isolée, je m'y suis posté sans perdre de temps. Je devais rentrer en France, mais il ne fallait surtout pas louper cette opportunité.

Depuis, je patiente sur une colline sablonneuse qui surplombe la résidence, aucun mouvement ne m'échappe. J'ai une telle visibilité sur des centaines de mètres à la ronde qu'il est impossible d'entrer ou de sortir sans que je m'en rende compte. La configuration actuelle est une des plus simples à gérer. Je vous résume le déroulement des opérations à venir. Il arrive en voiture qui soulève un nuage de poussière repérable de loin, j'ai largement le temps de me préparer jusqu'à sa descente du véhicule. Du haut de ma butte, je le mets en joue, je l'identifie grâce à ma lunette et je tire. Je suis trop éloigné pour que les autres hommes me détectent ou ripostent, je serai déjà parti avant qu'ils comprennent. Zou ! Mission bouclée.

Allongé sous la bâche camouflage, immobile depuis des heures – depuis le lever du soleil, puisque je ne peux remuer que dans le noir pour ne pas être repéré –, je me contente d'étirer mes muscles. Tout à coup, un bruit au loin n'annonce rien de bon. Ou une complication. Ma cible arrive, sauf que j'avais prévu un véhicule terrestre, mais c'est bien le son d'un hélicoptère en vol qui résonne.

Encore une bonne raison de toujours anticiper les changements possibles, ils ne pourront pas me déceler du ciel puisque je suis à moitié enterré et recouvert. Ce n'est pas ce qui pose problème, mais plutôt l'hélicoptère en lui-même lorsqu'il sera posé. Vu la configuration de la résidence, il se trouvera pile dans ma ligne de mire et donc me gênera jusqu'à l'entrée dans la maison. Cela va me retarder, mais certainement pas m'empêcher d'accomplir ma mission. Dans ce genre de cas, j'attends la tombée de la nuit, que les personnes présentes dorment, ensuite, je m'infiltre dans la demeure pour fondre sur la cible. Quitte à ce qu'il y ait des dommages collatéraux sur mon passage, comme les gardes du corps qu'il faut éliminer également.

Quelques minutes plus tard, je grogne d'avoir encore eu raison. L'hélicoptère se pose, pile où je ne le souhaitais pas. Je ne peux pas tirer. À travers mes jumelles, je scrute la cible qui entre dans la demeure, ce qui me permet au moins de valider son identité. Profite de ta soirée, mec, parce que c'est la dernière. Promesse de Condor qui veut se barrer d'ici pour rentrer chez lui.

En soupirant, je pose le front contre le sol, puis j'étire mes jambes et roule mes épaules. Il reste six heures avant la tombée de la nuit, je peux me reposer avant de passer à l'action.

Nous y voilà, il fait nuit. J'ai pu somnoler un peu puisqu'il n'y a eu aucun mouvement, c'est déjà ça.

Avec toute la discrétion requise, j'emballe mes affaires en terminant par la bâche que je roule. Une fois mon sac fermé et posé à côté de moi, avant de me mettre en route pour m'infiltrer dans la propriété, j'effectue une dernière inspection des lieux avec mes jumelles. N'y croyant pas, je vérifie une seconde fois. Mais oui ! La cible est tranquillement installée dans son canapé, en peignoir et en train de regarder un film. Et pour me faciliter les choses, le tout devant une magnifique ouverture non vitrée qui m'offre un boulevard comme angle de tir.

La chance est avec moi ce soir, ne la laissons pas passer. Je me positionne aussitôt, contrôle une ultime fois mon fusil, son chargement comme ses réglages ainsi que les paramètres externes comme la vitesse du vent. Quand tout est OK, je mets en joue. Je ralentis ma respiration, je fais le vide dans ma tête et je me concentre. Jamais de précipitation, toujours rester calme. Lorsque c'est le bon moment, la cible immobile et bien centrée, j'appuie lentement sur la queue de détente. Un coup, une seconde, et un terroriste en moins sur la planète.

Je reste en place, l'œil à ma lunette, pour confirmer sa mort. Sur ce coup, trois secondes suffisent. Juste le temps de voir le trou sur son front et le corps qui bascule en avant pour tomber au sol. Je recule en rampant pour descendre de quelques mètres afin d'être couvert par le sommet de la colline, ensuite, je me redresse en attrapant mon sac dans une main, le fusil dans l'autre pour courir en vérifiant mon cap. Droit devant et six kilomètres plus tard, je m'engouffre dans le taudis qu'est ma planque.

Je pose mon sac dans un coin puis m'assieds à côté pour sortir mon téléphone et le rallumer. Le premier texto que j'expédie est l'indication du lieu et de l'heure de rendez-vous de mon extraction. Ensuite, détendu, je lis les mots de Sabine.

Elle arrive à me faire sourire avec ses bêtises et je crois qu'elle a parfaitement compris qu'elles me font un bien fou en fin de mission. En revanche, le dernier date d'avant-hier, c'est étonnant. Elle a pris l'habitude d'en envoyer un chaque soir avant de se coucher.

Je ne pense pas qu'elle puisse avoir la tête ailleurs et m'oublier, alors je m'interroge sur les raisons de ce silence. Au pire, je serai rentré d'ici deux jours maximum, je pourrai la prendre dans mes bras et vérifier qu'elle va bien. De plus, je ne suis pas inquiet, les gars m'auraient alerté en cas de problème.

CHAPITRE 10
Planifier.

Notes du docteur Cauvin – 17 juillet : sujet Condor. Mental : OK. État général : OK. Observation : retour de mission longue réussie. Est plus soucieux de rejoindre son bonbon que finaliser son rapport.

SABINE

Après le choc de la nouvelle, un unique programme s'impose : me vautrer dans le canapé pour ruminer sur ma condition, aussi soudaine qu'imprévue, de future maman. Et surtout, engager une réflexion sur la meilleure façon de sanctionner Condor pour avoir dépassé les bornes. Il n'a pas à décider seul, et qu'il soit néophyte en relationnel ne représente pas une excuse valable. De plus, après lui avoir exposé le critère obligatoire à mes yeux, comment ose-t-il se prétendre père avec sa vie actuelle ?

J'apprécie beaucoup cette proximité avec les gars, mais ce soir, elle fait voler en éclats mon plan de broyer du noir pour organiser ma vengeance. Lynx débarque dans l'appartement, mais après être resté isolé plusieurs semaines, comment lui reprocher de rechercher de la compagnie ? Sans compter qu'il n'a pas connaissance de mon problème en cours et n'en est pas responsable. Sa mine réjouie me fait oublier mes envies de solitude, sa présence me réchauffe le cœur. Me changer les idées sera bénéfique, cela me permettra de prendre du recul afin de mettre au point la meilleure méthode pour tuer Condor. Pas au sens littéral, bien entendu.

Lynx se sert un verre en me questionnant sur l'absence d'Hector :

– Ça lui arrive souvent de sortir le soir ?

– Non. Où est-il allé ?

– Il a juste précisé qu'il avait rendez-vous avec une femme, m'apprend-il en faisant la moue.

– Ah ! Alors, il se lance dans la découverte d'un nouveau sport.

– On dirait bien. D'ailleurs, maintenant que je suis de retour et au calme pendant quelques jours, on pourrait peut-être s'occuper de Lyvie, non ?

– Lyvie ? C'est un logiciel ?

– Mais non. C'est Lynx et Sylvie.

– Cette façon que vous avez de tout transformer en mission et nom de code, c'est déroutant.

– On ne sait pas vraiment faire autrement.

C'est exact, mais ils peuvent s'améliorer sur ce point. Pour en revenir à son idylle, j'étais prête à l'aider, mais me voici bien plus réticente après la récente entourloupe de Condor. Je n'arrive déjà pas à encaisser, alors ce n'est pas pour souhaiter le même genre de chose à mon amie. Cela dit, Lynx est loin d'être borné comme Condor et il demande toujours avis et conseils. Lui, il ne commettrait pas un acte aussi égoïste qu'inconséquent. Malgré tout, je m'en assure :

– Avant, peux-tu me faire une promesse ?

– Ça dépend. Laquelle ?

Évidemment, il n'est pas du genre à s'engager sur une voie à l'aveugle.

– Ne lui fais aucun coup en douce. Si tu as des envies mais que tu hésites, n'oses pas lui en parler, tu viens me voir. Même si tu es certain d'avoir raison, d'ailleurs.

Il vaut mieux être clair, car Condor devait être sûr de lui en commettant son forfait.

– Je le fais déjà. Tu songes à quelque chose de précis ?

Oui, même de très précis, mais je refuse de lui dévoiler. On ne sait jamais, cela pourrait lui donner des idées qui ne naîtraient pas en temps normal. De toute façon, je ne divulguerai rien tant que ma décision n'est pas prise concernant Condor. Juste d'y repenser, la moutarde me monte au nez et ça pique fort. Vite, me reconcentrer sur Lynx.

– Non, c'est en général. Et j'en conviens, toi, tu communiques. Pour Lyvie, j'estime que tu peux accélérer le mouvement sans trop de risque de râteau. Elle a fini par succomber à ton charme de petit chien fou.

– Normal, répond-il en bombant le torse.

– Le mieux, c'est que tu l'invites à dîner un soir en tête à tête. Sachant ce que cela implique, si elle accepte, alors tu seras fixé sur la suite.

– Super ! On l'invite demain, ça te va ?

De toute évidence, il n'a pas assimilé le principe du tête-à-tête.

– Mais non. Je te parle d'un dîner entre vos deux têtes, sans la mienne pour interférer. Tu l'invites chez toi en précisant bien ce détail, sinon, elle ne fera pas le lien. Tu comprends ?

– Mais elle va accepter ? On ne peut pas lui faire la surprise en disant que c'est nous et tu ne te présentes pas ? C'est moins risqué, non ?

Purée ! Voilà exactement où je voulais en venir tout à l'heure. Mon sang ne fait qu'un tour. Je bondis sur mes pieds en pointant un doigt accusateur sous son nez.

– Ça suffit avec les plans sournois ! On ne fait pas de coup fourré, même si vous avez l'audace d'appeler ça des surprises ! Ce sont des coups tordus et ça ne se fait pas. Il y en a marre de vos stratagèmes malvenus !

– Hey ! Doucement. Je demandais, c'est tout, se rattrape-t-il en levant les mains en signe d'apaisement.

Le pauvre, je lui aboie dessus alors qu'il agit comme je l'attends, il se renseigne. Il subit mes foudres à la place de Condor, c'est injuste. Je me reprends immédiatement en m'exhortant à conserver mon calme mais en faisant preuve de fermeté.

– Il n'est pas souhaitable, et encore moins sain, de démarrer une relation sur des bases foireuses. Ni de la continuer, d'ailleurs. Quelle bande de bourriques vous êtes !

– Ah, d'accord, admet-il avec un air contrit.

– Pardonne-moi de m'être emballée. Mais par pitié, si tu entames une histoire sérieuse, tu mises sur la confiance et l'honnêteté. C'est primordial, vraiment.

Cela lui évitera de devoir surveiller ses arrières pour vérifier que sa femme n'arrive pas à pas de loup avec en main une pince à castrer les ânes.

– Donc, tu l'invites en précisant bien que c'est chez toi et uniquement vous deux. Si elle accepte, c'est tout bon.

Lynx admet que c'est la meilleure façon d'opérer, confirmant par la même occasion que son comportement n'a aucun rapport avec celui de monsieur Fourbe, mon époux. Finalement, j'apprécie de profiter de sa bonne humeur pour le reste de la soirée. Au moins, je ne rumine pas en boucle mes problèmes personnels.

En découvrant ma tête dans le miroir le lendemain matin, j'ai une subite envie de me terrer sous la couette, ou mieux, dans la cave. Je n'ai pas dormi de la nuit, je l'ai passée à me retourner dans le lit en maudissant Condor. Le pire dans tout cela, c'est qu'à chaque fois que je l'insultais à voix haute ou le menaçais d'une castration avec les dents, aussitôt, je m'excusais auprès du bébé qui m'écoutait charger son père : « Pardonne-moi. Ce n'est pas toi, c'est juste ton super adorable papa. » Bien sûr qu'il n'entend pas, mais la sensation d'être prise en faute en imaginant qu'il se sente rejeté est plus forte. Je suis pitoyable. Surtout très énervée. Et fatiguée.

N'étant pas au top, mon activité du jour sera restreinte. Je suis assise à table avec le nez dans mon mug quand Hector annonce son arrivée en sonnant, puis me rejoint, Lynx sur les talons.

– Hello la belle !

Je les salue en marmonnant. Misère ! Lynx est en pleine forme, il m'épuise déjà.

– 'lut, lâche Hector en bâillant.

Ils se servent un café puis s'installent en face de moi. C'est le trio fantastique aujourd'hui. L'un pète la forme, les deux autres sont vautrés sur le comptoir. Je vous laisse deviner dans quel groupe je me situe. Notre état rend Lynx suspicieux.

– Pourquoi êtes-vous si fatigués ? Vous êtes encore sortis en cachette cette nuit ?

– Pas notre genre, je réponds en mettant la main devant la bouche pour cacher mon bâillement.

– Vous l'avez déjà fait.

– Pour sauver un cul d'agent, pas pour faire la méga teuf, le rembarre Hector.

– J'ai juste très mal dormi, j'explique.

– Et moi, je n'ai pas dormi. Je suis rentré il y a une heure, soupire Hector.

– Tu as fait quoi ? s'enquiert le petit Lynx curieux.

– J'ai bai… j'ai rencontré un jeune sergent hier et j'ai cédé à son invitation à dîner chez elle. Qui s'est terminé en invitation à dormir. Enfin… pas tout à fait dormir.

– Tu te cases ? je m'étonne.

– Sûrement pas. C'était ma première et j'ai bien l'intention de tester ailleurs, comme il se doit.

– J'en ai marre, mais vraiment ras le bol d'être le dernier tout le temps, râle Lynx.

– Ce n'est pas une compétition et si tu t'en sors bien, ce sera bientôt ton tour, je le rassure en lui tapotant l'épaule.

Pendant un quart d'heure, je les observe se taquiner en souriant. Ils font réellement du bien au moral ces deux-là. Je ne sais pas comment ils accueilleront la nouvelle de ma grossesse lorsque je me déciderai à l'annoncer, mais je suis certaine d'une chose : ils seront toujours là pour moi.

Après le déjeuner, je préviens Hector que je me rends à pied au ministère. Marcher me vide la tête. Quelque chose me dit que je vais avoir besoin de parcourir pas mal de kilomètres les prochains jours. Lynx doit se présenter à une réunion, alors il profite de la voiture d'Hector. Quand tous les bols sont lavés, ils me quittent pour se préparer.

C'est mon tour un peu plus tard. Après avoir claqué la porte, je pivote pour rejoindre l'ascenseur. Deux pas en avant avec une bonne impulsion et je heurte un corps. Ça aussi, c'est pénible à force. Avec l'intention de bougonner mes reproches, je lève les yeux sur l'importun. Squale. Par réflexe, je recule d'un bond. Je toussote pour me reprendre, puis je le salue en le contournant rapidement.

– Hey ! Maréchal des logis ! me hèle-t-il d'une voix forte.

Oh non ! Ce n'est pas le jour pour me chercher ! Étant donné mon humeur actuelle, je ne parviendrai pas à me contenir comme l'exigent nos relations. Devant les portes fermées de l'ascenseur, j'appuie avec frénésie sur le bouton d'appel. J'inspire pour avaler du courage, puis je me tourne d'un bloc pour lui faire face. Contrairement à ma pensée première, il ne me toise pas. Il hésite, visiblement mal à l'aise.

– Pour… vous savez… euh… merci, lâche-t-il finalement.

Eh bien ! Ce petit mot pourtant justifié est sorti aux forceps. À voir sa souffrance, c'était un « merci » enrobé de papier de verre qui lui a bousillé la trachée au passage. Les portes de l'ascenseur s'ouvrent, motif parfait pour mettre un terme à ce moment gênant. Je m'engouffre dans la cabine en lui répondant sur un ton neutre :

– Je vous en prie. Je n'ai fait que mon travail.

Telle une statue au milieu du couloir, il me fixe étrangement. Embarrassée, je me focalise sur le panneau de l'ascenseur. Quels jolis boutons. C'est pratique, ils s'allument quand on appuie dessus. Aucun mouvement de la part de Squale, il est bloqué sur moi, alors je continue mon observation technologique. En plus, c'est bien pensé, il y en a un pour chaque étage, comme c'est ingénieux ! Mon calvaire prend fin avec la fermeture des portes. Ce type est trop étrange. L'ayant toujours vu hargneux, qu'il soit confus me rend perplexe.

En tout cas, cet air lui va mieux que la colère qu'il affiche habituellement sur son charmant visage. C'est qu'il est sacrément mignon, ce con. Mais ? D'ailleurs, comment est-ce possible ? Pas qu'il le soit, mais que je m'en sois rendu compte ? Il ne portait pas sa cagoule ! Et il se trouvait dans le couloir, il a donc emménagé dans l'appartement vide ! Argh ! C'est ce qu'Hector essayait de me faire comprendre l'autre jour.

Nom d'une pipe ! Je suis vraiment à l'ouest ce matin, pour ne pas réagir en croisant un type que je n'ai jamais rencontré auparavant dans ce couloir sécurisé. En revanche, je l'ai reconnu tout de suite. Il faut dire qu'il est difficile d'oublier de pareilles lèvres, aussi belles que venimeuses. C'est dingue qu'il soit mignon à ce point. Totalement différent des autres agents, il doit être jeune. Un visage d'ange encadré par des cheveux clairs, qui ne cadre pas du tout avec l'image de l'homme méprisant. Il a plus la bouille d'un surfeur que celle de Dark Vador sans son masque.

En marchant dans la rue, mes pensées reviennent inévitablement à bébé et au fait que je me sente bien seule malgré tous ces hommes qui m'entourent. Impulsivement, je prends une décision. Je refuse de rester isolée dans mon coin. J'ai besoin de me confier pour partager mes craintes. Et non, certainement pas à Condor ! Je veux ma copine auprès de moi, c'est le minimum syndical pour l'instant. Et le fautif pourra beugler tant que ça l'amuse, cela ne me fera même pas battre des cils. J'entre dans le bureau de Sylvie en fermant la porte derrière moi, bien décidée.

– Salut toi, m'accueille-t-elle avec un franc sourire avant d'ouvrir grand les yeux. Houla ! Tu as une sale tête !

– Merci. C'est normal, je suis enceinte, je lâche tout à trac.

– Ah ah ah. Très drôle, mais impossible. J'ai toujours entendu dire que la grossesse rendait belle et lumineuse. Je t'assure que toi, tu as le teint gris et des poches énormes sous les yeux. Rien à voir, se marre-t-elle.

– Mais justement ! Je ne dors pas parce que je suis enceinte !

Elle se fige et m'observe quelques secondes pour se convaincre de mon sérieux.

– Véridique ?

– Aux dires de ma gynéco qui n'est pas franchement une comique, oui.

– Tu le souhaitais ? Avec un père pareil ? se renseigne-t-elle avec méfiance.

– Bien sûr que non. Enfin si, mais à la fin de ses fonctions. Tu penses bien.

– Alors pourquoi ? Je ne comprends pas.

Je soupire en m'asseyant. Je m'installe parce que la suite va beaucoup lui plaire.

– Il a échangé mes pilules contre un placebo.

Elle est d'abord interloquée, mais il ne lui faut qu'une seconde pour croire à cette déclaration loufoque. Cela dit, c'est parce qu'elle sait de qui nous parlons.

– Oh ! Le sa…

Sylvie est tellement choquée qu'elle reste bouche bée sur le gros mot qu'elle n'a pas prononcé. Elle ne devrait pas se retenir, ce n'est pas moi qui prendrais sa défense. Je rajouterais plutôt quelques insultes de mon cru.

– Je n'en reviens pas. Il faut que je m'asseye, souffle-t-elle.

Elle tire un fauteuil pour se laisser tomber dessus.

– Il n'a pas pu oser un truc pareil, je n'arrive pas à y croire.

– Si, il l'a fait. Je ne sais pas ce qui lui est passé par le crâne, s'il a juste décidé d'être père, alors hop, ou s'il avait autre chose en tête. Mais je m'en fiche, j'ai envie de le démembrer.

– Peu importent ses raisons. Il devait prendre en compte ton avis de toute façon. L'enfoiré !

– Et encore, tu es gentille.

Sylvie fulmine, cela me fait plaisir. Pas qu'elle soit en colère, mais qu'elle accueille les faits aussi mal que moi. Je me doutais bien qu'elle serait une alliée. Après avoir répété en boucle « Je n'y crois pas », elle inspire fort pour retrouver son calme. Ensuite, elle entame la discussion :

– Bien. Attaquons le problème dans l'ordre. En tout premier lieu, comment te sens-tu et que souhaites-tu faire ?

– Pour résumer mon état, je dirais que je me sens comme la femme dans le film *Gravity*. Quand elle est perdue et seule au milieu de l'espace, tu vois ?

– Oh que oui et je t'accompagne dans le cosmos tant j'hallucine.

– Pour la seconde partie de ta question, je pense que tu vas comprendre tout de suite. La gynéco a fait une échographie. J'ai aperçu le haricot et j'ai entendu son cœur battre.

Mon émotion palpable agit sur Sylvie qui sourit.

– Tu as vu bébé. Le petit bout de toi, et de grand con, qui pousse bien au chaud.

– Il est tout riquiqui. Je sais qu'il est encore temps d'avorter, mais dès que j'y pense, ça me met dans tous mes états. J'envisageais d'être mère dans un ou deux ans, alors je n'arrive pas à concevoir de mettre fin à cette grossesse.

– Ton instinct, j'imagine. C'est une décision très personnelle, difficile, et qui dépend de beaucoup de critères. Pour ma part, sauf en cas de gros pépin, je doute d'en être capable. Donc, c'est plus tôt que prévu et pas préparé, mais il est là et tu vas faire avec.

– Par la force des choses, même si c'est du forçage déloyal. Mais il faut que je le lui fasse payer cher.

– Tu parles bien de Condor, pas de bébé ? s'inquiète-t-elle.

– Bien entendu. Bébé n'y est pour rien, pas plus consulté que moi dans cette affaire. Il n'est pas responsable des âneries de son père.

– Bien, au sujet du bébé, c'est vu. Maintenant, abordons le sujet de l'excessif irréfléchi qui te sert de mari.

– Je suis conciliante, mais j'ai mes limites. Là, il a franchi celles de l'acceptable. Donc, je ne laisserai pas passer. Il faut que je trouve une sanction valable.

– J'approuve. Mais quoi ?

– Une grosse et mémorable engueulade sur des jours ?

C'est ma première proposition, car c'est ce dont j'ai le plus envie : lui hurler dessus.

– On parle du Condor, ça ne va pas l'ébranler. De plus, même s'il le mérite, cela va te mettre dans tous tes états. Il faut te préserver.

– C'est vrai. Au mieux, ça va me défouler, mais m'épuiser physiquement comme moralement. Non, pas en frontal avec lui tant que je suis enceinte. Il est trop stoïque, je deviendrais folle.

– Voilà. Malgré ce que mérite ton dingue de mari, toi et bébé êtes la priorité. Mais il ne doit pas s'en sortir le cul propre, c'est clair.

– Lui faire la tête, en plus de ne pas être suffisant, je crains que cela ne mène pas loin avec cette tête de pioche.

– Lui coller la trouille ? propose-t-elle.

– Jouer sur son côté protecteur est trop dangereux. Qui sait de quoi il est capable s'il a peur.

– Le quitter ?

– C'est un peu radical et tout pénible qu'il soit, je l'aime. Jusqu'ici, il ne faisait que progresser, c'est sa première réelle faute. Je veux le remettre à sa place pour qu'il apprenne à se comporter comme il faut, pas mettre fin à notre union. Le but de l'opération, c'est que je rétablisse l'équilibre entre nous, qu'il cesse de se croire autorisé à tout décider. Quand il aura compris cela, il sera presque parfait.

Concentrées, nous buvons notre café en marmonnant, nos cerveaux tournent à plein régime. Au fil des secondes, un début de scénario se dessine dans ma tête et petit à petit, le plan machiavélique digne d'un Condor prend naissance.

– J'ai trouvé de quoi le rendre fou en épargnant mon moral et bébé, je souffle.

– Quoi ? Dis-moi ! s'impatiente Sylvie, excitée.

– Je ne vais rien changer. Tout garder pour moi et faire comme si tout était normal.

D'abord incrédule, Sylvie renifle. Elle ne dissimule pas sa déception.

– C'est super nul. Je ne vois pas en quoi ça va le punir.

– Tu ne comprends pas ? Je vais agir comme si je n'étais pas enceinte, ne pas lui en parler.

– Hum… Je trouve ton plan pas mal, parce qu'il va devenir dingue en sachant que tu l'es tout en croyant que tu ne le sais pas, mais c'est une punition à court terme. Ton ventre, tu ne vas pas pouvoir le camoufler longtemps et encore moins avec un mari avec qui tu couches.

Je dois être plus explicite, je me penche pour murmurer avec un air de conspirateur :

– Mais justement. Je vais vivre ma grossesse normalement, mais je ne vais pas lui en parler, faire comme si de rien n'était. Il va rapidement savoir que je le fais exprès, alors il cogitera comme un fou pour analyser les raisons. Son orgueil sera un atout parce qu'il l'obligera à ne pas céder le premier et donc, il se punira encore plus. Ça, je peux t'assurer que ça va lui faire péter le cerveau.

– Oh ! J'ai compris. En gros, tu le mets à l'écart et lui enlèves tout contrôle sur toi. Toi, tu pourras rester sereine pendant que lui va tricoter avec sa cervelle. C'est horrible et c'est parfait pour ce maniaque ! J'ai presque pitié de lui. Presque, s'amuse-t-elle en tapant dans les mains.

C'est étonnant comme je me sens gaie tout à coup. Lui faire perdre les pédales sera bien plus rude pour lui que des cris et aura le mérite d'être plus efficace, car en remontant le fil, il trouvera lui-même son erreur. Mais il recevra une bonne charge quand même après, bien méritée. Un coup de massue sur son crâne trop épais ne suffit pas, j'opte donc pour la petite aiguille plantée dans le pied, juste avant une marche forcée.

Parce que l'avantage de mon plan, c'est que je ne serai ni stressée ni tendue, c'est lui qui subira tout le désagrément moral. De plus, j'y mettrai fin quand je le souhaiterai. C'est-à-dire lorsque je considérerai qu'il a assez enduré et qu'il a compris la leçon, surtout. Je vais prendre mon temps pour bien graver l'idée de respect dans sa tête de piaf.

On règle la pendule

CONDOR

J'ai la patate ! Je peux dire sans me tromper que si les militaires me trouvaient un tantinet adouci de caractère depuis quelque temps, ils doivent me juger maintenant carrément insupportable. Si j'avais un parachute sur le dos, l'équipage fomenterait mon éjection de l'avion au-dessus de l'océan. Et encore, c'est s'ils attendent que nous ayons décollé pour me virer. Je suis survolté parce que je veux rentrer, et vite ! Ce n'est pas compliqué à comprendre quand même.

Alors je me contrefiche du plein de carburant, des vérifs avant décollage ou de toutes les conneries de ce genre. Ils allument les moteurs, on tire sur le guidon, et zou, on se barre. Mais pour le moment, nous sommes toujours à l'arrêt sur la piste. Assis et attaché sur mon siège, je tambourine le sol du pied depuis dix minutes.

– On va décoller avant demain ? je beugle sur les quatre hommes chargés du matériel empilé dans la soute.

– Oui, Condor. Nous finissons le contrôle des fixations, s'affole le responsable en tirant sur toutes les sangles avec précipitation.

– J'ai des impératifs et des urgences à gérer, fais-je remarquer sèchement.

– Bien reçu, Condor. Nous faisons au plus vite.

J'ai ma femme à retrouver, c'est extrêmement urgent. Je dois veiller sur Sabine, même si elle ne sait pas encore qu'elle est enceinte, sinon elle me l'aurait annoncé. Peut-être ne l'est-elle pas et dans ce cas, il faut reprendre notre activité. Je l'aime, je veux tout pour elle, et avec elle.

Quelques minutes plus tard, la porte arrière remonte. C'est parti ! J'en profite pour sortir mon téléphone. Désappointé, je découvre qu'il n'y a aucun mot d'elle. C'est frustrant. À moi de la prévenir que je suis enfin disponible et en route pour la rejoindre.

CD : Je suis sur le retour.

Comme elle est occupée au bureau, elle ne répond pas immédiatement, alors je lis mes messages pour patienter. Après quelques minutes, sa réponse me parvient.

SC : Bon voyage.

C'est tout ? Elle doit vraiment être débordée, la pauvre.

CD : Je vais rester indisponible
quelques jours.

SC : Ah. D'accord.

CD : Indisponible pour le travail.
Je reste donc avec toi.

SC : Bien, mais moi, je travaille.

CD : Je vais te donner quelques jours
pour qu'on en profite.

SC : Non, pas possible. Les autres
bossent aussi et je suis débordée.

Mais je ne suis pas d'accord du tout. Je m'occuperai de sa charge de travail dès mon arrivée. S'il le faut, je l'aiderai, mais je ne resterai pas à me reposer pendant que ma femme se fatigue.

SC : Je te laisse, je dois avancer.

Agacé qu'elle n'ait même pas de temps pour moi, je contacte le général afin de faire un point.

CD : En route. Je passe au bureau
demain pour le rapport.

GL : Bon retour.
SC et HA ne sont plus à ça près.
Ils croulent sous les informations
à trier.

Et je vais en rajouter une bonne grosse couche avec ce que j'ai amassé ces dernières semaines. Ils vont me maudire.

CD : Des nouvelles
concernant le remplaçant de CA ?

GL : Oui. Les trois que tu as
présélectionnés sont actuellement
au camp. Pour le choix, c'est toi
qui t'en chargeras, comme d'habitude.

L'instant est idéal pour lui annoncer ma décision, puisque je n'ai pas eu l'occasion depuis mon départ.

CD : Il faudra prévoir le mien aussi.
Je raccroche.

GL : Pardon ? Tu nous lâches
comme ça ? Nous en discuterons
demain. Ce n'est pas vraiment le bon
moment pour prendre ta retraite.

Si, j'ai envie de m'occuper de Sabine, de ma vie, de nous. J'ai bien compris qu'elle voulait un enfant, mais à la condition d'avoir le mari et père qui va avec. Je l'écoute, alors j'ai bien l'intention de répondre à toutes ses demandes. J'ai enclenché les choses, je les assume jusqu'au bout.

De plus, je pense avoir assez donné pour rembourser le coût de ma formation. Il est temps de passer la main pour vivre un peu, comme Sabine a commencé à me l'apprendre. Découvrir la vie à trente ans, je ne crois pas que ce soit abuser de la situation.

CD : Je ne te dis pas que
je démissionne tout de suite,
mais que j'ai l'intention de prendre
ma retraite très prochainement.
En attendant, je raccroche au moins
les missions à l'étranger.

GL : Je préfère. Tu ne peux pas lâcher
la cellule comme ça. Cela dit,
je comprends que tu veuilles calmer
le jeu. On en parle demain
parce qu'avec SQ,
ce n'est pas encore gagné.

CD : Parce que ?

GL : Je t'en parlerai demain, ce sera
plus simple.

CD : Non, maintenant. Je n'ai rien
à faire alors c'est le bon moment.

GL : D'autres ont du boulot,
tu le savais ?

CD : Faux. C'est l'heure
de ta pause repas.

GL : Oui et j'ai faim, mais comme
je sais que tu t'en fiches, je te fais
un résumé très succinct.

GL : Pas d'erreur des équipes
pendant sa mission, juste
un malentendu sur ses compétences.
J'ajouterai que s'il avait fait appel
à SC, elle l'aurait prévenu de risques

de surnombre puisqu'elle avait entré
des données récentes sur les hommes
ciblés. Le GIGN a l'habitude
que tu agisses seul à ta demande,
ce qu'a fait SQ également.

CD : Il est con ou quoi ? J'ai dit
qu'il avait les capacités
pour me remplacer, pas qu'il pouvait
le faire tout de suite.

GL : Ce que nous savons aussi.
Il veut tellement être comme toi
qu'il a du mal à contenir sa fougue.
Tu es le supérieur direct,
alors à toi de lui expliquer
qu'il lui faut être beaucoup plus
humble et prudent tant qu'il n'a pas
l'expérience requise.

CD : Ni l'envergure d'un Condor.
Avec un deuxième trou dans le cul,
il peut faire profil bas.
Même pour les blessures, il fait petit.

Le premier qui a l'outrecuidance de me parler d'une histoire de bouche à incendie, il m'entendra. Ce n'est pas du tout comparable.

GL : Il est presque remis
et a recommencé l'activité physique.
Le doc pense qu'il peut reprendre
d'ici une semaine.

CD : Pas si sûr.

GL : Pourquoi ?

Parce que je vais lui tomber dessus. Ce que je ne vais pas lui avouer, alors je cherche le double sens parfait et une fois trouvé, je l'envoie.

CD : Je vais le juger avant.

Et que fais-je quand je suis enfin de retour et que je pose les pieds dans le couloir de nos appartements ? Je sonne à la porte de Squale, évidemment. En attendant qu'il ouvre, je lâche mes sacs à terre. Lorsqu'il déverrouille, je pousse la porte pour m'engouffrer à l'intérieur. Surpris, il tombe en arrière. Après avoir refermé avec le pied, je l'attrape par le col, puis le soulève pour le plaquer au mur. Craintif, il me scrute en se focalisant sur le logo de ma cagoule. Lui n'a pas la sienne, mais je connais déjà ses traits puisque je l'ai sélectionné.

– Qui t'a dit que tu pouvais intervenir sans soutien ? j'aboie en appuyant mon bras sur son torse pour l'immobiliser.

– J'ai surestimé mes capacités.

– Non. Tu as merdé !

– Oui, Condor, admet-il en baissant la tête.

– Regarde-moi ! Qui t'a autorisé à rabaisser un membre de la cellule ?

– Je…

Il blêmit, puis déglutit.

– Je l'ai mal jugée, Condor.

– Mais qui es-tu pour juger un membre de l'équipe ? Un membre qui a fait ses preuves et que nous estimons tous, je gronde en le tuant du regard.

– Je suis vraiment désolé. Depuis, j'ai pu me rendre compte à quel point elle est professionnelle.

– Je t'interdis de te prendre pour ce que tu n'es pas. N'oublie jamais qui tu es, sinon tu y passeras un jour ! N'oublie jamais qui t'entoure et peut te sauver, sinon tu y passeras aussi !

– Oui, Condor. J'ai compris mes erreurs.

– Encore une seule connerie de ce genre et tu dégages, c'est bien clair ?

– Reçu fort et clair, Condor.

Je le lâche, il s'affaisse contre le mur avant de se reprendre pour se mettre au garde-à-vous. J'avais dit que je gérerais différemment la partie professionnelle et la privée. Le pro, c'est fait de façon cadrée. Passons à l'affaire concernant ma femme.

Je recule d'un pas, puis j'inspire en fermant les yeux pour me contenir. Sabine est un sujet qui me touche particulièrement. Oh oui !

– Bien. Maintenant, nous allons aborder le détail qui me tient à cœur.

Normalement, lorsque les militaires veulent se mettre une peignée d'homme à homme sans que leur poste ou leur grade entre en ligne de compte, ils dégrafent leurs galons avant de se battre. Là, je ne peux pas puisque nous ne les portons pas. Du coup, je me contente de déboucler ma ceinture et de poser tout mon attirail au sol. Pour finir, j'arrache ma cagoule que j'envoie sur le tas.

Squale sursaute, puis se décompose. Il n'a pas besoin d'explications supplémentaires.

– En garde !

Il obéit et une fois en position, je lui balance mon poing dans sa face de petit orgueilleux.

– Ça ! C'est pour ma femme !

J'ai envie, mais vraiment, de lui en coller une autre. Mais malgré ma colère, je sais rester professionnel. Une fois suffit à marquer son esprit de façon définitive. De plus, Squale est un agent, nous sommes une équipe. Je me contente de le menacer du regard pour qu'il comprenne bien qu'il n'aura pas de seconde chance.

– Ne t'avise plus jamais de lui manquer de respect et pas uniquement parce que c'est ma femme, mais parce qu'elle fait partie de l'équipe !

– Je suis le roi des cons. Ça ne se reproduira plus.

Il est sincère, conscient de son comportement déplacé aussi bien que dangereux pour lui. Inutile d'en rajouter. Je ramasse mes armes et ma cagoule, puis je sors de son appartement dont je claque la porte un peu violemment.

CHAPITRE 11

On le vaccine.

Notes du docteur Cauvin – 19 juillet : sujet Condor. Mental : OK. État général : OK. Observation : suite à sa demande, il va ralentir le rythme. C'est une bonne chose, il a un peu la tête ailleurs.

SABINE

Condor est sur le retour, c'est parfait. Ou pas. J'ai répondu trop agressivement à ses messages. Désormais, je dois prendre sur moi pour dissimuler ma contrariété, sinon, il me grillera en deux minutes. Aussitôt, il me questionnera et, excédée, j'avouerai en lui sautant à la gorge. Ensuite, l'affaire finira en reproches, cris, puis excuses parce qu'il me les présentera, et une période de bouderie de ma part. Ce n'est pas suffisant pour qu'il imprime et ne réitère jamais son erreur. Il est bourrin, je dois le contrer avec finesse. Feinter un homme pareil, ce n'est pas une sinécure, je vous l'assure.

De plus, même s'il m'exaspère aujourd'hui, j'aime sincèrement cette bourrique. Hargne et amour s'associent mal, par conséquent, le bouder sur la durée représente un obstacle, je n'y parviendrai pas. Mon souhait n'étant pas de nous séparer, mais de l'améliorer et de m'affirmer, il sera plus aisé d'arriver à mes fins en profitant de lui normalement qu'en déclarant la guerre.

Condor-je-fais-ce-qui-me-chante rentre à la maison, je dois me préparer. Déjà, je dois vite planquer tout ce qui pourrait indiquer que je suis informée de ma grossesse. Aussitôt, j'opère un tour de l'appartement pour ramasser la documentation aimablement offerte par ma gynécologue, que j'ai éparpillée un peu partout, comme sous les coussins du canapé pour qu'Hector et Lynx ne tombent pas dessus. Au fur et à mesure de mon passage dans les pièces, la pile qui se forme dans mes bras représente peu ou prou le poids d'un bébé à la naissance. Serait-ce une méthode pour nous habituer à le porter ? J'en retrouve même dans les toilettes, ce qui est somme toute assez normal. Qui ne lit jamais au petit coin ?

Ensuite, il faut trouver la planque idéale. Malheureusement, la seule valable avec cet espion hors pair à la maison serait le fond d'une cheminée et les papiers transformés en cendres. Pendant une bonne minute, je réfléchis debout dans le salon afin d'inventorier en pensée tous les lieux possibles. Apparaît enfin l'unique qu'il ne fouillera pas : mon bac à linge sale. Il ne l'utilise jamais puisqu'il jette ses affaires dans celui de son placard à l'intention de l'équipe Log. Aussitôt, je me rends dans la salle de bains, je vide le panier puis dépose tous les documents au fond, et pour conclure, je tasse les vêtements par-dessus.

Quelques pas en arrière pour vérifier le résultat, c'est indétectable. Voilà qui est réglé, et juste à temps puisque j'entends la porte s'ouvrir, sans aucun son ensuite. Il n'y a que lui pour se déplacer ainsi sur coussin d'air, car Lynx et Hector veillent à alourdir leur démarche pour m'indiquer leur présence. De plus, ils sonnent avant. Vite, je me prépare mentalement à l'accueillir comme d'habitude, en me remémorant les consignes de Sylvie : penser au bien-être de bébé dès que la pression monte. En rejoignant le salon, je me répète en boucle que je l'aime, que je suis heureuse de le revoir – malgré tout – et je plaque un sourire à peu près naturel sur mon visage. Surtout, il est important de mettre mes envies criminelles de côté.

Je le trouve dans la cuisine. Je marque un arrêt, puis je soupire. Aucun doute, je l'aime sincèrement pour ressentir ce bonheur de le voir. Cela m'aidera et confirme dans le même temps que mon plan est le plus adapté. Je le rejoins pour l'accueillir.

– Hey, salut toi.

– Content de rentrer chez moi, bougonne-t-il en se servant un verre.

– Ce n'est pas si visible. Tu as l'air renfrogné. Voire énervé.

Et ça ne me plaît pas. Je suis la seule à en avoir la légitimité actuellement.

– Ouais. Je viens de passer une douille à Squale. Il m'a vraiment gonflé, ce petit con.

En tant que chef, qu'il recadre ses troupes est normal, mais un rappel à l'ordre de sa part, j'imagine bien comme ça peut déborder.

– Tu ne l'as pas frappé, j'espère ?

– Si.

– Mais enfin ! Êtes-vous inconscients ? On ne frappe pas ses subalternes et collègues ! Ni ses supérieurs, mais ça, tu t'en doutes déjà.

– Par sa façon d'opérer, il s'est écarté de l'équipe et mis en danger. Ça, c'est un gros problème qu'il fallait régler.

– Bien sûr que oui, mais pas en le molestant. Je trouve votre comportement abusif et déplacé. La violence physique n'est pas la réponse à tout.

– C'est comme ça que j'ai retenu beaucoup de choses. De plus, je ne suis pas con, j'ai dosé. C'était plus pour le geste que pour la douleur.

– Ce n'est pas parce que tu as été formé à la dure qu'il faut reproduire cette façon de faire. Squale avait très bien compris son erreur. Quant à la partie privée, j'aurais pu gérer le problème sans vous, en douceur.

– Parce qu'il n'a pas voulu avoir affaire à toi qu'il cataloguait incompétente, je te rappelle qu'il aurait pu y passer sur sa dernière mission. Si mon poing dans la figure peut l'aider à rester vivant, alors je suis prêt à le lui remettre.

Je comprends son point de vue mais n'y adhère pas pour autant. Squale est intelligent, tout à fait capable de réviser son jugement et son attitude sans prendre de coups. Il fallait juste un peu de temps. Cela dit, si j'ai mon avis à exprimer sur la partie privée, je n'ai pas à lui dire comment gérer son personnel.

– Il m'a présenté ses excuses ce matin.

– C'est une bonne chose. Sabine, je ne te reproche pas d'avoir tout gardé secret, je sais trop bien qu'un militaire doit encaisser. De plus, sache que j'ai l'intention de m'expliquer avec Lynx et surtout Hector qui ne devaient pas intervenir, physiquement du moins. Parce qu'en ce qui me concerne, ce n'est pas le subalterne ni collègue qui a pris mon poing dans la figure, c'est le type qui s'attaque à ma femme, ce n'est pas pareil !

Il m'énerve. Je ne conçois pas qu'il parvienne à se montrer si pénible et adorable à la fois. Une minute, je veux le piler sous mes talons et la suivante, le couvrir de baisers. Là, raidi d'indignation, il a enfilé son armure de mari protecteur pour partir à l'assaut du dragon qui menace sa bien-aimée. Je craignais de ne pas réussir à dissimuler ma colère, mais il m'aide vraiment. Attention, je n'ai pas dit que je lui pardonnais déjà, il ne s'en tirera pas si facilement. Me venger en remettant Squale à sa place ne suffira pas, cela l'a juste défoulé, c'était pour lui. Pour son forfait, je vais le vacciner comme il se doit.

Il n'empêche qu'il est bon de le retrouver à la maison, alors je me blottis contre lui en espérant qu'il comprenne mon souhait de câlin, qu'il me doit bien. Heureusement pour lui, il m'enlace puis m'embrasse.

– J'avais hâte de te revoir. Ça fait plaisir de constater que je t'ai manqué aussi.

– Tu n'imagines pas, je réponds en pensant à l'envie de l'étrangler que j'avais quelques minutes auparavant.

– Tu vas bien ? En forme ? Rien de spécial ?

Son regard furtif sur mon ventre ne m'échappe pas. Bravo l'espion pour la discrétion. Que le jeu commence.

– En dehors d'une petite fatigue passagère, certainement due au travail, tout est normal.

– Ah ! Mais il faut te reposer, que tu ralentisses un peu. Je vais t'aider dès demain, s'alarme-t-il aussitôt.

– Mais non. Quelle idée. Hector et moi arriverons à gérer. Ce n'est pas un rythme soutenu qui va me poser problème, quand même.

– Il faut surveiller. Ce n'est pas bon que tu sois fatiguée.

Ah oui ? S'il commence déjà à angoisser pour si peu, il ne survivra jamais plusieurs mois.

– Je vais m'occuper du repas pendant que tu te reposes dans le canapé, annonce-t-il avec entrain.

– Tu ne sais pas cuisiner et on avait dit stop aux boîtes.

– Je vais apprendre. Il faut bien que je me prépare.

Non ? Il va avouer son forfait ? Avec prudence, je l'incite à poursuivre dans cette voie, mais pour profiter du spectacle et avoir une vision globale, je recule de quelques pas.

– Te préparer à quoi ?

– À une vie normale. J'ai prévenu le général que je souhaitais raccrocher.

Les bras m'en tombent, je le fixe avec des yeux ronds quelques secondes avant de réagir.

– Tu prends ta retraite ? Mais pourquoi si soudainement ?

– Pas militaire, uniquement celle d'agent. Je le veux pour toi, pour moi, pour nous. Je crois que j'ai assez donné pour mon pays. Désormais, je souhaite que tu sois le centre de ma vie, que je puisse t'offrir celle que tu mérites et répondre à tous tes désirs. Je sais que ta famille a de l'importance, alors tu pourras enfin m'officialiser comme ton époux. Nous allons pouvoir vivre normalement, comme un couple heureux, explique-t-il, affichant un enthousiasme réel pour notre future vie.

J'ai l'impression d'avoir entendu : « Surprise ! Je suis moins stupide que tu l'imaginais. J'avais tout prévu pour respecter ta demande ! » Bouche bée, je ne sais quoi répondre à cet homme qui ne cesse de me dérouter. Je pensais que son désir d'enfant à tout prix n'était qu'égoïsme de sa part, mais ce n'était qu'une partie de son plan. En fait, il ne se contente pas de vouloir une famille, il souhaite changer totalement de vie pour s'adapter à la mienne.

Il aura raison de ma santé mentale. Il n'a pas le droit d'être aussi horripilant, n'en faisant qu'à sa tête pour ensuite se transformer en époux avisé qui abandonne sa carrière pour répondre à mes attentes.

Il s'avère moins inconscient qu'il ne l'a laissé croire, j'en conviens. Mais s'il a tout planifié, cela ne le dédouane pas pour autant de me prévenir et de me demander mon avis. Non, non et non. Il n'a pas compris tout ce qu'implique d'être un couple.

– Pourquoi ne m'en as-tu pas parlé avant ?

Condor, je t'en conjure, ne prononce surtout pas le mot « surprise » parce que je vais exploser et ce n'est pas souhaitable dans mon état.

– Je ne voulais pas te faire une fausse joie avant mon départ en déplacement.

– Ça n'aurait pas été le cas, crois-moi, je grince.

– Un peu quand même. J'ai pris en compte le risque d'y rester en enchaînant autant de missions. Alors, t'annoncer ça et ne pas revenir…

OK. Pour ça, j'admets que ce n'est pas insensé. Que je danse la Macarena de bonheur avant d'être plaquée violemment au sol à l'annonce de mon veuvage, ça ne le fait pas. Me laisser avec son enfant non plus, d'ailleurs. Avec sa décision, un problème vient de s'évanouir. Une réflexion s'impose donc pour un nouveau bilan.

– Nous restons en amoureux. J'ai prévenu Lynx que je voulais ma soirée tranquille avec toi et Hector n'est pas là. Au fait, que fait-il à sortir comme ça ?

– Tu peux deviner seul, je réponds en levant les yeux au ciel.

– Je vois. Il a trouvé une copine. J'imagine qu'il a demandé une enquête avant.

– Heureusement que non parce que s'il faut un rapport détaillé sur l'entourage de chaque femme de chaque soir, il faudra une équipe de renseignement à temps complet rien que pour lui.

– Est-il devenu fou ?

– Non. Il est en pleine découverte et le sujet l'inspire, alors il butine. Il est différent de toi et Lynx qui souhaitez tout pour toujours. Sois confiant, il ne prend pas de risque pour la cellule.

Condor ronchonne son désaccord pendant que je m'attaque à la préparation du repas malgré sa proposition. En fait, ce n'est pas qu'il n'apprécie pas les libertés d'Hector, mais juste qu'il ne comprend pas. Condor n'éparpille pas ses sentiments, il les concentre sur un unique individu : moi.

La soirée que nous passons est douce. Nous sommes tous les deux d'humeur romantique, ce sont d'agréables retrouvailles. Je bénéficie du nouveau Condor qui a le mérite d'être attentif à mon bien-être. Certes, il l'était avant également, mais davantage dans la surveillance. Là, je vous parle d'une autre forme d'inquiétude, qui n'est pas pour me déplaire. Il cherche sans cesse à savoir si j'ai faim, soif, assez chaud, assez de coussins… Vous conviendrez qu'il a changé de priorités et d'attitude, alors j'en profite.

Alors que nous allons nous coucher, tous les deux déshabillés dans la chambre, c'est le moment parfait pour le piquer un peu.

– J'arrive, je vais prendre ma pilule.

Il tourne la tête vivement, la bouche ouverte sur un mot qui ne sort pas. Déstabilisé, il se contente d'un « Ah. D'accord ».

– Tu imagines le drame, sinon ? Houlala, je rajoute en agitant la main avec une mine horrifiée.

– Ça va ! Tu en parles comme de la fin du monde ! proteste-t-il sèchement.

– C'est presque pareil !

Et sans attendre sa réaction, je disparais dans la salle de bains, le laissant assis dans notre lit avec un air froissé. Je prends mon temps, histoire qu'il médite bien sur sa bêtise. Hop, l'opération « Condor cogite » vient de débuter. En faisant plus de bruit que nécessaire pour qu'il entende bien le son du papier métallisé qui se déchire, je m'empare de ma pilule en sucre et je l'avale avec un peu d'eau.

En m'essuyant la bouche, je l'espionne discrètement grâce au miroir dans lequel son reflet apparaît. Vous le connaissez un peu, alors vous savez qu'il est soit en train de lire ses messages, soit de pomper au sol. Là, je me retiens de rire. Il n'a pas bougé depuis que je l'ai laissé il y a quelques minutes : assis bien droit dans le lit, les mains posées sur les côtés, il fixe le placard d'en face.

Maintenant, il se gratte la mâchoire. Condor est perplexe, pas bougon. Son attitude modifie un peu l'idée que j'avais sur ses objectifs. Pas doué en relations comme il l'est, je commence à croire qu'il n'a pas trafiqué ma pilule avec pour projet de me tendre un piège. Tiens ! Le voici qui se met à froncer les sourcils si fort que cela forme des rides sur son front. Il est confus face à ma réaction. Il n'avait donc pas pris la mesure des conséquences vis-à-vis de moi. Il est même capable d'avoir usé de ce stratagème avec la réelle et unique intention de m'offrir une immense surprise par amour. Mais que vais-je faire de lui ? Que l'on me vienne en aide !

En soupirant, je reviens dans la chambre pour m'allonger à ses côtés. Aussitôt, il éteint la lumière puis me prend dans ses bras. Pendant quelques minutes, il reste silencieux, se contentant de poser ses lèvres sur mon front. Finalement, sans les ôter, il murmure contre ma peau :

– Tu sais que je t'aime ?

– Oui, et moi aussi.

Mais tu es infernal quand même.

– Tu me rends heureux. Souvent, je cherche un moyen de te faire plaisir. Je tâtonne, je pense à des trucs. Des fois, c'est bon. Et d'autres fois… j'ai bien peur d'être à côté de la plaque.

Ce n'est pas le terme que j'aurais utilisé. J'aurais plutôt tendance à dire que c'est carrément stupide et irréfléchi. Bien entendu, je ne vais pas le lui répéter en ces termes. Je réponds avec plus de tact en lui tapotant le biceps :

– Tu es doué pour beaucoup de choses, même le meilleur. En combat, tir et tous les trucs du genre. Ce n'est donc pas trop grave si tu es nul pour les surprises. Tu apprendras.

– Je ne suis pas nul quand même !

– Tu as raison, ça ne convient pas. C'est plutôt catastrophique. Alors, sois gentil, ne t'y risque plus tant que tu ne maîtrises pas le concept. Je suis très sérieuse. Si tu tiens à moi, plus jamais de surprise, tu devras obtenir mon accord avant.

Convaincu par la fermeté du ton employé, il hésite, puis tente sa chance :

– Tu parles de laquelle, au juste ?

Non. Tu ne m'auras pas aussi facilement.

– Oh, je ne peux pas toutes les citer tant ton passif est lourd, mais voyons voir. Le sport avec le GIGN, les cours de conduite, les rations, le voyage de noces à Langley, le mariage entre fantômes et tout le reste. On revient également sur tes idées de vacances parfaites ?

– Non, ça va aller.

Il se met à marmonner, soucieux, en plein conflit interne. Il se doute que je suis enceinte, alors il comprend qu'il a commis une grosse bêtise. Les rouages de son cerveau, que j'ai l'impression d'entendre grincer, ne parviennent pas à l'aiguiller sur l'attitude à adopter : avouer ou se taire.

Je ne sais pas s'il obtient sa réponse, mais mon idée se précise quelques minutes plus tard quant à ce qu'il a décidé. Cet arrogant personnage qui se considère au-dessus des lois – surtout celle qui stipule que mon corps est ma propriété pleine et entière – me fait l'amour avec douceur. Cette fois, c'est dans le noir. Aurait-il quelques difficultés à affronter mon regard ? Il a de la chance que j'aie également envie de lui, sinon, il découvrirait à quoi correspond l'expression « à l'hôtel du cul tourné ». De plus, il se trouve qu'il pratique ce sport avec talent depuis quelque temps. Voilà une activité qui ne lui pose plus de problème, alors autant se laisser aller, puisque cela ne changera rien.

Après notre câlin de retrouvailles, je me prélasse dans ma position favorite, c'est-à-dire affalée sur lui. Je profite de ses grandes mains qui me caressent avec légèreté le dos et les fesses.

– Là, je n'en ai pas envie, mais il faudra que nous parlions de ta sortie nocturne avec Hector, déclare-t-il tout à coup.

– Avais-je d'autres choix ?

– Oui, et je vais te les noter pour que tu ne fasses plus jamais un coup pareil.

Il gronde sans trop de conviction, la faute à ma fourberie : je butine son cou du bout des lèvres pour le perturber. Il oublie vite le sujet pour se laisser bercer par mes attentions, puis s'endort tranquillement, épuisé par ses semaines de mission. Pour une fois, cela m'arrange bien.

Le lendemain matin, je suis réveillée par l'arôme du café chaud qui taquine mes narines. Après avoir ouvert les yeux, je constate que Condor a disparu. Dans ses tentatives pour se bonifier, il va jusqu'à préparer le petit déjeuner. C'est assez incroyable, preuve qu'il souhaite se montrer sous un jour nouveau. Je le soupçonne quand même d'en faire un maximum dans le but de faciliter l'absorption de la pilule à gober quand je découvrirai ma grossesse. J'admets que cette image n'est pas très bien trouvée dans ce cas précis.

Après un tour dans la salle de bains et avoir passé mes vêtements, je rejoins la cuisine dans laquelle je le retrouve occupé à la surveillance d'une poêle sur la plaque de cuisson. Comme d'habitude, je m'assieds devant le comptoir où m'attend déjà un mug plein.

– Bonjour, toi.

Interloquée, je délaisse ma boisson préférée pour le fixer avec des yeux ronds. Oui, c'est lui qui vient de parler. Mon malpoli de mari qui se met aux formules de courtoisie ? L'heure est grave.

– Depuis quand dis-tu bonjour ?

– Depuis que je suis en préretraite, et pour ma femme que je prends plaisir à retrouver, même après une nuit qu'elle a passée à me baver sur la poitrine, me taquine-t-il.

C'est ça. Enrobe bien tes paroles de caramel pour m'adoucir.

– Eh bien ! Quelle stupéfiante résolution que voilà. Bonjour à toi aussi, alors. Le Condor qui se sociabilise, cela va en surprendre plus d'un.

– Houla ! On va y aller avec précaution parce que ça va vite me gonfler. Ce sera uniquement pour toi, il ne faudrait pas que je me ramollisse trop non plus.

Aucun risque, parce que pour ramollir une poutre… Mais passons.

– Que me vaut une si bonne humeur ?

À part un bébé que tu espères avoir en m'entourloupant ?

– C'est une chose que je n'aurais jamais pensé dire un jour, pourtant, tu m'as manqué. Dis, c'est super chiant à cuisiner ce truc, râle-t-il ensuite en pointant la poêle de la spatule.

Aurait-il poussé son besoin de dépassement de soi jusqu'à se lancer dans la confection d'une omelette ? Dans ce cas, j'espère qu'il a au moins enlevé les coquilles. Comme aucune odeur de cuisson n'embaume la pièce, je me penche au-dessus du comptoir pour inspecter le contenu de sa préparation. Décontenancée, je découvre des tranches de pain. Il cuisine du pain ? Ce serait du pain perdu, je comprendrais, mais du pain de mie sans rien, c'est étrange. Avisant mon air perplexe, il s'explique de lui-même :

– Je veux griller des tartines.

– C'est donc cela. Alors, tu as un grille-pain dans le placard juste à tes pieds. C'est un outil bien plus adapté qu'une plaque de cuisson, et pas allumée, de surcroît.

– J'ai appuyé sur les boutons ! C'est nécessaire, ce système digne d'un cockpit d'avion ? Le gaz ou le feu comme sur le terrain, c'est mieux. Au moins, tu vois ce qui se passe.

En soufflant d'agacement, parce que Condor n'apprécie pas d'être pris en défaut, il s'empare de l'appareil miraculeux. Je l'observe en me retenant de rire brandir le cordon en inspectant les alentours pour la brancher. Il est loin d'être idiot, alors il trouve la prise murale sous son clapet tout seul. Ensuite, il gère la mise en route comme un grand.

En quelques minutes, nous avons un pain parfaitement toasté. Je le félicite pour l'encourager dans son apprentissage. Peu de temps après, Lynx et Hector nous rejoignent, nous saluent puis se servent un café.

– Quel programme aujourd'hui ? sonde Lynx.

– Archives et sport, répond Condor.

Ils le regardent tous les deux avec un air halluciné.

– J'espère que ce n'est pas le sport dans les archives, je m'amuse.

– Il faut épauler Sabine pour trier la tonne d'informations que nous avons rapportées, précise Condor sans relever ma plaisanterie.

– Depuis quand aidons-nous Sabine aux archives ? s'étonne Lynx.

Depuis que je porte un mini-Condor en moi, mais sans que je sois censée être au courant, alors que le papa, si. Cette remarque interne fait germer une idée pour débuter les hostilités, à savoir sa séance de piqûres quotidienne. Avant, je travaille mon ton neutre spécial.

– Je n'ai pas besoin de vous pour assurer mes tâches. Ce ne sont pas des cartons de papiers de dix ou quinze kilos qui me font peur.

– Dix kilos ! Mais c'est quoi, ces cartons ? Pourquoi portes-tu des objets si lourds ? s'insurge-t-il.

– C'est le poids de son sac à dos, commente Hector en haussant les épaules.

– Quel sac à dos ? s'affole Condor.

– Que t'arrive-t-il ce matin ? Tu es bien étrange, s'étonne Lynx en le dévisageant.

Oui, qu'il nous explique donc ce qui lui arrive, ça m'intéresse aussi. Je suis obligée de cacher mon rictus sournois dans mon mug, alors inévitablement, je bois trop vite. Je vais me resservir, mais Condor m'arrête en posant la main sur mon avant-bras.

– Tu ne dois pas ingurgiter trop de café.

– Pourquoi donc ? J'aime ça.

– C'est un excitant, non ? avance-t-il avec hésitation.

– C'est parfait. C'est exactement ce qu'il me faut pour tenir le coup, je rétorque avec un immense sourire en remplissant ma tasse contre son avis.

Je vois très bien son regard chargé de reproches pendant qu'il m'observe, la bouche pincée pour la conserver fermée. Il a les mots sur le bout de la langue : « Ce n'est pas bon pour le bébé ! », mais ils ne peuvent pas franchir ses lèvres.

Et Condor n'aime pas se retenir. Il supporte mal la contrariété. C'est très prometteur, tout cela.

Enfin sûr

CONDOR

La situation se retourne contre moi. Ça me chauffe déjà bien le cul, je ne suis pourtant rentré qu'hier. S'il faut que je tienne plusieurs semaines en me mordant la langue, ce sera une torture.

Nous sommes toujours au petit déjeuner et je ne peux pas l'empêcher de se servir son deuxième café. Pour une fois, je me suis renseigné en lisant un bouquin sur la grossesse. Le café, c'est non à forte dose, mais deux cafés, ce n'est pas un drame, c'est sûr. Je ne supporte pas bien cette position, ce n'est pas dans ma nature de fermer mon clapet. Donc, je bous. Mais en silence.

Exactement comme hier soir. L'entendre associer oubli de pilule et fin du monde alors que j'avais envie de bondir sur mes pieds en hurlant « Un bébé ! Oui, on va avoir un bébé ! ». J'étais persuadé qu'elle serait folle de joie, autant que moi. C'était la douche froide.

J'ai fait une énorme connerie en anticipant son désir dans son dos. Il ne suffisait pas de remplir toutes les conditions qu'elle avait énoncées – ma retraite, devenir un mari et un père –, il fallait que je lui en parle avant, bien sûr. Quelle bourde ! J'attendais le moment de la découverte avec impatience. Maintenant, beaucoup moins. Je vais me manger une violente douille quand elle va s'en rendre compte. Et je vais la sentir passer, parce que j'ai beau regretter mon erreur, je ne peux malheureusement pas l'effacer.

Il est trop tard. Sabine est enceinte, je le sais. Avant de partir en mission, j'ai inventorié tous ses machins pour ses trucs, les allume-feu pour moi, et ce matin, j'ai vérifié discrètement dans son placard. Le compte est bon et ce sont les boîtes entamées que j'avais marquées. Donc ça, c'est fait, alors que je n'en étais pas si sûr hier soir. En revanche, quelle petite inconsciente ! Elle ne s'est même pas aperçue qu'elle avait du retard, c'est fou quand même. Heureusement que je reste désormais ici afin de veiller sur cette tête de linotte que j'adore. Mais sans piétiner ses plates-bandes. Il ne faut pas croire, j'ai compris.

– On y va ? questionne Hector.

– On peut profiter de ton chauffeur ? demande Lynx.

– Bien sûr, mais il n'y aura pas assez de place pour tous.

– On peut monter à trois derrière quand même, je rétorque.

Que ma femme soit collée à moi, et même un peu sur moi, ne va pas me déranger, bien au contraire.

– Tu oublies Squale, précise Hector.

– Qu'il se débrouille comme un grand. Il a besoin de méditer, tranche Lynx.

– Non ! Il a commis des erreurs pour lesquelles il a été recadré. Maintenant, c'est réglé et enterré. Nous lui reprochions de ne pas s'intégrer à l'équipe, alors ce n'est pas pour le tenir à l'écart. Et à ce sujet, nous allons avoir une discussion tous les trois afin que je vous rappelle ce que vous êtes autorisés à faire, ou pas !

Aucun des deux ne bronche, encore moins Hector qui se renfrogne, conscient d'être allé trop loin avec Squale. En revanche, Sabine me pince discrètement la cuisse en hochant la tête.

– Lynx, tu appelles un chauffeur pour Squale et toi ou vous prenez la voiture, au choix.

– Reçu, Condor.

Mon souci du jour n'est pas Squale, c'est de trouver un moyen afin que Sabine ne porte plus de charges lourdes et n'avale plus autant de caféine. Concernant ce dernier point, un message au service Log pour remplacer son café habituel par du décaféiné règle ce souci en une minute. Je leur demande de commencer par le bureau avant que nous arrivions. Hop, ni vu ni connu. Non, ce n'est pas pour la diriger, mais juste parce qu'elle ne sait pas encore qu'elle est enceinte.

Pour la seconde partie du problème, je ronge mon frein jusqu'à notre arrivée au ministère. Nous nous dirigeons tous les trois directement au sous-sol et lorsque je vois le tas de cartons contre un mur, je manque de me trahir en hurlant à la tentative d'assassinat contre mon bébé. Mais je me contiens de justesse, notamment grâce à l'arrivée de Lynx qui nous rejoint seul, puisque Squale a rendez-vous chez le docteur Cauvin, puis le général.

– C'est quoi toute cette paperasse ?

Je m'adresse aux gars sur un ton détaché, alors que mon pouls s'emballe à l'idée que Sabine soulève tant de poids.

– Il y a eu beaucoup de mouvements de personnes sous surveillance ces derniers mois et toutes les unités françaises comme étrangères nous ont transmis leurs données, répond Hector.

Je dois trouver une solution, il y en a trop, mais je ne peux pas commettre la même bêtise quc ce matin en commentant à voix haute. En temps normal, je trouverais logique qu'elle s'en charge et je serais capable de lui demander de les déplacer plusieurs fois, juste pour le plaisir de lui offrir de l'activité physique supplémentaire. Donc, comment préserver ma femme enceinte sans me trahir ? Être naturel est la meilleure approche, je l'applique :

– Je déteste le foutoir ! Ce n'est pas professionnel, un tel bazar !

– On va tout ranger, ça va nous prendre un peu de temps, mais tout sera trié, se justifie Hector.

– Non ! Ce sera trop long et ce fatras qui traîne n'est pas acceptable. Tu demandes à l'équipe Log de ramener tout de suite deux armoires en supplément. Les gars disposent les paquets dedans, ils jettent ensuite les cartons vides. Vous prélèverez les documents au fur et à mesure pour les traiter. Au moins, le bureau restera en état, je décrète avec une fermeté digne de moi.

Hector et Lynx lèvent un sourcil interrogateur puis haussent les épaules, pas plus étonnés que cela puisque je suis réellement un maniaque de l'ordre. Bien qu'en l'occurrence, je me contrefiche de cet amas de cartons qui est empilé au carré. En revanche, si Sabine pense que je ne l'ai pas remarquée lever les yeux au ciel, elle se goure.

– Hector, tu passes cet appel et tu nous rejoins dans ton bureau. Lynx, file devant ! j'ordonne en pointant la sortie de l'index.

Une heure plus tard, après un bon sermon au sujet de leur comportement envers Squale, suivi d'un bilan des dernières semaines, Lynx nous quitte pour participer à une réunion tandis qu'Hector et moi revenons dans la salle d'archives. Nous y trouvons quatre gars de l'équipe Log qui vident le contenu des cartons dans les deux armoires mises en place. Le tout sous la surveillance de Sabine, assise à son poste de travail.

Hector attrape une pile de dossiers puis s'installe face à elle, sur la table que j'avais posée là et qui n'a jamais bougé depuis. Le bureau de drague, comme je l'appelle désormais. Moi, je pars au fond de la salle pour fouiner dans les documents. Accompagnés par la douce musique de feuilles manipulées et du cliquetis d'un clavier malmené, nous travaillons avec concentration.

Je suis toujours seul dans mon coin quand Lynx revient.

– Tout est bon. Il n'y a plus aucun carton.

Ça, c'est la voix d'un gars de l'équipe Log.

– Merci, Stéphane. C'est toujours OK pour ce soir ? répond Hector.

De quoi parle-t-il ? Il n'y a rien au programme. Je déteste ne pas être informé de tout ce qui se passe, alors je les rejoins.

– Oui, je l'ai récupéré, regarde. Chez toi ou chez moi ?

– Chez toi. C'est mieux puisque les agents sont de retour.

– Exact. Je passe te cher…

Le gars de l'équipe Log sursaute en m'apercevant. Les yeux ronds, il s'empresse de cacher ses mains dans le dos. Rien de tel pour exacerber ma méfiance. Je les toise tous les deux.

– Vous trafiquez quoi au juste ?

– Rien de répréhensible, s'amuse Hector.

– Oui. Rien de mal, Condor, ajoute le jeune, plutôt stressé pour un type qui n'a rien à se reprocher.

Il m'a pris pour qui, lui ? En trois pas, dressé devant lui, j'attrape son bras pour découvrir ce qu'il cache. C'est une boîte dont je m'empare pour l'inspecter.

– C'est un film de guerre ?

– Non, Condor. C'est un jeu vidéo.

– Pour quoi faire ?

– Euh…

– Pour jouer, bien sûr ! s'esclaffe Hector.

– Ne te moque pas. Condor n'adhère pas à ce concept, intervient Sabine en riant.

– Sachant que la guerre, je la pratique en réel, non, je ne vois pas l'intérêt de continuer chez moi.

– Et c'est tant mieux. Cela m'embêterait que tu deviennes accro comme eux, approuve Sabine.

– Sur ce coup, je suis du côté de Condor, me soutient Lynx en inspectant la boîte avec perplexité.

– Moi, je ne peux plus vous suivre, alors désolé, mais ça me plaît, se défend Hector avec un air pincé.

– Je peux reprendre mon jeu, Condor ? questionne le mioche.

Je lui rends son truc, puis, cette conversation n'ayant aucun intérêt, je retourne derrière les armoires. Personnellement, je demande ma retraite, ce n'est certainement pas pour faire ensuite mumuse à la guerre sur un écran. N'importe quoi.

Pendant plus d'une heure, nous travaillons en silence jusqu'à l'arrivée bruyante du général.

– Bonjour à tous !

– Bonjour, Hector. Bonjour, Sabine, ajoute Squale.

Hector et Sabine répondent en chœur. Moi, j'opte pour rester dans mon coin. Il y a un peu trop de monde dans la pièce à mon goût.

– Condor ? Tu es là ? questionne le général.

– Oui et j'y suis bien !

– Bonjour, Condor ! clame Squale.

Je préfère ne pas répliquer pour éviter de répéter toujours la même chose sur ce que j'en pense, mais Sabine s'en charge.

– Pour notre chef, un jour, c'est juste vingt-quatre heures et les salutations l'agacent.

– Ah ! Je le note. Merci, Sabine.

Squale adopte un ton mesuré, mais courtois, avec elle. C'est bien. Le pas si reconnaissable du général résonne, il me rejoint. Une fois à mes côtés, il se penche pour murmurer :

– Squale a l'intention de faire amende honorable.

– J'entends ça. Tu voulais quoi ?

– Je viens parce que Langley souhaiterait vous revoir. Beaucoup d'informations méritent que vous en discutiez.

– On ne peut pas faire ce point par visioconférence ?

– Non, tu le sais parfaitement. Je vous organise ça pour la semaine prochaine, cela te permettra de leur présenter officiellement Squale.

– Magnifique ! Et je devrai y retourner ensuite pour recommencer avec mon remplaçant, je râle.

– Si cela la tente, emmène Sabine.

– Non !

– Allons, du calme ! Tout s'est bien passé la dernière fois, non ?

Euh… Je suis rentré avec un genou en vrac, plus de pantalon potable, Sabine s'est fait suer et nous n'avons même pas pu faire l'amour. Alors, non. Le séjour était pourri. Quand bien même, elle est enceinte, donc c'est niet pour un long vol dans un avion-cargo.

– Oui, mais Sabine n'est pas autorisée à assister aux débats intéressants, elle s'est ennuyée. De plus, je n'avais pas l'esprit libre en la sachant seule.

– Parfait. Je ne t'aurais pas empêché de l'emmener, mais elle sera plus utile ici. Tu peux partir tranquille, nous veillerons sur elle.

– Je te listerai ce qu'elle ne doit pas faire et ce qu'il faut surveiller.

– Tes tentatives d'humour ne sont pas encore au point, mais je t'encourage à persévérer.

– Je ne plaisante pas. Si j'apprends qu'elle est retournée sur le terrain avec son inconscience comme seule arme, ça va barder pour tout le monde.

– Aucun risque puisque les deux agents valides seront avec toi, et il y a peu de chance pour que j'aille ramper dans un bouiboui avec une balle dans le derrière. J'ai passé l'âge de crapahuter ailleurs que sur les moquettes épaisses du ministère. Rassuré ?

Avec Sabine, je ne le serai jamais. Elle trouve tellement de folies à faire que je suis impressionné qu'elle soit encore intacte. Je le regarde en biais en soupirant.

– Le serai-je un jour ? Mais je sais que je peux compter sur Hector en mon absence, alors préviens Langley que nous venons à trois.

À peine rentré, je dois la laisser. J'assure ces deux déplacements pour Langley, ensuite, je visse mes rangers au sol. Je ne pars plus !

Satisfait, le général rejoint les autres à qui il propose une pause-café.

– J'arrive aussi ! je crie depuis le fond pour qu'ils servent le mien.

– Sabine ? Vous souhaitez un café ? interroge Squale.

– Oui, je vous remercie.

Il a remisé sa condescendance sans devenir mielleux pour autant, c'est une bonne chose. Son comportement est adéquat et correspond à celui que nous attentions de sa part dès le départ. Ils s'apprivoisent, le temps fera le reste.

– C'est quoi, ce café ? questionne tout à coup Lynx.

– Il n'a pas le goût habituel, convient le général.

– Tu l'as foiré, Sabine ? se moque Hector.

– Sûrement pas. Ils ont dû changer de marque, se défend-elle.

Finalement, je vais attendre un peu avant de les rejoindre, histoire de ne pas me trahir face à leur déception gustative. Je fais bien, parce que j'entends que l'on manipule les portes de placards.

– C’est ça ! Ce n’est pas le café habituel. Ils l’ont mis dans des boîtes neutres, en plus, annonce Sabine.

– C’est étrange, mais il doit y avoir une bonne raison, rétorque le général à qui il en faut bien plus pour être perturbé.

La raison est excellente, c’est mon bébé qui doit grandir en douceur.

– Il n’est pas mauvais. On va s’habituer, déclare Hector.

– Mais oui, on a bu bien pire, conclut le général.

Lui, il a connu le café à la chaussette, l’horreur que l’on nous sert en manœuvre, alors un déca ne va pas l’ébranler. En outre, j’ai passé la consigne d’acheter une très bonne qualité pour camoufler le manque de caféine.

– Squale ? Souhaitez-vous que je vous explique mon travail ? Enfin, si vous avez un moment et que cela vous intéresse, bien sûr, questionne poliment Sabine.

– Excellente idée. J’ai lourdement péché à ce sujet, il est important de me rattraper.

Notre archiviste est parfaite. En une phrase, elle enterre la hache de guerre. Si Squale a en théorie connaissance de son travail, rien de mieux que la pratique pour comprendre ce qui lui a échappé. Lorsqu’il va découvrir l’étendue des données qu’elle nous fournit en temps réel, aucun doute qu’il n’oubliera plus jamais de faire appel à elle.

Satisfait, je quitte mon coin. En passant, je les observe qui s'installent tous les deux derrière l'ordinateur. Qu'il soit aimable, OK. En revanche, ce sourire plein de dents blanches n'est pas nécessaire. Il n'a quand même pas l'intention de choper ma femme ?

CHAPITRE 12

Drague version agents.

Notes du docteur Cauvin – 20 juillet : sujet Lynx. Mental : OK. État général : OK. Observation : décidé à se lancer dans la vie, il est survolté. Il va bien, mais il est épuisant.

SABINE

Maintenant, j'en suis certaine, Condor a découvert ma grossesse. Il a beau prendre sur lui – ou essayer –, son comportement est trop explicite. Déjà, comment a-t-il pu se fourvoyer à ce point avec son décaféiné ? Une amatrice, comme moi, du breuvage noir et fort, ne peut pas avaler son ersatz de café proche de la pisse d'âne sans le remarquer. Mais laissons-le croire. Ou plutôt, que je sois honnête, c'est mieux pour le bébé.

Certes, j'ai l'intention de l'enquiquiner, mais j'aborde ma grossesse anticipée avec le plus grand sérieux. Adopter la politique de l'autruche pour le punir n'induit pas de jouer avec notre santé, à bébé et moi. En parlant de ça, il y a un geste étrange contre lequel je dois lutter en permanence pour ne pas me trahir : poser une main sur mon ventre. Ce dernier est toujours plat, alors l'origine de ce réflexe m'échappe. Y aurait-il une hormone de grossesse qui envoûte et ordonne de se caresser le ventre ?

Les trois agents se rendent à Langley dans les prochains jours, je vais pouvoir m'entraîner pour perdre ce tic incongru puisque je ne fais pas partie du voyage cette fois-ci. Ouf. Ensuite, il a annoncé que la sélection du remplaçant de Cobra est en cours, donc la cellule conservera son sigle actuel, les CCLS. Hector n'a pas bronché mais je m'attends à ce que la vision de son logo sur la cagoule d'un autre lui plombe le moral.

Après la pause-café, ils nous quittent pour se réunir dans le bureau du général afin de préparer leur voyage. Hector et moi nous remettons au travail en silence. Cependant, il soupire régulièrement et ce n'est pas le monceau de papiers à étudier qui cause ce désarroi. Un peu de réconfort s'avère nécessaire.

– En intégrant la cellule, il saura que tu es son prédécesseur, il te respectera en tant que tel.

– Je m'en doute. Mais en toute sincérité, j'aurais préféré qu'on lui trouve un nouveau logo.

Je peux le comprendre, mais les codes ne sont pas personnels, c'est une fonction. Par conséquent, il libère son poste comme ce fut le cas avec le décès du précédent Lynx et comme le fera Condor à son tour. Lui, j'ai hâte de découvrir son comportement face à son remplaçant. Il est possible qu'il ne le trouve jamais assez bon ni à sa hauteur. Le petit jeune n'a qu'à bien se tenir, je lui offrirai tout mon soutien. Mais pour l'instant, Hector d'abord.

– Je m'en doute, mais tu peux l'aborder autrement en l'envisageant comme ton Padawan. Je suis persuadée qu'il accueillera comme un honneur la transmission de ton savoir. Encore plus si tu veilles sur lui.

– Ah oui, j'aime bien l'idée !

Nous pouvons reprendre notre travail avec plus d'enthousiasme. Actuellement au fond de la salle avec les bras chargés, Hector me hèle.

– Tu viens de recevoir un message sur ton tél !

– Tu peux lire, s'il te plaît ?

– Quel est ton code ?

– Taupinette !

J'ai fait sobre, pour ne pas m'obliger à taper un code à rallonge à chaque fois que j'allume mon téléphone.

– Je m'attendais à plus drôle, mais ce n'est pas mal.

– Je l'ai choisi parce qu'on me fait travailler dans des tunnels.

– Et tu n'es pas près de voir le jour, tant que tu resteras dans la cellule en tout cas.

– Eh oui. Mais je me suis fait une raison parce que j'aime beaucoup mon poste et les trublions qui vont avec.

– Le message, c'est Lynx qui annonce que Lyvie débute ce soir. C'est quoi au juste ?

– Ah oui ! Sylvie m'a prévenue aussi. C'est le nom qu'a trouvé Lynx pour parler de son opération « à moi, Sylvie ».

– Cool, il se lance enfin. Elle est bien, ta copine, et ce sera pas mal d'avoir deux filles dans le groupe. J'étais réticent au début, mais je suis plus que pour, désormais.

Et moi donc. Si une présence féminine et amicale me manquait, avec ce qui m'arrive, c'est encore pire.

– Et toi ? Tu en es où à ce sujet ? Avec toutes les filles que tu tripotes nuit après nuit, il devrait bien y en avoir une qui te plaît plus que les autres, non ?

– Pas encore. Je passe de bons moments, mais aucune ne m'a donné l'envie de me stabiliser. Je trouve ça chouette de profiter sans contraintes.

– Ne compte pas sur moi pour cautionner cette façon d'agir. Si elles ont toutes le même état d'esprit que toi, grand bien leur fasse, mais si ce n'est pas le cas, tu leur brises le cœur.

– Mais non ! Je suis clair dès le départ. Moi, c'est une nuit et pas d'attache. Donc, si elles acceptent, c'est qu'elles approuvent.

Mouais. J'émets quelques doutes. Mais bon, s'il assure qu'elles maintiennent l'offre en toute connaissance de cause, c'est que ça doit être le cas.

À l'heure du repas, les agents reviennent pour le prendre ensemble ici. Je décline leur invitation, car j'ai promis à Sylvie une mise au point avant son premier rendez-vous avec Lynx, qui a donc lieu ce soir. Condor fait la moue, je m'en contrefiche puisque notre discussion entre filles sera beaucoup plus intéressante que la leur. Comme Hector reste avec eux, nous serons seules, ce qui est désormais bien trop rare.

Il vient même boire son café du matin avec nous et si Sylvie l'apprécie – surtout visuellement –, elle ronchonne comme moi contre le fait de ne plus pouvoir profiter de nos conversations de commères. Quand il y a urgence, nous devons feinter en nous appelant pour nous rejoindre dans un coin discret du ministère. Heureusement que c'est immense et bourré de cachettes. D'ailleurs, il y en a tellement qu'une fois, nous n'avons pas réussi à nous retrouver. Depuis, nous détenons chacune un plan sur lequel sont numérotés nos endroits secrets préférés. Il nous suffit de nous envoyer des messages comme : « la 3 dans 15 mn ».

Lorsque nous sommes installées au self avec nos plateaux, je lance les hostilités en me frottant les mains :

– Alors, ça y est. Tu te lances.

– Oui. Il est tenace et patient, ça me rassure. S'il possédait la même mentalité qu'Hector, il serait déjà passé à une autre fille, non ?

– Entièrement d'accord. Il ne voit que toi sur cette terre.

– Pour ce qui est de l'homme en lui-même, il est foufou, mais je le sais assez sérieux et posé quand c'est nécessaire. Donc j'ai confiance en lui pour s'assagir.

– Mais oui. Il va sautiller partout et t'étouffer au début, mais petit à petit, nous arriverons à le calmer.

– Il m'attire en tant que personne maintenant que je le connais. Ma seule inquiétude, c'est de ne pas savoir à quoi il ressemble. S'il ne me plaît pas ? Je n'ai pas ta témérité pour me lancer dans l'aventure avec son physique comme inconnue.

– Pour ça, je peux t'aider. Si tu aimes les gars moches, grassouillets et tout poilus, c'est clair que ça ne va pas le faire.

– C'est vrai que tu les vois à visage découvert. Alors il va me plaire ? sonde-t-elle avec espoir.

– J'ose affirmer que tu ne seras pas déçue.

C'est tout ce que je me contente de divulguer en ponctuant avec un clin d'œil.

– Sérieux, joueur, beau et musclé… Mais vivement ce soir ! conclut-elle avec des étoiles dans les yeux.

Je suis tout aussi ravie car, connaissant Lynx, je peux avancer que Sylvie ne tardera pas à déposer ses valises dans l'appartement face au mien, puisqu'il ne pourra plus la lâcher. Avec un peu de chance, il obtiendra gain de cause avant son départ à Langley, je ne serai donc pas seule avec Hector. Que j'aime beaucoup, mais qui passe presque toutes ses nuits dehors et à qui je ne peux pas parler de ma grossesse.

Ensuite, nous papotons et plaisantons sur sa future vie de petite amie du Lynx trognon, quand nous sommes interrompues par deux jeunes sergents féminins qui posent leurs plateaux à côté des nôtres. Étonnées, Sylvie et moi stoppons notre conversation. Des places libres, il y en a partout autour, donc notre première réaction est de les trouver culottées de s'incruster. Le fait que nous campions dans un coin n'est-il pas un message clair ? Faudra-t-il que nous allions nous planquer dans les cuisines pour être tranquilles ?

– Bonjour. Nous pouvons nous joindre à vous ? questionne une très jolie brune au visage chaleureux et souriant.

Non. Cassez-vous.

– Eh bien, en fait… commence Sylvie avant de se faire couper par la seconde fille tout aussi charmante que sa collègue.

– Maréchal des logis Chantelle, nous souhaitions faire votre connaissance.

Pas moi. Dégage.

– Je suis plutôt discrète et réservée, si vous voyez ce que je veux dire.

J'adopte un ton poli mais ferme, ce qui ne les empêche pas de s'asseoir pour attaquer leur repas. Pitié, pas d'autres Valérie dans notre vie ! Je n'ai pas du tout envie de remettre ça. Cette fois-ci, je vais exécuter un ménage net, rapide et efficace. Pendant que je prépare une phrase comme fin de non-recevoir, l'une rebondit sur mon avertissement :

– Et c'est tout à votre honneur. Soyez tranquilles, nous n'avons pas du tout l'intention de vous questionner sur vous ou votre travail.

– Absolument. Nous sommes en poste au centre opérationnel, donc tout à fait conscientes du devoir de discrétion qu'est le vôtre, ajoute la seconde.

– Ah ! Voilà une affectation qui m'aurait bien plu. Les savoir dans un service sensible est rassurant.

– En fait, j'ai rencontré Hector et j'ai passé une merveilleuse nuit avec lui, murmure l'une d'elles.

– Moi aussi, avoue la deuxième en rougissant.

Sylvie et moi échangeons un regard incrédule puis les prenons tout à coup en pitié. Il n'est pas nécessaire d'être devin pour en déduire que contrairement à ce dont s'est persuadé Hector, non, ses copines d'un soir ne sont pas satisfaites du marché conclu.

– Je vois, je lâche.

– Très bien aussi, souffle Sylvie.

– Ouais. Voilà, quoi, soupirent-elles en même temps en baissant le nez sur leur assiette.

La situation est gênante, mais autant faire preuve d'honnêteté avec elles.

– Écoutez. Je ne vous connais pas, mais je ne vais pas vous mentir, tomber amoureuses de lui est une très mauvaise idée.

– Pourtant, il semblait avoir passé un bon moment, réplique l'une avec une petite voix.

– Pareil, il est reparti le matin avec un grand sourire, ajoute la seconde avec abattement.

– Et je pense que c'est le cas. Mais justement, pour lui, c'est un plaisir partagé éphémère. Il ne souhaite pas se fixer pour l'instant. Si vous comptiez sur moi pour faire pression sur lui, ce n'est…

– Non ! Absolument pas. Notre intention se limitait à la confirmation de la possibilité de le décider à s'attacher à l'une de nous.

– Nous ne nous serions jamais permis une telle chose, insiste l'autre.

– Je vous crois.

– Sincèrement, pour préserver votre cœur, vous devriez l'oublier pour le moment, leur confie Sylvie.

Dépitées, elles soupirent en s'affaissant sur leur chaise. Sylvie et moi, compatissantes, continuons le repas en nous employant à centrer la conversation sur nos parcours militaires pour leur changer les idées. Lorsque nous les quittons, nous convenons qu'elles n'ont rien à voir avec la dingue du mariage. Au contraire, très sympathiques, discrètes et rigolotes, elles ont juste le cœur brisé par le nouveau séducteur en activité.

De retour aux archives, j'y retrouve Hector déjà au travail. En me servant un café, je lui fais part de ma rencontre :

– J'ai déjeuné avec Anita et Mélanie.

– Ça me dit vaguement quelque chose. Nous avons des contacts avec leur service ?

– Des contacts rapprochés, profonds même, si tu vois ce que je veux dire.

Il comprend aussitôt et se raidit d'un coup.

– Holà ! Attention, Sabine ! Il est hors de question que mes amusements viennent te pourrir la vie. Je vais y mettre un terme tout de suite.

Furieux, il se lève puis se dirige vers la sortie d'un pas déterminé. Une seconde, j'ai cru qu'il parlait de s'assagir, mais non, il s'agit de houspiller les pauvres filles délaissées qui ne méritent pas sa colère. Je le rattrape afin de le calmer.

– Je suis entièrement d'accord, mais ces deux charmantes jeunes filles ne m'ont pas du tout ennuyée. Elles sont juste déçues parce que tu ne donnes pas de nouvelles alors que tu leur as beaucoup plu. Malgré ce que tu penses, les femmes ne réagissent pas comme toi, ne se contentent pas d'un soir. Enfin si, parfois, mais c'est plus rare que chez les hommes.

– Je vois ça. De toute façon, j'avais l'intention de me calmer un peu là-dessus. Cela fait des semaines que j'en profite et finalement, c'était surtout par besoin de me prouver que j'étais toujours vivant. Bon, je ne vais pas dire que je n'ai pas aimé non plus, s'esclaffe-t-il.

– Tu fais ce que tu veux, ce n'était pas une remarque moralisatrice, juste une réflexion.

Qui suis-je pour juger son mode de vie ? Avec eux, j'ai vraiment affaire à trois hommes différents. Entre Condor qui veut vite et pour toujours, Lynx qui veut pour toujours mais prend son temps, et Hector qui veut tout et ne rien garder, quelle équipe !

Le plus simple des trois est tout de même Lynx, c'est une bonne chose pour mon amie. À part qu'il risque de la noyer sous ses attentions, il sera quand même plus facile à vivre.

Le soir à l'appartement, je suis allongée sur le canapé avec ma liseuse, mais la lecture est laborieuse. Difficile d'avancer puisque je ne quitte pas mon téléphone personnel pour répondre à tous les messages de Sylvie. Et il y en a, avec toutes ses questions sur la façon dont elle doit s'habiller, se maquiller, se coiffer. Le pire, c'est que l'interrogatoire est double avec Lynx qui ne cesse de venir pour poser les siennes. Qu'il se pointe toutes les cinq minutes dans le salon met Condor en joie, vous imaginez bien. D'ailleurs, le voici qui revient. Je baisse la liseuse, Condor pompe sur le plancher pour se calmer. Il est déjà un peu tendu en raison de notre affrontement silencieux, alors le Lynx tout excité n'améliore pas son humeur, d'où l'accueil qu'il lui réserve :

– Tu me gonfles ! Ce soir, j'ai l'impression d'être revenu à l'époque de l'internat des ados, ça manque de sérieux, vraiment !

– Ce n'est pas toi que je viens voir. De plus, tu n'as pas le droit de la ramener parce que tu n'en menais pas large non plus, l'envoie paître sèchement le matou.

– Je me suis débrouillé tout seul, moi ! Et il se trouve que j'habite ici, aussi.

– Arrêtez de vous chamailler. Condor, tu ne t'es pas demandé si ça me plaisait, de conseiller Lynx ?

Suite à mon reproche, il s'immobilise au milieu de son mouvement, puis me scrute pour déterminer mon niveau de sérieux.

– Tu aimes l'aider à choper ta copine ?

– Dit comme ça, non. Mais participer à leur union désirée et dans le respect des deux, oui.

– Ouais. De jolis mots, mais le final est le même. Zou, dans le plumard, bougonne Condor.

– Exact, mais dans le mien, s'amuse Lynx.

– Allez-y, faites vos trucs puisque ça vous amuse, cède ronchon en secouant la tête.

Pendant toute la conversation, il est resté figé dans sa position en demi-pompe. À sa place, j'aurais déjà le nez écrasé au sol puisque mes bras auraient lâché. J'adore quand il m'impressionne, mais je ne lui montrerai pas, surtout pendant sa pénitence. Malgré tout, je reste hypnotisée par ses muscles qui se meuvent, maintenant qu'il a repris son exercice.

– Comment me trouves-tu ?

Comme une bête de guerre qui me fait frémir de désir.

– Sabine ?

Oups, ce n'est pas mon mari mais Lynx qui me questionne. Je cligne des yeux, puis le détaille pendant qu'il tourne sur place pour exhiber toutes ses faces. Aucun doute, il est superbe. C'est étrange de le voir en jean qui lui moule son admirable petit cul, sa chemise blanche ouverte bas qui met en valeur ses pectoraux et son ventre plat. La tenue civile lui va très bien, je ne donne pas cher de Sylvie. En fait, je la plains de devoir subir son charme en patientant avant qu'il ne se décide à lui sauter dessus. Elle va trépigner alors que lui hésitera par peur de la brusquer.

Je m'apprête à le féliciter mais Condor me coupe l'herbe sous le pied. Pourtant, personne n'a requis son avis, nous sommes bien d'accord ?

– Tu es exactement comme la dernière fois et Sabine t'avait dit que c'était parfait. Tu es juste venu te faire mousser ou quoi ?

– N'importe quoi ! J'ai changé de ceinture.

– Ah ! Tu vois, c'est tellement flagrant que cela saute aux yeux, se moque Condor.

– Tu es validé, tu peux filer, je conclus en levant le pouce.

– Yeah ! C'est parti pour Lyvie ! clame-t-il en détalant chez lui.

– Rassure-moi. Je n'étais pas aussi débile quand je te cho… faisais la cour.

– Aucun risque. Toi, tu étais effrayant, je rétorque en mimant l'épouvante.

En me remémorant cette merveilleuse période où j'ai réellement cru mourir, je m'esclaffe. Notamment cette hallucinante scène de l'armoire, au cours de laquelle cette andouille me menaçait de me supprimer pour s'essayer à l'humour. Très vite, je me mets à rire si fort que je m'étouffe, alors je me redresse. En forçant sur mes abdos, affolée, je sens le truc affreux arriver. J'inspire comme une désespérée, je déglutis en serrant les lèvres, je lutte pour que cela ne se produise pas. Mais peine perdue, je vomis sur le coussin.

Je redoutais ce moment car je dissimule mes nausées depuis quelques jours. Évidemment, Condor, à qui cela n'a pas échappé, bondit sur ses pieds et se précipite sur moi.

– Ça va ? Tu veux de l'eau ? demande-t-il calmement en me prenant dans ses bras.

– Non. Je vais me laver le visage et mettre le coussin dans la machine.

Telle une reine que rien n'ébranle – surtout pas le ridicule –, je me lève. Une fois debout, je sens du mouvement interne, ça remonte encore. Par réflexe de sauvegarde, je me précipite dans la cuisine où j'ai juste le temps de me pencher sur l'évier avant d'évacuer la suite. Bien entendu, Condor m'a suivie, il ramasse mes cheveux pour les relever d'une main pendant qu'il me caresse le dos de l'autre.

– C'est bon, tu vas mieux ? se renseigne-t-il lorsque je me rince la bouche sous le robinet.

Il est très calme. Trop serein pour un Condor angoissé dès que je pète de travers. En conclusion, il s'est documenté sur la grossesse et sait très bien ce qui m'arrive. Un coup d'œil en biais dans sa direction me donne envie de grogner en apercevant son rictus victorieux. S'il pense que je vais me laisser démonter pour si peu et perdre la guerre du silence, il rêve.

– Ouais. Je savais que les rognons de ce midi n'allaient pas passer. Une fois sur deux, ça finit comme ça, je réponds sur un ton détaché.

– Ce sont des rognons, ça ? questionne-t-il avec un air méfiant en pointant du doigt ce qui ressemble plutôt aux poireaux de l'entrée.

– Oui, les rognons. Ce n'est rien.

Mon mensonge affirmé avec assurance, je le plante là pour me rendre dans la salle de bains. Oh non, tu ne m'auras pas aussi rapidement, mon cher mari. Tu n'as pas assez payé pour le piège que tu m'as tendu. Pour la suite, il faut juste que j'apprenne à gérer mes désagréments de façon discrète, c'est tout.

Accepter.

CONDOR

Pourquoi ai-je l'impression que je vais en baver plus que je ne le prévoyais ? J'ai compris que j'avais commis une grosse boulette, mais de façon simpliste, je pensais qu'en découvrant sa grossesse, nous pourrions régler le problème. Logiquement, elle devrait me rugir dessus dans une bonne engueulade, que j'écouterais d'une oreille distraite mais sans rechigner. Puis, une fois la colère passée et ma Sabine défoulée, je lui promettrais de ne plus jamais réitérer une telle erreur ainsi que d'être présent pour prendre soin d'elle et élever notre enfant. Et puis voilà ! Ensuite, le calme revenu, nous profiterions de nos jours heureux.

Mais non. Son plan est tout autre. Je ne suis pas un demeuré, alors me faire croire qu'elle vomit des aliments qu'elle n'a pas mangés, c'est me prendre pour un con. Elle cherche à m'entourlouper, donc elle sait. Et pire, elle sait que je sais et que j'en suis le responsable.

Elle me déstabilise en adoptant une réaction aux antipodes de ce que j'avais anticipé. Elle ne m'en parle pas, agit comme si tout allait pour le mieux dans le meilleur des mondes. Si ce n'était pas Sabine, je penserais qu'elle redoute d'avouer sa grossesse. Mais elle ne me craint plus depuis belle lurette, elle n'hésite plus désormais à m'assener son avis sans détour, donc, elle garde le silence sciemment. Il n'y a qu'une raison pour cela : me punir. Dans la famille des retors, je suis peut-être le mari, mais j'hérite d'une femme à la hauteur.

Sa stratégie est de me tenir à l'écart en représailles. Je dois lui concéder qu'elle sait taper où ça fait mal. En s'attaquant à mon besoin de contrôle, elle vise tel un tireur d'élite. Bravo, elle est forte parce que je vais devenir dingue. De toute évidence, c'est ce sur quoi elle a misé.

Pendant qu'elle se rafraîchit dans la salle de bains, je nettoie l'évier en cogitant sur la façon dont je dois me comporter. Elle me défie. Je pourrais accepter de mettre fin à cette joute en lui présentant de plates excuses, puisque je suis l'abruti qui nous a menés à cette situation. Tous les torts sont de mon côté, je n'essaierai pas de lui faire croire le contraire. Mais en cédant si rapidement, je la décevrais. J'aime ma femme et souhaite qu'elle me pardonne. Par conséquent, je dois me plier à son jeu. Recevoir ma correction sans broncher. Ouille.

Je vais relever le défi, pour elle. Je vais me contenir, par respect et pénitence. Mais seulement pour Sabine et au nom de tout l'amour que je lui porte, alors gare à ceux qui vont tâter de mon humeur noire au passage. Toujours est-il que bébé est en route et qu'elle en subit les conséquences. Je dois m'occuper d'elle sans empiéter sur sa volonté de me tenir éloigné de son ventre.

En résumé… Je vais être papa ! Si ce n'est pas dingue. Moi qui ai longtemps rêvé d'en avoir un. Une mère aussi, bien sûr. Sabine sera formidable dans ce rôle, et moi, je vais tout mettre en œuvre pour être à la hauteur. Cela commence par rester vivant.

Donc, j'officialise dès demain ma demande de mise à la retraite. J'ai voulu une famille, j'ai bien l'intention d'aller jusqu'au bout. Oui, j'aime les missions et mon métier pour lequel j'ai tout sacrifié, comme j'éprouve une grande fierté à être Condor. Mais j'aime encore plus ma femme.

Dans l'immédiat, je vais me charger de préparer le repas puisque Sabine a le ventre vide. Enfin, pas tout à fait, il y a bien un petit truc dedans. Ma réflexion me fait ricaner tout seul lorsqu'elle revient dans le salon.

– Qu'y a-t-il de drôle ?

Houla ! Je vais garder mon humour moisi pour moi, c'est plus sûr.

– Rien, je repensais à ma dernière mission.

– Tu as buté un clown ?

Quoi ? Que raconte-t-elle ? Confus, je la fixe sans trouver quoi répondre.

– Tu veux prendre ta retraite pour devenir un homme normal, mais il est vrai que tu n'as pas annoncé que tu deviendrais drôle, se moque-t-elle en s'asseyant dans le canapé.

Ah ! C'était une blague. Cela ne m'aide pas à comprendre, mais ce n'est pas grave.

– Dès que nous sommes à jour dans le classement, je replanifie les séances de sport avec le GIGN. C'était profitable et je commençais à faire un bon temps au parcours du combattant, lâche-t-elle en dissimulant son visage derrière une revue.

Mais bien sûr. Et un petit stage commando dans la jungle tant qu'on y est ? Ou quelques sauts en parachute ? Juste pour ne pas perdre la main, ce serait bien. Elle me cherche. Je m'intime l'ordre de ne rien laisser paraître de ma contrariété et pour cela, la meilleure méthode est de ne pas ouvrir la bouche.

Pendant que je m'affaire dans la cuisine, Sabine me surveille par-dessus sa revue. Qu'elle finit par baisser, déçue par mon absence de réaction.

– Tu te lances dans quelle préparation ?

– Lynx m'a passé un livre sur l'alimentation saine. Il a posé des Post-it sur certaines recettes en précisant qu'il les juge à mon niveau. Je ne sais pas comment je dois le prendre, d'ailleurs.

– Tu comprendras rapidement que cuisiner peut requérir autant de doigté que descendre quelqu'un.

– Mouais. C'est sûrement moins dangereux tout de même. Mais bref, une omelette aux anchois, ça te tente ?

Tout en lisant la recette, je m'étonne du silence de Sabine, alors je lève la tête de mon livre pour l'observer. Elle blêmit à vue d'œil, puis bondit pour repartir en courant dans la salle de bains. D'accord. Nous dirons que je n'ai rien remarqué, mais un « non » suffisait. Donc, je vais choisir autre chose pour le dîner.

CHAPITRE 13
En équipe.

Notes du docteur Cauvin – 21 juillet : sujet Bonbon. Observation : après la visite houleuse du général, j'ouvre un nouveau dossier. Je pense que cela sera nécessaire.

SABINE

Ce matin, hormis me sentir un peu vaseuse, j'arrive à faire bonne figure et même à manger un peu de pain. Sans beurre puisque sa vue me fiche la nausée. Je vais devoir me passer de gras les prochaines semaines. Que mon corps choisisse ma période de grossesse pour m'aider à suivre un régime, c'est cocasse.

Mû par son désir de se normaliser, Condor a préparé seul le déjeuner. Il se contente de servir en silence, non sans m'observer avec intérêt. Ce qui m'arrange bien puisque ma préoccupation est autre ce matin. J'attends avec impatience l'arrivée du gros chaton. D'un coup d'œil, je découvrirai la conclusion de ce rendez-vous, son bonheur se lira sur son visage, ou pas.

Après le bruit de sonnette quotidien, seul Hector apparaît.

– Lynx ne vient pas ? je questionne, déçue.

– Non. Il a pris la voiture pour raccompagner sa copine.

– Pour commencer, tu vas nommer Sylvie par son prénom. Avant d'être mon amie ou la petite amie de Lynx, c'est une personne. Est-ce que tu parles de moi en disant « la femme de Condor » ? Non ! Alors, fais-en autant pour Sylvie, je tempête en haussant le ton crescendo.

En pleine confusion, il me fixe pendant quelques secondes en silence. Condor vole à sa rescousse en intervenant avec calme :

– Tout va bien, Hector. Donc, Lynx a pris la voiture pour ramener Sylvie. Nous allons profiter de ton chauffeur et nous devrons également charger Squale.

– Voilà, répond Hector en me jetant un regard en coin.

– Je vais encore devoir attendre pour tout savoir. C'est contrariant, je ronchonne.

– Nous sommes au ministère dans moins d'une heure, précise Hector.

– La barbe quand même !

Frustrée, je ponctue ma phrase d'un coup de poing sur le comptoir dans un concert de vaisselle qui tinte. Hector sursaute puis m'observe avec les yeux ronds. Blasé, Condor ne sourcille même pas.

– Hector, tu devrais boire ton café, l'invite-t-il.

Jusqu'à ce que nous arrivions sur le parking, sans que j'en devine les raisons, ils ne prononcent plus un mot. Même si je bavarde, ils ne cèdent que des « hin hin » en réponse ou se contentent de hocher la tête. Hector m'observe avec méfiance, mais Condor fait preuve d'une sérénité inhabituelle. Dès que la voiture est stationnée, je descends du véhicule pour m'esquiver.

– Je vais chez Sylvie !

Et j'ai hâte ! Je saurai enfin si la soirée Lyvie s'est bien déroulée. La curiosité me donne des ailes, alors je cours presque dans les couloirs pour piler devant son bureau. Je m'y engouffre puis ferme la porte.

– Raconte tout, absolument tout !

– Tu as besoin d'un dessin ? s'amuse-t-elle.

J'inspecte son visage pendant quelques secondes. Faisons le bilan ensemble. Des yeux brillants, un sourire niais formé par des lèvres qui laissent échapper un petit soupir en accord avec son regard absent. On peut y ajouter un air rêveur et comblé. Sans nul doute, le matou a été à la hauteur de ses espérances.

– Il a été parfait. Gentil, prévenant, poli et tout doux, confie-t-elle.

– Rassure-moi. On parle de Lynx ou de ton animal de compagnie ?

– Arrête. Il manquait d'assurance, mais il n'était pas intimidé.

– Oh pardon ! Je ne voulais pas atteindre à la virilité de ton homme.

– Tu n'as pas intérêt. Il n'est pas semblable à Condor et en ce qui me concerne, c'est une qualité. Lui, il ne me fera pas de coup tordu, me toise-t-elle.

Ouille ! Bien visé. Vais-je oser la contredire ? Non, sinon, je vais m'embourber.

– Je me doutais que Lynx serait un amour et très respectueux

– Pas du tout déçue, bien au contraire. J'ai failli faire un malaise quand il a ôté sa cagoule. Il est superbe, souffle-t-elle en agitant la main.

– Tu vois que c'est bien cette histoire de cagoule. C'est le bonus CCLS, on craque une deuxième fois quand ils l'enlèvent.

– Mouais. Nous avons gagné à la loterie, bien que je n'en sache rien dans ton cas, mais c'est risqué, cette affaire.

– Je l'avoue.

Sylvie change subitement d'attitude. L'air gênée, elle se penche vers moi pour murmurer :

– Par contre, quelle surprise au moment de passer aux choses plus intimes. J'ai failli en tomber du matelas lorsqu'il m'a confié sa… hum… particularité.

J'ai une très bonne idée de ce à quoi elle fait référence, puisque j'ai été frappée par la même stupeur. Voilà un sujet délicat à aborder avec le plus grand sérieux.

– Tu veux dire que… il en a une toute petite ? je souffle en prenant soin de mimer un air atterré.

On ne se refait pas, pardon.

– Tu es con, des fois, me tance-t-elle en levant les yeux au ciel.

– Que des fois et c'était pour dédramatiser.

Nous rions de bon cœur, puis elle reprend :

– Il est irréprochable à tous points de vue, je te ferai un dessin si tu y tiens. Sinon, tu sais parfaitement de quoi je parle.

– Non merci pour le croquis. Je vais dépasser mon quota de visions acceptables à force. Mais oui, j'ai bien compris. Nous sommes leurs premières. Une situation ahurissante à vivre, mais pas étonnante avec leur historique.

– Voilà. Il a été pataud, me demandant sans cesse s'il s'y prenait bien et si j'appréciais tout ce qu'il me faisait. C'était horrible, confie-t-elle avant d'éclater de rire.

– Tu es dure avec lui.

Cela me chagrine que l'on se moque de Lynx, qui réalise tant d'efforts pour être un homme respectueux. J'ai la sensation qu'elle dénigre mon frère adoré, ça me pique fort.

– Non ! Pas horrible dans ce sens-là ! Juste pour moi, ma gêne le temps de comprendre et ensuite d'oser m'exprimer pour l'aider.

– Ah, d'accord. Alors oui, je l'admets. Mais tu peux lui faire confiance parce que ces hommes apprennent vite. Houla, très vite, je ris en agitant la main.

– Je te le confirme. Après la quatrième fois, je lui ai expliqué avec tact que ce n'était pas un marathon et qu'il ne devait pas viser la médaille d'or pour la première nuit. Je suis éreintée.

Elle soupire, moi, je lève un poing de vainqueur.

– Je suis fière de mon Lynxounet. C'est un winner !

– À présent, tu sais que tout va bien de mon côté. Passons à toi. Es-tu informée qu'il faut déclarer ta grossesse à tes supérieurs ?

– Je sais bien. Mais si je l'officialise, ils seront tous au courant et mon plan va s'effriter. Condor ne doit plus jamais décider seul de telles choses. Or, je ne pense pas que le peu qu'il a subi jusqu'ici soit assez percutant pour le tatouer dans sa cervelle.

– Sabine, je ne suis vraiment pas de ton avis.

– Pardon ? Tu prends déjà sa défense ?

– Non, mais ça ne va pas ? Je te parle d'informer les autres. Je suis presque certaine qu'ils se rangeront de ton côté.

– Même le général ?

– Lui, je suis persuadée qu'il sera justement ton meilleur allié, affirme-t-elle avec conviction.

Tellement obnubilée par mon petit nombril, j'ai mis de côté ceux qui gravitent dans ma vie. Si Hector et Lynx ne comprennent pas tout à fait mon point de vue, ce sera en revanche le cas pour le général qui se trouve être le plus sensé de tous. Cela étant dit, si ma grossesse les concerne, ce n'est pas le cas du reste.

Je retrouve ensuite Hector et Lynx qui s'affairent déjà. Hector est concentré, Lynx un peu moins. Les petits cœurs qui volettent autour de son faciès heureux doivent y être pour quelque chose. Pendant que je passe mon uniforme, ils m'annoncent que Condor et Squale s'entraînent au gymnase. Je saute sur l'occasion, et leur demande de m'accompagner chez le général. De façon réglementaire, j'aurais dû informer mon supérieur hiérarchique direct en premier. C'est-à-dire Hector, car même s'il est maintenant un personnel civil, son poste lui accorde ce rôle. Mais aucun d'eux ne me tiendra rigueur de n'avoir pas suivi la voie habituelle cette fois.

Dans le bureau du général, je lâche la bombe :

– Je suis enceinte.

Un jour, il faudra que l'on m'explique pourquoi tous accueillent cette déclaration comme une grosse blague. De toute évidence, je n'ai pas le profil de la future maman parfaite, puisqu'ils m'observent avec des yeux ronds. Un peu vexée, je leur laisse le temps d'assimiler la nouvelle, c'est le général qui se reprend en premier.

– Euh… Très bien. Je crois qu'il faut vous féliciter, alors. Il le faut ? hésite-t-il.

Finalement, ce n'est pas moi qui génère le doute mais mon mari. C'est logique, ils le connaissent bien.

– Oui. Vous pouvez.

– Mais pourquoi ? se réveille Hector.

– Oui, pourquoi un bébé ? répète Lynx encore ahuri.

– C'est vrai qu'avec vous, j'en ai déjà à la maison. Un de plus, ça va faire beaucoup.

– Ça va tout changer, rouspète Lynx.

– Dites donc ! C'est une bonne nouvelle pour un couple, alors cessez de faire preuve d'égoïsme et réjouissez-vous pour eux, les recadre le général.

– OK. Bravo, c'est super. Vous auriez juste pu nous prévenir que vous souhaitiez devenir parents.

– Oui, c'est chouette pour vous. Pour nous, c'est brutal, on ne s'y attendait pas du tout, approuve Hector.

– C'est vrai et c'est ce qui m'amène à la seconde partie du sujet. Pour tout vous dire, ce fut aussi soudain pour moi.

Devant les trois hommes perplexes, je leur explique le déroulement des faits sans trop de détails. Je ne cherche pas à me faire plaindre, c'est mon problème et je le gère avec mon mari comme je l'entends. Mais il se trouve que ce dernier est un agent qui opère sur des missions dangereuses, pour lui comme pour ceux qui l'entourent. Par conséquent, c'est le fait que notre petite guerre de couple puisse le perturber qui m'amène à les prévenir. Mon résumé terminé, le général bondit sur ses pieds, Hector et Lynx sont sidérés.

– Il a fait quoi ? hurle le général

Question purement rhétorique à laquelle je me contente de répondre en hochant la tête. Finalement, Sylvie était dans le vrai, bien que Lynx et Hector mettent un peu plus de temps à prendre la mesure les événements.

– Vous vouliez un enfant. Il t'a juste aidée.

– C'est le meilleur moyen pour te faire la surprise.

– Stop ! Ce mot est désormais banni de votre vocabulaire. Je vous interdis de l'utiliser en ma présence sous peine de douloureuses représailles !

– J'y participerai en vous tapant sur le crâne ! me soutient le général.

Afin que tout soit clair, nous leur rappelons la définition de « consentement mutuel ». Une fois qu'ils sont éclairés sur le ressenti de la personne trahie, tout devient limpide.

– Vous en aviez juste parlé.

– Mais pas décidé.

Bravo, les lapinous, je suis fière de vous.

Ensuite, le général m'interroge sur ma santé, mon moral et pour finir, mes souhaits. En quelques mots, je dévoile mon intention de faire tourner Condor en bourrique pour le vacciner.

Lynx et Hector sont déçus par la douceur de mon plan. Pour eux, des coups de pied au cul seraient mérités. Un jour, ils apprendront à régler les soucis sans violence, je garde espoir. Pour l'instant, c'est le général qui parvient à leur faire entendre que c'est sans aucun doute le plus adapté pour Condor.

Et, comme l'avait prédit Sylvie, j'obtiens leur entière coopération. Hector et Lynx promettent de garder le silence et de ne pas s'en mêler.

Tout étant dit, ils quittent le bureau à la demande du général, non sans reluquer mon ventre avec un petit sourire au passage.

– Sabine, je vous présente toutes mes ex…

– Ah non ! Je refuse que vous les présentiez à sa place. Vous n'êtes pas responsable. Je vous rapporte la situation uniquement par obligation dans un premier temps, puis en ayant conscience que cela peut se ressentir sur son humeur et de ce fait, influer sur son travail.

– Certes, il est plus avisé que nous soyons informés, nous garderons un œil sur lui. En revanche, il vous a quand même prévenue qu'il demande à cesser son activité ?

– Oui, ça, il me l'a dit. Mais après les faits.

– Certes, vous n'en seriez pas là dans le cas contraire. Cet après-midi, nous devons discuter de son départ et de sa future affectation. Tous les services internes ou externes vont se l'arracher dès que nous l'annoncerons officiellement. S'agissant de votre grossesse, nous en tiendrons compte pour vous éviter un déménagement au mauvais moment.

– Un déménagement ? Mais je ne veux pas changer de poste.

– Bien sûr que non. Nous tenons beaucoup à vous, n'ayez crainte. Je parlais de l'appartement, c'est un logement de fonction. Il n'y en a que quatre pour les agents et ils sont tous occupés. Or, il nous faut en intégrer deux nouveaux, dont le remplaçant de Condor. Ils sont prioritaires sur Hector et vous. Vous comprenez ?

Mince. C'est évident que les agents passent avant nous. J'ai eu la chance de profiter d'un appartement parce qu'il était disponible, mais là, Hector, Condor et moi allons devoir céder nos places. Zut ! Si j'ai confiance en Condor pour nous trouver un super logement, j'aime beaucoup cette vie de casernement.

– Bien sûr, mon général, je comprends.

– Dans l'immédiat, que diriez-vous de prendre des vacances ? Condor a écourté les dernières et cela nous permettra d'organiser son départ en toute sérénité. Et un peu d'air vous fera du bien. Je parle d'un air sans lui.

– Les agents seront à Langley la semaine prochaine, ce n'est pas gênant ?

– Pas du tout, justement.

Refuser une proposition pareille, c'est inconcevable. À l'idée de passer du temps à Pornic avec mes parents, je frétille sur mon fauteuil.

– J'ai comme l'impression de vous offrir un merveilleux cadeau, mais entre nous, c'est justifié. Alors, vendu pour au moins trois semaines ? s'amuse le général.

– Quatre ?

Je tente le coup puisqu'il me reste beaucoup de permissions à prendre, c'est le meilleur moment pour en profiter. Aussitôt, à la pensée d'Hector abandonné au bureau comme dans les appartements, je culpabilise.

– Vous pensez envisageable qu'Hector vienne avec moi ?

– Hector n'a jamais pris de vacances, que des indisponibilités. D'ailleurs, je ne suis pas certain qu'il sache à quoi cela correspond. Je n'y vois pas d'inconvénient. L'important est de savoir si vous le proposez uniquement pour lui ou si cela vous fait plaisir. Vous avez assez à gérer comme cela.

– Bien sûr que je suis heureuse de l'inviter. J'adore mes parents, mais j'aime être accompagnée d'amis pour que ce soit plus festif.

– L'idée que vous dévergondiez Hector m'amuse beaucoup.

– Il n'a pas vraiment besoin de moi pour ça.

– C'est ce qui m'a été rapporté, en effet. Il faut que jeunesse se passe, n'est-ce pas ?

Lorsque je sors de son bureau quelques minutes plus tard, je plane. Je pars la semaine prochaine. Un peu de recul sur mon avenir et bonjour la plage. Je n'y avais pas pensé, alors je ne peux que féliciter le général d'offrir à Condor un coup de massue supplémentaire en m'éloignant. Il va me manquer, assurément. Mais dès que cela arrivera, je me remémorerai pourquoi ce sont mes dernières vacances en toute insouciance.

Au bureau, je retrouve Hector, je lui annonce mon départ avec excitation.

– C'est plus que mérité, approuve-t-il.

– Si un petit séjour à la plage te tente, tu peux venir. Le général donne son accord. Ça te plairait ?

Il reste muet, en pleine réflexion. C'est abstrait à ses yeux. Il n'a jamais marché en tongs sur le sable, batifolé dans l'eau, ne s'est jamais prélassé sur un transat ou toutes autres activités vitales du genre.

– C'est bien les vacances ?

– Tu vas adorer.

– Tu m'emmènerais ? questionne-t-il, encore hébété.

– Mais avec un immense plaisir ! Les vacances, c'est fait pour se détendre, s'amuser et s'éclater. Avec mes parents, nous allons bien manger et nous serons aux petits oignons, mais pour la grosse marrade, je préfère, et de loin, que tu sois là.

– Oh oui, j'adorerais ça, souffle-t-il sans y croire.

– Yeah ! C'est parti pour quatre semaines tous les deux parce que le général te les donne également !

Euphorique, je sautille en tapant dans les mains.

– Stop !

Je me fige, les deux mains en l'air.

– Je t'interdis de sauter. Tu as oublié ?

– Houla ! On va se calmer. Je ne suis pas en train de faire du trampoline non plus.

Attention à toi, Hector. Si tu me pourris les vacances en jouant au Condor, je vais te détester et te renvoyer chez toi. Ou je vais te piquer ton pied en fer et le jeter dans le port.

– Excuse-moi. Je me suis inquiété. Je vais être tonton, tu comprends ?

D'accord. Je ne planquerai pas ton pied. Tu es trop mignon pour ça et moi, pas assez vilaine.

Comme c'est le dernier week-end avant les vacances, que les agents le passent au camp d'entraînement, sauf Squale qui est d'astreinte sur place, et Hector avec une meute de zombies qu'il tient à décimer grâce à sa nouvelle manette, je décide de rendre visite à ma tante. C'est la grande sœur de ma mère, qui, suite à des soucis de santé, vit désormais dans une maison de retraite.

Un établissement sélectionné pour son sérieux et surtout son immense parc dont peut profiter cette amoureuse des plantes. Pour obtenir cette qualité de vie sans devoir vendre un rein chacun, il nous a fallu l'éloigner de Paris, et c'est la raison pour laquelle je roule actuellement sur une petite route dans les Yvelines. Au fin fond des Yvelines. Je veux dire, vraiment au fond, tout en bas, dans la Beauce, comme l'indique l'environnement actuel. À droite, du blé et de l'orge à perte de vue. Et si je tourne la tête vers la gauche, pareil, du blé et de l'orge, à perte de vue aussi. Devant, du blé, dans le rétroviseur, de l'orge. C'est plat comme une mer calme, on voit à des kilomètres sauf qu'il n'y a rien à voir. Seuls quelques bosquets émergent ici ou là, maigres panaches rebelles défiant l'immensité jaune, imités par de brèves taches vertes de maïs qui ponctuent l'ennui de ce paysage. L'hiver, entre les troncs aux branches nues et la terre labourée, ce ne sont que nuances de marron sur l'horizon tout entier. Pas franchement bucolique, mais au moins, c'est calme.

À mon avis, il y a plus de lapins que d'habitants dans ce coin. Je croise d'ailleurs davantage de fourrures bondissantes que d'humains dans les hameaux que je traverse. L'avantage de ces routes, c'est qu'il n'y a pas de feux rouges et peu de stops. Là, j'arrive même sur le premier rond-point depuis une vingtaine de kilomètres. D'ailleurs, il n'était pas là lorsque je suis passée la dernière fois. Au milieu des champs, c'est bizarre quand même. Les habitants craindraient-ils les courses de tracteurs ? Comme souvent, une magnifique œuvre d'art orne son centre, en l'occurrence, une immense gerbe de blé liée à l'ancienne. Original.

Quand je conduis, je respecte scrupuleusement le code de la route, mais là, au milieu de nulle part, sans personne à la ronde, je m'engage sur le rond-point complètement détendue, en roulant à cheval sur les deux voies.

À hauteur de la première sortie, je ne sais pas ce qui se passe, un gros truc sombre surgit de derrière les hauts pieds de maïs et me fonce dessus. Je pile. Lui aussi. Dans un crissement de pneus, nous nous immobilisons tous les deux, mais son aile a le temps de venir embrasser la mienne. Crotte !

Positivons, rien de grave, j'ai à peine ressenti le choc. Il n'y a même aucun dégât. D'ailleurs, c'est une bonne chose puisque j'ai emprunté la Clio de mes parents. Je préfère m'expliquer avec eux plutôt qu'avec mon mari ou le reste de la clique. Bien ! Il faut maintenant aller voir de quoi il retourne. Je souffle un grand coup, détache ma ceinture, puis sors du véhicule.

À peine les pieds sur la chaussée, même pas le temps de refermer ma portière, je croule sous une bordée d'injures.

– Espèce de folle ! Tarée !

J'en reste ahurie. Le chauffeur excité d'un énorme 4 × 4 noir tempête à grand renfort de bras qui moulinent l'air. Il n'est déjà pas d'un abord sympathique, dans son costume gris foncé, ses cheveux charbonneux, ses sourcils broussailleux qui lui donnent un air de hibou et ses yeux noirs de colère. Rien chez lui n'incite à engager la conversation. Pourtant, dans le cas présent, il faudra bien que nous fassions un minimum connaissance. Constat oblige, car nos ailes respectives sont malheureusement froissées.

– Vous êtes en tort ! Cinglée qui ne sait pas se servir de ses clignotants !

On se demande bien qui a un problème, mais à mon avis, ce n'est sûrement pas celui qui hurle et s'agite pour si peu. Je ravale mon envie de le rembarrer, je préfère adopter un ton neutre pour calmer le jeu :

– Vous êtes blessé ?

– Non ! Mais vous avez ruiné mon véhicule !

– N'exagérez pas non plus et calmez-vous. Nous allons faire un constat, et puis voilà.

– Et voilà ? Et insouciante, en plus ! Il ne manquait plus que ça !

Le furieux tape du pied en pestant avant de se raidir en me pointant du doigt.

– J'ai compris ! Vous n'êtes pas assurée et vous voulez m'entourlouper. Vous êtes très mal tombée !

– Mais non, remplissons le constat. Inutile de vous mettre dans cet état.

– Je suis dans cet état à cause de vous ! Est-ce que vous êtes en règle au moins ? Parce qu'avec ce genre de voiture, c'est à se le demander.

Mes parents apprécieraient. D'autant que leur voiture est en parfait état, aucune égratignure. Enfin… jusqu'à il y a cinq minutes.

– Bien sûr que oui, soyez tranquille. C'est la voiture de…

– Elle n'est pas à vous ? Ah ! La voilà l'entourloupe ! Vous m'êtes rentrée dedans exprès. Vous ne m'aurez pas, j'appelle mon beau-frère commissaire. Espèce de voleuse !

Ce type est complètement malade. Une mise au point s'impose.

– Dites donc ! C'est vous qui m'avez percutée !

– Pas du tout ! Vous avez provoqué l'accident volontairement !

Mais quel culot ! Ma seule erreur était de rouler au milieu et c'est heureux, sinon le choc aurait été bien plus rude. Dans une minute, il va oser me parler de priorité à droite aussi, dans un rond-point ! Peu importe, qu'il dise ce qu'il veut, les assurances verront bien qui est en faute en recevant les documents.

– Je vous assure que je suis parfaitement en règle. Alors il faut remplir le constat, j'insiste calmement.

– Hors de question !

Il ne peut quand même pas être aussi con et buté, si ?

– C'est la procédure en cas d'accrochage, monsieur.

Voilà que je parle comme mon mari, procédures et règlements.

– Vous allez mettre de fausses informations, avec de faux papiers. Ou pire, c'est un véhicule volé ! Après, c'est moi qui vais me retrouver face à mon assurance qui augmentera ma prime. Alors vous allez juste me payer les dégâts. Cinq cents euros et ça ira.

– Certainement pas ! D'autant que c'est vous qui êtes en tort, lui fais-je remarquer sèchement.

– N'importe quoi ! Vous payez ou j'appelle tout de suite, hurle-t-il, menaçant, en dégainant son téléphone.

S'il croit m'impressionner, il va déchanter.

– Faites donc, et passez-lui le bonjour de ma part !

Jouons donc à celui qui appelle le plus puissant. M'est avis qu'il regrettera rapidement de n'avoir pas rempli un bout de papier. Remontée, je sors mon téléphone professionnel, mais au moment de sélectionner un correspondant, je suis bien embêtée.

Appeler Condor n'est pas envisageable. Il serait capable de transformer ce rond-point en champ de bataille. Verdun aurait des allures de jardin japonais à côté. J'ai une vision très nette de chars bruyants qui déboulent du champ, écrasant sur leur passage la totalité des cultures.

Lynx ou Hector, ça serait moins pire, mais assez pour ramener l'infanterie. Mes parents ? J'ai leur voiture, ils ne seraient donc pas très utiles. La gendarmerie ? Pas envie de m'escrimer à m'expliquer avec l'autre qui leur hurlera que je suis une menteuse. Si ça part en conflit, ils risquent d'embarquer tout le monde au poste.

Ce qu'il me faut, c'est quelqu'un qui soit en mesure de venir rapidement pour clouer le bec de l'agité malpoli, mais sans ameuter l'ensemble des forces armées.

Tout de suite, je n'en vois qu'un, alors je l'appelle.

– Sabine ? Un problème ?

– Bonjour, Squale. J'aurais besoin de votre aide, mais en toute discrétion.

Nous ne sommes pas amis, mais nous avons désormais un passif, qui, je l'espère, l'incitera à ne pas m'envoyer paître.

– Je vous écoute.

En quelques phrases, je lui fais un topo de mes soucis. À la fin, il ne s'accorde même pas une seconde de réflexion.

– Je suis parti et j'appelle personnellement la gendarmerie la plus proche.

Voilà ! Il va me régler ça le requinou. Il y en a un qui va regretter de s'attaquer à une femme qu'il pense pouvoir effrayer. Il n'y a plus qu'à attendre, alors, avec l'assurance de celle qui a la force de son côté, je pars m'installer sur l'herbe au centre du rond-point. À travers mes lunettes de soleil, je peux profiter du spectacle. L'homme piétine et tape régulièrement du pied, s'évertue à contacter son commissaire qui ne lui sera d'aucune aide, mais il ne le sait pas encore. Sauf qu'il est constamment mis en attente, il doit se faire transférer d'un poste à l'autre. Parfait, Squale sera arrivé avant qu'il ait même pu parler à son gradé de beau-frère.

Pendant que je profite du soleil, mon nouvel ami gesticule en marmonnant des mots vulgaires ou, de temps en temps, insulte la pauvre standardiste qui le reprend en ligne. Je ne patiente pas plus d'un quart d'heure avant d'entendre le son d'un deux-tons qui résonne au loin, et qui approche très vite. Voilà la cavalerie, qui se présente sous l'apparence d'un fourgon de gendarmerie.

Étant donné la façon dont les choses se déroulent, je peux affirmer que Squale leur a transmis les bonnes informations. Cinq gendarmes s'extraient du fourgon garé derrière ma Clio, l'un vient directement sur moi, et les quatre autres fondent sur le chauffard éberlué.

– Vous allez bien, mademoiselle ? s'enquiert le jeune gendarme.

– Mieux, maintenant que vous êtes là. Le conducteur refuse de remplir le constat.

– Nous sommes au courant. Ne vous inquiétez pas, restez assise, nous nous en occupons.

Je n'en doute absolument pas. Vu l'air mauvais affiché par ses collègues, l'autre signera même une reconnaissance de dettes si on le lui demande. Parce qu'il est tout de suite moins agressif.

– Messieurs, vous faites erreur. C'est elle la fautive, dit-il d'une voix de fausset en me pointant du doigt.

Il se fait rembarrer aussi sec par les hommes en bleu :

– Mais bien sûr. Il suffit de voir les véhicules.

– C'est moche d'intimider une jeune femme, monsieur.

– Insultes. Intimidation. Refus d'établir un constat. Ça suffirait pour vous embarquer.

– D'ailleurs, on vous embarque.

– Mais ? Attendez ! J'appelle mon beau-frère, il est commissaire !

Il a beau tenter de les impressionner, il se fait pousser vers le fourgon sans trop de manières.

Je ne devrais pas, mais impossible d'amoindrir le sourire satisfait sur mon visage.

– Vous souhaitez attendre l'agent ici ou à la gendarmerie ? questionne mon gentil gardien.

– Il ne devrait pas tarder, alors je vais rester ici.

– Nous allons l'attendre avec vous, alors.

En plus d'être plutôt bien installée sur l'herbe, ça évitera qu'une visite chez eux, même courtoise, revienne aux oreilles de Condor. Un rien nous l'énerve.

Pendant que le chauffard abreuve les autres de remarques sur l'incompétence des forces de l'ordre, qui feraient mieux d'aller chasser les vrais délinquants plutôt que les hommes honnêtes, un nouveau véhicule bleu est à l'approche, toute sirène hurlante également. Squale est passager, conduit par un autre gendarme de la brigade locale.

– Tout va bien ? questionne-t-il après s'en être éjecté devant moi, visiblement soucieux.

– Impeccable, grâce à vous.

– Bien. Je règle le problème et je vous ramène.

Il se dirige aussitôt vers le fourgon d'un pas aussi lourd que l'est devenue l'ambiance. Plus un mot ne franchit les lèvres du conducteur arnaqueur. Son visage s'est teinté d'une blancheur cadavérique, et je le comprends. Moi aussi j'ai goûté au Squale pas commode, et je n'en menais pas bien large.

Quelques minutes plus tard, c'est un petit agneau tout doux qui pleurniche ses excuses devant moi. D'ailleurs, il ne veut toujours pas remplir le constat, il insiste pour prendre tous les frais à sa charge. Brave homme.

– C'est juste de la tôle, alors on y va. Les gendarmes vont gérer la suite, annonce Squale en tendant la main pour m'aider à me relever.

Nous les remercions, je salue d'un geste désinvolte l'homme qui vient de recevoir une bonne leçon et je monte à côté de Squale qui insiste pour prendre le volant. Quand il démarre, je le remercie pour son aide.

– C'est bien normal, entre collègues. Et c'était nettement moins compliqué que ce que vous avez fait pour moi.

– On peut garder ça pour nous ?

– Aucun problème. Je vous dois bien ça.

Reconversion.

CONDOR

Nous sommes en train de faire le point avec le général quand je bondis sur mes pieds pour me dresser devant son bureau.

– C'est une blague ?

– Pas du tout. Dans le monde des gens normaux, partir en vacances est une pratique courante et Sabine a beaucoup de jours en retard. Outre le fait que c'est un droit, c'est également la meilleure période, et donc la raison pour laquelle j'ai posé ses quatre semaines d'office, rétorque-t-il avec flegme.

– Tu lui as imposé ses permissions ?

– Oui, pour coïncider avec les exigences de la cellule.

– Mais elle est d'accord ?

– Tu as un souci de compréhension aujourd'hui ? Quel mot te pose problème, « d'office » ou « imposé » ?

Inutile de répondre à son sarcasme, je me rassieds. Donc, des congés. Je brûle de le questionner sur la nécessité, mais je vais m'en dispenser afin de m'éviter une nouvelle salve de mots désagréables. J'imagine que c'est pour Sabine l'opportunité de se reposer, donc bénéfique. En revanche, un détail coince.

– Depuis quand accordes-tu des repos sans me consulter ? Jusqu'à preuve du contraire, ma cagoule est encore sur ma tête. Mon ouïe va très bien, mais toi, aurais-tu un souci de vue ? Le logo sur mon front serait-il flou ?

– Quand tu seras parti, c'est moi qui devrai composer avec leurs jours en trop.

– Tant que je suis présent, on ne change rien.

– J'en prends bonne note. Euh… il faut que tu saches qu'Hector peut enfin en prendre aussi, alors je lui ai accordé les mêmes congés.

Pourquoi ai-je le sentiment qu'il y a une entourloupe là-dessous ?

– Et qui va assurer ici quand nous reviendrons de Langley ?

– Toi, puisque tu souhaites calmer le jeu. Ce qui nous permettra de travailler sur ta prochaine affectation.

Dans le mille.

– Et si je voulais des vacances, moi aussi ?

– Si tu veux des jours de repos, il n'y a pas de problème. Au pire, tu pourras intervenir depuis le bureau de vos logements s'il y a une urgence.

Excellente idée. Un peu de cocooning avec ma femme pour faire la paix.

– Ça me va. Ça me permettra de rester avec Sabine.

– Ah non. Sabine et Hector ont donné l'adresse de ses parents comme lieu de vacances. Avant que tu réclames de t'y rendre, je te rappelle que c'est impossible. Ton anonymat est toujours valable, tu comprends ?

– Je note que je suis encore le Condor quand ça t'arrange.

Pourquoi les annonces déplaisantes s'enchaînent-elles et que je me doute déjà de la prochaine ?

– Et ils ont bien sûr donné cette adresse pour les quatre semaines à venir ?

– Attends, je vérifie sur le papier… Oui ! C'est exact.

Bien joué, Sabine. Je reste calme, tout va bien. De plus, Hector sera avec elle, c'est rassurant. L'enfoiré.

– D'ailleurs, concernant ton anonymat, tu m'informeras dès que possible de ta décision, si tu optes pour le conserver ou le lever.

Effectivement, c'est un sujet important qui va déterminer mon avenir professionnel.

– Publiquement, je le conserve autant que possible. Au niveau militaire, j'ai plus de choix d'affectations en étant l'ex-Condor.

– Tout à fait. Tu as une idée de ce que tu aimerais faire ?

– J'hésite encore entre deux types de postes.

– Et qu'en pense Sabine ?

Voyons voir… En fait, rien puisque nous n'avons pas abordé ce sujet.

– Je vois. Vous n'avez pas encore décidé de ce qui serait le mieux pour la suite de votre vie commune. Lorsque ce sera le cas, tu me préviendras.

Je sors de son bureau avec une phrase en tête, qui devient mon nouveau mantra : Lui parler, communiquer, lui parler. Cela va bien finir par se transformer en réflexe, non ? Je dois lutter contre mes habitudes de tout gérer, et ce n'est pas simple quand c'est ancré à ce point.

Lorsque j'entre dans la salle des archives, ils sont tous au travail, Squale en binôme avec Sabine. Nous avons décidé que nous devions tous être capables d'accomplir ses tâches pour les cas d'urgence, c'est donc une excellente initiative. Qu'ils plaisantent ensemble est la preuve qu'ils ont réglé leur souci. C'est une bonne chose.

Si Sabine m'a informé de ses vacances, il me faut attendre le soir et notre retour dans l'appartement pour aborder le sujet en privé. Elle s'affaire dans la cuisine, je m'installe devant le comptoir pour lui soumettre une idée qu'elle acceptera, je l'espère.

– Alors, on t'impose des vacances ? Je peux intervenir si tu le souhaites.

– Inutile, je suis ravie d'aller chez mes parents.

Perdu. Elle s'accommode très bien de cette « obligation ».

– Avec Hector et sans moi.
– Oui, c'est encore mieux !
– Pardon ?
– Les vacances, c'est bien mieux avec des amis. Je préfère, mais un petit coup de sécurité me rassurera tout de même.
– Je ne vais pas te manquer ?
– Mais si. Houlala, s'amuse-t-elle en agitant la main.
– Tu te fiches de moi.
Sabine cesse de remuer sa pâtée… Non, je crois qu'on appelle ça une pâte. Bref, elle se penche sur le comptoir en souriant, puis dépose un baiser sur le bout de mon nez avant de reculer.
– Un peu, c'est vrai. Quatre semaines, ce n'est presque rien. Tu m'as laissée seule plus longtemps et sans nouvelles. Cette fois, nous pourrons communiquer.
À part admettre que c'est toujours elle qui attend, que répondre ? Tout à coup, elle adopte un air autoritaire en levant un doigt devant moi.
– Et je ne veux pas te voir débarquer là-bas pour coller la frousse de leur vie à mes parents. Tu promets ?
– Oui, je ne viendrai pas, je bougonne.
À mon tour, je l'attrape pour la tirer vers moi, puis l'embrasser. Ensuite, je questionne avec espoir :
– Tu vas au moins leur parler de moi ?
Décontenancée, elle m'observe, se perdant en réflexion pendant quelques secondes.

– Tu le souhaites ? Et je peux le faire ?

– Bien sûr que je le veux ! Je rends ma cagoule pour faire entièrement partie de ta vie, et donc, de ta famille. En revanche, tu ne dis pas que je suis Condor, c'est tout. D'ailleurs, à ce sujet, pendant que tu seras en train de lézarder, je dois préparer ma prochaine affectation.

– Et qu'as-tu décidé ?

Attention, ma femme va tomber des nues dans deux secondes.

– Rien, je voulais en parler avec toi auparavant. Pour qu'on décide ensemble, je déclare non sans fierté.

Elle plisse les yeux, un rictus apparaît sur ses lèvres qu'elle dissimule aussitôt sous un air sérieux. Méfiante, elle ne commente pas. Je l'encourage :

– Tu es la personne qui me connaît le mieux, alors dis-moi ce que tu en penses.

– Eh bien, vu tes compétences, il y a l'embarras du choix. Catcheur, ça t'irait bien. La cagoule, tu as l'habitude, et l'idée de voir tes cuisses moulées dans un collant est plaisante. Sinon, forain pour tenir un stand de tir à la carabine, c'est dans tes cordes. Ça te permettrait de finir ta vie en offrant de grosses peluches avec le sourire, c'est cool. Maître-nageur, tu pourrais également, mais j'utilise mon droit de veto. Que tu sois reluqué par des nymphomanes toute la journée qui feraient exprès de se noyer pour te toucher, ça m'emballe moyen. Gardien de zoo, tu pourrais aussi avec tous les animaux qui t'ont entouré ces dix dernières années.

– C'est bon ? Tu as fini ?

– Je peux en trouver d'autres.

– Je te fais confiance pour ça. Déjà, première précision : je souhaite rester militaire. Ensuite, Sabine, ton avis m'importe. Réellement.

– Oh ! C'est sérieux alors ? Je suis confuse, mais tu avoueras qu'il y a de quoi me surprendre.

– J'en conviens, mais je t'ai dit que j'allais changer. Pas du jour au lendemain, puisqu'il ne suffit pas d'appuyer sur un bouton. Tu peux me pardonner quelques boulettes quand même ?

Elle se renfrogne puis tourne la tête.

– Ça dépend de la taille de la boulette, marmonne-t-elle.

Je répondrais bien que celle-ci fera environ trois kilos pour une cinquantaine de centimètres, mais je ne pense pas qu'elle goûte mon humour.

– Ce qui te conviendrait le mieux, ce serait instructeur. Tu ne penses pas ?

– Ça me tente, mais je perds mes accès aux informations et j'aime tout savoir.

– Le renseignement te fera travailler dans un bureau. Tu ne le supporteras pas.

– Il y a des postes sur le terrain pour recueil... Non, oublie ce que je viens de dire puisqu'il s'agit de cesser les missions dangereuses, je me reprends en secouant la tête.

– En effet, c'est le but.

Le choix est assez restreint en fin de compte.

– Alors instructeur, mais au moins pour unité d'élite.

– Au minimum. Je ne te vois pas formateur pour la section féminine à l'école des sous-officiers.

Doux Jésus ! Une section de quarante Sabine à gérer, ce serait ma fin. À choisir, j'opterais pour le catch en collant moulant et bariolé.

CHAPITRE 14

Faire connaissance.

Notes du docteur Cauvin – 23 juillet : sujet Squale. Mental : OK. État général : OK. Observation : il est à noter un grand changement d'attitude. Il est moins tendu et beaucoup plus ouvert.

SABINE

Aujourd'hui, c'est vendredi. C'est le dernier jour à Paris pour Hector et moi. La consigne générale est de traiter le building de paperasses dans les archives avant les départs, qui à Langley, qui au bord de la mer, alors tout le monde s'y met. Squale passe son temps avec moi pour découvrir mon travail. Au départ, j'ai craint que son intérêt soit motivé par la peur des représailles, mais il m'a convaincue de sa sincérité.

Je suis la première étonnée de le découvrir facétieux. Pas comique comme Lynx, loin de là. Plus jeune que moi, il est en revanche plus sérieux, mais c’est assez aisé. Je me fais donc un devoir de le taquiner, et s’il a été surpris aux premières tentatives, il fait désormais preuve de répondant et il apprécie nos chicaneries.

Dans l’après-midi, nous sommes seuls dans la salle des archives, j’en profite pour tout mettre à plat entre nous puisque son arrogance des débuts me laisse toujours perplexe.

– Alors, tu m’expliques pourquoi tu m’as détestée d’emblée ?

Il sort une tête renfrognée de son armoire pour me fixer avec un air sévère sur le visage.

– Qui t’a dit que je t’appréciais maintenant ?

Déstabilisée, j’en reste comme deux ronds de flan. Alors là ! Je ne m’attendais pas à ce qu’il simule ! Me voyant stupéfaite, il gronde :

– Sabine ! Je déconnais.

Il a encore réussi à m’avoir, il apprend vite. Piquée, j’inspire un grand coup.

– Mais tu as presque un humour aussi pourri que celui de Condor !

– Je vais prendre ça comme un compliment.

– Arrête de vouloir être lui.

– Tu plaisantes ? J’admire ce gars depuis que je suis gosse.

– Il est lui et tu es toi. Et si tu t’appliquais plutôt à ce que Squale devienne le nouveau héros des enfants. Ce serait plus glorifiant, non ?

Il réfléchit un peu avant de m’offrir un grand sourire.

– Ce n'est pas con du tout. Ouais ! J'aime bien l'idée.

Avec un air de conspirateur, il se penche vers moi.

– Tu jures que tu ne lui répéteras pas ce que je vais t'avouer ?

– Je ne sais pas, je le taquine.

– Tsss. Alors, je me tais.

– Oh non ! Allez ! Je veux un petit secret gênant sur toi, j'insiste en mimant une bouille de malheureuse.

– Donnant-donnant. Tu es plus sournoise que ton visage d'ange le laisse penser, je préfère ne pas prendre de risque.

– Euh… Le souci, c'est que je suis une jeune femme bien sous tous rapports. Je n'ai aucun secret honteux.

– Menteuse.

D'accord. Il veut jouer au plus malin, alors qu'il s'accroche. J'ai un secret, qu'il va adorer.

– OK. Je t'en confie un ensuite, mais tu n'as pas intérêt à le répéter à Condor.

– On verra, me taquine-t-il à son tour. Alors, le mien : j'avais des posters de lui dans ma chambre.

Il n'est plus nécessaire de m'expliquer son enfance, j'en ai maintenant une bonne idée : en tout point identique à celle de Condor et Hector. Ce sont les mêmes sauf que les nouveaux ne sont pas bercés par les prouesses de Rambo, mais de Condor.

– Déjà, je ne savais même pas que ça existait. Il posait pour des photos ?

– Sûrement pas. Ce sont des photos prises par les journalistes lors de ses exploits, donc la qualité n'est pas toujours là. On les trouve dans les magazines.

– Du genre *Cosmopolitan* ? *Marie-Claire* ? *Biba* ?

– C'est quoi ça ? Je ne connais pas. Non, je te parle de ceux auxquels je suis abonné : *TIM*, *RAIDS*, *Survival*.

– La section « Mode » ne doit pas être la même. Si tu as des posters de mon mari dans ta chambre, dois-je être jalouse ?

– Pff, tu es con. J'étais gosse. Si nous l'admirons tous les deux, je peux t'assurer que moi, ce n'est pas pour son cul, se moque-t-il.

– Il n'y a pas que ça qui me plaît chez lui, heureusement.

– Allez, à toi !

– Pour ma part, c'est un truc de dingue. Écoute bien ça : la nuit dans le hangar, j'ai vu ton cul. Et encore pire, même le devant.

Pétrifié quelques secondes, pendant que j'éclate de rire, il se tourne d'un bloc face à l'armoire et se cogne la tête dedans à plusieurs reprises.

– Allez, ne te mets pas dans cet état. Je ne le dirai à personne.

– Moi non plus ! Au fait ! Il est au courant, Condor ? s'affole-t-il tout à coup.

– Bien sûr que non, tu penses bien.

– Oh bordel ! Si tu m'aimes un tout petit peu et même si c'est récent, par pitié, ne lui en parle jamais !

– Me parler de quoi ? tonne une voix du fond de la salle.

Mais il est impossible, ce volatile espion, à toujours débarquer au mauvais moment ! Squale se décompose, puis grimace pour me supplier de lui venir en aide. Vite, j'improvise :

– Ne pas te dire que j'ai malencontreusement abîmé une photo. Mais je vais m'empresser de la réparer, je crie en réalisant exactement ce dont je m'accuse en calculant le bon moment pour que le son du papier qui se déchire soit couvert par mes paroles.

Il se dirige vers nous, en martelant le sol pour marquer son agacement. Squale n'en mène pas large, ne sachant pas ce que Condor a entendu de notre échange, alors il recule d'un pas. Le super agent ne va pas s'évanouir quand même ? L'objet de ses craintes apparaît à côté de moi.

– Fais voir, demande-t-il en m'arrachant les deux morceaux des mains.

Il les inspecte puis soupire.

– Tu répares ça, ordonne-t-il.

– Reçu.

Il se tourne vers son collègue qui déglutit.

– Et toi, ne te mets pas dans cet état pour une photo abîmée, ce n'est pas la fin du monde quand même.

– Oui. Bien sûr. Ce n'est pas si grave, souffle Squale.

Condor me colle les deux bouts dans les mains avant de retourner d'où il vient. Quand il est hors de vue, je m'approche de Squale pour chuchoter à son oreille.

– Toujours, mais vraiment toujours, ne pas parler en pensant qu'il n'entend pas. Il nous chope à tous les coups.

– J'ai vu. Merci de ne me prévenir que maintenant. Tu te rends compte, s'il était venu plus tôt ?

– Je vous laisse à vos messes basses, je monte chez le général ! beugle Condor qui n'apprécie pas nos murmures.

Nous rions tous les deux comme des collégiens. Lorsque la porte claque, je lui fais signe de se taire. Ensuite, je vais discrètement vérifier que le chef est bien parti, parce que je commence à le connaître.

– C'est bon. Il est vraiment sorti. Donc, tu as le Condor au-dessus de ton lit ?

– Uniquement quand j'étais gosse. N'exagère pas quand même. Ce serait trop bizarre aujourd'hui.

– Je ne te parle pas de ma tête si je découvrais ça un jour.

– Sois bien aimable de ne jamais poser un pied dans ma chambre. Non pas que je dissimule quoi que ce soit, mais ton mari est un tantinet excessif.

– À présent, je reviens sur ma première question à laquelle tu n'as pas répondu.

Il soupire en me fusillant du regard.

– Tu es tenace. Ce n'était pas contre toi, j'aurais été stupide avec n'importe qui à ton poste. Il se trouve que depuis gamin, je bosse comme un fou pour réaliser mon rêve, être agent CCL. Du coup, quand c'est enfin arrivé, je dois bien admettre que ça m'a pété à la tête. J'avais l'impression d'être un dieu, de marcher un mètre au-dessus du sol. Tu étais juste la mieux placée pour prendre les coups. Je suis vraiment navré pour ce que je t'ai fait subir.

– C'est exactement ce que je pensais. J'étais persuadée que tout s'arrangerait en douceur avec un peu de temps. Tu es pardonné et pour ma part, je suis désolée que les gars s'en soient pris à toi.

– Oh non ! Ne le sois surtout pas. Nous sommes plus durs que la normale et c'était la meilleure méthode pour que je redescende sur terre. Ils m'ont peut-être sauvé la vie. De plus, ils m'ont collé leurs poings dans la figure parce qu'ils tiennent à ce que je reste dans la cellule. Dans le cas contraire, ils n'auraient pas perdu leur temps et m'auraient dégagé sans sommation. Du coup, c'est un honneur.

– Ils tiennent à moi et je t'assure qu'ils n'ont pas intérêt à me mettre un coup pour m'expliquer quelque chose.

– Ils ne risquent pas. D'ailleurs, comment réagissent-ils quand tu commets une erreur ?

– Contrairement à ce que tu peux penser, ils ne me font pas de cadeaux. Leurs recadrages peuvent être violents, mais uniquement verbaux.

Tu m'étonnes. Un seul qui lève la main sur moi – et je ne parle pas de mon mari pour pratiquer des choses que j'aime –, je leur renverse les armoires sur la tête. Ils sont peut-être dressés à la dure et trouvent ça normal, mais ce sera sans moi.

– Avoue qu'avec une sanction percutante, on imprime mieux, s'amuse-t-il.

À peine. Quand je repense aux tirs que m'a envoyés Condor, c'est sûr que j'ai bien retenu la leçon à chaque fois.

– Je confirme. Sinon, tu as déjà eu des copines ?

– Mouais. Trois pendant ma scolarité, mais c'était une catastrophe. Du coup, ça me conforte dans l'idée que le couple, ce n'est pas fait pour moi.

– Ça ne te plaisait pas ?

– Si, mais pas à elles. J'avais beau insister, elles ne voulaient jamais pratiquer d'activités. C'était pénible.

Pourquoi ai-je l'intime conviction que ces pauvres filles n'ont pas tous les torts dans cette affaire ? Sûrement parce que je commence à connaître ces gars étranges.

– Et quels genres d'activités exactement ?

– Des trucs normaux. Aller courir, faire des courses d'orientation, de la musculation, des parcours d'obstacles. La base, quoi, explique-t-il en haussant les épaules.

– Mais n'importe quoi ! Ça ne m'étonne pas qu'elles t'aient plaqué. Les filles veulent aller au cinéma, au restaurant, se balader en forêt à la rigueur, mais pas en courant à fond de train avec une boussole dans la main. Elles ne veulent surtout pas jouer au soldat.

– Tu ne pratiques pas ça avec Condor ?

– Jamais de la vie ! Il me l'ordonne à titre professionnel uniquement. Je t'assure que s'il s'amuse à me traîner sur un parcours du combattant pour une sortie romantique et dominicale, il m'entendra brailler. En représailles, je l'inscris au club de tricot ou de poterie du quartier. Vous êtes des types géniaux, mais vraiment à côté de la plaque.

– Ah ! Quand elles disaient qu'elles aiment l'uniforme, c'était uniquement en référence à ce qu'il y a dedans. Je comprends mieux.

– C'est ça. Elles veulent ton corps musclé, mais elles oublient que pour qu'il soit si bien sculpté, ça demande des heures de travail chaque jour.

– Donc, comme pour Condor, il me faut une militaire. Mais pour l'instant, je n'ai pas envie, on verra plus tard.

– Ça tombe bien puisque je n'ai plus de copines sous le coude.

Il est indéniable que nos relations se sont nettement améliorées. Tout serait parfait si je n'avais pas affaire à un Condor bougon qui ronchonne sans cesse. Presque normal, me direz-vous. Mais non, car il est habituellement plus serein lorsque nous sommes à la maison. Sauf depuis qu'il a découvert que je sais et que je sais qu'il sait que je sais. À mon avis, il doit également se répéter cette phrase étrange régulièrement.

Ce qui m'en a assurée, c'est son stoïcisme face à mes piques et encore plus devant mes défaillances gastriques. En temps normal, il ne ferait pas semblant qu'il soit naturel de me retrouver chaque jour avec la tête dans la cuvette. Il tenterait de m'aiguiller en me dirigeant avec discrétion sur la bonne piste, en aucun cas il ne resterait muet. Son flegme est forcé, donc, c'est bien la preuve qu'il a tout compris.

Intelligent comme il est, il n'a pas mis longtemps à saisir mes intentions. Je redoutais qu'il fiche tout en l'air en me fonçant dessus pour un affrontement houleux, il n'en a rien fait. Il a cogité, m'a observée en silence, alors je ne sais pas quelles sont ses motivations. Il semble qu'il accepte de faire profil bas pour le moment. Ou de jouer le jeu. Il est capable de trouver ce défi intéressant.

Songer à lui me rappelle que je suis enceinte depuis une semaine. Enfin non, ce que je veux dire par là, c'est que je suis au courant depuis sept jours. Je commence à l'intégrer, j'aborde les choses pour nous deux, bébé et moi. Cela va de mon choix des aliments pour leurs apports en vitamines aux efforts physiques. Condor reste muet, mais il veille, bien entendu. Il approuve mon comportement, ce qui doit expliquer qu'il se tienne tranquille.

Ce soir, s'il bougonne, cela n'a rien à voir avec moi.

– C'est gonflant quand même cette histoire de cagoule chez nous, râle-t-il lorsqu'il me rejoint sur le canapé.

Dès qu'il est assis, je m'installe en travers de ses genoux, il ouvre les bras pour m'accueillir.

– Opération Lyvie oblige.

Comme ils sont en pleine phase de rapprochement, et Lynx ne pouvant aller chez elle, il l'invite ici. Donc, nous recevons à chaque fois un message où il nous informe de sa présence à notre étage. En conséquence, les agents doivent porter leur cagoule. Ils pourraient l'enlever une fois enfermés dans leur appartement, mais Condor refuse pour une raison que nous trouvons tous justifiée : l'habitude. En cas d'appel, l'un d'eux pourrait se rendre dans le bureau précipitamment en oubliant d'enfiler sa cagoule dans l'urgence, puis croiser Sylvie dans le couloir.

– Ce serait bien qu'ils officialisent. Nous nous sommes accoutumés à prendre nos aises. Si encore c'était une fois par semaine, mais non ! C'est presque tous les soirs ! Nous ne sommes même plus chez nous !

C'est étonnant comme il parvient à me caresser le bras avec une infinie douceur, alors qu'il tempête contre Lynx.

– De toute façon, nous n'y sommes bientôt plus. Je commence à regarder les annonces et j'ai repéré un petit appartement sympa, neuf et bien situé.

Il n'y a qu'une chambre, mais c'est bien suffisant pour nous deux.

– Mais non ! Il nous en faut au moins deux, c'est obligé !

– Il y a en a trois ici, mais nous n'en utilisons qu'une.

– Tu me cherches ?

– Il y a belle lurette que je t'ai trouvé. Je dis juste que vu le prix du mètre carré à Paris, autant ne pas payer pour des pièces superflues.

– Ouais. C'est bien ça, tu me cherches, ronchonne-t-il.

Il ferme les yeux, inspire un grand coup, puis dépose un baiser sur mon front avant de reprendre :

– Attends avant de prospecter. En rentrant de Langley, je vais étudier ce problème dans le détail. Si moi, je n'ai plus ma place ici, ce serait une belle connerie que de t'envoyer loger dans le civil. Certes, tu n'as pas besoin de toute la sécurité ambiante, mais en tant qu'archiviste, ton accès rapide au bureau à toute heure me paraît primordial.

– C'est certain qu'en cas d'appel en pleine nuit, je vais perdre du temps en trajet.

– Encore plus en sachant que je ne laisserai pas ma femme se promener dans les rues la nuit. Appeler un chauffeur et tout le tralala, cela confirme ce que je dis, il serait complètement con de t'éloigner. Sauf si tu as envie de partir, bien sûr, se rattrape-t-il aussitôt.

– Pas vraiment. J'apprécie autant la proximité des autres que le logement et sa sécurité.

Vivre ici, c'est juste le rêve. Condor sort son téléphone pour lire ses messages, alors j'attrape le mien pour en envoyer un aux gars.

SC : LX, il faut te décider. Sinon,
tu viendras raser CD le soir
parce qu'il ne supporte pas la cagoule
pour dormir.

Condor le reçoit également. Après l'avoir lu, il secoue la tête en souriant.

SQ : Il fera la tournée alors,
parce que je confirme, c'est chiant.

SC : Tu as déjà des poils
au menton, toi ?

SQ : J'ai ce qu'il faut et où il faut.

CD : Et tu le conserves bien au chaud,
chez toi !

– Rooh, tu abuses. Il se détend enfin et plaisante.

– C'est très bien, mais il garde ses sous-entendus à la con loin de ma femme.

Même si nous sommes en phase de règlements de comptes muets, je ressens la nécessité de le rassurer sur un fait dont il ne doit jamais douter.

– Ta femme t'aime et n'aime que toi. Tu en es conscient ?

Il relève la tête pour m'offrir un sourire éclatant. Oui, il apprécie ce petit rappel.

– C'est bon à entendre. Et moi aussi, je t'aime. Même si des fois, je déconne grave, soupire-t-il.

LX : C'est fini, oui ! On ne peut plus… tranquillement ?

SQ : On ne peut plus quoi, au juste ?

HA : Tu crois qu'il s'amuse à quoi avec sa copine ? Ces jeunes…

SQ : Ah !

SQ : Je m'ennuie. Qui m'invite ?

Aussitôt, Condor se raidit. Il s'empresse d'intervenir avant que je ne réponde.

– On se sépare demain, alors c'est non. Je veux profiter de toi ce soir.

HA : Viens donc prendre ta branlée virtuelle.

– Voilà. Ils n'ont pas toujours besoin de toi, eux, commente-t-il avec satisfaction.

– Je n'allais pas l'inviter. J'ai mes valises à remplir. De plus, moi aussi, j'avais l'intention de rester seule avec toi. Il ne faut pas croire, même si j'aime beaucoup les vacances, tu vas me manquer, dis-je en me levant de ses genoux pour me mettre au travail.

À peine une heure plus tard, je boucle ma superbe valise rouge un peu trop remplie. Condor me rejoint quand je referme le placard.

– Tu as fini. Je peux voir ?

– Pour quelle raison ? Tu connais la procédure de la valise idéale pour des vacances au bord de la mer ?

– Non. Je veux juste m'assurer que tu n'oublies rien.

– J'ai tout. Mais tu as raison, vérifions ensemble. Alors à droite se trouvent les maillots de bain, à gauche les couteaux de combat. En haut les paréos et les frous-frous que tu aimes tant, en bas le fusil et les grenades. Je n'oublie rien ?

Il soupire de lassitude en se passant une main sur le visage. S'il ne comprend pas qu'il doit s'occuper de ses fesses, je désespère.

– C'est bon. Je te laisse gérer comme tu le sens. Mais juste une remarque tout de même. Personnellement, je trouve le choix du fusil inadéquat. Ce n'est pas pratique à cacher sous un maillot.

– Je note ton conseil.

– Ah ! Les conseils, j'ai le droit ?

– Bien sûr que oui, cela prouve que tu t'intéresses à moi. Ce que je ne veux pas, c'est que tu décides de tout.

– C'est uniquement parce que je t'aime et me soucie de toi.

– Aime-moi, mais ne me transforme pas en objet et tout ira bien.

– Tu pars pour me punir de mon ingérence, c'est ça ?

– Non. Je pars parce que les vacances, c'est formidable. J'ai beaucoup de jours en retard et j'en ai besoin. Quand tu pourras en prendre, nous irons ensemble et je t'assure que ça te plaira.

– J'ai hâte, souffle-t-il en m'attrapant par la taille pour m'allonger doucement sur le lit.

En silence, il me caresse, puis m'embrasse. Lorsque sa main passe sur mon ventre pour remonter le long de mon torse, il revient en arrière pour l'immobiliser. Juste là, sur notre futur bébé. Ensuite, il délaisse mes lèvres pour fixer sa main avec un regard chargé d'émotion. Il en rêvait vraiment, de ce bébé, et si je mets sur pause mes griefs, je suis certaine qu'il sera un père carrément dingue de son enfant.

Mais ce n'est pas l'heure du pardon puisqu'il ne s'est toujours pas exprimé à ce sujet, alors je le sors de ses pensées :

– Tu vas me faire l'amour avec ta cagoule ?

– Pas le choix.

– Voilà qui nous rappellera des souvenirs.

Son regard n'a plus rien de celui d'un père sur son enfant, mais d'un mari sur sa femme qu'il va croquer. Avec une infinie douceur, il s'allonge sur moi. Autant de délicatesse me change beaucoup. Et qu'il ne s'avise pas de déclarer qu'il n'a pas une raison précise pour ne pas me jeter sur le lit comme à son habitude. Au lieu de m'embrasser, il se contente d'encadrer mon visage de ses mains, puis me caresse les tempes avec ses pouces. Il m'observe avec inquiétude.

– Promets-moi que tu prendras soin de vous, souffle-t-il.

A-t-il l'intention de céder et d'avouer ?

– Hector étant en mesure de s'occuper de lui-même, je vais me charger uniquement de ma personne.

– Tu vois très bien de quoi je parle, grince-t-il.

– Non, du tout. À quoi fais-tu référence au juste ?

– Tu ne m'épargneras pas, hein ?

– C'est exact.

– Alors, promets-moi au moins de prendre soin de toi, se défausse-t-il.

– C'est déjà le cas. Intègre bien que je suis une grande fille et qu'à ce titre, je peux m'occuper de moi, exactement comme je suis en mesure d'effectuer mes propres choix !

– Ça, je t'assure que ça commence à rentrer.

Ce n'est pas le moment de la prise de bec, nous y passerions la nuit. Il progresse, il est tenace et n'a toujours pas avoué ni admis son forfait. Mais ça viendra.

La foule.

CONDOR

Aujourd'hui, c'est le départ pour Langley. Je n'ai pas les boules, j'ai carrément les nerfs de laisser Sabine quatre semaines. Ça me rend dingue d'avoir pris toutes ces résolutions pour devoir encore partir. La grande différence, c'est que cette fois-ci, elle s'en va aussi.

Dès le réveil, j'aborde le sujet que je rumine depuis hier.

– Tu prends au moins ton bracelet. Si tu l'oublies, je te jure que je viens te le mettre au poignet moi-même.

– Garde tes pantoufles aux pieds, il s'y trouve déjà, répond-elle en agitant la main.

Bien. Elle me laisse mariner, mais sans jouer sur la sécurité. Ce point étant éclairci, je profite de nos derniers instants en tête-à-tête pour lui confier son cadeau, que je sors de la table de nuit.

– J'avais prévu de t'offrir ce truc avant que tu ne m'avoues trouver mes surprises pourries.

– J'admets avoir été un peu dure. Elles n'ont pas toutes été nulles, mais certaines… grogne-t-elle en me fusillant du regard.

Non, je ne réagirai pas à ses attaques aujourd'hui. Je ne tiens pas à ce que nous nous quittions sur une crise. À la place, je lui tends la boîte avec un air détaché. Méfiante, elle l'inspecte de loin, comme si ça pouvait lui péter à la figure. Elle penche la tête à gauche, à droite, puis tout à coup, je ne sais pas ce qui se passe. Sabine explose. Elle ouvre grand les yeux, me l'arrache des mains, puis devient hystérique. Je ne comprends pas.

– Mon super téléphone de la mort qui tue !

Perplexe, j'observe ma bruyante femme qui déchire l'emballage d'impatience. Elle couine et s'extasie sur son truc en métal rose qu'elle sort de la boîte. Je suis bluffé. Je vais en faire acheter une caisse et dès qu'elle fera la tête, j'en dégainerai un. Ce sera mon joker.

– Il a tout ce qu'il faut, le service technique s'est chargé de sa mise en route.

– Ah oui ! Il y a tous mes contacts. Hey ! Il y a même un « A. » !

– Oui, j'en ai un aussi. Je ne pourrai pas l'allumer en permanence, mais nous pourrons communiquer.

Nous sommes interrompus par une arrivée sur la messagerie pro.

LX : Je transforme l'essai !

– Mais que vous êtes énervants à vous exprimer de cette façon, ronchonne Sabine en pianotant sa réponse.

SC : Et elle ? Tu es sûr
que c'est son cas ?

LX : Tu as vu à qui tu parles ?
On me teste, on m'achète.

HA : Si elle m'avait testé avant…

SQ : Si elle m'avait testé avant !

– Ils sont sur la même longueur d'onde !

Ah ça, pour déconner, ils sont de plus en plus opérationnels. J'admets que c'est plus sympa de bosser dans ces conditions, même si j'ai parfois l'impression d'être dans un camp d'ados. Mais l'information à retenir est la libération annoncée par Lynx.

– Enfin une bonne nouvelle ! On peut virer les cagoules !

– Je vais préparer le déjeuner.

Sabine quitte la chambre en fixant avec admiration son nouveau téléphone.

Lorsque je la rejoins dans le salon une dizaine de minutes plus tard, c'est la foire chez moi. Alors qu'ils sont normalement trois, ma femme incluse, c'est cinq zouaves qui s'agitent autour de notre comptoir.

– Ça va aller ? Ce n'est pas le réfectoire, ici !

Sans sourciller, Hector et Lynx me saluent d'un signe de la main, bien que le félin affiche l'air d'avoir trempé ses moustaches dans un bol de crème. Sabine se contente de rire. Quant aux deux nouveaux, Squale et Sylvie, ils sursautent puis se pétrifient. Le premier est juste craintif face à son chef. La seconde est tout d'abord apeurée, puis me fixe, les yeux ronds.

– Un problème ? je questionne en me servant un café.

– Euh... Juste la surprise, Condor. C'est la première fois que je vous vois. Pardonnez-moi, bafouille-t-elle d'une petite voix.

Exact, je suis visage nu. Il y a de quoi la surprendre et j'aurais pu y songer avant, mais je suis un peu chez moi, quand même.

– Bon. C'est bien beau tout ça, mais il faut régler ce problème de café matinal en groupe. Il est hors de question que ma cuisine devienne le mess[3] de la cellule.

– C'est vrai que ça commence à faire du monde, me soutient Sabine.

– Moi, je vis seul. Ça ne me dérange pas si on le prend chez moi, propose Hector.

---

3. Le mess est le restaurant des gradés (un mess pour les officiers, un autre pour les sous-officiers). Le self des militaires du rang se nomme l'ordinaire. En manœuvre, le repas se passe sous barnum (que nous appelons alors « la popote »).

– Sauf que tu déménages bientôt pour laisser ton appartement au remplaçant de Cobra, je précise.

– Ce qui annihile les possibilités de réunion quotidienne, commente Squale.

– Je m'occuperai du problème des logements dès notre retour. Nous déciderons de la procédure à suivre, je les informe.

– Même pour le café, il y aura une procédure, soupire Sabine en secouant la tête.

Quand vient le moment de nous séparer, Sabine ressent mon inquiétude, alors elle me rassure encore une fois :

– Je vais chez mes parents dans une petite ville tranquille, sauf quand tu y débarques pour mettre le dawa. En plus, j'ai Hector et mon bracelet.

– Tu leur parles de moi ? Je tiens à faire partie de ta vie de façon concrète, que ta famille le sache.

– Tu peux compter sur moi. Tu préfères que je te présente comment : mon chef, mon tueur, mon mari ou ma tête de lard ?

– Je pense que pour un début, ton petit ami à vie, c'est mieux.

– Je leur annoncerai ton entrée fracassante dans ma vie, mais prépare-toi à les rencontrer ensuite, parce qu'ils ne me lâcheront plus. Et ce n'est rien de le dire. Mon père sera curieux et un peu inquiet, ma mère carrément hystérique et m'abrutira de questions. Merci pour mes vacances qui vont en pâtir.

Elle en aura d'autres, des congés, et sa mère ne doit pas être si terrible.

– Sabine, je suis prêt. À être ton mari comme la suite.

Je conclus en l'embrassant pour l'empêcher de me râler dessus au sujet de la fameuse suite qu'elle a du mal à avaler. Et contre laquelle je ne peux plus rien faire, si ce n'est de ne plus jamais recommencer.

C'est décidé. Elle prend sur elle, alors je vais en faire autant dès la fin de ses vacances, parce qu'elle doit les passer de façon sereine. À son retour, j'avoue tout. Je m'explique et je rampe à ses pieds pour obtenir son pardon.

CHAPITRE 15

L'annonce.

Notes du docteur Cauvin – 24 juillet : tous les agents sont en déplacement. Début des congés pour moi.

SABINE

Tous les hommes quittent l'appartement. Les agents pour prendre leur avion à Villacoublay et Hector pour boucler ses bagages. La porte vient de claquer derrière eux, Sylvie retrouve enfin la parole. Et la vie puisqu'elle sautille sur place en tapant dans les mains.

– Oh la vache ! Tu es une belle cachottière ! piaille-t-elle.

– Des cachotteries, moi ? Tu plaisantes, ce n'est pas mon genre.

Je ricane à la pensée du monceau d'informations que je dois dissimuler.

– Ce sont des bombes, ces mecs !

– Évite de prononcer ce mot trop fort. S'ils t'entendent, ils nous fonceront dessus pour nous protéger, nous aplatiront au sol et nous broieront les côtes au passage.

Aussitôt, elle met ses mains en porte-voix pour hurler :

– Bombe ! Bombe !

– Mais arrête ! Tu n'as pas compris ce que je viens de dire ?

– Si ! Justement. Je veux qu'ils m'écrasent sous leur corps parfait et leur visage de top-modèles.

En riant, je me rends dans la cuisine afin de la nettoyer avant mon départ.

– Sauf Condor.

Sidérée, je fais volte-face. Est-elle sérieuse ? Vient-elle de lâcher que mon mari est le seul laid de la bande ? Je dois halluciner, elle n'oserait pas tout de même, si ?

– Pardon ? je m'indigne.

Confuse, elle lève les mains pour s'expliquer.

– Attention, je ne veux pas dire qu'il est moche, loin de là. C'est indéniablement un bel homme, mais qui va avec son corps et l'idée que l'on se fait de lui. Intimidant, très brut et imposant. À l'opposé de mon félin.

Cela, je peux l'entendre, car c'est le cas. Condor est un ensemble harmonieux de dureté, on aime ou on déteste.

– Ne t'inquiète pas, tu ne vas pas me vexer car c'est exactement ce qu'il est. J'adore ça.

– Ce qui tombe bien et tu peux dire que tu as de la chance sur ce coup. Sinon, tu te serais trouvée dans la mouise.

– Ne m'en parle pas. Je n'étais pas fière avant de le découvrir.

– Mais tu savais au moins que tu pouvais te consoler avec son merveilleux corps.

Nous sommes convenues avec Sylvie qu'elle nous déposait à la gare Montparnasse, car nous préférons voyager en train. Mes parents se trouvent déjà à Pornic, alors nous pourrons profiter de leur voiture ou en louer une. Ensuite, Sylvie garera le véhicule sur le parking du ministère puisqu'elle n'a pas l'accès à notre box, et les agents la récupéreront à leur retour. Contrairement à ce que j'espérais, elle souhaite avancer doucement, donc ne pas emménager tout de suite avec Lynx. Il est déçu, mais respecte sa décision.

Arrivés à la gare, je prends les choses en main. Hector est perdu, mal à l'aise à cause de la foule. Il est même grognon d'être bousculé, peu habitué à un tel manque de respect. Sur le quai, il scrute le TGV sur toute sa longueur avec un air soucieux. Il se focalise sur le système de freinage.

Lorsque nous sommes installés, je le questionne sur sa drôle de façon de tout observer :

– Tu as déjà pris le train quand même ?

– Rarement et jamais un TGV. La dernière fois, c'était pour intégrer l'internat de Saint-Cyr.

– Mince. Mais alors, tu ne connais que les trains à vapeur ?

– Parfois, tu es vraiment une sale gosse.

Nous arrivons en gare de Saint-Nazaire deux heures trente plus tard sans avoir vu le temps passer. Nous sommes accueillis sur le parvis par un soleil radieux qui sent bon les vacances. Un homme situé à une vingtaine de mètres face à nous gesticule en effectuant de grands signes avec les mains. On dirait un fou. Comme son visage est dissimulé par son bob, par sécurité, je préviens Hector :

– Ne t'inquiète pas, c'est juste mon père.

– Il a l'air content de nous voir.

– Un peu trop, oui. La discrétion et mes parents ne font pas bon ménage.

Il se précipite sur nous avec les bras grands ouverts. Après la séance d'embrassades, à laquelle Hector n'échappe pas, nous suivons mon père jusqu'à la voiture.

– Eh bien ! Tes parents sont vraiment tactiles ! J'en connais un qui va adorer.

– J'ai hâte de voir ça et je compte sur toi pour ne pas le prévenir quand ce jour viendra.

– Si tu promets que je pourrai y assister.

Une fois à la maison, nous subissons dix bonnes minutes d'effusions de la part de ma mère avant de déposer nos affaires dans nos chambres et de nous changer. Pour marquer le début des vacances, la première chose à exécuter est d'enfiler les tenues de rigueur, c'est-à-dire les shorts et tongs. Nous descendons ensuite nous délasser avec un verre au bord de la piscine.

Tous les quatre sur nos transats, merveilleusement détendus, c'est le moment idéal pour annoncer aux parents la grande nouveauté dans ma vie. Afin qu'Hector ne soit pas surpris, Condor l'a informé de sa demande de mise à la retraite.

Comme mes parents sont heureux de nous voir, ma révélation devrait passer crème.

– Maman, papa, je voudrais vous annoncer quelque chose, dis-je pour obtenir leur attention puisqu'ils n'arrêtent pas de jacasser.

– Nous t'écoutons, ma pépète, m'encourage ma mère avec un immense sourire.

Son air concentré m'inquiète. Ou plutôt, il indique qu'elle ne me fera pas mentir, elle va être infernale. Elle a une bonne idée de ce que je m'apprête à confier, ce qu'elle attend depuis longtemps. Je me lance pour mettre fin à sa fébrilité :

– J'ai un homme dans ma vie et c'est sérieux.

Je m'étais juste préparée à une exclamation de joie de leur part et la scène qui se déroule alors me laisse pantoise. Je sursaute lorsque ma mère bondit de son fauteuil. Hector, qui se prélasse, lève un sourcil interrogateur, mais devient perplexe quand elle se jette sur lui dans un tourbillon de tissu bleu.

– Je le savais ! Mais c'est merveilleux ! Bienvenue dans la famille, Hector, je suis enchantée de vous accueillir, s'écrie-t-elle en le serrant dans ses bras pour le submerger de baisers.

Désemparé, Hector reste immobile, à demi allongé sur le transat, les deux mains en l'air pour ne pas les poser sur ma mère. D'un regard appuyé, il m'intime de cesser de rire pour venir à sa rescousse.

– Maman ! Laisse Hector tranquille. Il ne s'agit pas de lui.

Elle m'observe, non sans afficher sa déception.

– Mais pourquoi ? Ton père et moi, nous aimons beaucoup Hector.

– Moi aussi, c'est mon ami. Tu veux bien le lâcher, maintenant ? Tu es presque allongée sur lui, c'est une situation gênante pour tout le monde.

– Oui, oui. Bien sûr.

Contrite, elle se lève d'un bond pour se rasseoir ensuite sur son fauteuil en se confondant en excuses. Hector utilise son charme pour lui déclarer avec un grand sourire qu'une jolie femme qui lui tombe dans les bras, c'est toujours agréable. Pour la gestion du sexe féminin, il a tout compris celui-là.

– Alors, qui est donc cet homme qui a réussi à ravir ton cœur ? se renseigne mon père, amusé par la déconfiture de son épouse.

– Et pourquoi n'est-il pas venu ? s'enquiert-elle aussitôt.

– C'est un militaire, nous nous sommes connus au ministère. S'il n'est pas présent, c'est parce qu'il est actuellement en déplacement. Mais je vous promets que vous le rencontrerez bientôt.

– Et ? trépigne ma mère.

– Et quoi ?

– Mais enfin, Sabine ! Tu nous as juste appris que ton fiancé est militaire, c'est tout !

– Tu conviendras que c'est un peu léger pour deux parents qui piaffent d'impatience. Nous sommes rongés de curiosité, me gronde mon père.

Je l'admets, mais que révéler sur ce personnage si particulier ? Pourtant, il faut calmer l'emballement de ma mère, car elle commence à entendre ce qu'elle veut. Je parle d'un homme, elle nous a déjà fiancés. Ce n'est pas du tout le cas, puisque nous sommes juste mariés, maman. Bref, me voici en pleine réflexion pour trouver quelques miettes à leur jeter afin de contenter leur curiosité et d'assurer ma tranquillité. Détectant mon trouble, Hector tousse pour m'avertir qu'il prend les choses en main.

– Je le connais bien puisque nous avons travaillé ensemble. Alexandre est plus âgé que moi d'un an. C'est un homme sérieux et fiable qui est fou amoureux de votre fille. Vous pouvez lui accorder toute votre confiance pour la protection de Sabine.

Ce n'est pas mal du tout. Je reconnais le pro de l'embrouille à l'œuvre. Je le remercie d'un franc sourire.

– C'est un gentil garçon, alors. C'est bien, voilà qui est rassurant, me félicite mon père.

– Oui, vous n'avez pas de souci à vous faire. Il est très sain. Il ne boit pas, ne fume pas, rien du tout, je confirme sans relever que le terme « garçon » n'est tout de même pas très adapté.

– Et il fait une belle carrière, en plus, ajoute Hector.

Dans les yeux de ma mère scintillent des étoiles, ils pétillent de joie. Ceux de mon père expriment la sérénité, il est confiant pour l'avenir de sa fille. Ils imaginent déjà le jeune homme propret très bien élevé. Un modèle de courtoisie, de politesse, tout en galanterie et respect. Voilà, c'est le Condor qui apparaît aux yeux de mes parents. C'est incroyable comme en quelques mots, on peut transformer les faits.

Lorsqu'ils vont se retrouver face à lui, ça va leur faire drôle. Ma grosse armoire à glace qui sourit quand il se brûle devrait faire son petit effet.

– Tu as bien une photo à nous montrer, quémande ma mère.

– Ah, non. Je n'en ai pas sur moi, désolée. Mais il est très beau. Un grand brun aux yeux bleus.

– C'est doux les yeux bleus, j'aime beaucoup.

Maman, tu auras du bleu, mais pour la douceur, il faudra repasser.

– C'est donc lui qui t'a offert cette magnifique bague et ce bracelet ? ronronne-t-elle en m'attrapant la main.

– Il ne plaisante pas, approuve mon père en les admirant à son tour.

Très peu, effectivement. Il est plus sérieux que clown et quand vous goûterez à ses tentatives d'humour, vous aurez du mal à vous en remettre.

– Je vais enfin pouvoir être mamie ! s'excite-t-elle un peu trop.

– Houla ! On va se calmer quand même. On a le temps pour ça.

Environ sept mois et ce n'est déjà pas beaucoup de mon point de vue. D'ailleurs, s'ils apprennent que c'est Condor qui m'a forcé la main, ma mère serait capable d'en faire son héros à vie.

Le soir, je fais découvrir à Hector le plaisir d'une balade sur le port, un cornet de glace à la main, bien entendu. Il n'aura fallu que quelques heures chez mes parents pour que je me félicite de l'avoir invité. Il me sauve la vie, rien de moins. Sans ses prouesses de détournement de conversation ou de charme sur ma mère, afin qu'elle me lâche avec mon petit ami, j'envisagerais mon retour sur Paris dans les prochains jours.

La nuit est douce et le ciel étoilé, l'activité sur le port est agitée avec les nombreux touristes pour la promenade du soir en famille. Tous les deux assis sur une bitte d'amarrage, nous papotons en observant les chalutiers à quai. Nous sommes interrompus par Condor qui me contacte avec son nouveau téléphone.

A. : Tout va bien ?

Il a dit qu'il apprenait à dire « Bonjour », cela n'inclut donc pas le « Bonsoir ». Son apprentissage se fait par étapes.

Moi : Très bien. Tu es officiellement
annoncé à mes parents. Ils ont hâte
de découvrir la bête.

A. : La bête est prête
et va leur en mettre plein la vue.

Même un peu trop, j'en suis certaine.

A. : Qu'avez-vous prévu demain ?

Moi : J'hésite. Accrobranche,
scooter des mers, quad, trampoline.
Nous n'avons pas encore choisi.

A. : J'ai vu qu'il y avait une soirée
rodéo sur taureaux, aussi.

Moi : Pas mon truc. Les bovins,
c'est gros et ça pue un peu
quand même.

Le Condor qui monte promptement dans les tours, c'est terminé. Il ne me prend plus au sérieux, c'est agaçant. Heureusement que notre conversation se déroule par écrit, sinon, le son de ma voix m'aurait trahie et il serait très fier de m'avoir déstabilisée. Il me faut réfléchir à un nouveau stratagème pour le faire mariner. Pour l'instant, autant en profiter pour faire une pause.

Moi : Et toi, ton séjour ?

A. : Réunions très profitables sur sujets
passionnants.

Moi : Passionnant comme captivant
ou comme pénible ?

A. : Comme dans le dictionnaire.
Avons-nous bien le même ? Parfois,
je m'interroge.

Moi : Ce n'est pas tant un écart
de langage qui est la cause
de cette incompréhension
que ce gouffre qui sépare notre état
d'esprit respectif.

Moi : Par exemple, le roman
que je lis est passionnant,
mais une réunion professionnelle,
au mieux, c'est productif. Et découvrir
l'étendue de tes bizarreries, ça,
c'est carrément captivant.

Et ce n'est rien de le dire. Je me demande si dans sa vie normale, il ne va pas encore m'offrir des surprises.

A. : Sinon, rien de nouveau ?

Le voilà qui revient à la charge. Cette fois-ci, je vais céder, il le mérite.

Moi : Si ! J'ai une grande nouvelle
à t'annoncer !

A. : Enfin ! Dis-moi ça, j'ai hâte.

Moi : Il a survécu ! Le nain de jardin
est revenu !

A. : OK. Je vais te laisser.
Je dois manger puis retourner
en réunion.

A. : Je reviendrai aux nouvelles
sérieuses plus tard.

C'est ça, retente ta chance une autre fois. On ne sait jamais, sur un manque d'attention de ma part, ça pourrait fonctionner.

Présentation.

CONDOR

– Mais quelle tête de mule !

Je peste en éteignant mon téléphone pour le ranger, puis je me laisse tomber dans un fauteuil de notre chambre à Langley.

– Hé hé hé. Il te fallait au moins ça, se moque Lynx.

– Vous parlez de Sabine ? questionne Squale.

– Qui d'autre pour réussir à ébranler l'imperturbable Condor ? ricane Lynx.

– Mais elle est adorable. Elle m'a même pardonné mes conneries, s'étonne Squale.

– Une tête de bois et un bloc en titane planqués dans un petit corps tout doux et mignon, je râle.

– Et plus tu tapes, plus ça fait mal. Je vénère Sabine ! s'excite Lynx en applaudissant.

– Il fut un temps où tu me respectais, je grogne en le fusillant du regard.

– Ah, mais c'est toujours le cas, crois-moi. Tu as toute mon admiration pour affronter ta femme avec autant de détermination, se marre-t-il.

Je fais surtout preuve de volonté pour me faire pardonner, et ce n'est pas une mince affaire. J'ai changé de stratégie. Pendant la première phase, j'étais dans un état d'inquiétude permanent avant de comprendre qu'elle utilisait ce stress à mes dépens.

J'ai la fâcheuse tendance à toujours foncer dans le tas. Cette fois, je me suis posé pour analyser calmement les choses. Est-ce que Sabine prendrait des risques qui mettraient la vie de notre enfant en péril ? Assurément, non. Par conséquent, à quoi bon lui donner des conseils ? À rien, si ce n'est lui fournir des munitions.

Je crois qu'il faut que je m'écrase pour le moment. C'est plus sage.

Depuis notre retour en France, nous vaquons à nos occupations au bureau, sans mission impromptue. C'est à croire que même les terroristes sont en vacances. Sabine est partie depuis deux semaines et à l'écouter, elle profite, s'amuse et se repose. D'après ce que j'ai pu comprendre, les permissions servent à cela, alors tant mieux si elle atteint son but. Heureusement qu'Hector est plus conciliant que ma femme, il me confie plus de détails sur leur planning. Pas de scooter ou d'escalade dans les arbres, mais beaucoup de siestes au bord de la piscine, sur la plage ou dans l'herbe. Tu parles d'un programme ! On m'en prévoit un aussi tonique et je deviens fou au bout de deux jours. Je n'en pourrais tellement plus d'être statique que je grimperais sur les murs et effectuerais des pompes au plafond pour évacuer mon trop-plein d'énergie.

Pour le moment, je laisse Sabine, bien installée sur son transat, pour me préoccuper de l'affaire du jour : l'accueil dans la cellule de Cobra, qui prend ses fonctions. Je pars le réceptionner sur le parking où le déposent deux gars de l'équipe Log. Ils ont passé la matinée à lui fournir son paquetage siglé et son matériel pour lequel ils l'ont formé. Il bondit du véhicule pour se mettre au garde-à-vous devant moi. Un beau morceau de guerrier, lui aussi.

– Agent Cobra ! À vos ordres, Condor !

– On va se détendre. Suis-moi, j'ordonne en tournant les talons pour rejoindre le sous-sol.

Une intégration s'opère habituellement dans le bureau du général, mais puisqu'ils ont tous décidé d'enfiler des tongs et de siroter des jus de fruits à l'ombre d'un parasol, je m'y colle. Avec ce nouvel agent qui a de la boutique, les explications sont facilitées. C'est la première fois que nous sélectionnons un militaire déjà en poste dans une unité d'élite. Il connaît le métier et ses techniques ainsi que les missions en groupe, il doit juste s'adapter au travail en solo ou en binôme.

Je me suis habitué à mes collègues actuels, mais avoir en face de moi un mec sûr de lui, aguerri et un peu plus âgé que Lynx, ça ne me déplaît pas du tout. Lynx est affûté professionnellement, mais nous avons un décalage de mentalité. Plus jeune, il est aussi plus fou dans le privé. J'ai du mal à suivre. Le nouveau Cobra est posé et mature, ça me reposera.

Nous rejoignons la salle des archives pour les présentations avec Lynx et Squale. Lynx marque un temps d'arrêt en avisant le serpent dressé sur la cagoule. Logo bien connu, non vu depuis un moment. Il se reprend aussitôt pour lui serrer la main.

– Salut, mec. Désolé, ça m'a fait bizarre.

– Salut. Pas de souci. Je comprends et je suis navré pour votre collègue. Je ferai tout pour être à la hauteur de sa réputation.

– Salut, moi, c'est Squale.

– Squale. Arrête de te présenter, ça ne sert à rien puisque c'est en gros sur ta tête, je le reprends.

– Ah oui, c'est vrai. Bref, salut.

Nous buvons un café ensemble, puis Squale se fait un devoir de lui détailler le fonctionnement de ce bureau et le rôle de notre archiviste. Il a commis une erreur au départ et veut éviter au nouveau d'en faire autant.

– Tu vois, c'est le genre de cartes que tu reçois après quelques secondes dès que tu le lui demandes, lui explique-t-il en pointant du doigt une image sur l'écran de Sabine.

– Et toutes les informations classées dans cette salle, également. Tu demandes et tu reçois, ajoute Lynx.

– Ah ouais ! Un sacré soutien que ce gars. Et il est opérationnel 24 sur 7 ? s'extasie-t-il.

Lynx et Squale m'interrogent du regard. Ils ne répondront pas. C'est à moi de décider des détails à divulguer.

Je pourrais faire comme d'habitude en me contentant des précisions de base sur son poste. Ne rien révéler sur notre couple. Mais les derniers événements ont démontré que dans un souci de bon fonctionnement et de cohésion, des choses claires évitent des tensions inutiles. Il faut toujours être en mesure de revoir ses positions pour s'améliorer. Par conséquent, autant dissiper tout risque de malentendu et ne pas reproduire les mêmes erreurs. D'autant que Cobra est déjà validé à son poste, contrairement à Squale qui a subi une phase de test due à sa jeunesse.

– Notre archiviste est un sous-officier féminin. C'est le maréchal des logis Chantelle et elle se nomme Sabine.

– Cool ! Je n'ai jamais bossé avec une femme, ça va me changer, s'enthousiasme-t-il.

– Il se trouve que c'est également mon épouse, je rajoute avec une pointe de fermeté.

Cobra prend la nouvelle comme une claque, il cille. Lynx approuve ma décision avec un grand sourire en levant le pouce.

– Comme j'aurais aimé entendre tout ça à mon arrivée, ricane Squale.

– Toi, tu étais un jeune con et ton recadrage t'a fait du bien.

– C'est vrai, j'en avais besoin.

– Dingue. Jamais je n'aurais cru que vous étiez en couple, souffle Cobra qui s'en remet enfin.

– Les temps changent.

– J'ai hâte de rencontrer le maréchal des logis, déclare-t-il sur un ton respectueux.

Sabine n'est pas présente pour son arrivée, mais sans me tromper, je peux annoncer que c'est elle qui vient de lui en mettre plein la vue. Aux yeux du nouveau, elle m'a dompté. Si je ne l'aimais pas autant, j'apprécierais moyennement de passer en seconde position. Mais la fierté ressentie pour Sabine prend le dessus.

CHAPITRE 16

Mise au point.

Notes du docteur Cauvin – 15 août : sujet Cobra. Mental : OK. État général : OK. Observation : entretien d'accueil. Solide avec expérience, un excellent atout.

SABINE

C'est déjà la dernière semaine de vacances. C'est hallucinant comme des journées à flemmarder passent vite. Le rythme est tranquille, un petit mélange de la vie fascinante de la tortue, de la loutre et du paresseux, vous voyez ? Actuellement, Hector et moi sommes sur nos transats, mes parents lisent à l'ombre d'un arbre à quelques mètres. Le soleil darde ses rayons avec trop de conviction, je commence à cuire. La digestion étant terminée, autant faire trempette dans la piscine. Je me lève, jette mon paréo, puis m'approche du bord de l'eau.

– Il est temps que tu reprennes le travail. Tu as grossi pendant ton séjour, lance ma mère avec son tact habituel.

– Merci pour ta franchise, je ronchonne avant de plonger pour me soustraire à son regard de géomètre.

Pendant que je brasse avec grâce – si, si –, Hector m'observe avec un air espiègle. Il m'avait prévenue que mon ventre s'arrondirait en un mois et m'avait conseillé de faire attention à ne pas me déshabiller en présence de ma mère. Je suis entièrement d'accord avec lui, mais elle est toujours là ! À l'affût de tout, c'est pénible !

Je l'adore, mais si elle pouvait s'occuper un peu moins de mes affaires, ce serait merveilleux. Lors de mon engagement dans l'armée, je visais une affectation loin de la maison pour avoir un peu d'air. Raison de ma déconvenue à l'annonce de mon retour sur Paris. Plus qu'une semaine à tenir. Ensuite, je me cacherai sous un poncho pour les voir, cela réglera le problème en attendant l'officialisation.

Le soir, dans ma chambre, ce n'est pas le petit ventre rond, que j'évalue en m'inspectant devant le miroir, qui m'inquiète. Ce sont les crampes abdominales ressenties depuis quelques jours. Elles ne sont pas franchement douloureuses, j'y penserais à peine en temps normal, mais enceinte, un rien m'alarme. Dès mon retour à Paris, je consulterai pour me rassurer.

Mais en me déshabillant, je change d'avis. Je saigne. Là, j'angoisse clairement. Non, autant rester sincère, c'est la panique. S'ensuit l'opération toilette et caméléon la plus rapide au monde. Vêtue et chaussée, je fourre tout ce dont j'ai besoin dans mon sac, avant de me précipiter dans la chambre d'Hector. Dans l'affolement, j'entre sans frapper. La porte refermée derrière moi, je m'approche de son lit, dans lequel il est en train de lire.

– Non. Peu m'importe que tu me trouves irrésistible. Je tiens trop à ma vie, alors je ne coucherai pas avec toi, me taquine-t-il.

– Habille-toi.

– Tu n'es donc pas venue pour abuser de mon corps. Je peux savoir où tu souhaites nous emmener si promptement et nuitamment ?

Je me jette sur sa main pour le tirer hors du lit en débitant d'une traite :

– À l'hôpital et plus précisément aux urgences. J'ai un problème. Avec le bébé. Enfin, peut-être. Je n'en sais rien, justement.

– Stop !

Je sursaute puis l'observe. Hector n'est pas affolé mais plutôt fâché.

– Bien. Tu t'assieds. Tu te calmes parce que cela ne va pas arranger les choses. Ensuite, je ne comprends rien.

Le retour de l'agent qui garde toujours la tête froide. Ces types font preuve d'un stoïcisme à toute épreuve, plus le danger est élevé et plus ils sont pondérés. C'est aussi mon comportement habituellement, sauf quand cela concerne mon petit corps de douillette.

Sous son regard réprobateur, je prends sur moi et, après avoir inspiré un grand coup, je lui fournis des explications plus claires qu'il écoute avec attention.

– N'étant pas obstétricien, je ne peux ni régler le problème ni te rassurer. Ce que je peux faire, c'est t'accompagner. Il faut appeler une ambulance ?

– Non. Mes douleurs ne sont pas fortes à ce point et le reste est sous contrôle. Je peux conduire.

– Alors go !

Pendant que je lui tourne le dos, il se prépare rapidement. Ensuite, il s'empare de ma main pour que je le suive, en m'intimant le silence avec un doigt posé sur ses lèvres. Il avance à pas de loup dans le couloir, je reste bien sur ses talons. Quand nous sommes au niveau de la chambre de mes parents, qui dorment au moins depuis deux heures, j'ouvre la porte pour passer la tête dans la pièce.

– Hey ! Papa, maman ! Finalement, on part se promener et on prend la voiture, dis-je assez fort pour les réveiller.

– Mmm. Amusez-vous bien, marmonne mon père.

Je referme la porte et m'apprête à avancer, mais je bute contre Hector qui me regarde fixement avec un air halluciné.

– Ben quoi ?

– Je me prends le chou pour rester discret afin qu'ils ne s'inquiètent pas, alors que marcher silencieusement avec mon pied en fer, c'est comme me curer le nez avec des moufles. Et toi, tu beugles dans leur chambre pour les réveiller ?

– Oui, et c'est la meilleure méthode pour qu'ils ne posent pas de questions.

– C'est un peu flou pour moi, tu ne m'en tiendras pas rigueur. Allez, on y va.

Il continue son chemin en me tirant derrière lui. Au rez-de-chaussée, je pique les clefs de la voiture avant de sortir. Ça y est, nous partons dans la nuit en direction de l'hôpital de Saint-Nazaire, ce qui nous demandera une bonne demi-heure. Nous quittons rapidement la ville pour nous lancer sur la route bleue, la quatre voies déserte à cette heure.

– Pourquoi ai-je la sensation d'avoir déjà vécu cette scène ? déclare-t-il.

– Il faut croire que nous sommes des compagnons de virées nocturnes imprévues.

– À chaque fois, c'est une situation de crise et ça me tombe sur la tronche, alors que je suis le handicapé de la bande. À ton avis, il faut en déduire quelque chose ?

– La seule chose plausible est que tu es maintenant toujours fourré avec moi.

– Mouais. C'est un fait, mais ce n'est jamais de ta faute pour autant.

– Je te remercie de le préciser. M'accuser de rechercher de l'attention m'aurait un tantinet énervée.

– En parlant de lui. Je me permets de t'informer qu'en cas de problème, tu devras le prévenir.

– Ce n'est peut-être rien. Ne nous affolons pas et n'anticipons pas.

– Non, Sabine. Ne joue pas à celle qui n'a pas compris le sens de mes paroles. Je fais référence à ta réaction en cas de souci, pas s'il n'y en a aucun. Tu devras l'avertir. Je suis en total désaccord avec ce qu'il t'a fait, même si nous savons désormais qu'il a foiré ce qu'il pensait être une preuve d'amour. Qu'il en bave pour apprendre à communiquer et à ne pas décider seul, c'est juste. En revanche, il est le père de cet enfant que tu souhaites mettre au monde et élever avec lui. C'est bien toujours le cas ?

– Mais oui ! Bien sûr que je le veux, ce bébé. Et l'élever avec lui, cela va sans dire.

– Donc, s'il y a un souci avec ta santé ou celle de votre enfant, cela le concerne. Tu es d'accord avec ça ?

– Je suis fofolle, mais pas demeurée. Évidemment que je le préviendrai en cas de problème.

– Tu ressens une grande déception et l'impression de perdre la face à l'idée de devoir peut-être l'appeler. Mais je t'assure que ce n'est pas le cas. Il a cessé de te mettre la pression. Il t'a laissé le contrôle total. Il ne moufte pas, il rumine dans son coin sans intervenir. Tu te rends compte de ce que cela veut dire ? Le Condor a cédé !

– Il n'avait pas le choix.

– Bien sûr que si ! On parle de Condor. Il aurait pu te rendre la vie dingue et te harceler jusqu'à te faire plier. Oh oui, il aurait pu, même si tu ne te serais pas laissée faire. Mais il n'a même pas essayé. Pour qu'il fasse profil bas, c'est qu'il admet son erreur et souhaite répondre à tes attentes.

– J'aimerais en avoir la certitude. Comme il refuse de s'expliquer, ce n'est pas le cas.

– Sabine ? Cela fait un mois et demi qu'il ferme sa bouche. Le Condor qui ne pipe pas mot pendant dix minutes, c'est déjà du domaine du surnaturel. Alors six semaines ? Soit c'est la preuve qu'il encaisse parce qu'il se sait fautif, soit des Aliens l'ont enlevé pour le remplacer par l'un des leurs.

– Oh ! C'est tellement évident, pardonne-moi de jouer à la petite princesse hautaine ! Il ne s'est pas excusé. Il n'a pas avoué qu'il regrettait. Alors, pardon d'avoir des doutes sur sa prise de conscience.

– Sur ce point, je suis d'accord. Écoute, je vais cogiter pour analyser son attitude puisque je le connais bien.

C'est ça. Qu'il s'amuse bien pour démêler le tas de nœuds que représente la logique de Condor. Pour ma part, il y a plus urgent car nous arrivons à destination. Pénétrer au sein du complexe hospitalier me noue le ventre. Ce lieu me rend irrationnelle, j'invente des scénarios plus dramatiques les uns que les autres.

Comme la majeure partie des gens, je n'aime pas les hôpitaux. Et encore moins le service des urgences, qui se trouve être l'endroit où la seule condition pour survivre est d'être patient. Pas patient comme malade, mais porteur d'un gène du flegme à toute épreuve pour endurer l'attente.

L'enregistrement terminé à l'accueil, nous patientons dans un coin. C'est à peine croyable, mais une heure plus tard, un médecin m'ausculte. Il m'annonce qu'il faut procéder à une échographie afin de vérifier que ce ne soit pas ci, ou ça, ou bien cela. Que des noms barbares qui me font frémir. Soit. Faites, docteur, parce que vous me faites peur. La seule certitude, c'est qu'il confirme que ma venue est une sage décision car il ne faut pas prendre ces symptômes à la légère.

– Vous allez patienter, nous vous appellerons dès son arrivée.

Comme je ne peux décemment pas rester des mois dans la salle d'attente, il ne doit donc pas parler du bébé.

– C'est-à-dire ? L'arrivée de qui ?

– De l'échographiste de garde. Il n'habite pas loin, nous allons le prévenir tout de suite.

De retour auprès d'Hector, je lui résume la situation. Il est stupéfait par mon annonce.

– Tu veux dire qu'ils montent la garde chez eux ?

– Il faut croire. Cela dit, les leurs ne ressemblent en rien aux nôtres. En tant que militaires, il serait inefficace de surveiller la caserne de chez nous, n'est-ce pas ?

Avec la ferme intention de me faire mentir sur les délais, une infirmière vient nous chercher rapidement. J'apprécie à sa juste valeur ma chance que le médecin soit logé si proche de l'hôpital. Mais je déchante lorsque l'infirmière nous conduit à travers tout un dédale de bâtiments pour conclure notre périple dans un long couloir sombre totalement vide. Une fois que nous sommes arrivés au bout, elle nous enjoint de nous asseoir pour attendre, encore.

Nous obéissons puis patientons dans le noir, dans un silence rompu par des sons lointains qui rendent l'atmosphère lugubre. Cette petite sensation désagréable qui laisse penser qu'en quittant l'hôpital, nous découvrirons que l'apocalypse est survenue et que nous sommes les deux seuls survivants. Oui, je peux partir haut dans mes délires lorsque je suis angoissée. Je suis heureuse d'être abandonnée en compagnie d'Hector, je compte sur lui pour nous sortir de là d'ici trois jours si on nous oublie, et au passage il butera tous les zombies que nous croiserons.

Absorbée par la contemplation de la plinthe à la peinture écaillée du mur d'en face, je sursaute au son de la musique aiguë qui retentit. Hector fouille dans sa poche pour en extraire son téléphone.

– Tu ne l'as pas éteint ?

– Je dois vraiment te le confirmer ?

– Rassure-moi. Tu as au moins coupé la géolocalisation, n'est-ce pas ?

– Euh… Étant donné que le message vient de Condor qui veut connaître la raison de notre présence ici, je pense que non. Oups, grimace-t-il.

Je vais le tuer ! Hector, pas Condor. Je le regarde pianoter sa réponse en secouant la tête.

– Il a du mal à comprendre mon « Tout va bien ». Il insiste pour te parler, déclare-t-il finalement avec un air contrit.

– Évidemment ! Comment peux-tu croire qu'il se contenterait d'une réponse pareille. Et nous avons de la chance qu'il n'ait pas débarqué en personne.

Je m'empare du téléphone, inspire longuement pour m'encourager, puis j'appelle Condor.

– Explique ! claque-t-il sans préambule.

Je dénote plus d'inquiétude que de colère.

– Commence par te calmer. J'attends le médecin parce que j'ai juste un peu mal, c'est tout.

– Mal où ?

Attention, crise de panique imminente. Trois… Deux… Un…

– Au ventre, je lâche sur un ton le plus neutre possible.

– Comment ça ? Quel genre ?

– Et maintenant, tu ajoutes une douleur au tympan droit, merci. Des crampes abdominales, ce n'est pas une fracture ouverte, alors on ne s'affole pas.

– Bien sûr que si ! Tu ne me dis rien ! Je veux bien fermer ma gueule parce que je suis en faute. J'ai eu tort et je suis désolé. J'aimerais revenir en arrière pour annuler ma connerie, mais je ne peux pas ! Tu comprends ça ? Je ne peux plus rien faire d'autre que te demander pardon et te laisser l'air dont tu as besoin. Mais j'ai mes limites. Là, il s'agit de ta santé, Sabine !

Ça, c'est mon Condor. Il s'exprime peu, mais quand ça sort, c'est aussi fulgurant qu'une rafale de FAMAS.

– Si. Tu peux faire quelque chose au sujet de ta « connerie » comme tu l'appelles.

– Ne me fais pas dire ce que je ne pense pas. La connerie concerne uniquement le fait de ne pas t'en avoir parlé avant. Et seulement ça, réfute-t-il sèchement.

Il marque une pause puis soupire avant de reprendre sur un ton plus calme.

– Je suis perdu. J'ai bien compris mon erreur, pourquoi tu es en colère. Mais surtout, je l'accepte. En revanche, je ne sais pas comment réagir. Aide-moi.

L'aiguiller est une chose, mais lui dire exactement comment se comporter est trop facile. Je veux avoir la certitude qu'il a analysé les faits d'une manière correcte et détecté le problème tout seul. Sinon, cela ne sera pas efficace dans la durée, il pourrait oublier.

– Promets.

Pas emballé, il soupire de lassitude.

– On doit le faire par téléphone ?

– Pas le choix. Les circonstances l'obligent. Ce que tu as commis est grave et ce n'est pas un mal au ventre qui en effacera l'origine. Sinon, je raccroche et nous nous retrouvons à la fin de la semaine.

– Non ! Si tu ne veux pas me voir débouler dans ton jardin, ne coupe surtout pas.

Tente donc ça et je retue le nain de ma mère sur ta tête. Je prends sur moi pour conserver mon calme en restant silencieuse afin de lui laisser le temps de préparer ses mots. Pourtant, je bous d'impatience d'entendre la confirmation de sa remise en question, car je suis moins confiante qu'Hector à ce sujet.

– Je suis fautif. Sur toute la ligne. Tu le sais, bien sûr, mais j'en suis tout à fait conscient. Et je te demande pardon. Que je pense bien faire n'est pas une excuse et ne m'autorise pas à décider seul pour provoquer ta grossesse, ou tout ce qui concerne notre couple. Ça aussi, je l'ai compris.

– Réellement et de façon définitive ? je questionne avec méfiance.

– Oui. Je te l'affirme avec la plus grande sincérité, j'ai ouvert les yeux.

– Explique-moi ça.

C'est le moment de vérité. Il va enfin me confier son analyse personnelle. S'il s'est trompé ou minimise sa faute, je raccrocherai afin qu'il reprenne sa réflexion depuis le début.

– J'ai commis deux erreurs. La première, que je te promets de ne plus réitérer, c'est d'avoir pris une décision importante nous concernant sans t'en parler pour tenir compte de ton avis. La seconde, c'est d'avoir outrepassé mes droits en te privant des tiens. C'est ton corps, ta propriété. Je suis autorisé à en prendre soin en te soutenant, mais pas à effectuer des choix à ta place. Sabine, j'ai péché par excès d'amour et de bonnes intentions. Attention, c'est une explication, pas une excuse. Je te fais la promesse de ne plus recommencer. Jamais.

Heureusement que je suis assise. Stupéfaite, je suis comme étourdie par ses aveux. Clairs, concis et complets. Il a réellement tout décodé. Son psy l'a aidé, ce n'est pas possible.

– Sabine ? Parle-moi. Dis-moi que tu ne vas pas me quitter, s'alarme-t-il face à mon silence.

– Mais non ! Il n'est pas question de cela, enfin. Je n'ai pas envisagé de me séparer de toi. Je suis fâchée, mais je t'aime.

– Et tu as de bonnes raisons de l'être, j'en conviens. Mais je souhaite que l'on puisse régler ce problème.

– C'est ma grossesse que tu nommes un problème ?

– Tu sais très bien que non. C'est le fait que nous n'en parlions pas, ne la vivions pas en couple. Ça m'a pris un peu de temps pour assimiler la totalité de mes torts, mais tout est limpide aujourd'hui et il faut que nous avancions ensemble.

– Cela dépend. Tu vas changer ?

– Non.

– Pardon ? je râle, sidérée par son aplomb.

– Sabine, je t'ai avoué avoir commis des erreurs. Or, je ne suis pas du genre à les répéter. Donc, je ne vais pas changer mais retenir la leçon. Je t'assure que j'ai appris ces dernières semaines.

Sa réflexion n'est pas dénuée de logique. C'est déjà le retour du Condor ? L'homme qui a la bonne réponse à tout ?

– Sabine, s'il y a encore un point que j'ai oublié, dis-le-moi. Éclaire-moi parce que je ne vois pas ce que je peux te promettre de plus.

– Non, rien de plus. C'est ce que j'attendais de ta part, j'avoue à mon tour.

– Bien. Alors, explique-moi ce qui t'arrive, s'il te plaît.

– Je ne t'ai pas menti, je ne peux pas t'en dire plus. J'attends le médecin qui doit pratiquer un examen. Ensuite, je saurai.

– Non, nous saurons. Cela me concerne.

– Oui, je te tiens au courant dès que je sors du cabinet. Ça te va ?

– C'est parfait. Pour nous, sache que je vais tout mettre en œuvre pour me racheter.

– Attention, je n'ai pas dit que je te pardonnais, là, tout de suite. Il me faudra encore un peu du temps.

– C'est normal. Du moment que tu acceptes de me laisser revenir auprès de toi, prends le temps qu'il te faut pour le reste.

Condor me quitte avec un mot doux pour me rappeler son amour. En soupirant, je tends son téléphone à Hector.

– Tu vois, j'avais raison. Tout de suite, tu es ronchon parce que tu penses avoir perdu la bataille, mais c'est tout l'inverse. Tu viens de gagner la guerre. Il a rendu les armes, m'encourage Hector en souriant.

Ai-je gagné ? Si l'on part du principe que j'ai obtenu ce que j'attendais, c'est indubitablement oui.

Condor a tout admis sans détour. Exactement ce que je souhaitais.

– Alors pourquoi suis-je plombée par ce sentiment de déception, de défaite ?

– Tu as l'impression d'avoir perdu la main parce que tu te préparais à un plus long combat. L'arrêt est brutal, même si c'est une victoire. Quand je concluais une mission, je ressentais cet état. Comme un manque ou la sensation d'avoir loupé quelque chose. Mais c'est juste la tension subie des jours durant, l'adrénaline, et puis d'un coup, c'est fini. Ce calme soudain, autant dans l'environnement que dans la tête, c'est déstabilisant.

Je n'ai pas le temps de méditer plus sur ce point car nous parvient le bruit de pas au bout du couloir. Il y a donc une autre personne vivante à cet étage. Une femme approche d'un pas rapide en enfilant sa blouse. Arrivée à notre niveau, elle se présente comme le médecin échographiste, puis ouvre la porte du cabinet avant d'éclairer la pièce en m'invitant à entrer. Déjà, me voici rassurée d'apprendre que je n'ai pas affaire au plombier de garde, et ensuite, de la voir mettre en route son matériel avec dextérité.

– Tu veux venir ? je propose à Hector.

En avisant ses yeux écarquillés d'effroi, je lui précise en quoi consiste cet examen parce que j'ai l'impression qu'il imagine le pire, voire carrément l'accouchement. Lorsqu'il comprend qu'il n'aura pas de vue traumatisante de moi, il s'empresse de me suivre.

Ce n'est pas une simple visite de contrôle, alors elle prend son temps, avec concentration et en silence. Hector me tourne le dos, il n'est pas pudique mais respecte mon intimité. Moi, les yeux plissés, je tente de repérer bébé, mais je ne traduis pas bien ce qui se présente à l'écran.

– Tout va bien. Tout est normal, annonce-t-elle.

Hector et moi la fixons avec perplexité, elle s'empresse d'expliquer que beaucoup de désagréments et dérèglements surviennent pendant une grossesse, encore plus lors du premier trimestre. Au final, nous sommes venus pour rien. Enfin non, et elle insiste sur ce point, il vaut mieux un contrôle qui confirme la bonne santé générale que risquer un problème qui pourrait se révéler grave.

– Moi, je préfère être venu inutilement que me faire du mauvais sang, me réconforte Hector en voyant ma mine défaite.

Certes, mais que l'on ne compte pas sur moi pour courir à l'hôpital la prochaine fois. Après des heures d'attente, j'apprends que mon corps n'en fait qu'à sa tête, lui aussi. Est-il besoin de préciser que je me sens ridicule d'avoir angoissé de la sorte ?

Comme promis, j'envoie un message à Condor en compte rendu, puis nous repartons à Pornic. Somme toute, cette virée n'a pas été si vaine puisque cela l'a poussé à se confier. Voilà, positivons, tout ce stress aura été bénéfique malgré tout.

Assaut.

CONDOR

Enfin, on avance. Je vais aborder Sabine en manœuvrant avec la délicatesse d'une danseuse encore quelque temps, mais progressivement, cela se tassera. Deux bonnes choses viennent de se produire. Nous avons mis en place un semblant de paix et elle se porte bien. Pour mon discours, j'avais conscience de devoir le prononcer un jour, mais mon incapacité à aligner deux phrases cohérentes dans ma tête me faisait appréhender ce moment. Finalement, les mots sont sortis de façon instinctive, j'ai exprimé mes regrets avec sincérité.

Parfois, lâcher le morceau d'un bloc sans préparation offre plus de facilité. L'équivalent du sparadrap que l'on arrache d'un coup, et au diable les poils que l'on perd au passage, c'est un dommage collatéral nécessaire. Sur ce cas précis, les poils représentent des débris de mon orgueil, car admettre avoir commis une erreur aussi grossière, ça pique. Mais comme je le dis souvent à mes gars : être juste, c'est botter les culs ou se botter le sien quand c'est justifié.

Maintenant plus serein, je peux me reposer puisque ça va bientôt bouger. Avec les informations qui nous parviennent depuis hier, mon calculateur interne – celui qui évalue les possibilités de missions pourries – indique que nous n'allons pas tarder à sortir. Ce sera la première depuis l'arrivée de Cobra. Ces derniers temps, j'ai axé nos journées sur l'entraînement afin que nous apprenions à opérer ensemble sur le terrain.

À peine deux heures de sommeil plus tard, l'alarme de mon téléphone résonne dans la chambre. Elle ne me fait pas mentir : ça sent mauvais.

Je me redresse vivement pour consulter le message, c'est bien une urgence. Les réflexes prennent le contrôle, je bondis du lit pour me jeter dans mes fringues et sauter ensuite dans mes bottes en pestant. Encore une intervention mixte, c'est-à-dire avec une autre unité, et en milieu urbain de surcroît. La chiotte ! Pourquoi je ne le sens pas ? Oui, pourquoi ? Peut-être parce que depuis quelque temps, il y a toujours une tuile qui nous tombe dessus au cours de ce type de missions. Ouais, c'est exactement ça et je considère que c'est une raison sensée.

Aussitôt équipé, j'attrape mon armement, mon sac tactique, mon téléphone puis je fonce dans le bureau pour prendre des munitions supplémentaires. Dans la réserve, c'est la bousculade parce que nous sommes tous réquisitionnés, ce qui ne survient que sur ce genre d'interventions sur le territoire.

– Vous êtes tous opérationnels ? je questionne une fois le plein fait.

– Opé, Condor ! aboient les trois autres.

– Go ! j'ordonne en prenant la tête.

Nous descendons au parking par l'escalier – sécurité oblige parce que ce serait ballot de se retrouver coincés dans unc cabine d'ascenseur –, nous dévalons les marches en rythme. Conformément à la mise en place prévue à l'entraînement, c'est Lynx qui boucle la file. Squale étant le moins aguerri du groupe, il se trouve en troisième position.

En bas, un véhicule prêt à partir nous attend. C'est-à-dire moteur en route, chauffeur déjà au volant qui a ouvert toutes les portières et le coffre dans lequel nous jetons nos sacs avant de nous engouffrer dans l'habitacle, le fusil calé entre les jambes.

– Go ! Lynx, tu guides ! j'ordonne avant que les portières soient fermées.

Nous démarrons avec les pneus qui crissent. Une fois la rampe d'accès franchie, nous roulons à fond de train dans les rues. Pendant ce temps, j'utilise mon téléphone pour obtenir les infos sur notre mission en temps réel, que je balance au fur et à mesure aux gars pour celles qui les concernent aussi.

– Bordel, encore un entrepôt, grogne Squale.

– On va surveiller ton cul, rétorque Lynx.

– Chacun effectue son taf. À partir de maintenant, si un mot sort de vos bouches, c'est pour parler boulot. Rien d'autre ! je les rappelle sèchement à l'ordre.

La rigolade, ça va bien dans l'intimité, mais c'est inacceptable en opération où je ne tolère que rigueur et discipline. Être vigilant et concentré pour rester en vie, rien de moins. Le message est bien passé, plus personne ne moufte jusqu'à notre arrivée, dans une zone industrielle à l'ouest de Paris. Les forces de l'ordre occupent le terrain, les policiers sont déployés pour créer un cordon qui maintient curieux comme journalistes à l'écart. Ces derniers ne sont pas encore présents, mais ça ne saurait tarder.

L'avantage avec nos tenues siglées repérables, c'est que nous ne subissons pas de contrôle d'identité pour pénétrer dans l'enceinte gardée. Dans un coin que l'on nous indique, nous nous garons puis débarquons. Pas besoin de nous parler, avec des gestes automatiques, car maintes fois répétés, nous nous équipons. Très vite harnachés, casque sur la tête et système radio vérifié, nous rejoignons en courant le poste de commandement placé à bonne distance du bâtiment sous surveillance. Le briefing débute aussitôt pour une présentation claire des événements par un gradé. Une usine désaffectée à investir dans le but d'en extraire environ cinq hommes retranchés et lourdement armés. Cette information est confirmée, mais il est envisageable que leur nombre soit plus élevé.

Après concertation avec les responsables des autres équipes, les agents de la cellule resteront groupés pour prendre en charge un point pendant l'assaut. Après la distribution des rôles et des consignes, nous procédons à la mise en place autour du bâtiment pour intervenir tous en même temps et garantir l'effet de surprise.

Pour nous, ce sera la partie arrière. Pour rejoindre la façade, nous devons traverser une parcelle boisée, franchir un mur d'enceinte pour atterrir dans une cour, puis vingt mètres en courant afin d'atteindre la porte d'accès. Rien de compliqué. Le chauffeur nous dépose au bord du terrain avant de repartir se garer en sécurité vers l'entrée de l'usine pour y attendre les ordres.

Dans le plus grand silence, nous progressons en file à la clarté de la lune suffisante. Je me charge d'inspecter le sol pour tracer le chemin pendant que Cobra contrôle l'avant par-dessus ma tête. Squale et Lynx se répartissent les côtés et l'arrière. Lorsque nous sommes à vingt mètres de l'enceinte, nous nous couchons pour effectuer une surveillance. Non, on ne s'accule jamais contre un mur, c'est parfait pour se faire tirer comme un lapin. De plus, cela ôte toute visibilité sur le lieu à investir.

En utilisant la lunette de nos fusils, Cobra et moi inspectons la façade du bâtiment, le toit et les ouvertures dont les vitres n'existent plus. Il est isolé, maçonné, vieux, noirci, sans aucune lueur détectable à l'intérieur. Tous les points lumineux extérieurs sont également hors service, certainement détruits par les forcenés, c'est l'obscurité partout. La configuration pourrait être pire, nous avons connu plus délicat, notamment avec des habitations dans les alentours.

En position couchée, nous scrutons en attendant les ordres. Nous sommes en soutien, pas aux commandes de l'opération. La discrétion est de mise et tout le monde assure parfaitement de ce point de vue. Sans être informés, nous ne pourrions détecter la vingtaine d'hommes qui se déploient comme nous tout autour du bâtiment.

Aucun mouvement, aucun son à l'intérieur depuis quinze minutes. Je commence à m'interroger sur le genre de personnes à qui nous avons réellement affaire. À des types dangereux ou juste à une bande de squatteurs ou de SDF qui dorment tranquillement ? Je n'aime pas ces conditions, devoir opérer sur des informations que nos services n'ont pas vérifiées. Je redoute toujours les données erronées qui provoquent des bavures.

Du bout du pouce ganté, je me frotte l'arcade sourcilière en lâchant un soupir, qui résonne tant le silence environnant est total. Tout à coup, des tirs en rafale de fusils automatiques déchirent le calme nocturne. C'est un concert de détonations. Ça défouraille dans tous les sens sans discontinuer, tous les tirs viennent du bâtiment.

Nous nous tassons contre le sol pour analyser la situation. Nous apercevons des canons d'armes placés à toutes les ouvertures. Une bonne dizaine de notre côté, plus deux qui tirent du toit. Bordel ! Mais ils sont combien là-dedans ? En tout cas, j'ai ma réponse. Ce ne sont pas de simples squatteurs.

– On ne va pas être juste à quatre pour gérer la foule sur cette face ? chuchote Cobra avec calme.

À quatre pour franchir un mur devant au moins douze fusils-mitrailleurs tenus par des excités, et le tout à découvert ? Si. Je crois que c'est un peu léger.

CHAPITRE 17

Quel assaut ?

Notes du docteur Cauvin – 16 août : sujet Lynx. Mental : OK. État général : OK. Observation : première mission en équipe complète. L'organisation de la cellule doit être réétudiée.

SABINE

Heureusement que le rythme du jour est pantouflard, parce qu'avec l'énergie dont je fais preuve, nous n'irions pas bien loin. Actuellement, tout est parfait. Je déjeune sur la terrasse en compagnie d'Hector, nous profitons du calme ambiant pour émerger. L'air tiède, la douce brise qui me caresse le visage, les oiseaux qui gazouillent dans les arbres et les mouettes que j'entends au loin. Cette sérénité frise le pur bonheur.

– Bonjour les enfants ! On a fait des folies cette nuit ? caquette ma mère qui rentre du marché et dont la voix stridente nous vrille les oreilles.

– B'jour m'man.

– Bonjour à vous, répond Hector avec un grand sourire.

– Vous avez vu les informations ? questionne mon père en m'embrassant.

– Non. Nous nous levons.

– Des fous qui tirent sur tout ce qui bouge, nous apprend-il.

– À Pornic ? je m'étonne.

– À part des rafales de galettes ou jets de cidre, ça ne risque pas d'arriver.

– Mais non, c'est vers Paris, intervient ma mère.

Paris. Fous. Tirs. Une association de mots qui déclenche aussitôt une alarme interne. Je redresse vivement la tête et invite mon père à en dire plus. Hector réagit aussi, il repose sa tartine pour écouter attentivement.

– Ils parlent de forcenés dans une usine que les policiers tentent d'arrêter.

– Usine, donc des employés ?

– Non. Un vieux bâtiment inoccupé, répond-il, troublé de nous voir à l'affût de ses paroles.

Hector et moi échangeons un regard éloquent, les mêmes pensées nous assaillent. Nous nous levons d'un bond pour courir jusqu'au salon, ensuite je me jette sur la télécommande pour allumer l'écran plat. Dès qu'une image s'affiche, je zappe sur une chaîne d'informations en continu. Il n'est nullement besoin de chercher ou d'attendre, des plans de l'usine apparaissent. C'est une vue éloignée et en hauteur, mais on devine bien l'état de délabrement avec les murs noircis par le temps. Tout autour, mais à distance, cela fourmille d'activité, des hommes en tenue d'intervention ou classiques et civiles. Ils sont une bonne cinquantaine sur les lieux, avec des véhicules de la police stationnés sur la route qui l'entoure. L'agitation et la quantité de gyrophares pourraient faire penser à une fête foraine, mais ce n'est pas le bal de la police aujourd'hui.

En fond sonore, des détonations retentissent de façon sporadique. Au bruit et aux tirs en rafale, je reconnais des armes lourdes, mais ils restent isolés, l'assaut ne semble pas avoir été lancé.

J'aimerais y voir de plus près, mais il est logique que les journalistes soient maintenus à distance. Ils seraient capables de vouloir pénétrer dans le bâtiment pour interviewer les forcenés. D'ailleurs, les commentateurs sont surexcités, ils déblatèrent sans qu'aucune information ait le moindre intérêt. Que l'usine soit désaffectée, merci, nous le constatons. Que les forces policières soient présentes et encerclent le lieu, ça ne pouvait pas nous échapper. En fait, ils décrivent les images pour les aveugles, je ne vois que ça qui pourrait expliquer leur utilité.

Exaltés, ils se perdent en conjectures, certainement trop heureux de vivre de l'action en direct. Agacée par leur fébrilité malsaine, je baisse le son puisqu'ils ne fournissent même pas de détail sur le type d'hommes retranchés. Hector se rapproche de l'écran sur lequel il pointe un doigt qu'il déplace pour marquer des points. Il analyse, j'attends son verdict avec impatience.

– Je ne les vois pas. Ce qui est normal, mais je suis presque certain qu'ils y sont.

– Qui donc ? questionne ma mère qui nous rejoint.

– Les forcenés, maman, je réponds pour dissimuler notre émoi et ne pas trahir notre lien avec les CCLS.

– Bien entendu. Qui tirerait et pourquoi y aurait-il autant de bazar pour un immeuble vide ? Je ne sais pas ce que l'on vous apprend dans l'armée, rétorque-t-elle en levant les yeux au ciel.

– Chérie, allons. Tu sais bien que pépète est militaire de bureaux et Hector, un civil. Les armes, le combat, les trucs de soldats, ce n'est pas pour eux, déclare mon père dont la seule intention est de nous défendre malgré les apparences.

Assis à côté de moi, Hector lâche un couinement indigné, expression d'une humiliation ravalée. Avec mes parents, il vaut mieux se blinder et se boucher les oreilles si on ne veut pas subir leurs camouflets. Ils ne le font même pas exprès, c'est pour cette raison que je leur en dévoile le moins possible sur ma vie. En matière de bévues offensantes, ils se posent là. Il m'arrive de gaffer, mais ils me battent à plate couture. Hector le prend moins bien que moi, les lèvres pincées, il lutte pour ne pas relever l'affront.

– Ignore-les, c'est le mieux, je chuchote en lui tapotant le genou.

– Vous n'allez pas rester devant l'écran par une si belle journée quand même ? nous sermonne ma mère.

Condor a ses limites. J'ai les miennes.

– Maman ! Je t'aime beaucoup, mais laisse-nous tranquilles.

– Chérie, viens avec moi sur la terrasse, l'incite mon père qui la tire par la main.

Il n'est pas habitué à ce que je perde patience, alors il l'éloigne avant que je me transforme en vilaine fille agressive. Il me connaît bien, il accède à mon besoin d'espace sans poser de question. En même temps, il est bien placé pour savoir que ma mère, sa femme, peut être infernale par moments. En revanche, il n'imagine pas que l'homme si mignon tout plein, aux doux yeux bleus, qu'ils rêvent tous les deux de rencontrer, se trouve dans le fatras de types armés diffusé à l'écran, cause de mon inquiétude et agacement. Lorsque nous sommes enfin libérés des trublions, Hector reprend ses explications en pointant un endroit du doigt.

– Regarde, c'est une de nos voitures. À mon avis, ils sont chargés de l'arrière. C'est pénible, car il n'y a pas d'images de cette partie.

– Ils ne vont pas y aller seuls quand même ?

– Mais non. Tu vois bien que c'est blindé de gars d'autres unités d'élite. Ils sont en soutien, c'est tout.

– Que se passe-t-il ? Tu m'expliques ?

– Je pense qu'ils sont en position depuis cette nuit et patientent pour donner l'assaut. À mon avis, ils ne s'attendaient pas à autant d'armement en face. Là, dit-il en pointant un groupe d'individus un peu à l'écart, ce sont les responsables de l'opération qui étudient la meilleure façon d'intervenir sans mettre en péril la vie de leurs hommes.

– Bien. J'approuve cette sage mesure. Ça peut être long ?

– Ça ne doit jamais l'être trop, donc ils vont se lancer dès qu'ils seront plus ou moins sûrs d'eux.

– Je préférerais plus que moins, si possible, je marmonne.

Rester inerte devant l'écran à ruminer la boule d'angoisse, qui effectue le yoyo entre ma gorge et mon estomac va me rendre folle, alors je me lève pour récupérer notre petit déjeuner abandonné sur la terrasse. Je reviens dans le salon, les mains chargées d'un grand plateau que je pose sur la table basse.

En me rasseyant dans le canapé, face aux images qui n'ont pas changé, je n'ai pas besoin de faire semblant d'être effrayée, je suis terrorisée par l'éventualité que cela finisse mal. Ce genre d'action en direct, c'est toujours impressionnant. On vibre et stresse en voyant ces hommes qui foncent dans le tas avec les armes à la main. Là, c'est multiplié par mille en ce qui me concerne. Ce sont mes collègues, mes amis, mon mari et le père de mon futur bébé qui vont charger.

– Hey ! Ce sont des pros. Je t'assure que Condor n'est pas du genre à prendre des risques inconsidérés. C'est le meilleur, n'oublie pas, chuchote Hector en m'enlaçant.

– Si je suis fière d'être la femme du Condor, ce type inaccessible et incroyable, je suis encore plus heureuse qu'il ait décidé d'arrêter de l'être. C'est égoïste ?

– Non, pas du tout. Il aborde la dangerosité de son travail avec la même vision que toi, puisque c'est lui qui a demandé sa mutation.

Hypnotisés par les images sur l'écran, nous buvons nos cafés tièdes en silence. C'est l'interminable attente du moment que nous redoutons, mais qui surviendra inévitablement pour clore la situation. À chaque fois que nous entendons des tirs, nous nous crispons en croyant que c'est parti, mais ils viennent invariablement du bâtiment. Aucun coup de feu n'a été tiré du côté des forces de l'ordre pour l'instant, les agents se trouvent toujours en phase d'observation. Hector monte le son pour que nous puissions suivre avec les bruits environnants. Nous prenons soin d'occulter les paroles de l'écervelé de journaliste, qui raconte n'importe quoi en boucle pour meubler.

Le bol contre mes lèvres, j'avale une gorgée de café que je recrache aussitôt. Tout à coup, c'est la pétarade générale. L'assaut est lancé et c'est un concert d'explosions de grenades diverses, de coups de feu, de hurlements. Je pose le bol pour empoigner le bras d'Hector à deux mains et le serrer. Lui s'est raidi, moi statufiée. Tout va trop vite, nous n'avons pas le temps d'analyser tout ce qui se passe. Des hommes courent dans tous les sens, de la fumée apparaît dans tous les coins, passant à travers les ouvertures béantes. Je sais au moins que ce n'est pas du feu, mais différentes grenades qu'ils utilisent pour se camoufler ou tétaniser.

Le raffut envahit le salon, donc attire mes parents qui se postent debout à nos côtés pour suivre les événements. Tout s'enchaîne et monte en puissance, c'est le chaos. Hector doit être le seul à comprendre exactement ce qui se passe, à l'extérieur comme à l'intérieur du bâtiment, puisqu'il a vécu des situations similaires. Tétanisée par la crainte, j'attends que le calme revienne en fixant l'écran, je ne me préoccupe même pas du liquide brunâtre qui coule le long de mon menton et goutte sur le sol parce que je ne l'essuie pas.

Subitement, plus de son. Ah, si, un dernier tir et c'est fini. Il y a toujours de la fumée, des hommes qui cavalent, mais l'opération est terminée. Maintenant vient l'angoisse du bilan. Cette fois-ci, nous écoutons les commentaires pour en prendre connaissance. Dans tout ce qu'ils racontent – qui ne représente que supputations ou inventions avec des phrases presque toutes conclues par « on ne sait pas » –, il n'y a bien que les informations officielles qui leur sont fournies qui sont à prendre au sérieux.

Seul le décompte final des victimes nous intéresse actuellement.

C'est un vrai supplice. Il faut attendre encore de longues minutes vécues en état de transe, à me manger les joues, avant que le couperet tombe. Treize victimes, dont deux du côté des forces de l'ordre. J'hésite entre hurler et m'évanouir. Là, mon égoïsme surgit tel un monstre sans cœur : pas mes gars. Par pitié, pas eux.

Hector n'en mène pas plus large que moi, nous sommes livides. Nous savons qu'ils se trouvent toujours en première ligne, la plus dangereuse. Ce sont eux qui foncent sur les forcenés, même s'ils n'étaient pas seuls aujourd'hui. Les CCLS ne donneraient pas l'assaut planqués derrière d'autres hommes, leur orgueil n'y survivrait pas.

Tout redevient calme sur le lieu de l'attaque tandis que le tumulte gronde en moi. Les minutes passent sans qu'ils ressortent du bâtiment que nous scrutons. Mon cœur tambourine, j'hyperventile. Hector décroche mes deux mains qui lui pressent toujours l'avant-bras. Un peu trop fort d'après les empreintes laissées sur sa peau. Il se penche pour me murmurer à l'oreille :

– Du calme. Respire. Il sait que tu es dans tous tes états, il fera le nécessaire pour te rassurer.

D'un regard qui exprime mon anxiété, je lui fais comprendre que ce n'est pas valable s'il fait partie des tués. L'attente augmente mes craintes. Plus de vingt minutes sont passées depuis la fin des tirs et toujours aucun signe de la part de Condor. Chaque minute, je me décompose un peu plus.

– Eh bien ! Je suis bien heureuse que ton métier ne soit pas aussi risqué, lâche tout à coup ma mère en agitant la main.

Ce n'est pas le moment de me titiller sur le sujet, alors j'inspire en espérant qu'elle n'insiste pas. C'est vrai, un militaire ne pratique aucune activité dangereuse. Cela se saurait, non ? De plus, étant soldat breveté moquette de bureaux, mon arme de service est un stylo et mon chargeur, un paquet de Post-it, donc aucun risque encouru jusqu'à la fin de ma carrière. Maman, si tu savais que l'on m'a enseigné, entre autres, la meilleure méthode pour égorger en toute discrétion ou tuer avec mes doigts comme arme, tu tomberais des nues. Mais l'heure n'est pas aux sarcasmes, il y a plus important.

Par chance, mon téléphone sonne pour m'offrir une diversion. Toujours angoissée, je plonge sur la table pour le récupérer et décrocher sans même vérifier le nom de l'interlocuteur.

– Sabine, c'est le général.

Qui vient d'aspirer tout l'air de la pièce ? Je suis en arrêt cardio-respiratoire.

– Sabine ? Vous m'entendez ?

Non et je ne veux pas que vous me parliez. Je refuse que vous m'annonciez une horreur.

– Oui. Bonjour, mon général, je souffle d'une voix éteinte.

– Il va bien. Ils vont tous bien. Il m'a demandé de vous prévenir puisqu'il ne peut pas vous contacter avec son appareil professionnel.

Mon cœur tambourine jusqu'à mes tympans, mon sang s'écoule à nouveau dans mes veines, mais il a dû s'épaissir au passage, j'ai l'impression d'avoir deux de tension. Hector qui bout d'impatience doit me trouver trop apathique, il m'arrache l'appareil.

– C'est Hector. Dites-moi tout ! ordonne-t-il sans cérémonie.

Malgré ma mollesse d'esprit actuelle, j'ai tout de même le réflexe de lui faire les gros yeux. Il parle au général, pas à son pote. Un minimum de respect quand même !

– Oups. Pardon. Mes devoirs, mon général[4].

Nous avons de la chance que notre supérieur soit si conciliant. En lieu et place des remontrances bien méritées, c'est son éclat de rire qui me parvient jusqu'ici. Ensuite, Hector sort de la pièce pour poursuivre leur discussion loin des oreilles parentales indiscrètes.

– Tu travailles pour un général ? Et il t'appelle sur ton portable ? s'étrangle mon père, impressionné.

– Mais que fais-tu donc comme tâches, au juste ? s'inquiète aussitôt ma mère.

---

4. Formule de salut pour les généraux. De moins en moins usitée, elle est souvent remplacée par la plus courante « Mes respects ».

– Je suis en poste au ministère de la Défense, le repaire des généraux de l'armée française. Vous pensiez que mes supérieurs étaient des maçons ou des mécanos ?

Ils se regardent tous les deux pour une concertation silencieuse, puis baissent la tête pour convenir qu'ils se faisaient une fausse idée de mon activité.

– Il y a un problème ? Tu dois partir ? questionne ma mère.

– Je ne pense pas, maman.

– Mais tu fais quoi, exactement ? se renseigne mon père avec méfiance.

– Je classe des informations sensibles, c'est tout. Ne vous affolez pas.

– Tu ne nous caches rien de plus dangereux, n'est-ce pas ? insiste ma mère.

Moi ? Dissimuler un quelconque danger dans ma vie ? Mais quelle idée farfelue, enfin ! Voyons, maman, je ne suis qu'archiviste. Ce n'est pas comme si je travaillais avec des hommes qui tuent plus souvent que vous ne jouez à la belote, ou si je m'étais mariée avec l'un d'eux en cachette. Ni que j'aie un mini-Condor en moi.

– Rien de dangereux, ne vous alarmez pas, je les rassure sur un ton convaincant.

Après tout, je ne mens pas. Ce n'est pas moi qui joue avec la mort. Moi, je joue avec la vie. Cela n'a rien de dramatique, n'est-ce pas ?

Nouveau chaton.

CONDOR

Après des heures de guet et d'observation dans le plus grand calme, une course à fond de train avec franchissement d'un mur au milieu, suivi de minutes de bruit assourdissant composé de détonations, d'explosions et de beuglements, c'est tout à coup le silence. Juste parfois rompu par de faibles gémissements. Nous restons en position tous les quatre dans un coin du bâtiment, prêts à intervenir de nouveau au moindre mouvement en face de nous. C'est une purée de pois, nous attendons que les gaz et fumées se dissipent pour certifier que tout danger est écarté. Cela dit, avec ce que nous venons de leur envoyer, aucune raison de s'inquiéter.

Nous essayons toujours de neutraliser vivantes les personnes à appréhender, mais si elles nous tirent dessus, nous changeons de tactique. On bute. Tant pis pour elles, mais nos vies avant les leurs.

– Vous restez en place tant qu'on n'y voit pas plus clair ! j'ordonne quand Squale bouge derrière moi.

– Tout le monde est OK ? questionne Lynx.

Nous confirmons être tous indemnes, une bonne chose. Contrairement au plan initial, nous n'avons pas donné l'assaut sur l'arrière du bâtiment à quatre comme cela était programmé. Nous devions juste être en soutien, responsables de cette partie pour la prise en étau, parce qu'il était prévu que les forcenés seraient concentrés à l'avant.

Les faits ayant changé, il m'a fallu prévenir le commandement afin qu'il révise la position des équipes. Une fois la répartition adaptée, nous étions douze au moment de charger. Ça change la donne et c'est ce qui nous a permis de leur mettre une grosse branlée, à ces fous furieux. Ils n'avaient aucune revendication, souhaitaient juste casser du flic.

Toujours en place pour assurer la protection des hommes qui s'approchent des corps des forcenés, nous attendons le signal de fin des festivités. Devant nous, les gars confirment qu'il n'y a aucun survivant dans notre salle et, une minute plus tard, c'est acté par toutes les autres équipes déployées sur la zone. Nous pouvons plier, c'est bouclé.

– Allez, on dégage, j'ordonne, lorsque la totalité du périmètre est sous contrôle par les différentes unités.

Nous sortons par l'arrière dans le but d'éviter les objectifs des journalistes, puis je rejoins les gradés qui dirigent l'opération. Pendant quelques minutes, j'effectue mon rapport devant les quatre hommes attentifs.

– Merci pour votre aide, déclare l'un d'eux quand j'ai terminé.

– Nous n'étions pas utiles. Vos gars gèrent très bien sans nous.

– Nous avons demandé votre soutien comme d'habitude.

– Il faut que nous en reparlions avec le général. Si nous ne sommes pas indispensables, je ne vois pas l'intérêt.

– Mais nous pratiquons de cette manière pour maintenir un partage, non ?

– C'est sur ce point que nous reviendrons. Vous possédez toutes les unités compétentes pour intervenir sur le territoire. Nous, nous devons aussi agir à l'étranger, où je pense que nos propres aptitudes sont nécessaires, contrairement à ce type de missions.

– Vous souhaitez céder le contrôle total à nos unités ? s'étonnent-ils en même temps.

– Je ne leur cède rien. Ils assurent et ont déjà le contrôle. Nous sommes juste du rab. Ils sont même plus aguerris que nous dans les zones urbanisées. Par conséquent, ils n'ont rien à attendre de notre part. Alors, autant réaliser des économies de temps et de moyens. Notre terrain de prédilection et celui pour lequel nous sommes formés, c'est le désert, la campagne ou les zones isolées, pas les villes.

S'ils approuvent mon point de vue, ils sont tellement stupéfaits qu'aucun ne répond. Je les salue d'un signe de tête avant de tourner les talons.

– Je suis entièrement d'accord avec ta décision ! abonde Cobra avec enthousiasme.

– Pareil. C'est clair que je me suis toujours demandé pourquoi on aidait des gars qui n'avaient pas besoin de nous, ajoute Lynx.

– Inutile de préciser que je vote également pour, abonde Squale qui garde de mauvais souvenirs de ce type d'intervention.

– Dès le retour du général, nous verrons ce problème de sorties superflues.

Pour le moment, nous empruntons le même chemin qu'à l'aller. À la lisière des arbres, je profite de l'attente de notre voiture pour envoyer un message au général afin qu'il rassure Sabine. Même en vacances, il se charge de ça. Elle doit être folle d'inquiétude et deux fois en vingt-quatre heures, je ne pense pas que ce soit une bonne chose pour le bébé. Pour ses nerfs non plus.

Comme il fait jour et que nous ne sommes pas amateurs de publicité ni de signatures d'autographe pour fans déchaînés, nous patientons en nous planquant dans un fourré. Tout à coup, un drôle de son résonne. J'inspecte autour de nous, mais je ne repère rien de spécial, puis je l'entends encore une fois.

– C'est quoi ce bruit ? questionne Cobra.

– On dirait un chat, je réponds.

– Il doit être mal en point pour miauler si faiblement. Il a pris une balle perdue et crève dans un buisson à mon avis, commente Squale.

– Mais non ! Il ne va pas mourir ! s'insurge Lynx.

Nos trois têtes se tournent vers lui. Étonnés pas sa vive réaction, nous le fixons avec suspicion. Lui, il en a encore fait une.

– Dépêche-toi de me dire ta connerie.

– D'abord, ce n'en est pas une, me toise-t-il.

– Lyyyyynx.

– Mais rien. C'est juste… enfin…

Il hésite, il fuit mon regard. C'est plus grave que je ne le pensais.

– Là ! s'exclame Squale en pointant du doigt la poche latérale de son sac.

– Oh le con ! se marre Cobra.

Halluciné, en plein rêve, j'aperçois une tête de chaton gris rayé qui dépasse et nous observe avec curiosité.

– Ben quoi ? Je l'ai trouvé dans la salle dans laquelle nous avons donné l'assaut. Il était terrorisé sous une caisse.

– Je n'arrive pas à y croire. Tu m'auras tout fait, je soupire.

– Et on va en faire quoi, au juste ? questionne Cobra.

– On le garde. Ce sera notre chat et puis c'est tout, rétorque Lynx, défiant quiconque d'affirmer le contraire.

Après tout, nous ne sommes plus à ça près.

– Tu te débrouilles comme tu veux, mais qu'il n'approche pas Sabine.

– Et pourquoi ? Elle adore les chats.

– Pas en ce moment.

– Tu racontes n'importe quoi. On aime ou on n'aime pas, il n'y a pas de planning pour ça. Explique-moi.

– Non et ne me cherche pas, sinon, je jette ton truc à poils contre un arbre.

Lynx renifle de mépris. Même s'il sait que je ne me livrerais jamais à une telle chose, juste la menace en l'air ne lui plaît pas. Je m'en fiche, au moins, j'obtiens la paix. Dès que possible, je me renseigne mieux sur cette histoire de chat et de grossesse.

Deux heures plus tard, le temps de rédiger un rapport et de ranger mon matériel, je rentre enfin chez moi. La priorité est de me dépoiler, puis de fourrer ma tenue puante dans un sac que viendra chercher l'équipe Log. Ensuite, une bonne douche, un jogging enfilé, et je peux me rendre dans la cuisine pour boire un verre. Une fois mon cul dans le canapé, j'allume l'écran plat et j'appelle Sabine.

– Bien rentrés. Tout va bien. Et toi ?

– Merci de m'avoir fait prévenir, je m'inquiétais. Ça s'est bien passé ?

– Oui. Équipes au top. Et toi ?

– Mieux maintenant. C'est nettement plus calme que chez toi.

– Il ne faut pas te faire de mauvais sang pour rien. Je gère.

– Facile à dire, bougonne-t-elle.

– C'est bientôt terminé. Tu ne t'en feras plus, c'est promis.

– C'était dur. Je préfère quand tu agis loin et dans le secret plutôt que de le vivre à travers l'écran. Vivement la fin de tout ça.

Entendre à nouveau la confirmation d'une fin proche lui fait plaisir, ça se comprend. Sauf que mon départ dépend d'un critère important, mon remplaçant. Je dois le former quelque temps, histoire qu'il prenne les rênes et soit à l'aise dans ses fonctions comme avec l'équipe. Tout à coup, cela me fait penser que je vais également lui céder ma place de chef auprès de Sabine. Là, j'aime beaucoup moins.

CHAPITRE 18
S'expliquer.

Notes du docteur Cauvin – 18 août : sujet Condor. Mental : impatient. État général : OK. Observation : Il est concentré sur les piles de dossiers sélectionnés pour son remplacement. Il est fermement décidé à quitter son poste dès que possible.

SABINE

Le moment fatidique de notre dernière soirée à Pornic arrive. J'ai toujours du mal à quitter mon lieu favori, mais j'avoue qu'avec tout ce qui s'est passé – et je ne fais pas référence à mes déplacements entre la terrasse et la piscine –, j'ai hâte de retrouver Condor. Et encore plus envie de me soustraire aux rafales de questions de ma mère concernant ce même homme.

Ce qui est dommage, c'est qu'en ayant au moins une photo à lui présenter, elle m'aurait laissée en paix. Pas totalement, mais un peu. La connaissant, tant qu'elle ne l'aura pas vu en chair et en os ou sur papier, elle doutera de son existence, même si Hector m'appuie en lui parlant de son collègue. Je suis certaine qu'elle me soupçonne d'avoir inventé mon petit ami pour me débarrasser de ses reproches récurrents, voire systématiques, générés par l'inexistence de ma vie conjugale.

Actuellement assise dans mon lit avec un livre en main, une idée subite germe dans mon esprit : envoyer une photo de moi à Condor, qui supporte notre séparation avec de moins en moins de sérénité. Il râle chaque soir lorsqu'il décompte les jours avant mon retour. S'il prenait des vacances de temps en temps, il comprendrait pourquoi je suis mitigée à l'idée de les écourter.

Je dégaine mon téléphone pour passer les cinq minutes suivantes à trouver le meilleur angle puis le bon sourire. Après un mitraillage en règle, je lui expédie un portrait correct. À peine deux minutes plus tard, Condor réagit.

A. : Ouais ! Ça me plaît bien.

Moi : J'ai le droit d'en avoir une ?

A. : Oui, pour le temps qu'il me reste,
on peut.

Alors là, il m'épate. J'étais certaine de prendre un revers. Excitée, j'attends impatiemment l'image. Qui tarde. À mon avis, il est en train de pester contre l'appareil parce qu'il ne trouve pas la fonction pour les photos. Mais au bout de quelques minutes, elle arrive enfin.

Lorsqu'elle apparaît sur l'écran, j'avale de travers en couinant. Est-il devenu fou ? C'est bien lui et son beau visage sérieux – parce qu'il n'allait pas sourire non plus, il ne faut pas trop en demander –, mais il y a un détail que je juge embarrassant, un gros. Il est nu. Son corps est magnifique, je serais la dernière à dire le contraire, mais que lui est-il passé par la tête pour photographier également son sexe ? Et en érection, s'il vous plaît !

Moi : Lors de ton dernier assaut,
tu as lancé une grenade
et elle a explosé trop près de ta tête ?

A. : J'ai assez de force
pour ne pas commettre ce genre
de bévue. Pourquoi ?

Moi : Mais enfin ! Tu es absolument
indécent !

A. : Je sors de la douche
et je n'ai pas voulu te faire attendre.

Moi : Tu ne pouvais pas cadrer
au-dessus de ton machin tout excité ?

A. : Je n'y ai pas pensé. J'ai déjà
eu du mal à trouver le fonctionnement,
alors le cadrage, je ne t'en parle pas.
Tu voulais une photo de moi, c'est moi.
Tu sais très bien que j'ai un sexe
(que tu apprécies d'habitude).

Aucune pudeur, ces agents. Il ne comprend même pas le problème. Si je montre cette photo à ma mère, nul doute qu'elle le verra tout de suite, elle.

Moi : D'abord, pourquoi es-tu
dans cet état alors que
je ne suis pas là ?

Ça m'intrigue autant que ça me déplaît, sauf s'il est seul et songeait à moi sous la douche. Pour éviter de passer des heures en explications par message, je l'appelle pour en bénéficier de vive voix.

– En général, je suis dans cet état lorsque je pense à toi. Encore plus si je ne t'ai pas vue depuis un moment.

Bonne réponse. Tu vas arriver à te normaliser, mon petit Condor.

– Depuis quand es-tu devenue prude ? C'est l'air marin qui te rend comme ça ?

– Ma mère est rongée de curiosité, elle souhaite découvrir ton joli minois. Pas ton machin dressé.

– Au moins, elle saura que son gendre est opérationnel.

– Les parents ne veulent pas le vérifier de visu et encore moins sur leur gendre, mais plutôt sur moi et dans mon ventre. Fais-en une autre et enfile un haut, ce sera mieux. Ils pourraient s'affoler en découvrant ta masse musculaire.

– Tu ne vas pas me demander de sécher quand même ? J'aime bien mes muscles tels quels.

– Moi aussi, même s'il est déstabilisant que tu aies plus de poitrine que moi.

La conversation s'éternise un peu, puis, une fois nos petits mots de bonne nuit prononcés, il réussit à m'envoyer une photo en respectant la bienséance et le pauvre cœur de ma mère par la même occasion.

Le lendemain matin, ce n'est pas peu fière que je descends petit-déjeuner, pressée d'exhiber mon magnifique guerrier. Lorsque je montre la photo à ma mère – la seconde, bien sûr –, elle prend son temps pour détailler l'homme jusqu'aux narines. Elle le scrute en silence et à ce rythme, s'il a un point noir, elle le décèlera.

– Il est en Russie ?

Sa question est à l'opposé du type de réflexions auxquelles je m'attendais.

– Non, du tout. J'imagine qu'il faisait frais où il se trouvait.

Comment pourrais-je expliquer autrement le bonnet et le col roulé que Condor a enfilés dans notre chambre où il fait toujours plus chaud que froid ? Faire la part des choses est un concept un peu abstrait pour lui. C'est à poil avec son attirail à l'air ou la tenue de ski. Entre les deux, il n'y a rien.

– C'est un très bel homme pour ce que je peux en voir, mais il semble sérieux, presque dur. Il l'est ? interroge mon père, inquiet pour son bébé.

Est-ce que Condor est sérieux ? Est-il dur ? Sans aucun doute, mais il n'est pas que cela.

– Papa, il l'est encore plus que tu ne l'imagines. Mais c'est un conjoint très attentionné et soucieux de mon bien-être. Tu n'as aucune crainte à avoir. Je l'aime et n'en voudrais pas un autre.

Après coup, en avisant la perplexité de mes parents, je ne suis plus certaine que cette photo ait été une bonne idée. Même en accueillant avec confiance mes paroles rassurantes, ils se posent des questions sur cet homme à l'air revêche. Ce n'est pas grave, il est possible qu'ils soient encore plus impressionnés quand ils lui feront face. De toute évidence, ses yeux bleus n'ont pas la douceur escomptée par ma mère. Finalement, peut-être que Condor n'aura pas droit à son câlinou de bienvenue comme Hector.

Le repas terminé, c'est déjà le départ. Le retour sur Paris se déroule comme à l'aller, mais avec la fin du trajet en métro. Au bilan, Hector est ravi de son séjour et a intégré tout l'intérêt des vacances. Il émet tout de même une petite réserve due au manque d'activités mais comprend que notre flemmardise était liée à ma grossesse et à mon besoin de repos. La prochaine fois, nous profiterons mieux des environs.

Je n'ai pas le temps de poser la main sur la poignée de la porte. Un Condor au sourire éblouissant l'ouvre avant pour m'accueillir. Sans un mot, il m'attrape par le col pour me tirer à lui et m'écraser contre son torse. Ensuite, il me serre dans ses bras, me soulève, puis claque la porte d'un coup de pied.

– Ma valise !

– Personne ne la volera, répond-il en me portant jusqu'au comptoir de la cuisine sur lequel il me dépose avec précaution.

Le bonheur inscrit sur le visage, il me fixe quelques secondes avant de poser les mains sur mes genoux et de se placer entre mes jambes. Un peu hésitant, il m'enlace puis m'embrasse en douceur. Lentement, les paumes sur mes joues, il m'offre un baiser de retrouvailles à la hauteur du manque ressenti. Lorsqu'il se recule en soupirant, il m'observe puis caresse mes joues de ses pouces.

– On ne se sépare plus jusqu'à la fin.

– La fin de quoi au juste ?

– Ben, le bébé. Ta mise bas quoi.

Je viens d'avoir un moment d'absence. J'ai mal compris, il n'a pas pu dire ça. Quoique je devrais peut-être m'estimer heureuse qu'il n'ait pas parlé de mon vêlage. On ne sait jamais avec lui. Comme je ne réponds pas, encore heurtée par ses paroles, il réagit aussitôt.

– Ton accouchement ! Je raconte n'importe quoi, pardon.

Le fait qu'il se mette à aborder le sujet de ma grossesse fait remonter le cachet mal avalé de la conception.

– Tu fais aussi n'importe quoi, je lui reproche sèchement.

L'heure des comptes arrive, ça ne lui échappe pas. Il grimace.

– Je sais. Je te l'ai avoué et t'ai également demandé pardon.

– Pourquoi décides-tu de sujets importants sans m'en parler ?

– Je voulais te fai…

– Par pitié ! Ne prononce pas le mot « surprise ». Je t'en conjure !

Mon ton vindicatif lui coupe le sifflet. Il cogite pour trouver quoi dire sans se faire hurler dessus. Soit, je vais l'aider un peu.

– Pour que les choses soient actées de façon définitive. Me faire une surprise, c'est m'offrir un bracelet, un gâteau, un livre ou mon super téléphone girly. C'est un objet, mais en aucun cas cela ne peut être un événement qui influe sur notre vie et encore moins un bébé. Suis-je claire ?

– Limpide. Je t'ai déjà dit que j'en étais conscient, comme je regrette de t'avoir manqué de respect par la même occasion. Et pour finir, que je ne recommencerai jamais.

– Tu n'as pas intérêt.

– Bien. Donc, les faits étant ce qu'ils sont et pas annulables, il faut maintenant avancer. Que tu m'en veuilles est une chose, mais ne songe pas à me demander de te présenter mes excuses tous les jours. C'est fait, de façon franche et sincère. Désormais, nous allons de l'avant ensemble. Je m'emploie à tout mettre en œuvre pour te prouver mon sérieux et mon engagement envers toi, notre bébé, nous.

Évidemment. Il n'est pas le type d'homme à se transformer en canard parce qu'il reconnaît son erreur. Pour lui, le fait de l'admettre et de promettre de ne plus en commettre est la résolution du problème. Dans un sens, il a raison. Il faut désormais aller de l'avant dans de bonnes conditions, encore plus parce qu'une grossesse se vit en couple. Cela étant dit, pour moi, il est plus difficile de faire table rase si rapidement.

– Je vais t'en vouloir. Je ne peux pas effacer mon disque dur en un clic. C'est grave, ce que tu as fait.

– Boude encore un peu si tu en as besoin pour évacuer. Je préfère que tu le fasses ouvertement plutôt que de le garder en toi, concède-t-il en soupirant.

– Et je te rappellerai à l'ordre si tu te laisses aller.

– J'y compte bien. Cela nous préservera d'une nouvelle bévue, accepte-t-il sans hésiter.

– Parfait.

– C'est bon ?

– Évite ce genre de questions pour commencer. Quand je te fais des reproches ou te fais la tête, ne me dis pas des trucs comme : « Tu fais la tronche ? » ou « C'est bon, on peut passer à autre chose ? ».

– OK. Je note, accepte-t-il en souriant.

Il est conciliant, c'est mieux pour nous deux. Ou pas. Serait-il assez malin pour deviner que me laisser les rênes est la meilleure façon de m'adoucir plus rapidement ?

– Je peux le voir, maintenant ? demande-t-il avec espoir, le bonheur inscrit sur le visage.

– Quoi donc ?

– Mon bébé ! s'exclame-t-il tout excité.

– Non.

– Comment ça, non ? Tu n'as pas compris la partie où j'explique qu'il faut que nous avancions ?

– Si. Mais nous ne pourrons pas bondir de six mois quand même.

Surpris, il hausse les sourcils, puis réfléchit quelques secondes avant de réagir.

– Mais non. Je veux toucher et admirer le joli ventre rond de ma femme qui enveloppe mon bébé.

– Tu veux voir l'avancement de ta folie ? je le taquine en relevant mon tee-shirt.

Je m'attendais à ce qu'il s'empresse de poser les mains sur la petite rondeur, mais non. Condor est statufié, le regard rivé dessus. Aujourd'hui est une grande première. Devant moi se trouve bien un Condor ému, même émerveillé. Cet homme réputé inébranlable vient pourtant de rendre les armes face à un haricot. Mais le sien, c'est le détail qui change tout et le bouleverse tant.

Il n'ose plus bouger. Il respire si faiblement que je commence à m'inquiéter.

– Je ne le sens pas encore remuer, mais ça devrait arriver bientôt. Tu pourras le sentir également, dis-je doucement.

– Je peux quand même ?

D'un hochement de tête, je l'y invite. Hésitant, il lève la main pour l'approcher avec beaucoup de prudence. À dix centimètres de mon ventre, il la laisse figée en l'air. Il a besoin d'aide, alors je m'empare de ses doigts que je tire vers moi pour les poser sur moi. Lorsqu'il touche ma peau, il inspire fortement, puis me caresse avec précaution.

– Je vais être papa, murmure-t-il finalement.

Il prononce cette affirmation avec réserve, comme s'il n'y croyait pas. En revanche, son visage exprime un bonheur évident.

– Oui, tu vas l'être bientôt.

– Je n'en ai pas l'air, parce que j'ai encore du mal à réaliser cette merveille dans ma vie, mais je t'assure que je suis l'homme le plus heureux au monde. Le plus sidéré, aussi.

Pourtant, c'est bien lui qui a fomenté ce plan foireux pour l'obtenir. C'est à croire qu'il s'est contenté d'appliquer les consignes du livre *Comment faire un bébé* en oubliant le volume suivant, *Je vais avoir un bébé qui va chambouler ma vie* !

– Personne ne t'avait prévenu que lorsqu'on met un bébé en route, il se trouve qu'on en a un en vrai ensuite ?

– Encore un rappel de mon erreur, tu as raison. J'ai voulu un enfant et pensé que c'était ton cas, alors voilà. Moi qui prépare mes missions pour avoir une vision globale, envisager toutes les possibilités, là, c'est comme si je m'étais uniquement concentré sur mon arrivée sur place sans réfléchir à la finalité, soupire-t-il en se passant la main dans les cheveux.

Il est impossible, il vient seulement de réaliser l'ampleur des conséquences. Mais il n'est pas ébranlé par la venue de son enfant, juste par l'énormité de ce miracle.

Après quelques secondes de réflexion, il m'enlace, puis me serre dans ses bras, les yeux brillants d'émotion.

– Merci. Merci d'être toi. De m'avoir accepté, de me pardonner. Merci de m'aimer et de nous offrir un enfant, confie-t-il avant de m'embrasser.

En plus d'être ému, il est reconnaissant. Il peut et qu'il en profite. Désormais, je ne serai plus aussi conciliante. J'avais une confiance totale, je vais maintenant me tenir sur mes gardes pendant un moment, pour prévenir tout débordement ou envie incongrue de sa part.

Hésitation.

CONDOR

Afin que Sabine soit assurée de ma sincérité, il était nécessaire de réitérer ma demande de pardon de vive voix. C'est fait. On peut dire que j'ai eu chaud au cul, mais surtout une chance inouïe qu'elle soit aussi fabuleuse. Et qu'elle m'aime, surtout.

Malgré tout, je peux annoncer avec certitude que j'ai commis la seule et unique incartade qu'elle sera en mesure de me pardonner. Elle ne laissera pas passer un deuxième tir de travers. Comme ce n'est pas dans mes intentions, je suis sauf.

Après une soirée de retrouvailles dans le calme et la douceur pour signer la paix, le moment de se coucher arrive sans que nous soyons dérangés. Bon… c'est surtout parce que j'ai diffusé le message aux autres, que le premier qui pointait son nez allait se le faire aplatir par mes soins. J'ai du mal à dissimuler mon impatience d'être allongé avec ma femme tout contre moi, ce que je ne cesse de lui répéter depuis deux heures. Épuisée – plus par mon insistance que par son voyage –, elle cède en acceptant de finir son livre dans notre lit.

Vingt minutes plus tard, j'obtiens ce dont je rêvais depuis plusieurs semaines, alors je m'en délecte. Mais ça fait rire Sabine.

– Tu me voulais allongée contre toi, explique-moi donc ce que tu fais à mes pieds.

Elle ment, je ne m'intéresse pas du tout à ses pieds. Certes, je suis au niveau de ses jambes, mais le visage contre son ventre, que je caresse et embrasse depuis plusieurs minutes. Même encore petite, cette rondeur me fascine. Sabine se moque de moi, mais son regard ému la trahit.

– Tu as une préférence ? demande-t-elle en baissant son livre.

– À quel sujet ?

– Un garçon ou une fille ?

Me voici désarçonné. En toute sincérité, je ne me suis jamais posé la question une seule fois. Je veux un bébé, sans aller plus loin dans ma réflexion. En embrassant son nombril, je m'interroge sur une préférence éventuelle. Le bébé qui sautera du ventre de Sabine pour se nicher au creux de mes bras qu'il ne quittera plus, je l'imagine fille ou garçon ?

– Non, ça m'est égal. Avoir un enfant est déjà incroyable. Et toi ?

– Pareil.

– Dis. Puisque le sexe ne nous importe pas, nous pourrions garder la surprise jusqu'à la fin ? je propose sans décoller mes lèvres de son ventre.

Troublée, Sabine m'observe sans réagir. Le départ de cette grossesse ne s'est pas déroulé dans la joie comme je l'espérais, alors pourquoi ne pas la terminer en festival de bonheur avec une surprise ?

– L'idée me plaît. De plus, tu seras peut-être moins stressé car tu ne te poseras pas mille questions sur le fonctionnement d'une fille ou d'un garçon.

– Je t'arrête tout de suite, je suis très zen.

– On en reparlera, se moque-t-elle avant de reprendre sa lecture.

Elle se leurre, j'aborde réellement mon rôle de père avec la plus grande sérénité. Tant qu'ils vont bien tous les deux, rien ne peut me perturber. Les nombreuses images de nous trois qui pullulent dans ma tête ne sont que sourires éblouissants, yeux brillants de bonheur et éclats de rire. Comment pourrais-je être angoissé avec ces visions idylliques ? Paisible, je laisse dériver mes pensées sur notre merveilleux futur en caressant son ventre. Je suis tellement bien que je ne veux pas dormir pour mettre fin à ce moment, malgré la fatigue.

– Condor ? m'alerte tout à coup Sabine.

On m'appelle ! Je découvre que mes yeux sont fermés. Je me redresse vivement, mais je me retrouve dans l'obscurité totale. Que se passe-t-il ? Juste une panne d'électricité ou une menace ? Je bondis hors du lit et me jette sur mon arme. Une fois en position d'attaque, je me renseigne sur l'origine du problème en chuchotant :

– C'est quoi ?

– Il n'était pas nécessaire de sauter au plafond. Je souhaitais uniquement t'informer que tu sommeillais sur mon ventre et qu'à force, ta tête en plomb pèse lourd.

– Tu m'as laissé m'endormir sur mon bébé ?

– Mais non. Déstresse un peu.

– Je ne suis pas stressé !

Juste vexé. Du coup, je range mon arme, Sabine continue de se moquer.

– À peine. Puisque tu ne dors plus, viens donc t'occuper de ta femme. Bébé n'est pas encore là, pourtant, tu commences déjà à la délaisser.

Avec grand plaisir. Je me recouche pour m'installer sur le dos cette fois-ci. Aussitôt, je soulève Sabine pour la poser à plat ventre sur moi puis j'empoigne des deux mains son petit fessier pour la maintenir. Je lui rappelle que je l'aime avec un long baiser avant d'accompagner sa tête qu'elle appuie sur ma poitrine. Ensuite, la sérénité a raison de moi, le sommeil m'emporte lentement.

– Ben alors ? souffle-t-elle contre mon cou quelques minutes plus tard.

Je refais surface sans comprendre ce dont elle parle.

– Alors quoi ?

– Tu ne me fais pas l'amour ?

– Non.

– Argumente ton refus, s'il te plaît.

Dans le genre situations que je déteste, celle-ci en fait partie. Pourquoi ? Parce que je ne peux pas lui expliquer mon malaise. Elle me trouvera irrationnel. Mon intelligente petite femme me démasque.

– Ne me dis pas que tu as l'intention de me maintenir au pain sec pendant plus de six mois ?

Tant que ça ? C'est bien trop long pour moi aussi. Il faut que je colle une branlée à mes craintes si je veux tenir le coup.

– Je vais dépasser ça, mais laisse-moi un peu de temps.

– Es-tu en train d'avouer que tu as la frousse ?

– Mais non ! Juste que cela me met mal à l'aise qu'il soit là.

Elle pourrait compatir, me rassurer, m'expliquer. N'importe quoi sauf éclater de rire dès la fin de ma phrase. Comme elle est allongée sur moi, elle nous secoue tous les deux. J'espérais qu'elle se calme rapidement, mais non, ça dure. Ça y est, elle est maintenant carrément partie en fou rire. Elle fait tellement remuer le matelas que c'est un truc à avoir le mal de mer. Que je n'ai pas, bien sûr.

– C'est bon ? Tu t'en remets ? je grince lorsqu'elle commence à se reprendre après trois longues minutes.

Encore quelques hoquets, alors je patiente en soupirant. Ensuite, elle s'essuie les yeux avec la couette. Je me prends à espérer qu'elle ne va pas s'y moucher, tout de même.

– Elle était trop bonne, désolée. Alors, comment te dire ? Pour débuter, si ton appréhension est de le toucher, sois tranquille. Tu es bien équipé, mais pas à ce point. Comme vous pouvez être prétentieux, vous, les hommes. Vous en perdez toute capacité de mesure objective.

– OK pour ça. Mais il est là.

– Oui. Et ? Il ne peut pas te voir. Donc, quand il naîtra, il ne te reconnaîtra pas.

– Tu peux être sérieuse une seule minute ?

– J'ai du mal avec cette absurdité, encore plus venant de toi. Tu veux du sérieux ? Alors, écoute bien : ce n'est pas maintenant qu'il faut se priver. Bien au contraire, puisque cela ne perturbe pas du tout ma grossesse ni bébé. Fais le plein, parce qu'après, il y aura une période de misère.

Je prends un instant pour analyser ses paroles. Une disette en vue ? Être la risée de ma femme alors qu'il n'y a aucun risque possible ? Il n'en faut pas plus pour me décider. Aussi sec, je la renverse sur le dos en me collant contre elle pour la surplomber et faire disparaître son sourire sous mes lèvres affamées. Son léger soupir m'offre l'accès pour investir sa bouche, s'ensuit un baiser langoureux, qui amène le mouvement de nos mains en d'agréables caresses. De façon inévitable, le désir monte, il envahit mon corps qui se met en mode surchauffe. Libéré de mes craintes, je ne pense plus qu'à faire l'amour à ma femme.

Elle me veut, alors je me dois d'accéder à sa demande. Là, j'en parle comme si j'étais le Dieu du sexe, le guerrier du corps-à-corps en position horizontale, le warrior de la lutte à visée orgasmique, mais au fond de moi, je n'en mène pas large. Il m'a fallu un peu de temps pour apprivoiser les subtilités du corps féminin. Maintenant, il s'agit d'apprendre à manier ce même corps, mais habité par notre bébé.

Avec douceur, je détache nos lèvres pour butiner son visage, descendre le long de son cou en léchant sa peau fine, puis glisser sur ses épaules. Dans le même temps, j'effleure ses nouvelles rondeurs, la courbure de ses hanches, que je quitte pour progresser avec lenteur vers ses seins. L'effet est comme un arrêt sur image. Houla ! En voilà de nouvelles formes qui ne me mettent pas mal à l'aise du tout. Ses seins sont gonflés à l'hélium ! Ravi, je les empoigne, c'est une tuerie. Je n'arrive plus à les lâcher, en admiration devant ses deux merveilles que je malaxe et embrasse avec tendresse. Me voici obnubilé par les deux pointes érigées.

Sans précipitation, je lèche et suce ses globes tentateurs. Avec précaution, je chauffe Sabine, me délecte de ses petits soupirs. Attentif, je calme un peu le jeu pour surveiller ses réactions, en alerte pour intervenir au moindre problème. Mais il ne faut pas longtemps pour comprendre que la seule chose qui perturbe Sabine, c'est ma délicatesse.

– Tu vas te réveiller ou bien ?

– On peut faire en douceur pour une fois.

– Là, l'effet se rapproche de celui du somnifère, alors active un peu, dit-elle en me claquant les fesses.

– Oh !

– À l'assaut, soldat !

Si c'est un ordre, cela change tout. En bon époux, je dois obéir à ma femme lorsqu'il s'agit de ses plaisirs. Alors, à la charge !

Galvanisé, je me jette sur son sein dont je mordille et lèche la pointe, pendant que j'écarte ses jambes avec la mienne. L'accès offert, je m'empresse d'y enfouir la main pour recouvrir et caresser son sexe souple et chaud. Et trempé, comme je le découvre lorsque mes doigts s'immiscent entre ses douces lèvres. Je lâche avec regret son téton pour accrocher son regard. Il est comme je l'aime dans ces moments-là, empli de désir et d'impatience.

– Je suis chaud comme la braise et tu es une fontaine. Go ? je questionne avec espoir.

– Tu devrais déjà y être, approuve-t-elle en me pinçant la hanche.

Ah oui ? Tu me cherches, coquine ? D'un mouvement vif, je me place entre ses jambes pour me positionner tout en verrouillant nos yeux, et d'un coup de reins puissant, je m'enfonce dans la douce moiteur de son corps. Ancré en elle, enveloppé par sa chaleur, mon sexe tressaute d'excitation de retrouver ce lieu magique, je soupire de contentement.

– C'est bon ? Tu m'as assez trouvé ? je souffle d'une voix rauque.

– C'est parfait. Ou presque. Agite ton admirable fessier en béton pour voir ?

Sans rompre notre lien visuel, je me dresse sur mes bras pour ressortir avec lenteur, avant de réinvestir son corps d'un coup vif, presque brusque. Avec aussitôt l'impression d'avoir été trop rude, alors je me fige en attendant sa réaction.

– Refais-moi ça, encore et encore, soupire-t-elle en agrippant mes bras.

Cette fois-ci, tout est limpide. Le sexe, on peut et comme on veut. C'est open et sans retenue. Bébé ne ressent rien et maman adore. Je me mets en mouvement pour faire plaisir à ma femme, et avec toute l'ardeur que nos retrouvailles méritent.

Je maintiens le rythme en admirant Sabine qui se perd plus à chaque fois que nos bassins se heurtent. Elle est éblouissante, me renverse et m'enchante à chaque fois. Dans l'obscurité de notre chambre, dont le calme n'est troublé que par nos respirations qui se renforcent, nous nous aimons.

Je bois chaque gémissement sur ses lèvres. Lorsqu'ils deviennent petits cris, je les aspire pour m'en délecter. Ses doigts pétrissent maintenant les muscles de mon dos. Sabine me tire vers elle pour m'inciter à revenir plus fort. La voir en extase avec le regard voilé m'atteste que j'assure comme elle le souhaite, mais c'est elle qui me fait perdre pied lorsqu'elle se raidit en rejetant la tête en arrière. Contractée sur mon sexe, elle m'offre une sensation stupéfiante qui me prend par surprise. Je ne m'en lasserai jamais, et n'y résiste pas plus. Tendue comme un arc, Sabine se délecte de sa jouissance. Aussitôt, je me crispe pour me perdre juste après elle.

Comblé, je m'effondre en prenant soin de m'affaler à son côté. Comme toujours, je l'attrape pour la tirer et la poser sur moi, bien serrée entre mes bras avec sa tête calée sous mon menton.

– Tu vois. Je n'ai pas accouché. Avoue qu'il aurait été dommage de s'en passer, murmure-t-elle contre mon cou.

– Mon air béat ne peut que le confirmer. En revanche, ce serait peut-être plus sage que tu n'aies plus d'orgasme jusqu'à l'accouchement. C'est violent quand même, non ?

– Tu viens de te cogner contre la tête de lit ? Si tu me prives de ça, je peux t'assurer que tu n'en auras pas non plus.

– Mais…

– Non ! Même pas en rêve ! Non, mais alors !

Mieux vaut ne pas insister, elle a l'air furieuse. Soit, orgasmes elle veut, alors orgasmes elle aura. Je ne vais pas m'en plaindre, non plus. Mais j'en toucherai un mot au médecin, juste par sécurité.

CHAPITRE 19

Quand ça ne veut plus.

Notes du docteur Cauvin – 21 août : sujet Bonbon. Mental : OK. État général : OK. Observation : une opération de camouflage est en cours et qui atteindra très vite ses limites. Le Bonbon déborde de sa tenue, des ridelles seront nécessaires si elle s'obstine.

SABINE

En ce lundi matin, c'est la reprise du travail après un week-end pendant lequel Condor s'est appliqué à créer une liaison surnaturelle avec son futur enfant. Du moins, c'est de cette façon que j'explique ses ronronnements et murmures permanents contre mon ventre. Si ce n'est pas pour mettre au point un système de communication par vibrations, je ne vois pas le but, puisqu'aux dernières nouvelles, ce n'est pas une zone érogène.

Ma préoccupation actuelle est ma première échographie de suivi qui a lieu cette semaine. Je ne l'ai pas encore annoncée à Condor, je repousse ce moment qui m'effraie d'avance. Il va être infernal pour que je le laisse venir alors que je n'y tiens pas. Entendons-nous bien, je n'ai aucunement l'intention de le maintenir à l'écart. Ce n'est pas sa présence qui me gêne, bien au contraire. C'est sa tenue.

Dans l'immédiat, j'ai un problème plus urgent à résoudre. Devant le vestiaire du bureau, je déploie des efforts considérables dans le but de boutonner la jupe de mon uniforme. Il est indéniable que mon diamètre a augmenté de plusieurs centimètres. Le ventre rentré autant qu'il est possible, je sautille sur place en me contorsionnant, mais rien à faire, ça ne veut pas. Après cinq bonnes minutes de tentatives infructueuses, j'abandonne avec cette jupe pour tester la seconde, que j'utilise moins, mais qui sera peut-être plus adaptée.

Nous possédons deux modèles qui semblent identiques extérieurement, mais l'une est composée de deux pans de tissu superposés quand l'autre dissimule un bermuda. Le grand avantage est de faciliter les mouvements, sans risquer une ouverture audacieuse ou indécente, et si on ne met pas la main dessous, on ne détecte pas la différence entre les deux versions. Ma préférée est celle avec le bermuda, mais c'est justement celle qui refuse de se fermer aujourd'hui. Bien entendu, je m'étais aperçue que j'avais pris du ventre, mais en vacances, je porte des jupes avec des tailles élastiquées, des paréos ou des shorts confortables.

Pendant que je fouille dans mon placard, j'entends la porte de la salle s'ouvrir, puis trois voix qui me hèlent pour s'annoncer : Hector, Lynx et Squale. Confiante, je passe la vraie jupe et le miracle espéré se produit. Le devant bien remonté au-dessus de mon ventre, je parviens à la fermer. Ma chemisette est longue, ce qui me permet de la rentrer pour la faire bouffer ensuite bien bas et dissimuler la ceinture. C'est parfait, ni vu ni connu ! Il n'en faut pas plus pour me rendre heureuse, alors c'est avec un grand sourire que je les rejoins dans le coin repos.

Perplexe, Hector m'observe.

– Elle est étrange ta jupe.

– Pas du tout. Elle est très bien et occupe-toi plutôt de ta cravate de travers, je le rembarre en m'asseyant avant qu'ils ne cherchent tous à m'inspecter.

– Il a raison. On voit tes genoux, ce n'est pas la taille prévue, ajoute Lynx.

Cette fouine a eu le temps de me disséquer mine de rien.

– C'est vrai qu'elle est trop haute, me gronde Squale qui doit s'imaginer que je me suis amusée à la raccourcir pour faire des effets de jambes.

– Ce qui est étrange, c'est qu'elle est beaucoup plus courte devant que derrière, murmure Hector avec un air suspicieux.

Mais comment font-ils pour noter autant de détails en quelques secondes ? Ils sont devenus chroniqueurs mode dans la nuit ? En m'asseyant rapidement, je pensais que ça passerait crème. Je me suis encore plantée.

Je ne réponds pas. Je bois mon café et ne les entends pas. Je ne vois pas non plus les trois gars qui me scrutent. Voilà.

Par chance, je suis sauvée par l'arrivée de Condor et de… Cobra. Outch ! Cela fait un drôle d'effet de voir cette cagoule au serpent dressé qui vient droit sur moi. Condor nous avait prévenus de son entrée dans la cellule, mais il faut croire que le sable chaud et la piscine ont beaucoup plus retenu notre attention. Déstabilisée, je me lève, puisqu'il est mon supérieur, puis le salue et me présente. Avec un grand sourire, il me tend la main.

– Bonjour, maréchal des logis. Ou Sabine, comme il m'a été spécifié. Je suis ravi de vous rencontrer.

Encore sous le coup de la surprise, je serre la main gantée en le fixant. Bien qu'il soit en tenue complète, de près, il est impossible de le confondre avec Hector en Cobra. Tout aussi massif, mais officiellement black. Malgré la cagoule, avec ses yeux noirs qui pétillent et sa jolie bouche charnue, je devine déjà le très bel homme. Ils doivent être recrutés sur photo. Pour les muscles, je sais d'où ça vient et j'admets que c'est plutôt utile pour leur travail. Mon étonnement quant à sa couleur de peau n'échappe pas à Condor.

– On fait l'impasse sur les crèmes camouflage. Nous n'en voyons plus la nécessité.

De son côté, Hector prend une claque bien plus violente. Hagard, il s'avance pour se présenter, mais reste figé. Cobra comprend à qui il a affaire, alors il s'approche, s'empare de sa main et la presse entre les siennes.

– Je suis honoré de porter ton logo et je ferai tout pour en être digne. Je t'admire depuis des années.

Rien de mieux que de belles paroles pour qu'Hector reprenne contenance. Il lève un menton fier. Je le dirais même un peu hautain

– Nous l'avons mis au courant de ton historique. Nous avons pensé que ce serait plus facile à gérer pour vous deux, précise Condor.

– J'approuve. Et que ce soit la fin de cette connerie de fond de teint aussi. Bienvenue dans la cellule. Tu portes le plus beau logo de l'équipe, alors sois-en fier.

– Oh ! s'offusquent les trois autres d'une seule voix.

Il n'en faut pas beaucoup pour égratigner ces guerriers, c'est amusant. Je me rassieds pour profiter du spectacle qui va suivre et qui ressemblera à une comparaison de muscles. Pas physiquement, bien sûr, ils sont un peu plus évolués que ça. Mais je pressens que les anecdotes opérationnelles vont fuser et que le ton montera crescendo. Un décompte du nombre de cibles dans le viseur devrait débuter d'ici quelques secondes. Comme ça va être jouissif ! Je suis tout ouïe, lâchez-vous les gars. Que le spectacle commence !

– Le plus important dans l'immédiat, c'est de comprendre ce qui se passe avec la jupe de Sabine, déclare Lynx qui ruine mon plaisir.

– Pas du tout. On s'en tape de ma jupe !

– Si c'est le sujet du jour, vous me pardonnerez de rester à l'écart. Je n'ai pas pris mes marques. Par conséquent, je ne risquerai pas un commentaire malvenu, prévient Cobra en s'éloignant pour se placer à côté d'Hector.

Au moins, le nouveau est avisé. Même si je pense qu'il craint plus le Condor que moi, cela me va très bien qu'il y en ait un qui ne se mêle pas de ce qui ne le regarde pas. Enfin si, ce sont tous mes supérieurs et ma mise les concerne, malheureusement.

– Quel est le problème au juste ? s'enquiert Condor.

– Elle est trop courte, mais Sabine soutient que tout est normal, me balance aussitôt Hector.

– On voit ses genoux, ce n'est pas réglementaire, ajoute Squale en secouant la tête pour marquer sa réprobation.

Poisson a dit le mot magique, celui qui agit sur Condor avec autant d'efficacité qu'un interrupteur. Les procédures, règlements, tout ça, c'est son dada. Le voilà qui me scrute avec suspicion, ma main à couper qu'un ordre suivra bientôt. Il claque dans la seconde.

– Sabine, lève-toi !

Le chef ordonne, le subalterne obtempère en bondissant sur ses pieds pour se faire aussitôt inspecter. Il se renfrogne en découvrant ma jupe qui remonte sur le devant. Avec un peu de recul et la vision des visages contrariés qui me font face, je saisis que je suis ridicule. Je ne sais pas ce qui m'est passé par la tête, encore une fois.

– Tu m'expliques ? gronde Condor.

– J'ai grossi.

– C'est plutôt normal, non ? s'amuse Lynx.

– Pourquoi ? questionne Squale, confus.

– Parce qu'elle est enceinte et qu'elle va cesser de s'évertuer à le planquer sous un uniforme inadapté. Tu ne souhaites pas non plus que l'on te fasse préparer une tenue avec cinq tailles au-dessus ? me sermonne Condor.

– Oh ! s'exclament Squale et Cobra en apprenant la nouvelle.

– Pourquoi veux-tu le cacher ? s'informe Lynx.

– Pour ne pas répondre aux questions habituelles et mentir. Il n'y a pas de mariage, pas de papa, rien du tout. De façon officielle, du moins, dis-je avec gêne.

– Si je peux me permettre. Étant donné que personne ne te parle de toute façon, tu peux être tranquille, raille Hector.

Sa remarque n'est pas dénuée de logique. Les seuls individus qui m'adressent la parole sont déjà au courant de tout. Je me suis encore inventé des histoires avec des risques non fondés. J'avoue ma défaite en soupirant :

– J'ai compris. Je vais me changer.

– Tu n'as pas le choix. Le personnel doit rester en civil pendant sa grossesse, appuie Condor pour me rappeler que ce n'est pas laissé à mon bon vouloir.

Ils me charrient pendant mon trajet jusqu'à mon vestiaire, je l'ai bien cherché. Quand je suis en train de pendre ma tenue sur les cintres, Condor demande l'attention générale pour une déclaration.

– Puisque nous sommes tous réunis, j'en profite pour vous annoncer que j'ai décidé de rendre ma cagoule.

Qu'il est pénible ! Il aurait pu attendre que je sois revenue parmi eux. Mais non, il choisit le moment où je me trouve en petite culotte pour lâcher sa bombe. Ce qui me prive de la délectable vision des têtes ahuries des gars. De plus, je ne peux pas suivre leurs réactions verbales puisque c'est une véritable cacophonie de protestations et d'exclamations. Je n'arrive même pas à deviner qui aboie quoi.

– Oh ! Ça va aller, oui ! beugle Condor pour calmer la troupe.

Les agités ne montrent aucune envie de s'assagir mais le chef doit avoir enfilé son masque d'homme irascible légendaire car ils se mettent à marmonner dans leur barbe. Je pourrais parier qu'ils sont tous les quatre ciblés par un regard bleu aussi courroucé que létal.

– C'est à cause du bébé ? questionne ensuite Lynx.

– À cause ? Tu utilises encore une fois ce mot pour faire référence à mon enfant ou à ma femme, et je peux t'assurer que ce sera la dernière ! s'indigne Condor.

– Désolé. Ce n'était pas péjoratif, mais mal choisi.

– Mes raisons prennent effectivement racine dans ma future paternité, mais pas uniquement. Pour Hector et moi, ce moment devait arriver d'ici quelques années. Je l'avance par choix et j'ai pris cette décision avant même la grossesse de Sabine. En conséquence, l'unique motif est mon désir de mener une vie normale.

– Je peux le comprendre. Quand j'aurai dix ans dans les pattes, il se peut que je revoie mes priorités, approuve Lynx.

Le minou ne tient pas à ses moustaches, pour lâcher une remarque aussi osée. D'ici qu'il parle de leurs arthrite et rhumatisme, il n'y a pas loin. D'ailleurs, les deux grabataires doivent le tuer du regard car Lynx se justifie aussitôt.

– Je dis ça comme ça ! Cela ne signifiait pas que…

– Lynx, la ferme ! aboie Condor.

– En ce qui me concerne, je n'en suis pas certain. J'ai connu un peu la vie normale et ce n'est pas une réussite, commente Squale.

Je suis obligée de rebondir sur sa déclaration, alors je crie par-dessus les armoires :

– Pas tout à fait d'accord sur ce point. En ce qui te concerne, c'est plutôt que les femmes du monde normal ne sont pas prêtes à t'accueillir !

– Il y a un détail qui me turlupine, c'est cette histoire de logements si tu quittes la cellule. Que tu déménages, c'est une chose, mais Sabine, on veut la garder avec nous, déclare Lynx.

Qu'ils sont mignons à tous approuver sa remarque. Ils veulent me garder auprès d'eux, cela me fait chaud au cœur. Émue, je les rejoins avec un sourire reconnaissant, qui disparaît aussi vite qu'il est né quand Lynx reprend la parole :

– Ouais. Elle doit rester disponible pour les urgences.

D'accord. Ce n'est donc pas mon agréable compagnie qu'ils souhaitent. Comme c'est charmant. Malgré tout, j'admets que ma rapidité de soutien est plus vitale que mon humour à deux balles, mais c'est vexant.

L'étonnement se lit sur le visage de Cobra. Il vient d'apprendre que nous possédons des logements voisins. Pendant qu'Hector se charge de lui expliquer les faits, de mon côté, je m'installe à mon poste pour travailler. Ce n'est pas parce que je suis en civil que je dois jouer au touriste. De plus, je n'ai pas mon mot à dire sur les décisions qui seront prises. J'ai déjà fait part de mon souhait de rester parmi eux. Il faut donc attendre les consignes et les appliquer ensuite, qu'elles me plaisent ou non.

Si je pensais apprendre dans la matinée à quelle sauce j'allais être mangée, ou logée en l'occurrence, il n'en est rien. Le lendemain non plus. Je me suis permis de questionner Condor sur la raison de ce délai, il l'explique par le nombre de paramètres à étudier.

Trop vite, nous sommes mercredi, le jour de la fameuse échographie. Condor est revenu à la charge ce matin pour y assister, en tenue, bien sûr. À la fin de notre échange, il a admis que cela pourrait perturber le médecin de pratiquer sous la surveillance d'un homme armé. Qui aurait de plus pris soin de verrouiller le cabinet auparavant, voire de poster tout autour les effectifs d'un commissariat complet. Bref. Il a cédé, mais la lutte a été rude. En échange, je lui rapporte l'enregistrement pour qu'il admire sa progéniture en préparation.

C'est donc sereine que je me présente un peu en avance au cabinet, mais telle une outre pleine, le ventre gonflé par le tonneau d'eau qu'il m'a été ordonné d'avaler, prétendument indispensable pour que toutes les mesures soient effectuées. Il est formellement interdit d'opérer un passage aux toilettes pour se soulager. Si elle tient à son beau parquet, je lui conseille de ne pas avoir de retard dans ses rendez-vous. Le simple fait d'éternuer me fera lâcher les vannes.

Ce qui manque d'arriver quand j'ouvre la porte de la salle d'attente, prise de stupeur en apercevant un homme seul, assis et en train de lire un magazine. Non, ce n'est pas la vue d'un individu de sexe masculin qui me sidère, mais plutôt la présence de celui-ci. Il lève la tête, affichant un sourire étiré jusqu'aux oreilles, puis tapote le siège à sa gauche pour m'inviter à le rejoindre.

Oui, c'est bien le Condor qui m'attend sagement. En fait, non, ce n'est pas Condor. C'est Alexandre. Cela me fait un drôle d'effet de le découvrir en civil et encore plus de le nommer par son prénom. Il porte un jean ! Le résultat est bluffant. Je ne savais même pas qu'il possédait des vêtements, puisque je ne fouine jamais dans son placard. Je n'ai pas l'habilitation « linge du Condor ».

Je lui souris en secouant la tête et détaille sa tenue. Un polo bleu marine de marque, merci l'équipe Log pour le choix avisé. Si ce morceau de tissu n'en jette pas plus que cela à la base, je peux assurer que sur lui, c'est une tuerie tant ça fait ressortir ses pectoraux. À mon avis, s'il plie trop les bras, ses énormes biceps feront éclater les manches courtes. Impressionnant en tenue, il est superbe en civil.

– Tu es fou de m'offrir des frayeurs pareilles, dis-je en m'asseyant au bord de la chaise pour ne pas compresser ma vessie.

– Je croyais que nous avions réglé ce problème et que tu n'avais plus peur de moi. Tu m'as dit que tu aurais aimé que je sois avec toi et que tu regrettais que cela ne soit pas possible. Mais pour toi, je peux réaliser l'impossible, répond-il avec une fierté non dissimulée.

– Et tu as eu raison, je suis heureuse que nous soyons ensemble pour cette étape. Merci d'avoir pris sur toi, je le félicite en lui caressant la cuisse.

Comblé d'avoir réussi à me surprendre positivement, il pose sa main sur la mienne puis se penche pour m'embrasser.

– On va le voir. C'est trop bizarre et génial à la fois.

Pour ma part, j'ai droit à une double dose d'événements insolites. Aujourd'hui, je vois mon bébé et mon mari en civil en même temps. Il y a de quoi être perturbée.

Instinct.

CONDOR

Depuis dix minutes, je fais les cent pas dans la salle d'attente comme un lion en cage. Je me sens à l'étroit et vulnérable, tout ce que je déteste. Pour commencer, je suis désarmé, ou presque puisque j'ai planqué un flingue sous le bas de mon jean. Ensuite, je suis enfermé dans une pièce inconnue comprenant deux portes et une grande fenêtre.

En alignant les pas, je fais le point par sécurité. Un immeuble nous fait face et les vitres ne sont pas pare-balles. Sur les deux issues de la pièce, je sais que l'une dessert un couloir étroit comprenant quatre portes non blindées, dont l'une donne dans le hall de l'immeuble. S'il faut sortir en urgence, le mieux serait donc de…

– Tu vas trouer son tapis à force de passer dessus. Et cesse de faire des plans d'évasion par les toits, nous ne risquons rien ici, lance Sabine.

– Ton médecin a six minutes de retard. Toute situation anormale est alarmante.

– Je t'assure que ce qui est anormal, c'est un médecin qui te reçoit pile à l'heure.

– Absolument pas. Le mien respecte…

– Je parle d'un médecin civil. Pour une fois, fais-moi confiance et détends-toi. Je ne te demande pas de t'asseoir, rester plus de cinq minutes les fesses sur une chaise, c'est bien trop pour toi. Pour passer le temps, parle-moi de ta décision de venir ici.

– Tu le sais très bien.

– Oui, mais je parlais plus de ce que cela suggère.

– Tu me perds à vouloir me faire énoncer une évidence, encore une fois. Cela suggère que tu es enceinte et que je tiens à être présent pour ton examen.

– Mais non. Je te parle du fait que tu es un personnage secret et que malgré tout, tu sois venu en civil. Tu comprends ?

Mais est-elle inconsciente ? Aussitôt, je lui fais signe de se taire. Même si j'ai opéré un contrôle succinct de la pièce avant son arrivée, il ne faut pas prendre de risque.

– Ne me dis pas que tu penses qu'il peut y avoir…

– Chut ! j'ordonne en faisant de grands signes de la main.

– Oh là là. Ça va être la misère, même en civil, se plaint-elle en levant les yeux ciel.

Je ne suis pas aussi confiant qu'elle. Pour ma première sortie, je ne suis pas à l'aise, alors oui, je reste sur mes gardes, possibilité de micro ou pas. Et je fais abstraction de ses soupirs las en vérifiant une dernière fois discrètement les lampes.

– Bien. Le lieu n'est pas sécurisé mais semble correct. Nous pouvons parler en chuchotant.

– Ouf. Je peux déstresser. Submergée par la peur, j'étais dans tous mes états, ricane-t-elle en s'éventant.

– Sois confiante. Je veille sur toi. Je m'occupe de tout.

Sabine éclate de rire. Je crois bien qu'elle se moque.

– Je n'en doute pas. Maintenant que nous savons que la CIA ou la NSA n'est pas en train de nous espionner pour suivre ma grossesse en direct, tu m'en dis plus ?

– Je vais faire quelques sorties en civil, mais uniquement lorsque ce sera nécessaire, pour le moment. Il m'a fallu passer par deux sas et me changer à chaque fois, c'est un peu gonflant.

– Est-ce à dire que je peux te présenter à mes parents ?

– Oui. Ce serait une bonne chose avant qu'ils ne s'aperçoivent que tu es enceinte.

– Compte sur ma mère pour cela. Nous ferons l'annonce en même temps. Grouper les bonnes nouvelles nous permettra de subir une seule fois ses effusions.

Je m'apprête à répondre que leur serrer la main deux fois ne me fait pas peur lorsque la seconde porte s'ouvre. Celle dont je ne sais pas ce qui se trouve derrière. En alerte, je fais volte-face en bondissant pour me placer en protection devant Sabine.

Face à moi se trouve une femme d'une quarantaine d'années en blouse blanche. Elle est statufiée, les mains devant elle et les yeux exorbités. Après une petite inspection visuelle, je ne détecte aucune déformation qui aurait pour origine une arme dissimulée sous sa blouse.

– Tout va bien, chéri. Ce n'est que mon médecin, intervient Sabine d'une voix douce.

Je ne relève pas le sobriquet qu'elle vient d'utiliser, mais nous en reparlerons plus tard.

– Bonjour, mademoiselle Chantelle, salue la femme sans me lâcher des yeux.

– Bonjour docteur. Voici mon conjoint, et le papa, qui est un peu à cran, pardonnez-lui.

– Monsieur, dit-elle en m'adressant un signe de tête, toujours sur la réserve.

– Vous êtes en retard, je relève sèchement.

– Je… euh… effectivement. Le cas de ma patiente précédente m'a demandé un peu plus d'attention.

– Ça ira pour cette fois.

J'aime que les choses soient cadrées et les horaires respectés, mais je ne suis pas inconscient. S'il est nécessaire de déborder sur le temps imparti pour Sabine, elle a intérêt à le faire également.

Décontenancée, elle répond en nous invitant à pénétrer dans son cabinet. Sabine se met en route, alors je lui emboîte le pas. Je souhaitais faire une inspection du lieu avant, mais j'ai comme l'impression que je vais me faire rabrouer par ma femme qui ne pense qu'à une chose : se précipiter dans des toilettes sans perdre une minute. Auparavant, elle doit passer sur la table d'examen, alors elle arrache presque ses vêtements qu'elle me jette à la figure au fur et à mesure, puis s'empresse de s'allonger.

Dans l'inconnu, je me contente du rôle de spectateur. Le matériel présent me laisse perplexe. Dans un coin, j'avise une autre table de soin avec deux sortes de cale-pieds en hauteur. Je suis bien content de ne pas connaître son utilité. Pendant ce temps, elles discutent toutes les deux et je ne comprends pas grand-chose à leur conversation de spécialistes.

Sabine, qui est entourée de matériel technique et d'écrans, me fait signe de m'asseoir sur le tabouret à sa gauche. Je pose sa boule de vêtements sur un fauteuil et lui obéis. Ensuite, j'attends, les yeux rivés sur l'écran qui nous fait face. Vous dire ce que je ressens exactement est délicat car j'ai moi-même du mal à l'analyser. Disons que c'est un bouillon d'impatience, d'euphorie, de crainte et d'angoisse.

– Monsieur ? m'interpelle le médecin d'une voix hésitante.

– Allez-y. Je suis prêt, je l'invite sans décrocher mes yeux de l'écran toujours noir.

– Pour cela, il faut que tu enlèves tes mains de mon ventre pour que le docteur puisse y poser la sonde, explique patiemment Sabine.

Ah ! Mes deux grosses paluches qui enveloppent mon bébé dans son cocon peuvent gêner, c'est un fait. Il m'est difficile de les pousser, mais je m'efforce de le faire pour laisser de la place. Pour ne pas trop les éloigner, j'en laisse une sur sa cuisse et l'autre sur son épaule.

Le médecin se met à l'œuvre et lorsqu'enfin, la silhouette de notre bébé apparaît sur l'écran, une vague de béatitude s'abat sur moi. Comme dans un état second, submergé d'émotion, j'observe cc prodige de la vie. Mon fils.

Non, je n'ai pas vu ce qui n'existe pas encore. Je me suis renseigné avant de venir et le sexe n'est pas encore assez formé. Mais là, je vous parle de quelque chose de plus précis et fiable qu'une photo en noir et blanc avec des contours bizarres et des formes floues. Je fais référence à mon instinct. Lorsque mon bébé est apparu, m'est venu de façon automatique un message de bienvenue à son intention : Bonjour mon fils, c'est papa.

Tout à coup, le son des battements de son cœur emplit la pièce. Un instant surpris, je me concentre pour calculer son rythme, avant de me renfrogner. Je trouve ça plutôt rapide pour un cœur au repos.

– Le rythme est normal, tout va bien, me détrompe le médecin.

Soit, elle doit être plus compétente que moi pour les cœurs de bébé. Sur un nuage et sans perdre une miette des images le dévoilant, je lâche un grognement de frustration lorsque le médecin coupe l'écran pour annoncer que tout est parfait et que l'on se revoit dans un peu plus de deux mois.

Sabine se redresse, essuie le truc visqueux sur son ventre et descend de la table. Dès qu'elle pose les pieds au sol, elle lance un regard suppliant au médecin qui lui indique en riant une petite porte au fond de la pièce. Alors que je m'apprête à contrôler le lieu, Sabine me pousse avec rudesse.

– Non ! Pas une seconde de plus !

Elle s'y engouffre avant que je puisse réagir. À défaut, je me poste devant la porte pour monter la garde pendant que le médecin rejoint son bureau et s'emploie à remplir des papiers. Quelques minutes plus tard, Sabine ressort des toilettes. Elle affiche le faciès d'une personne qui vient de vivre un moment de délivrance ultime. Un peu comme moi quand… Non, rien.

La consultation terminée, Sabine récupère tous les documents et nous sortons dans le hall. Je dépose un baiser rapide sur ses lèvres, puis lui précise que je la rejoins chez nous. Aussitôt, je m'éclipse. Après deux kilomètres à pied pour rejoindre le premier sas, je change de tenue pour repartir en direction du second situé à un kilomètre. Là, un véhicule m'attend sur le parking.

Avec toutes ces procédures, il est certain que je n'irai pas acheter le pain un jour. J'aurai plus vite fait de le fabriquer moi-même.

CHAPITRE 20

Les parents, c'est formidable.

Notes du docteur Cauvin – 7 septembre : sujet Condor. Mental : OK. État général : OK. Observation : professionnellement, tout est parfait. À titre privé, il découvre des aspects qui le laissent perplexe. Le thème récurrent est : les beaux-parents.

SABINE

C'est le grand jour ! Non pas celui de l'arrivée de bébé, mais des présentations entre Condor et mes parents. Le rendez-vous est pris depuis quatre jours pour un dîner chez eux. En soirée, ça nous permet de nous échapper si besoin, en prétextant un réveil tôt le lendemain. Pour être sincère, je n'ai aucune idée de la façon dont cela va se dérouler, mais une stratégie de repli est une saine précaution.

Dans la logique des choses, je devrais être sereine, quand Condor serait anxieux et agité. Mais c'est tout l'inverse. Il est confiant et impatient de les rencontrer, alors je panique. Un Condor à l'aise devant mes parents, ça me terrifie.

Je suis en train de me préparer dans notre chambre où il me rejoint, mais il se contente de passer la tête par la porte.

– J'y vais, annonce-t-il.

– Déjà ?

– Le temps que je passe de sas en sas et que j'enfile la tenue que le gars a déposée dans le dernier, il vaut mieux.

– Stéphane.

– Qui est Stéphane ?

– Celui qui va te permettre de te présenter avec une tenue correcte. Et accessoirement, c'est aussi un gars bien et l'ami d'Hector.

– Ah ! Eh bien, lorsque je verrai ce qu'il a dégoté, je te confirmerai si c'est un gars bien ou pas.

Voilà un détail pour lequel je suis confiante. Stéphane a très bon goût et tout ce qu'il sélectionne pour eux est toujours impeccable.

Une fois prête, je pars de mon côté en faisant en sorte d'arriver chez mes parents avant lui. Je ressens le besoin de vérifier l'état de stress de ma mère et qu'elle ne prévoie pas d'en faire trop. Sur place, mes craintes se confirment.

– Maman ! Tu ne reçois pas le président ni le pape ! C'est juste mon petit ami.

– Et tu conviendras qu'il est encore plus exceptionnel que je puisse enfin rencontrer cet homme.

– Ce n'est pas non plus le messie, je ronchonne.

– Pas loin, intervient mon père. Pour avoir réussi à te fixer, il mérite presque qu'on lui érige une basilique, et l'ovation parentale est le minimum.

– Il doit savoir ce qu'il veut. Son assurance a eu raison de ta résistance, approuve ma mère.

On peut aller jusqu'à dire que son immense assurance broie celle des autres sur son passage. Quant à sa volonté, elle écrase tout le reste. Cet homme, le mien, peut se comparer à un rouleau compresseur à tous points de vue.

– Je ne papillonnais pas à droite et à gauche, non plus.

Par chance, ils me reconnaissent cela volontiers. Mais ma vie sexuelle n'est pas le sujet et encore moins à aborder avec mes parents. Avec les vôtres, je ne sais pas, mais pas les miens, même si je les adore. Dans l'immédiat, je suis plus troublée par leur tenue.

– Je vous ai dit qu'Alexandre est un militaire de terrain, il s'habille de façon décontractée. Vous étiez obligés de vous mettre sur votre trente-et-un ? Il va arriver en jean et tee-shirt, ça va le mettre mal à l'aise.

– C'est trop ? s'étonne ma mère qui est pomponnée et vêtue d'une robe noire qui serait parfaite pour se rendre à la cérémonie de remise des César.

– Oui, ça l'est et il en est de même pour papa et son costume cravate. Posez-vous la question suivante : pour quelle occasion avez-vous porté ces vêtements la dernière fois ?

Ils se font face et s'inspectent pour se remémorer cette fameuse occasion, et admettre après quelques secondes qu'ils ont fait un peu fort.

– C'était pour le mariage de mon cousin, déclare ma mère avec un air contrit.

– Et nous ne fêtons ni mariage ni baptême ou quoi que ce soit. N'est-ce pas ?

Ou pas tout à fait, puisqu'ils vont apprendre sous peu qu'un bébé se prépare, mais chaque chose en son temps. Mes parents sont des gens bienveillants, alors ils vont se changer car ils ne souhaitent pas que leur futur gendre se sente rabaissé. La bonne blague. Ce moment de répit me permet d'en profiter pour contacter l'objet de toutes ces attentions et m'informer de son arrivée.

A. : Je suis prêt. Hector vient de finir.
Je pars.

Tiens donc. Il a finalement eu pitié de Condor et préféré lui fournir quelques conseils. Ce n'est pas plus mal, cela évitera à mes parents de se faire rabrouer violemment s'ils oublient à leur tour mes explications sur mon homme, qui n'apprécie pas d'autres mains que les miennes sur lui. Tout d'abord étonnés, ils acceptent de vivre leurs effusions en interne, pour conserver une distance physique respectable.

Avec toutes les consignes dont je les abreuve, ils commencent à percevoir la particularité de l'invité. En revanche, ils n'imaginent pas à quel point.

Lorsque la sonnette d'entrée retentit un peu plus tard, je suis en train de m'affairer dans la cuisine avec mes parents. Je n'ai pas le temps de poser le plat que j'ai dans les mains pour devancer ma mère, elle se précipite pour ouvrir. Doux Jésus ! Elle va lui sauter dessus. Condor se retiendra de la plaquer au sol ou contre un mur, mais je préfère être présente pour minimiser les risques, alors je fonce à mon tour pour l'intercepter.

J'arrive trop tard. La porte est grande ouverte et tout l'encadrement est investi par un homme qui n'est pas le mien. En costume trois-pièces gris et cravate bleu clair – assortie à ses yeux – sur une chemise blanche, il a tout d'un homme d'affaires. Mais je doute que ces derniers possèdent des épaules si larges et une poitrine si bombée. Qu'est-il passé dans la tête de Stéphane pour qu'il habille Condor de cette façon ? Mes parents sont muets face à l'immense taureau au port altier, je devine leur confusion quant à son identité. Il est certain qu'il n'était pas si impressionnant sur le petit écran de mon téléphone. J'interviens pour mettre fin au malaise.

– Maman, papa, je vous présente Alexandre.

Mes parents me lancent un regard réprobateur. Ils se retrouvent tous les deux en jean, suite à ma demande, et voilà que se passe la situation inverse à celle que je souhaitais éviter. Je n'ai pas fini d'essuyer leurs reproches.

Condor leur laisse le temps de le détailler, bien droit sur le seuil avec un grand sourire qui nous dévoile ses dents étincelantes, puis il se met en mouvement.

– Madame Chantelle, je suis très honoré de faire votre connaissance.

C'est la journée de l'improbable. Il récite la formule parfaite sans grimacer, mais ce n'est pas tout. Je m'attends à ce qu'il se tourne vers mon père pour en faire autant, mais tout à coup, il tend les bras puis soulève ma mère pour la secouer, avant de la plaquer contre sa poitrine et de l'écraser entre ses bras.

Ma mère lâche un couinement, les yeux exorbités et les pieds qui ne touchent plus terre. Elle est désemparée par ce câlin vigoureux. Je n'ai pas le temps d'intervenir que déjà il la pose au sol, puis fait volte-face pour attraper mon père et lui offrir le même traitement. Pendant ce temps, ma mère fait voleter ses mains autour de son crâne pour se recoiffer, affolée.

– Tu as bien fait de nous prévenir de garder nos distances. La rencontre aurait pu être encore plus percutante, s'amuse-t-elle en s'éventant pour se remettre de ses émotions.

– Quelle vigueur ! appuie mon père qui a repris contact avec le sol et s'empresse d'aplatir les mèches dressées tout autour de son crâne.

– Il est monstrueusement imposant, murmure ma mère, l'air effaré.

– Tu sais bien que j'apprécie les hommes musclés, je rétorque en souriant.

On peut penser que la tenue de combat y est pour beaucoup, mais en costume, il est tout aussi intimidant. La veste ne dissimule pas la largeur de son torse et ce n'est pas parce qu'il est mon mari, mais avec la plus grande sincérité, que je peux dire : il est magnifique. J'ai hâte de rentrer pour le tirer jusqu'à notre lit par la cravate. Seul vêtement qu'il portera, bien sûr.

Mes parents prennent un instant pour apprécier l'homme qui leur fait face, et à les voir cligner des yeux de la sorte, ils sont impressionnés. Bien entendu, ils n'ont pas les mêmes images osées que les miennes.

– Nous sommes ravis de vous rencontrer, Alexandre. Je vous en prie, entrez donc, nous allons nous installer sur la terrasse pour faire connaissance, l'invite ma mère.

Mes parents ouvrent le chemin, le pas encore incertain. Discrètement, je retiens Condor par le bras pour le questionner sur son comportement anormal et sa tenue.

– Le costume m'a étonné, mais Stéphane et Hector m'ont précisé qu'ils porteraient au moins ça pour la première rencontre avec leurs beaux-parents. Pour l'accolade, c'est Hector qui m'a prévenu qu'ils étaient tactiles. J'ai mal fait ?

– Non. Cela partait d'une bonne intention et sachant que tu as pris sur toi, je te remercie. Il faut juste que tu tempères ta force. Mes parents ne sont ni jeunes ni sportifs, alors si tu pouvais ne pas me les casser, ce serait très gentil parce que j'y tiens beaucoup.

– Ah ! C'est comme quand je tape dans le dos du général et qu'il m'accuse de lui avoir décollé les poumons. Je le note.

– Traite-les comme si c'était moi. Tu ne m'as jamais fait mal.

– Tu veux que je les embrasse sur la bouche ?

– Mais non, il y a quelque chose entre rien et un baiser sur les lèvres. Tu m'as déjà vu faire la bise aux gars, non ? Donc, pas de papouilles à mes parents, je faisais juste référence à ta poigne, par exemple.

– Ah oui. Je fais n'importe quoi, parfois !

– Venez donc nous parler de vous, Alexandre le hèle ma mère.

– Ça va être rapide. Je n'ai pas d'historique familial et le reste, je n'ai pas le droit de l'ébruiter, chuchote Condor qui s'avance pour la rejoindre.

Ma mère le guide jusqu'au salon de la terrasse et nous nous installons ensemble sur une banquette. La voir conserver ses distances et marcher sur des œufs lorsqu'elle s'adresse à lui me fait rire. Alors qu'ils avaient adopté Hector après quelques minutes, il faudra plus de temps avec Condor. En plus de sa stature écrasante, l'air revêche de mon Brutus – qui apparaît dès qu'il cesse de sourire – fait son effet et il serait étonnant qu'il change à ce niveau.

Une fois l'apéritif servi, et mes parents intrigués de devoir offrir un verre de limonade à ce grand gaillard, les hostilités débutent. Condor s'est préparé et je n'ai pas l'intention d'intervenir plus que nécessaire.

– Donc, vous travaillez avec Hector. Alors vous êtes également un militaire de bureau, attaque ma mère.

– Si ce n'est pas très glorifiant, c'est au moins plus rassurant pour Sabine, ajoute mon père.

Ils commencent fort et surprennent Condor, qui ouvre la bouche que je m'empresse de lui faire refermer avec un coup dans la cheville. Non pas que je refuse qu'il se défende, mais j'anticipe son réflexe naturel d'envoyer paître. Je l'avais prévenu qu'ils auraient des paroles vexantes ou blessantes, mais jamais par méchanceté. Ils ne se rendent même pas compte des camouflets qu'ils nous assènent. De leur point de vue, ils montrent de l'intérêt à leur interlocuteur.

– Hum. Pas tout à fait. Je pratique un peu le terrain tout de même, déclare-t-il d'une voix posée.

– Ah oui ? Quel genre de travail ? s'enquiert ma mère.

– Du golf, du cricket et parfois des cueillettes de fleurs ou champignons. Maman ! Que penses-tu que les militaires pratiquent comme activités ?

j'interviens à sa place pour éviter une réponse contenant des mots comme : tuer, supprimer ou exécuter.

– Oui, bien sûr. Ma question était bête.

Espérons que sa lucidité revenue nous préserve des interrogations déplacées, qui mettraient Condor en porte à faux ou lui feraient perdre son calme.

– Je vais bientôt être instructeur en tactiques de combat, précise Condor, plus pour regonfler son ego malmené que pour leur dévoiler son métier.

– Oh ! Voilà qui est bien plus excitant que les fonctions de Sabine, approuve mon père.

Pas de souci. J'ai l'habitude, je ne réagis pas. De plus, c'est moi qui leur laisse penser que je suis une photocopieuse humaine, alors j'assume.

– Et quel est votre grade ? continue mon père.

Quelle excellente question ! La réponse m'intéresse beaucoup. Je sais que les agents sont officiers, rien de plus, alors j'attends avec impatience qu'il s'exprime.

– Je suis capitaine.

La classe quand même ! Oups. Je fais ma Valérie, c'est mal. Pour ma défense, je n'ai pas choisi Condor, puisque c'est lui qui m'a harponnée sans avoir aucune intention de me relâcher.

– Et votre nom ? Pépète nous a juste précisé votre prénom, renchérit ma mère.

Condor lève un sourcil puis arbore un rictus moqueur lorsqu'il se tourne vers moi. Merci pour la boulette, maman. J'agite la main entre nous pour qu'il passe sur ce qu'il vient d'entendre et réponde plutôt à la question.

– Alexandre Août, c'est mon nom complet.

Un blanc s'installe pendant que nous le fixons. Pardon ? Il plaisante ? Pourtant, son air sérieux indique le contraire, alors ce doit être un faux nom pour noyer le poisson. Je ne peux pas m'appeler Sabine Août ! Sabinoute, c'est juste une grosse blague.

– Oh ! Quelle est l'origine de ce nom ? s'étonne mon père.

– Du mois d'août. Ma naissance.

– Je ne comprends pas, tique ma mère.

– Je suis né en août.

Condor conserve sa patience mais le pli formé entre ses sourcils montre qu'il ne faudrait pas qu'ils insistent trop. Le tableau que je redoutais se présente sous mes yeux. Deux personnes qui prennent le troisième pour un simplet, et ce dernier qui a l'impression de s'adresser à deux neuneus. Dans l'incompréhension totale, mes parents se contentent de battre des cils. On vient de les perdre et il faut lancer les recherches. Je m'en charge avant que leur confusion empire.

– Alexandre est orphelin, né sous X. Le mois de naissance, c'est le type de détail que l'état civil utilise pour attribuer un nom de famille aux enfants.

– Oh ! Je comprends mieux, déclare mon père qui reprend contenance.

– Mais c'est triste de ne pas avoir de parents ! s'horrifie ma mère.

– Pas si sûr, marmonne Condor qui l'observe, les yeux plissés et qui reçoit mon coude dans les côtes en représailles.

Mes parents se lèvent pour s'emparer des plats vides de l'apéritif, alors j'en profite pour gronder du regard Condor qui redevient ronchon.

– Ce genre de réflexion, ce sera pour tout à l'heure. Lorsque nous serons tous les deux, je chuchote à son oreille en déposant un baiser sur sa joue pour atténuer la remontrance.

– Il n'empêche que ça pose beaucoup de questions. Je n'aurais pas supporté longtemps.

– Quand ils nous élèvent, c'est différent. On s'habitue à eux. Comme on apprend à faire notre deuil du respect de l'intimité.

Lors du repas, que nous prenons dehors pour profiter de la fraîcheur du soir, mes parents enchaînent les questions. Je fais mon possible pour les tempérer, mais leur intérêt pour l'homme censé passer le reste de sa vie auprès de leur fille est naturel.

Condor tique souvent, grogne beaucoup et bougonne encore plus. Sa contrariété naît du fait qu'il ne peut pas se mettre en valeur comme sa fonction le lui permettrait. Bien au contraire, il passe pour un gradé qui n'a presque jamais vu un fusil ni un brin d'herbe de sa vie. Il se sent rabaissé, cela l'agace. À chaque fois que son pied bat la mesure, je lui caresse la cuisse sous la table pour lui rappeler que moi, je sais qui il est et connais l'étendue de sa bravoure.

Mais survient la goutte de moutarde sur la cerise qui fait déborder le vase sur le gâteau. La remarque de trop. Celle qu'il ne peut pas encaisser sans broncher.

– Après la formation difficile que vous avez réussie, cela ne vous manque pas de ne jamais tutoyer l'action ni prendre de décisions ? questionne mon père avec innocence, sans se douter qu'il vient d'enfoncer une lame de douze centimètres dans l'orgueil de Condor.

Ma main se crispe sur son genou que je serre très fort pour qu'il se contienne, même si je n'y crois pas trop. Condor blêmit d'abord, puis inspire un grand coup. Cette fois, ça va sortir fort.

– Des décisions, j'en prends. Pour l'action, j'ai mon quota à gérer. Demandez donc à votre fille que j'ai épousée et qui attend notre enfant depuis trois mois !

Mes parents se transforment en carpes. Nous devions leur annoncer avec tact, c'est réussi. Pour cette fois, je ne le lui reproche pas. Ils sont sortis de la limite acceptable, sans s'en rendre compte, certes. De cette façon, ils sauront qu'il ne faut plus trop le taquiner. En revanche, j'interviens pour calmer le jeu :

– Maman, papa, vous allez être grands-parents, je m'exclame avec une joie exagérée.

– Ce n'était pas une blague ? souffle mon père.

– Je ne suis pas humoriste, mais homme d'action comme je viens de vous le dire, rétorque fièrement Condor.

Dans un mélange de confusion et d'excitation, mes parents bondissent de leur fauteuil pour m'embrasser avec effusion, mais se contentent de serrer la main de Condor qu'ils commencent à craindre un peu plus. La bonne nouvelle de ma grossesse leur fait oublier la première partie de sa déclaration : notre mariage. Même s'il n'en est pas tout à fait un pour le moment, j'apprécie de ne pas devoir m'expliquer.

– Mais comment cela, vous êtes mariés ? questionne tout à coup mon père.

Misère. Je suis bonne pour un quart d'heure de justifications dans le but de les enrober de farine avant de les frire, afin qu'ils me pardonnent ce détail. Les missions, le danger, l'urgence de l'amour, ça va passer crème.

En fait, cela me prend une demi-heure. Je ressors de cette lutte épuisée. Ils sont vexés mais acceptent de laisser cela de côté pour nous féliciter une seconde fois. Je pourrais leur annoncer que nous avons l'intention d'organiser une cérémonie de mariage plus tard, mais avec les inconnues que Condor ajoute dans notre vie, je préfère m'abstenir pour ne pas provoquer une fausse joie.

Mais c'est bien sûr !

CONDOR

Cette soirée chez les parents de Sabine m'a donné mal à la tête. Sabine est rentrée de son côté avec le chauffeur que j'avais commandé. Vivement que cette histoire de passages en sas se termine. En arrivant chez nous, sans perdre une seconde, je me rends directement dans la chambre. Je la retrouve allongée en train de lire. En me déshabillant, je lui fais part de mes impressions.

– Sérieusement, des parents dans ma vie auraient représenté un frein à mes envies de carrière.

– C'est certain, puisque tu ne remplissais plus les critères de base.

C'est juste. Encore une raison de me réjouir de ne pas en posséder. Sans compter que cela m'aurait trop gonflé.

– L'avantage avec des beaux-parents, c'est que tu ne les auras pas sur le dos en permanence.

– Il vaut mieux. Sinon, c'est un truc à me faire repartir en mission loin, très loin.

– Eh non ! Tu ne peux plus. Tu manquerais à ta parole et tu ne le souhaites pas, n'est-ce pas ?

– Bien sûr que non. Je pourrais me contenter d'un camp d'entraînement dans le sud de la France.

– Du temps sera nécessaire pour que je m'habitue à ton humour.

– Tu as toute la vie pour ça. Pour être sincère avec toi, ils ne sont pas méchants, mais pénibles. Toutes leurs questions et remarques, je ne sais pas comment j'ai pu tenir.

– Hum. En fait, tu n'as pas tenu. Le tact prévu s'est transformé en direct du droit assené en pleine tête.

– Désolé, je ne…

– Ne le sois pas. Tu as fourni beaucoup d'efforts. Ils sont adorables, mais il est parfois bon de les remettre à leur place. Maintenant, sois certain qu'ils vont réfléchir avant d'oser une remarque.

– Je ne veux pas qu'ils me craignent. Ce n'était pas le but de cette rencontre, je soupire de déception.

– Mais non. Ne t'inquiète pas, tu as juste posé les bases. Je peux t'assurer qu'ils vont t'apprécier et te respecter. Je les connais bien et tu seras très vite leur héros, le tout-puissant qui va faire d'eux des grands-parents.

– Mouais. Je n'en demande pas tant, bien que cela soit plaisant. Mais je suis moins optimiste que toi.

Une fois nu, je me rends dans la salle de bains sous son regard intéressé, puis je reviens m'allonger auprès d'elle vingt minutes plus tard.

– Tu en as encore besoin ? je questionne avant de soulever la couette.

– De mes parents ? s'étrangle-t-elle en lâchant son livre.

– Non. De ta bouteille sur le lit qui est à ma place, je rectifie en pointant l'objet du doigt.

Une minute ! Elle n'a tout de même pas pensé que j'envisageais de les supprimer ?

– Tu as cru que je te proposais de buter tes parents ?

– Non, non, marmonne-t-elle sans pouvoir dissimuler sa honte.

– Sabine ! Ça ne va pas bien ?

– Juste une fraction de seconde, pas plus, et parce que je n'ai pas réfléchi avant. Je sais bien que tu ne le ferais pas. Hein, tu ne le ferais pas ? questionne-t-elle en arborant sa bouille de malheureuse pour se moquer de moi.

Je me contente de secouer la tête en souriant avant de m'emparer de sa bouteille pour la jeter par terre, puis je soulève la couette pour la rabattre d'un coup sec au pied du lit.

– Je me trouvais bien au chaud dessous, merci d'avoir demandé avant de la virer. Tu en as pour combien de temps ? questionne-t-elle pendant que je m'installe pour mon rituel quotidien.

– Je ne sais pas. Ses grands-parents m'ont agacé, alors je vais avoir besoin d'un peu plus de temps que la normale pour discuter avec lui.

Je m'exécute aussitôt ma phrase terminée. Couché en travers du lit, j'enveloppe le ventre de Sabine des deux mains et je le caresse avec mon visage. Entre deux baisers sur la rondeur qui me rend heureux, je murmure à mon fils que je suis là.

Il se coltine sa mère en permanence, il lui faut bien la voix de son père pour rompre cette exclusivité. Je m'y emploie avec plaisir, puisque je ne peux pas en avoir plus pour le moment.

– Les sélections pour ton remplaçant avancent ? s'enquiert Sabine sans lever le nez de son livre.

– Non et ça retarde ma prise de fonctions sur le prochain poste qui est validé.

– Celui dont nous avions parlé ? Instructeur pour prétendants à des unités d'élite ?

– Oui et ce qui me plaira encore plus, c'est que je serai détaché. J'interviendrai sur plusieurs formations, et c'est plus intéressant. Je pourrai même voyager dans le monde.

– Tu as bien mérité ce poste et tu seras parfait. Pour les voyages, je te l'ai déjà dit, mais je pense que c'est bénéfique. Tu as trop bougé pour rester arrimé à un seul lieu.

– Raison pour laquelle j'ai hâte de commencer. Alors, ne pas trouver de gars comme Cobra pour me remplacer, ça fait suer.

– Comment cela ? Il serait apte à devenir le chef de la cellule ?

– Oh que oui. Je l'ai vu à l'œuvre, j'ai pu suivre ses réflexions et il est très bon. Il a déjà du métier, il en faut un comme ça.

Sabine pose son livre sur le lit, ce qui indique qu'elle s'apprête à tenir une conversation sérieuse.

– S'il a le potentiel pour prendre le commandement, alors pourquoi ne le choisis-tu pas ?

– Parce que c'est Cobra et le chef doit être le Condor.

– C'est une obligation administrative ? Ou bien une question d'ego ?

– Les deux.

– Donc, le logo représente plus qu'un code, c'est également un poste associé. Je comprends. Dans ce cas, puisqu'un militaire peut changer de grade comme de poste, donc Cobra prend du galon pour devenir Condor. C'est tout simple.

Que vient-elle de dire ? Je me repasse la bande-son pour trouver la faille du plan, mais très vite, je conviens qu'elle a raison. Il suffit de modifier son logo. Ça ne m'est pas venu à l'esprit car nous sommes tous attachés à notre sigle, un changement n'a jamais été pratiqué.

En le découvrant, tout le monde comprendra que la cagoule est posée sur une nouvelle tête puisqu'il est black, mais est-ce un problème ? Non. C'est la vie des militaires. Ils viennent, ils passent d'un poste à l'autre. Les mutations font partie de notre fonctionnement.

– Sabine. Je t'annonce que l'heure de ma retraite vient de sonner !

– Oh joie ! Me voici mariée à un retraité, ou presque.

Ma femme me cherche, elle va me trouver. Je me redresse, puis remonte en rampant. Une fois son corps recouvert du mien, j'attrape son livre que je jette au sol. Sabine ne râle pas, bien au contraire. Son petit sourire taquin montre qu'elle sait que je m'apprête à lui prouver que ma vigueur est loin de la retraite.

– Tu vas voir ce qu'il va te faire, l'ancien, je murmure contre ses lèvres.

CHAPITRE 21

Voler plus haut.

Notes du docteur Cauvin – 13 septembre : sujet Bonbon. Mental : OK. État général : OK. Observation : tout est parfait, plus de symptômes déplaisants. Au contraire, elle a des ailes.

SABINE

Ce matin, nous buvons le café chez Hector, comme c'est le cas de plus en plus fréquemment puisque Condor n'est pas des plus aimables lorsqu'il y a trop de monde chez nous. Pour le moment, rien ne change au sujet des logements, la décision n'est pas prise.

– Nous sommes obligés de tous avaler du décaféiné ? rouspète Hector qui grimace après une première gorgée.

– Cela s'appelle la cohésion. L'un de nous est puni, alors nous le sommes tous.

– Tu n'es pas punie, tu es enceinte. Pas d'amalgame, rectifie Condor.

Même si je plaisante, Monsieur n'apprécie pas les sarcasmes sur ma grossesse. Je ne parviens pas à savoir s'il a le sentiment qu'on lui remémore sa bêtise ou bien s'il juge cet événement trop important pour oser s'en moquer, mais je penche pour la dernière solution.

Fait inhabituel, ce matin, Lynx arrive en retard. Les gars le taquinent à ce sujet, je vais préserver votre innocence en ne divulguant pas leurs blagues vaseuses dans lesquelles Sylvie est jugée responsable de sa petite mine. Remarques malvenues de leur part puisqu'elle n'a même pas dormi chez lui, d'où son arrivée en solitaire parmi nous.

Lorsqu'il passe devant moi après s'être servi un café sans café, mon regard est attiré par son fessier. Non, je ne le mate pas ! Il s'avère qu'en toute logique, moulé dans sa tenue noire, il ne devrait pas avoir les fesses grises. Où a-t-il encore posé son cul ?

– Viens voir ici, je l'appelle avec un signe de la main.

– Sabine, tsss. Je te l'ai déjà dit : pas de câlinou si Condor est là, répond-il, feignant d'avoir peur.

Condor se contente de lever un sourcil par-dessus son mug. Il commence à s'habituer à nos facéties et dans ces cas-là, sans y participer, il veille à ce que cela n'aille pas trop loin. Le rôle du papa qui lâche du lest à ses enfants chahuteurs, avant de calmer la troupe au premier dérapage.

– Je suis sérieuse, montre tes fesses. Et pas pour que je les reluque, mais parce que tu as des taches sur ton pantalon.

– Ah bon ? Mais je ne l'ai porté qu'hier et il était propre, s'étonne-t-il en se contorsionnant pour vérifier.

Tout le monde se penche pour inspecter son postérieur.

– C'est plein de poils ! s'exclame Squale.

– Ah ouais. Je confirme. Tu as des poils au cul, s'esclaffe Hector.

– Mais ce con de chat ! Dès que je pose une fringue, il va se coucher dessus pour y déposer ses poils morts, ou bien il se fait les griffes et me bouloche tout ! ronchonne Lynx.

Arrêt sur image. Ai-je bien entendu ? Lynx a un chat ?

– Quel chat ? je questionne aussitôt.

Au cas où j'aurais eu un doute sur le fait qu'ils me dissimulent une information, il vient de s'évaporer face à leurs airs d'adolescents pris en flagrant délit de matage dans le vestiaire des filles.

– Quel chat ? j'insiste.

– Mais rien. C'est juste le petit truc que j'ai récupéré dans l'usine l'autre jour. Rien d'important, se défausse Lynx qui espère se débarrasser de moi aussi facilement qu'il agite la main.

– Tu as adopté un chat ? Vous osez cacher ça alors que j'adore les chats ? je leur reproche en les tuant du regard un par un.

– Celui-là ne vaut pas le coup, rétorque Hector en secouant la tête.

– Ouais. Il est tout petit, ajoute Squale.

– Et moche. Houla ! Affreusement laid, conclut Lynx avec une grimace de dégoût.

– Et pourquoi aurais-tu un chat hideux ?

– J'ai eu pitié, c'est tout, ose-t-il mentir.

Ils vont sérieusement m'énerver s'ils imaginent que leurs airs blasés parviendront à me faire oublier qu'une adorable bestiole vit à quelques mètres de chez moi. Ils plongent tous le nez dans leur tasse en prenant soin d'éviter mon regard. Même Condor, qui avale toujours son café d'une traite, est en train de le siroter comme une duchesse s'appliquerait à le faire avec son thé. Tout cela pour ne pas avoir à affronter ma vexation.

– Lynx ! Je veux voir ton minou ! je tempête tout à coup.

Aucun ne sursaute ni ne sourcille, ils avaient anticipé ma réaction. Non, ils baissent leur mug pour soupirer de concert.

– Non, mais tu te rends compte de ce que tu viens de dire ? Si je te demandais à voir ton minou, quelle serait ta première pensée ?

Lynx se leurre s'il pense pouvoir changer de sujet.

– Tu n'en as pas, alors ce n'est pas du tout comparable.

– Voilà. Très bien dit. Il n'a pas de chat. Personne n'en a. Fin de la conversation, intervient Condor.

Lui aussi se met le doigt dans l'œil, sa pirouette ne suffira pas.

– Ne me prends pas pour une demeurée.

Ensuite, je me tourne vers Lynx en croisant les bras sur la poitrine.

– Présente-moi ton chat !

– Il est plein de poils, petit, moche et il a la toxoplasmose ! Alors, c'est non ! tonne Condor qui enfile son masque de chef intransigeant et sa casquette de mari inquiet.

– Tu fouines toujours partout et tu as lu mon dossier médical, pour savoir si tu pouvais en toute sécurité enfouir ta…

– Sabine ! hurle-t-il pour me couper.

Effaré par ce que j'allais divulguer, il a les yeux exorbités. Il est prêt à me sauter dessus pour me couvrir la bouche si j'ose prononcer une parole supplémentaire. Les trois autres ont compris qu'une croustillante révélation pointait son nez, ils s'accoudent au comptoir pour nous fixer. Ils boivent du petit-lait. Ils vont être déçus. Condor a raison, je me suis oubliée et certaines choses ne les regardent pas. Je me racle la gorge avant de reprendre.

– Je disais donc qu'il est stipulé dans mon dossier médical que je suis immunisée contre la toxoplasmose. Détail qui ne devait pas t'intéresser lorsque tu t'es renseigné sur ma santé.

– Mais il y a des risques avec les parasites, ne se démonte-t-il pas.

Offusqué, Lynx se redresse d'un coup.

– Oh ! Mon chat n'est pas pouilleux !

– Condor a raison. Ce chat doit être malade, parce qu'il est impossible qu'une si petite chose dégage autant d'air vicié lorsqu'il… tu vois, se moque Hector.

– N'importe quoi. Il va très bien. Stéphane l'a ramené de chez le véto avec la mention « RAS » sur son carnet tout neuf, qui contient tout le tralala de tampons pour les vaccins.

– Prouve-le ! dis-je pour l'inciter à me le présenter.

– Je ne veux pas…

– Je m'en contrefiche. Moi, je veux ! je coupe Condor qui tique, mais se tait en se renfrognant.

Lynx en profite, trop heureux d'exhiber son animal. Il m'attrape par la main pour me tirer jusque chez lui. Trois minutes plus tard, je me transforme en guimauve dégoulinante, qui mange les poils de l'adorable peluche grise que je couvre de baisers. Pendant cette scène, le fond sonore est composé de mes piaillements émerveillés, des ronronnements de la bestiole concernée et, pour finir, des marmonnements du ronchon qui me sert de mari. Au milieu de ses borborygmes, j'arrive à déceler quelques mots qui expriment à peu près : « Si elle veut des poils, je vais arrêter de me raser. »

Le chat – prénommé par son propriétaire « le chat » – en a soupé de m'entendre roucouler, alors il se débat pour sauter par terre. Je me penche avec l'intention de le poser, mais je n'en ai pas le temps. Condor l'attrape vivement par la peau du cou pour l'arracher de mes bras.

– Stop ! crions-nous quand il s'apprête à l'expédier au fond du salon.

– Il allait griffer Sabine !

Il foudroie du regard la petite bête qui pend dans les airs. Face à nos visages furieux, Condor se baisse pour déposer le chat au sol, il va jusqu'à se retenir de l'écarter du pied lorsque celui-ci a l'audace de se frotter contre sa jambe. Mais si le chat en réchappe, c'est uniquement grâce à notre présence dans la pièce. Il n'apprécie donc pas les matous. Parfait. Moi, j'aime enquiquiner mon homme.

– J'en veux un, je lâche avec conviction.

– Non ! Poils, cacas et griffes, c'est *verboten*[5] ! cingle-t-il avec cinquante points de confiance supplémentaires par rapport à moi.

– Tu ne peux pas. Tu as déjà un piaf chez toi, s'esclaffe Lynx.

– Et le piaf, il va vous jouer une nouvelle version du dessin animé. C'est Titi qui va bouffer Grosminet, menace Condor.

Même pour rire, ce n'est pas drôle de le chercher. Après lui avoir avoué que mes envies de matou ne

5. Interdit en allemand.

sont nées que dans l'unique but de le faire pester, ce dont il ne doutait pas, nous laissons Lynx changer de pantalon. Quand tout le monde est prêt et sans poil aux fesses, nous nous mettons en route pour le bureau, avec Lynx au volant. Au cours du trajet, Condor reçoit une alerte sur son téléphone, qu'il s'empresse de lire.

– Urgence pour Cobra et moi. Lynx, active le rythme ! ordonne-t-il en tapant une réponse.

– Où est Cobra ? questionne Squale.

– Il loge dans nos anciens appartements. Je l'ai déjà prévenu, nous nous retrouvons sur le parking avec un chauffeur.

Il est légitime de se demander pour quelles raisons je conserve le silence, moi, la pipelette de service. C'est simple : j'utilise la totalité de ma concentration pour m'accrocher aux branches. Lynx prend Condor au mot, il file maintenant à toute allure. La voiture dérape dans les virages, me projette en avant lorsqu'il pile, puis me renvoie avec brusquerie dans mon siège quand il repart en trombe. Je tremble de peur tant nous frôlons murs et véhicules, je serre les fesses, une main agrippée sur le dossier du siège devant moi et l'autre sur ma ceinture de sécurité.

Je suis tellement crispée que je ne desserre pas les dents pour lui demander de se calmer. Par chance, Condor, qui me surveille toujours de près, lève la tête de son écran et se rend compte de mon état de panique.

– Lynx ! Ralentis tout de suite !

Ses mots me soulagent, mais ses cris me stressent. Dans le rétroviseur intérieur, j'aperçois les yeux de Lynx qui se posent sur mon reflet, pour s'écarquiller lorsqu'il comprend le problème. Aussi sec, il pile au milieu de la route. Si j'en juge par les nombreux crissements de pneus suivis d'un tonnerre de klaxons, toutes les voitures derrière nous ont été prises au dépourvu. Comme moi dont le visage s'apprête à s'écraser sur l'appuie-tête devant moi, mais Condor plaque une main sur mon torse pour me retenir.

Lynx redémarre en adoptant une conduite plus sécuritaire, même si elle reste soutenue. Nul ne pipe mot dans l'habitable et ils ont intérêt, parce que je n'attends qu'un souffle de leur part pour me transformer en roquet agressif. Suis-je si petite qu'ils parviennent à oublier ma présence ? Jusqu'à notre arrivée sur le parking, je rêve de planter mes dents dans les mollets du félin fou du volant.

Le véhicule immobilisé, Condor descend aussitôt et comme d'habitude lorsque nous sommes en public, il se contente de me surveiller du coin de l'œil.

– Je vais chez Sylvie. Ne m'attendez pas ce soir, je rentre seule. Je viendrai seule demain aussi, et après-demain, et ainsi de suite, j'annonce sèchement avant de les planter à côté de la voiture.

Après quelques pas, un son sourd me parvient, suivi d'un « Outch » lâché par Lynx. Il vient de recevoir un coup par je ne sais qui, mais tant mieux. De cette façon, il n'oubliera plus que je me trouve dans le véhicule avant de m'inviter à vivre un remake de *Fast and Furious*. Si, vers la fin de ma grossesse, je souhaite déclencher l'accouchement, je saurai comment m'y prendre : un tour en voiture avec le pilote taré.

Quand je pénètre dans le bureau de Sylvie, je l'interpelle en préambule :

– Dis donc, toi ! Je ne suis pas la seule à faire des cachotteries. Tu ne m'as pas avoué que Lynx possède un chat.

– Ah ! Ça y est, tu as découvert le monstre.

– Il a laissé des poils sur le pantalon de ton homme et je me suis doutée que ce n'étaient pas les tiens.

– Tu es bien aimable de ne pas m'associer à des poils gris. De plus, avant qu'il me soit possible d'en abandonner partout, Lynx me rappellera à l'ordre.

Sylvie m'explique ensuite ce que je soupçonnais déjà : le silence général sur la bestiole vient d'une consigne de Condor qui la range dans la case des terroristes pour fœtus.

Nous buvons notre café en papotant quand tout à coup, nous entendons des pas rapides dans le couloir. Pas n'importe lequel, c'est le bruit sourd d'une batterie de pieds chaussés de rangers qui s'approche. Ils sont peu d'hommes à en être dotés en ces lieux, donc, aucune surprise lorsque la porte du bureau s'ouvre pour laisser apparaître deux guerriers en noir très décidés qui me foncent dessus.

– Urgence ! Ils sont partis et tu dois rejoindre ton poste ! ordonne Lynx.

Squale m'enlève la tasse des mains pour la déposer sur le bureau de Sylvie avant d'attraper mon bras pour me lever de ma chaise. Ça ne plaisante plus. Le fait que Lynx ne pose même pas un regard sur Sylvie souligne la gravité de la situation.

Je ne perds pas une seconde pour me mettre en route. Je me hâte, je fends la bise dans les couloirs. Je ne cours pas puisque c'est proscrit au sein du ministère, mais je pousse selon mes possibilités.

– Tu traînasses, râle Lynx.

– Je ne peux pas marcher plus vite que ça.

– Si, tu peux.

Aussitôt, il claque un ordre :

– Squale ! Pour lever, levez !

Je comprends la signification de cet ordre lorsque deux bras se glissent sous mes aisselles. Leur prise bien assurée, je décolle du sol. Ils ont osé ! Me voici en l'air, coincée entre eux qui filent à une vitesse ahurissante. Comme deux avions de chasse, ils créent un déplacement d'air, faisant voler mes cheveux. Dans les escaliers, ils poursuivent leur progression sans se préoccuper des personnes que nous croisons, obligées de se plaquer sur les côtés pour ne pas passer sous le char d'assaut que nous formons.

Fort heureusement, je connais l'adresse de ces hommes, je ne crains pas qu'ils me lâchent. En confiance, je trouve même la situation amusante.

Lorsque nous arrivons dans le long couloir qui mène à nos bureaux, ils accélèrent. Je ne résiste pas à mon envie de lâcher la bêtise qui naît dans mon esprit de gamine. Je tends un bras en avant avec le poing serré pour lancer d'une voix grave :

– Vers l'infini et au-delà[6] !

Je ne sais pas s'ils comprennent la référence, mais ils s'esclaffent tous les deux avant de me déposer sur le pas de la porte. Fin de la plaisanterie, le sérieux est de mise. Une fois le seuil franchi, je me rends directement à mon poste pour recevoir les consignes et attaquer le travail.

Après avoir lancé toutes les applications, je constate qu'aucune requête n'est encore tombée. Puisque Lynx et Squale sont présents dans la pièce, je profite de l'attente pour me renseigner sur la mission en cours et anticiper en ouvrant la carte de Paris où doit se trouver la banlieue dans laquelle ils doivent intervenir.

– Ils doivent rejoindre As-Sukhnah, m'apprend Lynx.

– Il va falloir me l'écrire ou me l'épeler parce que je n'ai aucune idée de ce que tu viens de me dire.

---

6. Devise de Buzz l'Éclair, personnage Disney du film *Toy Story*.

Lynx s'exécute en notant le mot sur un Post-it qu'il me tend. Après lecture, j'ai un gros doute sur le fait que ce lieu se situe dans les environs de la capitale.

– Syrie ?

– Oui et ils vont te demander les images dès qu'ils seront dans l'avion.

Pour une fois, je n'ai pas étalé ma nullité en géographie, j'évite une honte. Condor est donc parti en vadrouille pour je ne sais combien de temps alors que nous nous sommes quittés il y a une demi-heure. Pas un instant ne m'est venu à l'esprit que je ne le reverrai pas avant des jours.

Je m'en veux un peu de ne pas lui avoir dit au revoir, mais c'est notre vie si spéciale, alors autant ne pas se lamenter et effectuer mon travail efficacement, afin qu'il rentre au plus vite. D'ailleurs, les demandes tombent. Au boulot !

Rituels interdits.

CONDOR

Tout juste installé avec Cobra dans l'avion après ce départ précipité, je profite de la courte fenêtre qui autorise les communications téléphoniques pour contacter Sabine. Bien qu'avant, j'aie deux autres personnes à prévenir, ses parents. Comme je dois utiliser mon prénom, je confie la surveillance de mon paquetage à Cobra, puis je slalome entre les palettes qui composent le chargement pour m'isoler au fond de la carlingue. Manque de bol, c'est sa mère qui décroche. Ce n'est pas que je ne l'apprécie pas, mais elle est étrange. Pas méchante, mais déstabilisante. Après les bonjours obligatoires – notez au passage comme je m'améliore –, j'attaque sur le sujet de mon appel.

– Je vous informe que contrairement à ce dont nous étions convenus, nous ne pourrons pas venir dîner chez vous ce soir.

– Oh ! Comme c'est dommage. Que se passe-t-il ?

– Ça ne…

Je m'interromps car j'allais répondre que je n'avais pas de comptes à lui rendre. Si j'annonce que je ne peux pas, c'est que je ne peux pas, point. Depuis quand dois-je me justifier ? Pourtant, avant de lui grogner dessus, je m'offre deux secondes de réflexion afin d'anticiper une boulette. J'ai le sentiment que cela ne se fait pas de rabrouer sa belle-mère. J'inspire. Je prends sur moi.

– Nous sommes retenus au travail. Un imprévu.

– D'accord. Nous remettons à la semaine prochaine, alors.

Ce n'est pas une question, alors ça m'interpelle.

– Nous n'étions pas convenus d'un dîner la semaine prochaine, je m'étonne.

– C'est plus pratique pour nous tous si l'on décide que vous dînez chez nous tous les mercredis soir. Au moins, c'est établi et nous sommes tranquilles. N'est-ce pas ? déclare-t-elle d'une voix enjouée.

– Non.

– … Je ne suis pas certaine d'avoir bien compris, hésite-t-elle.

– J'ai dit : non. Non, nous ne viendrons pas chez vous toutes les semaines et encore moins à jours et heures fixes.

Ce qu'elle propose est le pire scénario pour une personne soucieuse de sa sécurité. Il faut bannir les habitudes. Ne pouvant pas lui expliquer mon raisonnement, la meilleure solution est de tuer dans l'œuf tous ses espoirs. En y mettant les formes, me rappellerait Sabine. C'est un exercice pour lequel je débute, mais je devrais m'en sortir.

– Avec l'exigence de nos fonctions, nous ne pouvons pas programmer les choses longtemps à l'avance ni adopter des rituels. De plus, je suis contre les obligations, même si elles sont familiales. Vous comprenez ?

– Pour la première partie, c'est vague pour ma part, mais vous devez savoir ces choses mieux que moi. Pour la seconde, c'est en revanche assez limpide, grince-t-elle.

– Comme vous le dites, je saisis mieux que vous. Donc, nous sommes d'accord sur le fait qu'une obligation redondante n'est pas envisageable. Bien. Nous vous préviendrons lorsque nous serons disponibles.

Satisfait d'avoir mis les choses au clair et qu'elles soient bien comprises, je raccroche. Puis, je suis pris d'un doute. Fallait-il dire autre chose avant de couper la communication ? Comme souvent ces derniers temps, quand j'ai la sensation d'avoir commis une erreur, me vient l'image de Sabine qui hoche la tête en soupirant. J'ai donc dû oublier un détail. Pas grave, sa mère s'en remettra. J'éteins mon téléphone privé, ôte la batterie, puis je range le tout dans mon sac, pour passer sur le pro afin de contacter Sabine.

CD : J'ai pensé à décommander
pour le repas de ce soir.
J'ai eu ta mère.

SC : Je suis partagée entre « merci »
et « laisse-moi m'en charger
la prochaine fois ».

SC : Tu ne l'as pas traumatisée
au moins ?

N'importe quoi ! J'ai été clair, concis et même poli. Juste parfait. Je ne réponds pas à sa question, elle comprendra. Par contre, nous n'avons pas eu l'occasion de parler du problème de ce matin. J'admets qu'elle a tout à fait raison sur les déplacements véhiculés avec nous : tant qu'elle est enceinte, il faut les proscrire.

CD : Tu veux que je te prévoie
un chauffeur pour tes déplacements ?

SC : Non. Merci de t'en préoccuper,
mais si je ne te demande rien,
c'est que je peux me débrouiller seule.

SC : Il faut que je marche
pour garder la forme. Au besoin,
j'effectuerai des trajets avec Hector.

CD : Un garde du corps, alors ?

Ne pas imposer, mais proposer. J'ai bien compris et j'espère qu'en sachant que je ne parle jamais pour rien, elle en déduise que je ne suis pas serein. Donc, elle lâchera du lest pour me tranquilliser.

SC : Je ne suis pas une star,
donc non.

CD : Je voulais dire juste un gars
avec toi, c'est tout.

SC : Non plus. Il s'agit de parcourir
deux kilomètres à pied dans Paris,
pas d'un trek en Patagonie.

SC : Je dois te laisser, un chef
exigeant m'a envoyé une charge
de travail pour la journée.

CD : Fais attention à toi.

SC : Je te retourne le conseil.
Reviens entier.

Opération protection rapprochée : ratée. Elle n'a pas cédé. En soupirant, je repars m'installer à côté de Cobra. Pendant que je m'attache, il peste après son téléphone.

– Un problème ?

– Que se passe-t-il au bureau ? Je voulais me pencher sur les cartes pendant le vol mais nous n'avons encore rien reçu, râle-t-il.

Oups. Pour une fois, elle se fera enguirlander à cause de moi et non par moi.

– Elle peut avoir un contretemps. Elle est fiable, donc ça va arriver.

– Il y a intérêt, sinon, je vais la sonner !

Pardon ? Qu'a-t-il l'intention de faire à ma femme ? Vite ! Remonter les cloisons ! Il n'a rien contre mon épouse. Il est juste agacé par l'archiviste dont le travail se fait attendre. Je ne peux pas intervenir pour la soutenir puisqu'en temps normal, je lui aurais déjà balancé quelques remarques cinglantes de mon cru. De plus, si elle avait l'audace de m'annoncer pour se justifier qu'elle était en messagerie avec son mari, j'aurais carrément explosé. Alors je la ferme, c'est plus sage.

Il n'insiste pas et pour cause, les réponses tombent aussitôt.

SC : Voici les trois premières cartes.
Des mouvements récents ont été
détectés, j'ai donc pris un peu plus
de temps afin de vous détourer
les zones concernées.

Nous inspectons son travail qui se révèle impeccable. Les informations supplémentaires sont de son initiative, puisque ni demandées ni dans ses attributions. Je devine que l'origine de cette nouveauté est liée à son binôme avec Hector étant donné qu'il traite les documents qui nous parviennent. Ils forment une équipe du tonnerre.

– Toujours envie de la sonner ? je m'amuse pour dissimuler ma fierté.

– Je retiens la leçon. Si elle est en retard, c'est pour une bonne raison. Là, je me demande même comment elle a pu nous sortir un tel résultat aussi vite, répond-il sans lâcher la carte des yeux.

Il croit quoi, lui ? C'est ma femme, et c'est la meilleure. Et en restant scrupuleusement dans le cadre professionnel, c'est moi qui l'ai choisie comme archiviste, alors ce n'est pas pour ses beaux yeux puisque je ne les avais jamais vus. Ni pour ses jolies fesses, car je pensais que c'était un homme. Au moins, Sabine a la certitude de ne pas avoir été promue à ce poste pour son physique ou un quelconque intérêt déplacé de ma part.

Concentrés sur les images, nous débattons sur les options d'attaque et l'organisation. Ou plutôt, j'écoute Cobra évaluer ses méthodes et son approche. Pendant la durée de cette mission, je lui laisse les rênes en me contentant de rectifier d'éventuelles erreurs.

Si tout se passe comme je le prévois, Cobra assurera. Par conséquent, il pourra prendre le commandement de la cellule dès notre retour.

CHAPITRE 22
Danse de la joie.

Notes du docteur Cauvin – 15 octobre : sujet Cobra. Mental : OK. État général : OK. Observation : il est opérationnel pour prendre ses fonctions, Condor également.

SABINE

La petite mission s'éternise depuis un mois, dont déjà deux semaines sans la moindre nouvelle de Condor et Cobra. Donc, ils patientent en planque avant de passer à l'action. Pour autant, Hector et moi ne sommes pas désœuvrés puisque Lynx et Squale sont partis à leur tour en Syrie, mais pas au même endroit. Comme eux se trouvent encore dans la phase de préparation, nous leur envoyons pas mal de documents et informations.

Malgré tout, on ne peut pas dire que la cadence de travail soit éreintante. Nous sommes loin de la pure folie en quantité ou en stress, ce serait plutôt mou du genou. À la maison, j'alterne les soirées avec Hector et celles en mode « mémère en pantoufles » quand il programme une compétition jeux vidéo avec Stéphane. Par dépit, je me suis incrustée une fois et… non merci.

Ce soir, c'est pantoufles pour moi et cris de guerre chez lui.

Le lendemain matin, toujours aucune nouvelle des quatre agents. Dès mon arrivée au bureau, je débute la journée par un nouveau petit rituel. En effet, j'ai la chance cette fois-ci de savoir exactement où ils se trouvent, alors j'ouvre les logiciels pour évaluer les changements sur les images satellites. J'entends par là des traces d'explosions ou de dégâts du même genre, qui indiquerait qu'un événement est survenu. Mais non, rien de rien sur le terrain de la première équipe et pas davantage sur celui de la seconde. Étant donné qu'ils agissent plus souvent de nuit, nous sommes repartis pour une journée, je recommencerai demain.

J'abandonne l'écran pour m'emparer d'une pile de dossiers à scanner quand Hector entre dans la salle en tempêtant.

– Fuck !

– Quoi ? Que se passe-t-il ?

Dans de telles situations avec les agents, j'ai tendance à m'affoler pour un rien.

– Mais rien, justement ! Il ne se passe absolument rien ! Ça va me rendre dingue d'attendre en restant sourd et aveugle !

Il est cinglé de me faire peur comme ça ! Contrairement à lui, je trouve ce calme rassurant. À chaque fois que l'excitation est montée au sein de la cellule, ce n'était pas pour des réjouissances. Avec eux, ça bouge à coups de balles ou d'explosions, alors merci bien.

– Tu as un aperçu de ce que nous vivons de l'autre côté. Certes, les agents effectuent tout le travail et prennent les risques. Pourtant, j'ai parfois l'impression qu'ils pratiquent ça à la cool, alors qu'ici, nous sommes rongés par l'inquiétude.

– Je n'aime pas le stress. Sur le terrain, j'étais zen, toujours. Là, je tourne en rond et ça me rend fou !

– Va chercher un dossier à analyser et viens t'installer avec moi. Nous pourrons papoter en travaillant, ça te changera les idées.

Voici une activité pour laquelle j'ai bien plus d'expérience que lui, celle d'attendre le retour des agents prodigieux. Nous passons la matinée en alternant les moments de concentration et les pauses. Ces dernières sont déclenchées à mon initiative dès qu'Hector remonte en pression, c'est-à-dire quand il claque son tibia en fer contre le pied de la table. Nous, nous tapons du pied, lui, il tapote du tibia. C'est rigolo à dire, mais insupportable à vivre.

Dans l'après-midi, je me rends chez le général pour lui remettre le dossier qu'il a réclamé. Dans son bureau, je découvre un autre homme présent. Un militaire puisqu'en tenue, mais je suis troublée par le coloris bordeaux de ses épaulettes. Je suis plus habituée au bleu marine, mais de mémoire, ça correspond au service de santé. Les galons sont identiques, c'est un officier, donc certainement un médecin. Pas au fait des usages du salut dans ces armes, c'est un peu hésitante que je tente la solution la plus simple :

– Mon colonel.

– Doux Jésus ! Enfin je vous rencontre !

Il se lève vivement puis tend le bras pour me serrer la main. Rectification, il me secoue. Mes mâchoires claquent presque tant il fait preuve d'un enthousiasme vigoureux. Cet homme commence à me faire peur.

– Ne vous embarrassez pas avec moi, docteur Cauvin ira très bien. Je suis le psychiatre chargé du suivi des agents.

Ce n'est pas rassurant du tout car je n'ai aucune idée de ce que Condor a pu lui déblatérer sur nous. Sachant qu'il est souvent sans filtre lorsqu'il parle des choses de la vie, je crains le pire. Il est capable de lui avoir raconté notre première fois ou autre détail gênant du genre. Ce qui est confirmé par l'étrange façon dont le médecin m'observe, comme si… Il est mort de rire intérieurement ? Ou empreint de respect ?

– Si vous vous posez la question, j'ai une admiration sans bornes pour vous. Mettre le Condor à genoux… Vraiment, vous êtes une reine.

– Moui. Il est coriace quand même et m'en réserve de bonnes.

– C'est un fait. Je suis navré pour ses excès. Le pire étant le dernier que personne n'a anticipé.

– Qui aurait pu prévoir une réaction pareille ? râle le général.

– En parlant de cela, si vous souhaitez que nous échangions ensemble, n'importe quand, n'hésitez pas. Pour ma part, ce sera avec un grand plaisir.

Houla ! Non merci. Les séances de psychanalyse pourraient m'ouvrir les yeux sur le fait que je suis complètement cinglée d'avoir engagé une relation avec Condor. C'est fait et n'ayant pas moyen de revenir en arrière, autant la vivre en toute insouciance. Ou presque.

Par politesse, je ne décline pas son offre, mais il n'est pas dupe de mon manque d'enthousiasme.

– Si je puis me permettre, vous vous en sortez très bien. Je regrette juste de ne pas entendre le deuxième son de cloche sur cette histoire improbable.

– Oui, le docteur Cauvin souhaitait uniquement pouvoir s'amuser un peu plus, confirme le général.

– À ce sujet, allez-vous cesser de le suivre après son départ de la cellule ?

– Oui et non. Cela fait des années qu'il mène une vie particulière en exerçant un métier avec de lourdes contraintes, psychologiquement comme physiquement. En conséquence, nous ne les lâchons pas dans la nature, livrés à eux-mêmes. Je vais le suivre, mais de façon plus souple et moins rapprochée.

Voilà une information réconfortante.

– Tout va bien de votre côté ? questionne-t-il.

L'étincelle dans son regard révèle qu'il aimerait au moins pouvoir se mettre une petite chose sous la dent.

– D'un point de vue médical, oui, tout se passe très bien. Si vous faites allusion à ma vie de couple qui n'est pas de tout repos au quotidien, avec Condor absent depuis plusieurs semaines, oui, tout est parfaitement calme.

Il boude presque, je viens de tuer son espoir de révélation croustillante. Nous discutons quelques minutes, puis le général reçoit un appel, après lequel il m'informe que l'équipe de Lynx et Squale a besoin de moi.

Je ne perds pas une seconde, je sors et me hâte dans les couloirs. Je me demande s'il ne sera pas plus sage que j'évite de m'éloigner du bureau vers la fin de ma grossesse. En cas d'urgence, je devrais rouler pour aller plus vite, cela risque de ne pas être bien pratique.

Que les agents réclament de nouvelles informations n'augure rien de bon. Non, il ne faut pas que je m'affole, ils ont peut-être juste changé leurs plans, rien de plus. Malgré tout, j'entre dans le bureau, puis fonce dans la salle des archives avec une pointe d'angoisse. La porte franchie, je sursaute en apercevant les hommes qui attendent.

– Surprise ! m'accueillent les quatre agents débiles qui m'offrent des frayeurs gratuites.

– Vous êtes nuls de faire des coups pareils.

Je rouspète sans parvenir à dissimuler ma joie. Parmi tous ces sourires, l'un m'attire irrésistiblement. L'air de rien, je me poste à côté de mon chef, mon mari. Pas d'embrassades possibles, mais nos petits doigts qui se caressent discrètement suffisent à marquer le plaisir de nos retrouvailles.

– Comme ta dernière surprise était un gros bide, nous voulions t'en offrir une vraie, déclare Lynx.

– Un gros bide ? Tu oses ce jeu de mots pourri !

– En même temps, il fallait la placer maintenant ou jamais, s'amuse Squale.

– Toi, tu deviens de plus en plus impertinent, sale gosse.

– Sale beau gosse, s'il te plaît.

– Tu as une cagoule sur la tête. En conséquence tu n'es pas beau, tu es effrayant, lui fais-je remarquer en lui tapotant le front de mon index.

– Mon charme est plus puissant qu'un bout de tissu.

– Mais bien sûr. Fais attention, tu te « condorises », mon petit.

Tout à coup, à travers la vitre teintée, nous apercevons Hector qui pénètre dans le bureau puis dans la salle. Nous le suivons tous du regard car il n'a pas l'air ravi du tout.

– Vous êtes gonflants ! Vous vous croyez où ? hurle-t-il sur les gars.

– Mais quoi ? répond Lynx, troublé par son ton vindicatif.

– Nous n’avons rien fait, ajoute Squale.

– Mais justement ! Vous ne nous dites rien ! On se fait un sang d’encre avec vos conneries ! beugle Hector.

D’abord stupéfaits, ils affichent un rictus en comprenant l’angoisse de leur ex-collègue. Lynx se lève pour faire face à Hector.

– Mon bichon. Tu t’es inquiété pour moi, le taquine-t-il avant de l’enlacer et de poser sa tête sur son épaule.

– Ne te fous pas de ma gueule, grogne Hector qui se retrouve tout couillon avec les bras ballants.

Condor met fin aux plaisanteries en levant la main pour nous intimer le silence.

– Maintenant, on revient aux choses importantes. Je veux toute votre attention.

Qui va où ?

CONDOR

Nous sommes tous réunis, l'ambiance est détendue, c'est l'occasion idéale pour un bilan sur la situation de la cellule et un point sur le futur. Je démarre avec l'information la plus importante.

– Cobra va me remplacer d'ici quelques jours, il deviendra le Condor.

– Quoi ? Mais pourquoi pas moi ? J'ai plus d'ancienneté, se rebiffe Lynx.

– Dans la cellule, oui, mais pas en temps de service. À l'heure actuelle, Cobra est le plus apte. Tu n'as pas la maturité nécessaire pour commander, j'argumente avec juste ce qu'il faut de fermeté pour qu'il accepte ma décision sans se sentir floué.

Il marmonne mais fait preuve d'assez de clairvoyance pour admettre que mon jugement exprime la réalité des faits. L'annonce terminée, l'étonnement passé, ils félicitent Cobra chacun leur tour.

Ce dernier est fier et ne s'en cache pas. Comment ne pas l'être à l'idée d'arborer mon logo et de prendre le commandement ? C'est au cours du vol de retour que je le lui ai proposé. Il ne lui a pas fallu plus de trois secondes de réflexion. À mon avis, elles lui ont été nécessaires uniquement pour s'assurer que je ne plaisantais pas. Ensuite, il a bondi sur ses pieds pour beugler son accord. Très fort, sûrement par crainte que je retire mon offre.

Je n'ai aucun doute qu'il sera à la hauteur de sa fonction. Pendant toute la durée de notre mission, j'ai scruté ses moindres gestes, disséqué sa façon d'appréhender les événements et d'organiser les interventions. Il a été parfait, de bout en bout et à tous points de vue. En ajoutant le respect qu'il inspire aux autres agents du fait de son expérience et de son charisme, c'est un carton plein. Quand nous avons rangé nos fusils, ma décision était prise.

Lynx aussi est efficace, mais lui, il pèche sur la partie commandement de l'équipe. C'est un excellent exécutant, même en solo, mais il a besoin de s'aguerrir pour mener des hommes et se faire obéir comme il se doit. Son tour viendra. Il a le potentiel pour y parvenir.

Cette partie-là passée, j'attaque avec la suite.

– En ce qui concerne les appartements, c'est un problème pour lequel nous n'avons pas trouvé de solution définitive avec le général et Cobra. Si Hector et Sabine peuvent être logés dans un lieu non sécurisé, ce n'est pas idéal pour la gestion des urgences. Nous avons bien pensé à imposer un système de gardes, mais l'installation dans les bureaux n'est pas top pour y passer des nuits.

– Je confirme. On y a campé une fois et c'était à peine plus confortable que dans le désert, approuve Lynx.

– Tu n'exagères pas un peu ? se moque Sabine.

– Si peu. On ne peut pas faire de feu de camp ici, la taquine-t-il.

Je continue pour leur soumettre la solution provisoire trouvée.

– Tous les appartements sont occupés, mais pour deux d'entre eux, une colocation est envisageable. Je parle de ceux d'Hector et de Squale. Pas Lynx puisqu'il finira par installer Sylvie chez lui… un jour.

– Ouais. J'ai bien l'intention de la décider, bougonne-t-il.

– Donc, ce que nous vous proposons, et il faut que tout le monde soit d'accord, c'est que deux agents cohabitent dans deux appartements.

– Les chambres sont séparées et chacune est équipée de sa salle de bains. Nous n'avons rien à faire puisque c'est l'équipe Log qui se charge de tout. En conséquence, être deux n'est pas un problème, ajoute Cobra.

– Sur le principe, je suis OK. Par contre, je ne suis pas emballé pour vivre avec le chef, déclare Squale en secouant la tête.

– Moi non plus. Tu resterais Cobra, je ne dis pas, mais Condor, c'est non, intervient aussitôt Hector.

– Comment dois-je le prendre ? je gronde.

Je sais bien qu'ils parlent du nouveau Condor, mais je suis piqué au vif quand même. Sabine s'en aperçoit, alors elle s'en mêle.

– Ce n'est pas personnel. Si tu n'avais pas été mon mari, je n'aurais pas non plus souhaité cohabiter avec toi. Vivre avec un chef, ça ne le fait pas. Nous n'aimons pas.

– Tu m'étonnes qu'Hector et Squale ne veuillent pas. Ils ont trop peur de tomber « enceints » de façon inopinée, lance Lynx avant d'éclater de rire.

Bim ! Cela faisait longtemps que je n'avais pas pris une douille à ce sujet. Je m'écrase, c'est mieux. C'est surtout conseillé quand on se trouve en tort.

Nous voici à nous regarder en chiens de faïence, aucun ne souhaitant s'installer avec le futur chef. Je n'ai pas mon mot à dire puisque cela concerne la cellule après mon départ. Alors j'attends que l'un d'eux se dévoue, mais ils sont plus concentrés sur la propreté de leurs chaussures qu'ils inspectent avec grand intérêt. C'est Sabine qui rompt ce silence gênant.

– Je propose que Squale et Hector partagent le même logement et que Cobra-futur-Condor occupe l'autre.

– Excellente idée ! Ben voilà ! On fait comme ça, approuvent Hector et Squale.

– Et le futur Cobra ? Nous le mettrons où ? interroge Lynx.

– Avec moi. Il n'aura pas le choix et ne la ramènera pas dès son arrivée, décide Cobra avec fermeté.

Il assied son autorité dès maintenant, c'est bien vu et tout à fait approprié.

– En gros, nous sommes condamnés à rester célibataires ? s'inquiète tout à coup Squale.

– Tu ne vas pas tout compliquer. Vous aviserez le jour où le cas se présentera. Pour le moment, vous êtes loin d'être casés, réplique Sabine.

Les choses étant actées, et nous fatigués, nous décidons de plier pour rentrer. Avant de quitter le bureau, j'envoie un message à l'équipe Log afin qu'ils se chargent du transfert des affaires dès demain.

Sabine et Hector sont les seuls à proposer un repas tous ensemble et à en avoir envie aussi. Nous autres ne pensons qu'à profiter de la même soirée, mais séparément : une douche, un repas rapide et au lit. Comme nous représentons la majorité, chacun rentre chez soi, Sabine de son côté avec ses petits pieds. Quelle tête de lard.

Lorsque je suis décrassé, je me rends dans la pièce qui occupe mes pensées depuis plusieurs jours, c'est la deuxième chambre de notre appartement. J'envisage de la transformer pour notre enfant. Perplexe, j'en réalise l'inventaire sans saisir ce qu'il faut changer. Il y a tout le mobilier nécessaire. Un beau lit double qui ne constitue pas un problème puisque la pièce est spacieuse. Ensuite, il y a une grande armoire au fond pour ses affaires, une commode et une table de chevet.

En fait, elle est opérationnelle, avec déjà tout ce qu'il faut pour accueillir notre bébé. C'est impeccable. Finalement, en dehors de quelques vêtements, des biberons et des couches, on a tout. Nous sommes fin prêts !

CHAPITRE 23
La passation.

Notes du docteur Cauvin – 30 novembre : sujet Condor. Mental : OK. État général : OK. Observation : l'entretien de fin de service dans la cellule est concluant. Il lui faudra un peu de temps pour prendre ses marques dans ses nouvelles fonctions, rien d'alarmant. Ses premiers stagiaires remporteront des souvenirs impérissables, mais ils devraient s'en remettre sans trop de traumatismes.

SABINE

Je bénis cette mode des pantalons à taille élastiquée. J'hyperventilais d'effroi à l'idée de ne rien pouvoir porter de correct et de me trouver dans l'obligation de sortir de chez moi avec des leggings ou horreur du genre, qui dévoilent tout des formes. En revanche, il serait bon que je cesse de m'évertuer à les enfiler en position debout. Exactement comme actuellement, alors que je peine à atteindre l'intérieur de la première jambe.

Allez ! Comme avec mon fusil ! Je me cale bien, je vise et je lève mon pied pour tirer dans le mille. C'est très simple. Malgré tout, une fois penchée en avant avec les deux mains qui tiennent le pantalon, le pied est en l'air, mais je distingue mal la cible. À force d'hésiter, je commence à tanguer.

Grâce à mon pouvoir de téléportation, mes pieds quittent le sol. En deux secondes, me voici assise sur le bord du matelas, à l'abri d'une chute. Par mon don, entendez les biceps de mon mari. Gloire à eux.

– Arrête de vouloir tout faire comme si tu n'étais pas enceinte. Tu prépares tes affaires sur le lit avant de t'habiller en toute sécurité.

– Mais je ne suis pas encore si grosse !

– Tu plaisantes ? Ton bide sort de ton manteau et tu as échangé tes pantalons pour deux tailles de plus. Tu as pris du cul et des cuisses aussi.

Un homme sincère, ça a du bon pour la confiance dans un couple. Mais il ne faudrait pas trop abuser quand même !

– Tu me trouves grosse et moche ?

– N'importe quoi ! Tu es magnifique. Si tu es contrariée pour tes kilos, sois tranquille. Dès que tu seras opérationnelle, je m'occuperai personnellement de ta remise en forme. C'est cool, nous allons pouvoir courir ensemble.

Cette idée l'enchante réellement, c'est inquiétant. Tout à coup, je ne suis plus certaine d'être pressée d'accoucher. Tant que je porte bébé, Condor ne me voudra pas de mal. Mon enfant me protège de son inépuisable père. C'est la misère. Je refuse de pratiquer du sport avec ce fou furieux qui m'interdira de m'arrêter tant que je ne serai pas tombée par terre, allongée sur ma langue léchant le bitume. Je vais réentendre des cris de guerre pour me pousser et des commentaires désagréables sur mon derrière ? Oh, joie, ça m'a tellement manqué !

– Nous allons pouvoir réaliser plein de choses ensemble. Mais comme j'ai hâte ! continue-t-il en se frottant les mains.

Et moi donc. Pour les restaurants et cinémas, je suis partante, mais pour les activités éreintantes, il me faut préparer un scénario de repli bien ficelé. En m'habillant, je cogite. Avec un homme si opiniâtre, il faut anticiper.

Pendant ce temps, Condor est encore en boxer et planté devant son armoire. J'ai peut-être augmenté des fesses, mais les siennes me font soupirer de ravissement. Je reconnais la chance que j'ai de pouvoir admirer tous les jours cette musculature impressionnante.

À cet instant, il semble indécis. Pourtant, tous ses uniformes sont identiques et nous avons dépassé l'histoire des numéros, alors je ne saisis pas le souci.

– Il te manque quelque chose ?

– Non. En regardant mes affaires, je me rends compte que je vais enfiler ma tenue pour la dernière fois.

Ouille. C'est un sentiment que je connais pour l'avoir vécu à mon départ du régiment. Lorsque j'emballais mon paquetage ou effectuais le tour de ma chambre, en plus d'être morose, je ressentais un grand vide. Aucune pensée, en bon comme en mauvais. Avec du recul, je remercie mon père d'avoir accéléré le départ en m'obligeant à charger mes bagages au pas de course et à démarrer avant que ma portière soit fermée. Ce faisant, je n'ai pas ruminé plus que nécessaire.

Pour Condor, la situation s'avérera bien plus difficile. Il n'a connu que cette vie et cette tenue depuis dix ans. Il doit tout abandonner et tout réapprendre. Même l'objet de sa plus grande fierté, son identité, qu'il cède à quelqu'un d'autre. La période de transition sera rude pour lui, mais je m'y suis préparée, pour l'aider. La venue de son bébé représente également un atout qui dirigera ses préoccupations sur la nouveauté, et non sur le passé. Oublier les pertes, se réjouir des gains.

Pour l'instant, il soupire en s'emparant d'un pantalon.

– Demain, l'intégralité de mon placard sera kaki. Plus de noir. Je ne peux même pas garder un tee-shirt ni un boxer.

Eh oui. Il n'a droit à aucun souvenir matériel, c'est leur règle. Sa tenue ne lui appartient pas et il n'est plus autorisé à la porter puisqu'elle est reliée à la fonction. Dans l'armée – comme dans beaucoup d'autres métiers –, quand on sort des effectifs, la porte se referme derrière nous, verrouillant l'accès d'un lieu où nous nous sentions chez nous et avions nos habitudes. Nous sommes rayés des listes. Les habilitations ôtées, le badge rendu, on s'en va. Nous devons tourner la page en laissant ceux qui restent continuer sans nous. Nous conservons au moins tous nos souvenirs et c'est ce qui donne quelques années plus tard des conversations qui commencent souvent par « Tu te rappelles quand… » ou bien « Et le jour où… ».

Pendant qu'il enfile son pantalon, je plaisante pour dédramatiser.

– Tu as la chance de ne pas abandonner totalement la cellule. Tu vis avec les agents et tu couches avec leur archiviste.

– Ce qui est faux. Je ne couche pas avec, je l'ai épousée. On pourrait dire que je garde un pied dans la cellule, alors qu'en vérité, j'y garde ma queue.

– Comme c'est élégant. Aucune délicatesse, même si c'est un peu vrai.

Ça le fait rire, c'est au moins ça de gagné pour qu'il entame sa dernière journée d'une humeur plus légère.

Lorsque nous sommes prêts, nous retrouvons le reste de l'équipe dans la cuisine d'Hector et Squale, puisque la réinstallation dans les logements a eu lieu. En apercevant Sylvie dans le groupe, je vais la rejoindre pour profiter d'une bouffée d'air féminine.

– Par pitié. Viens emménager avec Lynx, je gémis après m'être servi un café.

– Oui. J'ai cédé au matou hier soir, confie-t-elle avec un grand sourire.

Lynx s'empresse de rebondir sur sa déclaration pour l'annoncer haut et fort aux autres, qui accueillent la nouvelle avec enthousiasme. Deux filles qui permettent de redescendre le taux de testostérone à cet étage, voilà qui est approuvé par tous.

Pour cette journée particulière, les agents sont en veille, officiellement déclarés indisponibles. Ils souhaitent conserver une totale liberté d'esprit afin de la vivre comme il se doit et de faire honneur à leur chef en l'accompagnant de bout en bout jusqu'au moment ultime. Car aujourd'hui, c'est son dernier jour parmi nous, celui de la passation de commandement.

À cette occasion, une petite cérémonie est programmée en fin de matinée, dans la salle de réception du chef d'état-major de l'armée de Terre, en toute intimité. Une partie du personnel du ministère est conviée ainsi que ceux d'autres services qui ont un lien professionnel avec la cellule. Cela représente environ deux cents invités, une broutille.

Tous au bureau, les agents restent groupés dans le coin repos pour organiser les changements et s'échanger des consignes. L'ambiance est détendue, ils profitent d'être réunis dans cette configuration une dernière fois. Je les laisse entre hommes et me contente de participer depuis mon poste lorsqu'ils m'interpellent. Condor a besoin de ses gars et en ce qui me concerne, il m'aura à ses côtés pour toujours.

L'heure de la réception approche, alors le général vient nous chercher pour que nous nous y rendions tous ensemble. C'est une règle, le service arrive groupé derrière son responsable. Avant que nous sortions du bureau, le général s'immobilise devant Condor puis, avec une émotion palpable, il pose les deux mains sur ses épaules pour s'adresser à lui.

– Il va y avoir le blabla réglementaire que je vais servir aux invités, mais je tiens à te dire face à face ce que je pense sincèrement. Tu es le meilleur agent avec lequel j'ai pu travailler. J'ai toujours eu un immense respect pour toi, pour ta droiture et ton sens du sacrifice. Tu as mis en place cette cellule et c'est grâce à toi si elle a atteint ce niveau d'efficacité. Si nous sommes considérés comme les plus compétents, c'est aussi à toi que nous le devons. Tu es un homme incroyable, dévoué, honnête et qui a mis sa vie de côté pour assurer la sécurité, quitte à la perdre.

– Merci. Je suis honoré d'avoir été digne des espérances que tu as eues en m'engageant, répond Condor.

– N'en doute jamais, tu as plus que rempli ton contrat. Je sais que quitter ta fonction est difficile pour l'instant, mais crois-moi, tu as mérité de vivre et d'en profiter. Pense à ta femme, à ton bébé et tu franchiras ce cap avec plus de facilité, conclut-il avant de lui offrir une accolade que Condor lui rend sans se faire prier.

Nous nous mettons en route, les deux chefs côte à côte qui ouvrent la marche, le général et le Condor. Lorsque nous pénétrons dans la salle de réception, le brouhaha ambiant fait place à un grand silence. En file, nous rejoignons le fond de la pièce sous les regards curieux et respectueux que les agents méritent. Personnellement, je suis admirative de la beauté du lieu que je ne me lasse pas de contempler. Une longue salle à l'ancienne, aux murs et plafond blancs avec leurs larges moulures. Des lustres en cristal qui brillent autant que le parquet ciré et surtout, des peintures anciennes en décoration dont l'une m'a coupé le souffle la première fois que je lui ai fait face. De la taille d'un poids lourd, elle recouvre un pan de mur entier, je n'en avais jamais vu d'aussi immense. Quant à son magnifique cadre doré, on pourrait l'utiliser pour monter une charpente de maison.

Le général, Condor et Cobra se placent face à la foule, les autres agents en ligne sur leur droite, moi tout au bout. Dans l'armée, nous apprécions le solennel, le moment du blabla dont parlait le général débute. Il reprend l'historique de carrière du super agent, mentionne ses plus grosses opérations connues, taisant donc les quatre-vingt-dix pour cent restants sous le secret. Il conclut par sa prose personnelle pour faire part de son ressenti sur leurs années de coopération et son professionnalisme.

Même si c'est un discours réservé au public, donc censuré, c'est juste et émouvant d'entendre louer la grandeur et l'abnégation de l'homme sous la cagoule.

Ensuite, le général présente Cobra comme le nouveau chef, lançant le moment du passage de commandement. Condor se place face à son remplaçant, l'observe un court instant en silence puis, dans un geste ample qui fait sursauter beaucoup d'invités, il arrache sa cagoule. D'un coup d'œil circulaire sur la salle, j'aperçois les yeux écarquillés et les bouches arrondies de stupéfaction. Tout le monde retient son souffle en le scrutant lorsqu'il lève les bras pour céder sa cagoule à Cobra en la passant par-dessus la sienne. Le serpent disparaît pour laisser apparaître un Condor aux ailes déployées.

Pour terminer, le général offre une surprise à l'ancien chef : il pique un insigne sur sa poitrine. Étonné, l'ex-Condor baisse la tête pour inspecter la chose et le plaisir qu'il affiche en le découvrant me fait chaud au cœur. C'est son logo représenté sur une broche dorée. Il ne le sait pas, mais c'est à moi qu'il doit cette innovation. Je me doutais qu'il aurait du mal à abandonner son oiseau, alors j'ai proposé de créer cette marque distinctive qui attesterait de son statut passé. Mon idée est donc validée pour tous les agents qui quitteront le service.

– J'aurais bien aimé en recevoir un, moi, ronchonne Hector.

– Tu en auras un mais tu ne pourras jamais le porter, puisque tu as choisi de conserver ton anonymat.

La cérémonie prend fin sous un tonnerre d'applaudissements, ovation qui marque à la fois le départ et l'arrivée dans la cellule. Je suis à deux doigts de verser ma petite larme tant je suis émue pour mon mari. L'invitation par le général à profiter du buffet est lancée et l'essaim d'abeilles affamées se divise en deux groupes : ceux qui se jettent sur les plateaux de nourriture et ceux qui fondent sur les agents pour leur parler, car l'occasion est rare.

Les gars et moi optons pour la ruche vorace. Pendant que les héros du jour sont assaillis de félicitations et serrent des mains en veux-tu en voilà, nous nous glissons avec discrétion vers une table pour piquer des petits-fours et des boissons.

En enfournant de délicieuses mignardises, je parcours la salle d'un œil distrait, pour m'apercevoir rapidement que beaucoup trop de regards féminins lubriques sont dirigés sur mon homme. Enfin à découvert, tout le monde peut admirer la bête. J'aurais dû m'y attendre, il ne laisse pas indifférent et est en train de causer des vapeurs dans la salle, sans même le savoir. Tout compte fait, le port de sa cagoule va me manquer.

Je n'apprécie que moyennement de les voir saliver de la sorte, mais je ne ressens aucune inquiétude. Il a ôté sa cagoule, certes, mais si une femme tente sa chance en lui faisant du rentre-dedans, elle s'apercevra que son caractère explosif ne s'est pas envolé avec le bout de tissu.

– Tu as vu Sylvie ? je questionne Lynx qui domine la foule bien plus que moi.

– À trois heures. Elle discute avec une autre femme, répond-il du tac au tac.

– Tu la surveilles ou quoi ?

– Bien sûr. Je ne la quitte presque jamais des yeux. Tu devrais le savoir puisque ton mari fait de même.

– Faux. Il me tourne le dos.

– Faux. Il te mate dans le miroir d'en face. S'il s'est placé de cette façon, ce n'est pas un hasard et je peux t'assurer que s'il n'y avait pas de glace sur le mur, il te ferait face. On dirait que tu viens de le rencontrer et que tu découvres son côté protecteur. Tsss, se moque-t-il.

– Hey ! Ce n'est pas la folle qui s'approche de Sylvie ? intervient Hector.

En alerte, nous scrutons la scène. Effectivement, j'ai le déplaisir d'apercevoir Valérie l'aborder. Agacée, ni une ni deux, je vole à son secours. Pour être honnête, étant donné que Sylvie n'a pas besoin de mon aide, c'est la curiosité qui me fait presser le pas. Parvenue à leur niveau, je m'insère dans le groupe sans discrétion ni invitation. Valérie renifle pour m'accueillir sans dissimuler son dédain.

– Tiens, te voilà, toi.

– Un problème ? je questionne.

– Mais pas du tout, au contraire. Je venais juste faire remarquer à Sylvie que vous êtes deux hypocrites. Sous vos airs de saintes donneuses de leçons, vous cachez bien votre jeu. Vous avez tout fait pour m'éloigner des agents sous prétexte de sécurité et de confidentialité, mais le seul secret valable, c'est que vous les vouliez pour vous, susurre-t-elle avec du fiel qui lui dégouline des babines en pointant mon ventre du doigt.

L'information que Condor a souhaité rendre officielle a bien fait le tour, aucun doute. Mais rongée de jalousie, elle interprète la situation de façon erronée, me cataloguant dans la même catégorie qu'elle, femme vénale et manipulatrice. Cela dit, je n'ai pas à me justifier, encore moins avec ce genre de personne obtuse. Elle choisit très mal son moment pour me chercher querelle.

– Je me contrefiche de ce que tu penses pour la bonne raison que ton cerveau n'a pas plus de consistance qu'un tas de merde. Tu es à côté de la plaque, tant sur ton analyse des faits que pour assurer ta réussite professionnelle.

Oui. Bon. Nous mettrons ma grossièreté sur le compte de mon taux d'hormones qui crève le plafond. C'est bien pratique.

– Je ne te permets pas…

– La ferme ! Tu ouvres la bouche pour vomir une réflexion nauséabonde sur les agents, Sylvie ou moi, et je te fais la misère ! Tu demanderas très vite ta mutation en Alaska ! Alors, mène ta vie, aussi insignifiante soit-elle, mais surtout, ne nous inclus pas dedans. Oublie-nous et ne te mêle jamais de nos affaires. C'est le dernier et unique conseil que tu recevras de ma part.

– Tu me menaces ?

– Menace ou avertissement, c'est comme tu l'entends. La conclusion sera identique. Maintenant, dégage !

– Tu te prends…

– Elle a dit : dégage ! rugit mon homme par-dessus mon épaule.

Nous sursautons toutes puisque nous ne l'avons pas vu arriver. Il est furieux et prouve qu'il n'est pas moins impressionnant sans cagoule. Il va la bouffer toute crue si elle prononce un mot, c'est sûr.

Elle est finalement moins stupide que je ne le pensais, elle ne bronche pas. Au contraire, elle fait volte-face puis file comme une fusée jusqu'à la porte, qu'elle franchit sans se retourner. J'espère que c'est de façon définitive. Satisfait, mon adorable protecteur arbore un visage plus serein avant de se tourner vers les autres agents derrière nous.

– Tu attendais quoi pour intervenir ? reproche-t-il à Lynx.

– Tu as eu l'impression que Sabine avait besoin de soutien ? Moi, non, réplique l'intéressé pour le remettre à sa place.

– Je ne pense pas non plus. Je ne sais pas comment ça se passe lorsque vous êtes dans l'intimité, mais pour ma part, c'est la première fois que je la découvre aussi agressive et vulgaire. Remontée comme une horloge atomique, s'amuse Hector.

– Pareil. Tu m'as tuée. Je n'ai pas pu placer un mot, approuve Sylvie.

– J'avoue, tu as fait fort. Sachant ce que je t'ai fait vivre au début, je me rends compte que je l'ai échappé belle. Tu aurais pu me sauter à la gorge, commente Squale en riant.

– À un moment, il faut arrêter les conneries. Nous avons été polies et patientes, ça n'a rien donné. Je reconnais que j'aurais pu éviter les grossièretés. Pardonnez-moi.

– Hors de question puisqu'il n'y a rien à pardonner. Tu as très bien fait et ce n'est pas quelques gros mots que nous allons te reprocher, intervient Cobra.

Ah non, pas Cobra. C'est Condor, maintenant.

La foule rend les agents nerveux, alors nous patientons quelques minutes de plus avant de rejoindre notre bureau les bras chargés de plateaux de victuailles, volés sans aucune discrétion. Mais après tout, c'est un buffet préparé en leur honneur. Nous picorons les restes tout au long de l'après-midi dans une ambiance presque festive.

Environ une heure avant notre départ, Stéphane et deux autres gars de l'équipe Log se présentent avec de grands sacs vides. Ils annoncent qu'ils viennent chercher le matériel et armement du partant. Stéphane prend soin de prononcer sa demande sur un ton très neutre pour ne pas en rajouter.

Condor soupire mais accepte son sort en déboutonnant sa veste en premier. Une fois celle-ci ôtée, il la pose dans le sac à ses pieds. Choquée qu'il soit déshabillé de la sorte, j'interviens.

– Stéphane ! Il ne va pas repartir à poil quand même !

Stéphane est gêné, alors c'est Condor – déjà informé de la procédure à suivre – qui me répond :

Bien sûr que non. Dans l'autre sac, il y a une veste sans siglage.

Peu importe, la situation me déplaît, je me braque.

– Vous êtes obligés de lui faire tout enlever comme s'il était un paria ?

– Sabine. Ne lui crie pas dessus, c'est normal de remettre son matériel avant de partir, tempère Hector.

– Oui ! Je sais. Mais je n'aime pas ça du tout !

Qu'il soit traité de la sorte me rend furieuse. Lynx pose sa main sur mon épaule qu'il presse en me parlant avec douceur.

– Hey, du calme. Aucun de nous n'est ravi de vivre ça. Je peux t'assurer que nous sommes avec lui pour l'accompagner, pas pour le foutre dehors.

– C'est toi qui le transformes en mauvais moment. Reste cool, ajoute Squale qui enlace mes épaules.

Condor m'observe avec tendresse, un sourire reconnaissant sur les lèvres. Étant la seule à mal vivre cet instant, je me contente de le regarder jeter, l'un après l'autre, la cagoule de rechange coincée dans sa ceinture, son couteau, et encore un autre planqué sous une jambe de pantalon. Connaissant mon homme, il ne lui faudra pas longtemps pour s'en procurer d'autres. Pour finir, il s'empare de son téléphone qu'il éteint avant de l'envoyer dans le sac.

Lorsque ses doigts se posent sur la boucle de son ceinturon qui porte ses deux armes, le silence est total. Le moment est grave. Leurs armes, c'est symbolique, c'est ce qu'ils ont de plus cher. Il le déboucle puis le tend à Stéphane. Ça y est, c'est la fin du Condor pour lui. Il reste comme hébété en fixant Stéphane qui sort les armes de leur étui pour les ranger dans une valise, alors Hector et Lynx se postent à ses côtés et lui enlacent les épaules.

– Je l'ai voulu, mais ça fout les boules, confesse-t-il d'une voix rauque.

– Tu le seras toujours et jusqu'à la fin de ta vie, déclare Lynx qui tapote de l'index l'insigne sur sa poitrine.

– Ouais, c'est vrai, rétorque en souriant faiblement celui qui redevient Alexandre.

– Maintenant, capitaine Août, nous allons fêter ça tous ensemble chez toi ! s'exclame le nouveau Condor pour alléger l'ambiance.

Mon Condor, l'autre Condor, Alexandre, l'ex-Cobra… Je ne sais pas vous, mais en ce qui me concerne, c'est la confusion. Il me faudra un temps d'adaptation.

Mais il y a plus grave à cet instant. Aurais-je mal entendu la dernière phrase prononcée ?

CHAPITRE 24

Désœuvré.

ALEXANDRE (POUR MES AMIS)
MON AMOUR (POUR SABINE)
MON CAPITAINE (POUR LES AUTRES)

Ce que je ressens est inhabituel. Sous le regard compatissant de tous, je revêts le treillis apporté par l'équipe Log. Voilà, je suis désormais habillé. Pourtant, je me sens nu. Vulnérable. La faute à l'absence de tous les signes qui attestaient de mon appartenance à la cellule. Plus d'oiseau brodé, plus d'écusson sur le haut des bras ni sur la poitrine, plus d'armes et plus de cagoule. Ouais, je suis à poil.

Sabine rompt le silence.

– Attendez une minute. Maintenant, tu peux nous dire ton vrai nom.

– Cobra vient… Non, c'est Condor maintenant, il faut que je m'y fasse. Donc, Condor vient de le dire et je te l'avais déjà dévoilé chez tes parents.

Un détail m'échappe ? Pourquoi reste-t-elle bouche bée pendant quelques secondes avant de réagir ?

– Mais je pensais que c'était une blague !

– Non. C'est mon vrai nom.

– Mais non !

– Sabine, je te certifie que si, je m'agace.

– Mais c'est un mois, pas un nom !

– Moi, c'est bien Charles Novembre, commente Lynx.

– Mais sérieusement ? Vous avez tous des noms à la con ? souffle-t-elle.

– Pas moi ! s'amuse Condor en levant la main.

Lui, il sort du cadre habituel de recrutement. Il a des parents et a vécu normalement avant son arrivée. De ce fait, ce serait une sacrée coïncidence s'il était nommé par un mois ou un jour comme nous. Pour l'instant, Sabine se tape le front en se lamentant.

– Je vais vraiment m'appeler Sabinoute.

– Oui. C'est mon nom et tu es ma femme.

– Si je puis me permettre et pour défendre Sabine, pour nous qui héritons de ceux de nos parents, c'est étrange, argumente Condor.

– À peine et avec le bol que j'ai, je tombe sur le pire mois de l'année en plus, ronchonne-t-elle.

– Et si je prends le tien, tu préfères ?

Deuxième moment d'ahurissement avant qu'elle ne réponde.

– Ce serait possible ?

– Mon nom m'ayant été donné par défaut, je pense que oui.

– Tu ne peux pas t'appeler capitaine Chantelle alors que tu es instructeur pour gros guerriers, réfute Lynx.

– C'est vrai que ça fait plus prof de danse classique, abonde Squale.

– Excusez-moi, mais vous êtes en train de vous moquer de mon nom, fait-elle remarquer sèchement.

– Sur toi, il est parfait, se rattrapent-ils aussitôt.

– J'aime bien ton nom et si je n'ai pas le choix, je le porterai puisque je me contrefiche du mien qui ne représente rien. En revanche, je vais auparavant me renseigner quant à la possibilité d'en obtenir un qui serait plus personnel. Ça te va ?

– Tu es le meilleur, approuve-t-elle en se collant à moi pour m'enlacer.

– Doux Jésus ! Il est urgent que tu quittes cette cellule. Jamais je n'aurais cru voir ça un jour, me charrie Hector.

– Encore quelques semaines et nous avions droit aux papouilles en public, s'y met Squale.

– Et des « Mon amour, tu peux m'envoyer la carte de tel endroit ? », renchérit Hector d'une voix traînante.

– Mais bien sûr mon bébé, continue Lynx d'une voix aiguë en papillonnant des yeux.

– La ferme. Je peux encore vous coller contre un mur. Je ne tolérerai jamais qu'on m'appelle « bébé » ! Ça ne va pas bien ? je m'insurge.

Je laisse tomber les cloisons, mais certainement pas les limites du ridicule.

Deux semaines plus tard, le général qui a pris en charge le problème de mon patronyme me contacte.

– Comme le tien est une attribution par défaut, l'état civil t'accorde le droit de changer de nom.

– Sabine sera ravie. En plus, j'ai décidé de lui laisser le choix, je lui dois bien ça.

– C'est le cas, tu es renommé depuis tout à l'heure. Les commissaires sont montés au créneau pour accélérer les choses. Tes papiers sont en cours d'établissement et Sabine te ramène les provisoires ainsi que l'acte officiel.

Je vous assure que j'ai une grande confiance en Sabine pour trouver quelque chose d'adéquat, qui me correspond. Pourtant, ce n'est pas sans appréhension que je demande au général d'annoncer ma nouvelle identité.

– Tu t'appelles Alexandre Legrand. Normal.

– Quoi ? C'est une blague, elle n'a pas pu choisir ça ?

– Legrand est un nom courant. Pas de quoi être étonné.

– Mais là, ça fait présomptueux. Je n'aime pas.

– Alors que tu es l'humilité incarnée, comme nous le savons tous, raille-t-il.

– Je n'ai surtout pas besoin de piquer celui d'un autre homme, aussi grand soit-il, pour me sentir important.

– C'est assez juste. Allez, j'arrête de te faire tourner en bourrique. Ta femme est plus avisée que ça.

– C'est malin de me faire râler pour rien. Dis-moi tout.

– Enchanté de vous connaître, monsieur Alexandre Auclair.

Auclair. C'est simple et ça sonne bien. Je le répète deux fois, ensuite avec mon grade devant et vraiment, ça le fait.

– Je valide. Ça me va bien.

– Tu ne prenais pas un grand risque en confiant le choix à Sabine. Sachant qu'elle va le porter, elle ne serait pas partie sur une bêtise. Pour la petite histoire, c'est le nom de jeune fille de sa mère qui se perdait, puisqu'elle est la dernière de sa famille.

– Sabine lui a demandé l'autorisation avant, tout de même ?

– Bien sûr et ta belle-mère est flattée. Tu marques des points et à ce que j'ai pu comprendre, tu en as besoin.

– Je dois m'adresser à qui pour mes bandes patronymiques ?

– À personne. C'est à nous de te fournir ton paquetage complet et nous les avons commandées d'avance. Elles sont arrivées hier, Sabine te les dépose ce soir.

– Elle a fait changer les siennes aussi ? je me renseigne avec l'espoir d'une réponse positive.

– Oui. Ta femme a perçu les siennes, elle a décidé de porter ton nom. D'ailleurs, nous allons nous revoir bientôt au bureau. Vous devez signer tous les papiers pour finaliser votre union qui sera officialisée administrativement.

– C'est sympa de t'occuper de tout.

– Même si c'est avec plaisir, cela fait partie du contrat. Nous nous sommes engagés à tout prendre en charge pour ton retour à la vie sans anonymat.

C'est une bonne chose. Depuis dix ans, ils gèrent tout à ma place, l'entièreté de mes affaires et de mes besoins. Aujourd'hui, je suis d'une incompétence totale pour tout ce qui concerne les tâches administratives. Heureusement que Sabine assure sur ce point et je compte sur elle pour me l'enseigner. Je lui ai déjà proposé, mais elle a refusé, arguant que je n'étais pas assez armé pour me confronter à l'administration. Je ne vois pas ce qu'elle entend par là, mais elle a fortement insisté pour gérer elle-même ce volet pour le moment.

C'est dommage, car depuis mon départ de la cellule, je tourne en rond. Ces deux semaines de prétendu repos deviennent insupportables. Quelle idée débile, comme si j'en avais besoin ! C'est tout l'inverse, ne rien faire m'épuise. C'est quand je bouge et transpire que je me sens bien. Ne prenant mes nouvelles fonctions que dans trois jours, je trépigne.

Heureusement, je peux me rendre au centre d'entraînement cet après-midi, invité à rencontrer l'équipe d'instructeurs, et organiser l'arrivée du prochain contingent de stagiaires. Je ne tiens pas en place jusqu'au moment du départ. Par chance, Sabine se trouve au bureau, sinon, elle me taperait dessus pour me calmer. Depuis l'arrêt de mes fonctions, les coussins du canapé volent régulièrement dans le salon, pour finir leur course sur ma tête. De toute évidence, je l'agace.

Je m'acquitte du trajet avec la voiture banalisée mise à ma disposition en attendant d'en acquérir une. À mon arrivée sur place, toute l'équipe m'accueille devant le bâtiment de notre unité et chacun se présente. Leurs dossiers m'avaient été transmis la semaine dernière, je connais donc leurs états de service. J'ai affaire à des hommes aguerris, très pros et qui en ont vu dans leur carrière. En revanche, le fait qu'ils soient tous mal à l'aise face à moi me surprend. Les gars avaient raison, je reste le Condor, ça me plaît beaucoup. Ils savent tous qui je suis, mais c'est agréable de les voir loucher sur l'insigne sur ma poitrine, un bon rappel de mon ancien statut. De plus, eux sont très bien placés pour évaluer la teneur des missions qui m'ont été confiées. J'en ai même sûrement croisé certains au cours d'un assaut.

Si eux font preuve d'hésitation lorsqu'ils m'adressent la parole, je vais me marrer avec les stagiaires. Au premier hurlement de ma part, ils vont se pisser dessus. Je vais adorer mon nouveau job ! À défaut d'être aussi palpitant que le précédent, il sera amusant et regonflera mon ego.

Le lieutenant qui se présente comme mon adjoint semble être un bon gars. Bien costaud, un peu plus sûr de lui que les autres, il arbore quelques cicatrices montrant qu'il n'a pas passé ses années de service dans la ouate. Une fois toutes les mains serrées avec poigne, ils se rangent en ligne face à moi. C'est le moment de mon laïus, j'opte pour la sobriété. En même temps, je ne suis pas réputé pour mes talents d'orateur.

– Je suis intransigeant et peu avenant, mais je n'ai pas l'intention de me comporter comme un chien hargneux avec mon équipe.

Rassurés sur leur sort, certains se détendent et beaucoup lâchent un soupir de soulagement. Ils peuvent remercier Sabine qui m'a conseillé de les informer que mon air revêche ne représentait pas mon caractère, moins effrayant qu'il n'y paraît. « Afin de bien démarrer votre collaboration, essaie de les mettre un peu à l'aise », ce sont ses paroles. Encore un point sur lequel elle ne s'est pas trompée et qui me rapprochera de mes hommes. Plus joyeux, ils me proposent de découvrir le complexe.

Pendant la visite des lieux, je repère deux pièces qui seront mes favorites : l'armurerie et la salle de sport. En les inspectant, mes yeux s'agrandissent plus chaque seconde à l'idée de pouvoir m'amuser avec tout ce matériel d'enfer. Ils possèdent plus de matos que dans la cellule, c'est dingue. Je vais pouvoir faire rager les gars et frimer avec des armes qu'ils n'ont pas. En même temps, si certaines sont sympas, je ne vois pas à quoi m'auraient servi un lance-roquettes antichar ou un vérin pneumatique dans le désert.

Nous sommes maintenant tous réunis dans un bureau, pour préparer le programme à venir et répartir les tâches. Mon adjoint explique que tous les instructeurs sont polyvalents mais ont chacun un domaine de prédilection. Par conséquent, les cours sont attribués en tenant compte de ce détail.

– Et moi ? Vu que je maîtrise toutes les disciplines, je dispense quels cours ?

– Euh… Eh bien, quelle est votre préférence ?

Je suis le chef, il est normal que je choisisse, c'est vrai. En principe, en raison de mon grade, je devrais me contenter de commander et me taper la partie administrative. La fameuse discipline qui m'est inconnue. L'ordre des choses a été modifié pour tenir compte de mon expérience, plus utile sur le terrain que derrière un bureau. Et ce n'est rien de le dire, car s'ils m'y avaient collé, je pense qu'après avoir explosé le budget informatique à force de remplacer les écrans et souris que j'aurais envoyés dans le mur, ils auraient envisagé une autre solution.

Donc, pour répondre à sa question, quelle discipline choisir ?

– J'ai une préférence pour les activités physiques. Plus c'est dur, plus j'aime ça.

– Ah ! Quelque chose me dit que la promotion de cette année va découvrir une nouvelle dimension au « dépassement de soi », s'amuse mon adjoint.

– Au pire, si ça ne bouge pas assez, j'irai me défouler dans la salle de sport, je précise pour ne pas trop les inquiéter.

– Leur formation est longue et éprouvante. Il faut les préserver un peu si l'on veut qu'ils tiennent sur la durée, approuve un chef.

– D'ailleurs, il est peut-être plus sage que l'adjudant se charge du sport, intervient un autre.

– Combat, tactiques, corps-à-corps et survie, ça vous va, mon capitaine ? questionne mon adjoint.

– C'est le minimum. Je suivrai également tout le programme pour évaluer le fonctionnement global.

C'est ça, vous pouvez tous grincer des dents, je m'en contrefiche. Je suis le chef et je veux tout voir. Ensuite, l'adjoint annonce la répartition des postes et les équipes. Étonné, j'apprends que nous tournons pour prendre du repos dans le but de ne jamais nous épuiser. L'encadrement doit rester frais devant les stagiaires, cela leur plombe encore plus le moral, paraît-il. C'est bien gentil, mais en ce qui me concerne, ce n'est pas la totalité de leur programme qui va me mettre sur les genoux quand même !

– Bien ! Nous sommes prêts pour les accueillir lundi matin. Vous passerez prendre vos plannings au secrétariat et pensez à vérifier tous les jours les changements. Sur ce, un dernier mot ou une ultime consigne, mon capitaine ?

– Si tout est vu, non. On peut aller courir, maintenant ?

– Euh… Nous avons fini et nous rentrons chez nous pour profiter d'un bon week-end avant les festivités, répond mon adjoint.

Se reposer ? Encore ? Mais je n'en peux plus de ne rien faire ! Ils me fixent tous, leurs visages expriment la crainte et le manque total d'envie de suer en ma compagnie.

– OK. À lundi, je bougonne pour ne pas me les mettre à dos avant d'avoir pris mes fonctions.

La nuée de moineaux s'envole et quitte la salle avant même que mes fesses aient décollé de ma chaise. Envie ou pas, ils viennent de prouver qu'ils savent très bien courir. Mon adjoint, qui est encore assis à ma gauche, se marre quand ils sont tous dehors.

– La salle de sport est libre. Vous souhaitez que nous fassions une séance et que je vous montre le fonctionnement de nos appareils ?

– Quel est votre prénom ?

– Laurent, mon capitaine.

– Eh bien, Laurent. Je sens qu'entre nous, ça va bien marcher.

De joie, je me lève d'un bond, trop heureux de brûler des calories.

– Si vous ne m'épuisez pas trop vite, c'est possible.

Finalement, il se peut que j'arrive à trouver mon compte pour me dépenser comme je le souhaite. Sabine appréciera.

CHAPITRE 25
Mise en place

Notes du docteur Cauvin – 20 décembre : sujet Condor. Mental : OK. État général : OK. Observation : la prise du commandement de la cellule est finalisée. Une coopération se met en place avec son prédécesseur.

SABINE

Depuis qu'Alexandre a pris ses fonctions d'instructeur, le calme est revenu à la maison. Il peut s'agiter tout son soûl au camp avec ses copains, enchaîner des parcours du combattant, se rouler par terre en corps à corps, trottiner avec ses quarante kilos sur le dos, dormir dans un trou ou des buissons, et autres joyeusetés du genre. Une vraie colo pour gamins turbulents. Et les festivités se déroulent de jour comme de nuit, il en passe au moins trois par semaine là-bas. Lorsqu'il rentre à la maison, il est repu d'exercices, cela me fait du bien. Un gosse qui a besoin de sa sortie quotidienne sinon il est intenable, pareil. Cet homme pourrait épuiser un chien de berger.

Ses comptes rendus de fin de journée sont succincts et prononcés avec un sourire radieux : « Je me suis éclaté » ou « Je les ai éclatés », je n'en apprends pas beaucoup plus. Heureusement, les CCLS ne peuvent s'empêcher de se renseigner sur la nouvelle activité de leur ancien chef, ils jouent donc les fouines aujourd'hui en se rendant sur place. Étonnant. Quels vilains curieux. Là, c'est la fille qui trépigne d'impatience en attendant leur retour qui vous parle, celle qui est toute fébrile lorsqu'elle aperçoit les trois agents revenir. Hector, qui travaille sur le bureau face à mon poste, se lève d'un bond. Il n'est pas plus mature que moi sur ce coup.

– Alors ? les accueillons-nous d'une même voix empressée.

– Terrible ! Ses stagiaires le vénèrent ! répond Lynx avec enthousiasme.

– Mais ils font dans leur froc dès qu'il approche à moins d'un mètre, c'était hilarant. Lui, il adore, ajoute Squale.

– Tu étais son collègue et tu n'en menais pas large non plus face à lui, fais-je remarquer.

– Bam ! Ça tire à boulets rouges ici, s'amuse Condor.

C'est vrai que l'ambiance a bien changé en un an et demi. Quant au fait que l'ancien logo de mon mari apparaisse sur une nouvelle tête, je m'y suis habituée. Mais revenons au sujet du jour : Alexandre le tyran. Qu'il terrorise ses élèves, je n'en doutais pas une seconde. Ce n'est donc pas ce qui m'intéresse.

– Dites-moi s'il s'en sort aussi bien qu'il le pense.

– Bien sûr que oui. Les gars en bavent plus parce qu'il intensifie le programme initial, mais après avoir discuté avec son équipe et les stagiaires, ils sont tous d'accord sur un fait : il est au top, approuve Lynx.

– Pour les mises en scène, il utilise des situations qu'il a vécues, ça ajoute encore à leur concentration. Il les galvanise dès qu'il partage son expérience, explique Squale.

– Au final, les élèves sont sur un nuage de l'avoir comme instructeur. Enfin… quand ils ont le temps pour ça et qu'ils ne rampent pas pour réintégrer leur chambre tant ils sont épuisés.

– Blindés de motivation, ils se donnent à fond. Du coup, après un point avec Alexandre et le général, nous avons décidé de recruter le prochain Cobra dans la promotion. C'est fini la sélection à l'ancienne, ajoute Condor.

– Condor l'a annoncé avec Alexandre aux élèves pendant le rapport du midi. Les yeux écarquillés, certains s'agitaient sur place. Ils étaient pris d'une envie subite de hurler « Moi ! ». C'était trop drôle.

– Qui de mieux que l'ancien chef pour former et fournir les meilleurs futurs agents ?

Ils approuvent tous et Condor précise que le débat avec le général a mené à la décision qu’Alexandre serait désormais chargé des sélections. Nul doute qu’il est ravi de cette responsabilité et qu’il s’en acquittera à la perfection. Conserver un lien avec la cellule est ce qu’il souhaitait le plus, et je parle d’un lien qui ne passe pas par sa femme. Alexandre bénéficiera de plusieurs mois pour évaluer les élèves, alors il pourra difficilement douter ou se tromper sur leurs capacités. Ceux qui ont l’envie et le niveau pour devenir agents n’ont qu’à bien se tenir, parce qu’il va les éprouver au maximum.

Ensuite, ils nous détaillent les lieux et l’organisation du centre d’entraînement. Lorsqu’ils en viennent à la salle de sport, ils soupirent tous avec un air béat avant d’annoncer qu’ils ont gagné l’autorisation de l’utiliser en échange d’un peu de leur temps pour participer à certains cours. Le bénéfice d’une coopération entre eux est une évidence. Ils pourront joindre l’utile à l’agréable, s’entraîner en transmettant leurs compétences.

En résumé, sa reconversion se déroule idéalement. Il peut rester lui-même et profiter de sa gloire. De plus, il est très présent pour le moment à la maison, malgré les quelques nuits passées sur le terrain chaque semaine. Nous n’avons pas encore pu tirer parti de cette nouvelle vie pour organiser des sorties, mais j’aime autant ne pas précipiter les choses. Nous avons bien le temps, il doit s’adoucir avec les civils auparavant.

En fin de journée, je rentre seule à l'appartement. Pour entretenir ma forme – à défaut de mes formes –, je m'emploie à maintenir les trajets pédestres, même si ceux-ci demandent un peu plus de temps au fil des semaines. Afin de préserver mon moral, nous dirons que mon pas s'avère moins léger en ce moment, ce qui va durer encore quelques mois et ne pas aller en s'améliorant.

Aujourd'hui, comme nous en sommes convenues avec Sylvie, nous nous retrouvons dès mon arrivée dans notre immeuble. Elle m'accueille dans le couloir, les bras chargés de catalogues de puériculture. Depuis deux mois, nous discutons des achats à prévoir et listons ce qui nous semble important. Sa sœur qui est jeune maman nous est d'une grande aide, bien plus que ma mère qui n'en est pas restée aux langes en tissu, mais pas loin.

Le terme de ma grossesse arrive dans moins de trois mois, il est temps de décider, c'est le but de notre soirée. Deux heures et deux tisanes plus tard, les choses se précisent enfin et cela tombe bien, le futur père rentre à la maison.

Concentrées et presque à la fin de nos emplettes prévisionnelles, nous le saluons avant de replonger dans nos papiers. Intrigué par notre conciliabule, il pose son sac dans le couloir puis s'approche, un regard circonspect sur la table basse recouverte de catalogues ouverts. Il en attrape un, le feuillette sur quelques pages en lisant les inscriptions et Post-it disséminés un peu partout. Tout à coup, il se baisse pour écraser le doigt sur une image.

– Une cage pour notre bébé ?

– Non. Un lit à barreaux. Ce n'est pas tout à fait pareil.

– Qui dit barreaux dit cage. Je ne veux pas enfermer mon enfant ni l'emprisonner dans ce truc, déclare-t-il en pointant une autre photo.

– C'est une gigoteuse, comme un duvet, mais pour bébé, explique Sylvie.

– Essaye de m'attacher à mon duvet et tu vas voir ce qui va t'arriver, gronde-t-il.

– Il n'y a aucune chance que je te mette au lit un jour. Mais si cela arrivait, tu devrais plutôt te méfier de la tétine en fer que je te collerais dans la bouche pour te réduire au silence, rétorque-t-elle.

Notez comme le mythe du Condor effrayant s'est évaporé pour elle. Leur relation s'en trouve plus détendue, et bien plus drôle pour moi.

– Pense à y associer une muselière si tu ne veux pas mes dents plantées dans ta chair. Les filles, la chambre est opérationnelle, j'ai déjà vérifié.

Avec Sylvie, nous nous observons puis levons les yeux au ciel en même temps.

– Non. Elle n'est pas adaptée pour un bébé. Il faut changer le mobilier, insiste Sylvie.

– Tu n'emploies pas la tactique éprouvée. Avec lui, ne tente pas les ordres ou les obligations, tu le braques. Si tu veux son attention, parle de règlements, de sécurité ou de survie.

– Exact. Lynx est plus souple alors je n'ai pas encore le réflexe. Alex ! Ton bébé va se retourner, bouger et chuter. Sais-tu que la tête d'un bébé pèse très lourd ? Du coup, il tombe presque toujours sur le crâne, et cela peut être très…

Horrifié, Alexandre l'interrompt en levant les deux mains.

– J'ai compris ! Stop aux scénarios catastrophes qui vont me mettre sur les dents. Mais je ne suis pas pour les barreaux quand même. Il n'y a pas une version avec parois pleines pour qu'il ne se coince pas en plus la tête ?

– Pour une fois, je trouve sa proposition sensée, souligne Sylvie qui attrape un catalogue.

Elle le feuillette un instant puis pointe du doigt un lit dont les côtés sont composés de plaques épaisses transparentes. Je suis déjà amoureuse de cette merveille, j'approuve aussitôt.

– C'est plus sympa, même si c'est plus cher.

– On s'en fout du budget. Tu achètes tout ce qu'il faut et tout ce qui te fait plaisir, tranche Alexandre.

– Fais attention à ce que tu lui dis. J'ai sous les yeux une poussette à mille euros. Ça peut aller très vite cette affaire, le tempère Sylvie.

– Je m'en fiche complètement. J'ai bossé toute ma vie sans voir la couleur de mon argent, alors s'il sert à offrir le meilleur pour ma femme et mon enfant, ça me va. Sinon ? Cette poussette est brodée de fil d'or ? questionne-t-il avec un air effaré.

– Non. Ce n'est que du plastique et du métal. Je ne suis pas dépensière, mais j'avoue que j'ai envie de me faire plaisir pour la chambre et le matériel.

– J'ai le droit de donner mon avis ?

– Bien sûr que oui ! Tu me prends pour qui ?

– Alors moi, j'aime le bleu, dévoile-t-il avec le plus grand sérieux.

– Eh bien, soit. Nous choisirons des affaires bleues.

– Pour le matériel aussi, on peut prendre en bleu. Toi, je te connais un peu et tu t'es persuadé que nous attendons un garçon, Monsieur Je-n'ai-pas-de-préférence.

Pour l'enquiquiner, je cède à ma façon.

– D'accord. Nous achèterons également des robes bleues.

– Mais non. Pas des robes, râle-t-il.

– Hé hé hé. Je ne me lasserai jamais de votre couple.

Sylvie déchante au fil de la soirée. De retour d'une réunion, Lynx est parti à la recherche de sa femme qu'il ne trouvait pas dans leur appartement. Donc il débarque chez nous, logique. Contrairement à mon sentiment premier, Alexandre s'intéresse beaucoup au matériel de puériculture, sauf que ce n'est pas tant le côté pratique et esthétique de la chose qui l'emporte pour lui. De son point de vue, la sécurité est le critère ultime, alors il détaille la structure et les matériaux. Qu'un cosy pèse quarante kilos ne lui pose pas de problème.

Il est actuellement en train d'inspecter les photos du siège-auto avec Lynx, pour déterminer s'ils peuvent le renforcer. Pour lui, du plastique ne peut être suffisant à la protection de sa future merveille.

– Il faut celle-ci. Je la veux, tranche Lynx en exhibant maintenant l'image d'une poussette noire.

– Pas de noir. C'est hyper salissant.

– Moi, je veux du noir. Il faut que tu fasses des concessions. Tu ne peux pas acheter que des choses pour toi, ose-t-il me reprocher.

– Oh ! C'est pour son bébé. Encore heureux que Sabine choisisse ce qui lui plaît, me défendent Alexandre et Sylvie.

– Mais ensuite, ce sera pour le mien, alors c'est normal que je puisse décider pour quelques trucs, lâche Lynx de façon très naturelle.

– Holà ! On se calme le minet ! s'affole Sylvie.

Surpris par sa violente rebuffade, il se justifie aussitôt.

– Tu m'as dit dans quelques années, trois ou quatre.

– Oui, mais pas avant. Attention à tes moustaches, convient-elle en le menaçant du regard.

– Si tu sous-entends que, moi, j'oserais faire quelque chose d'aus… Aïe !

– Oh ! J'ai ripé, le coupe Alexandre.

Mais bien sûr, son poing qui percute l'épaule de Lynx était un geste bien calculé.

– J’ai bien compris ce que tu voulais dire, mon Matou. Merci d’être toi, le félicite Sylvie.

– Et donc, pour reprendre tes arguments, tu as l’intention d’élever ton lointain futur bébé avec tout notre matériel. C’est bien ça ?

– C’est logique, juste du sens pratique.

– Pratique… un peu comme Sylvie.

– Pardon ?

– Rien. Je te raconterai plus tard, je chuchote sous le regard tueur de Lynx qui m’intime de me taire.

Alexandre clôt le sujet en clamant que je reste la décisionnaire – sauf si la sécurité ne suit pas – et les tergiversations reprennent. Un combat est en cours avec deux équipes qui fondent dans la mêlée. Les catalogues s’arrachent des mains, des pages ne résistent pas. Il y en a même qui volent en boule dans la pièce lorsque les hommes jugent que « ce truc, c’est non ! ». C’est la lutte du choupinou-trop-beau contre le solide et sérieux, l’ambiance est bruyante.

– Outch !

Je me raidis suite au coup de pied que je viens de prendre dans le ventre. Tous figés, ils me scrutent avec inquiétude. Alexandre bondit par-dessus la table basse pour se jeter sur moi.

– Que se passe-t-il ?

– Vous faites trop de bruit. Je crois que bébé tempête parce qu’il voudrait bien dormir.

– Tout le monde dehors et au lit ! ordonne Alexandre qui se redresse en pointant la sortie du doigt.

– Du calme. Il bouge, c'est tout. Sabine plaisantait, le sermonne Sylvie.

– Il le sait très bien. Il est juste pendu à mon ventre tous les soirs et refuse de rater un seul mouvement de son bébé.

– Allez zou, dehors ! On reprendra demain !

Aucun de nous ne perd son temps à le raisonner, ce moment est devenu sacré depuis qu'il peut enfin sentir son bébé. La première fois est arrivée alors qu'il lui ronronnait je ne sais quoi comme tous les soirs. Le nez collé à ma peau pendant que je lisais, il s'est pris un bourre-pif assené par son bébé. De stupéfaction, Alexandre a bondi en arrière, puis s'est vautré par terre. Il m'a fallu plusieurs minutes pour me remettre de mon fou rire.

Notre analyse de l'événement fut très différente. Pour ma part, j'étais émue de sentir bébé réagir, je pensais qu'il commençait à manquer de place. Pour Alexandre, l'heure était grave. Il s'est persuadé que son bébé faisait preuve d'impatience de rencontrer son père. Mais bien sûr.

Tout cela pour expliquer que lorsqu'il est à la maison le soir, mon ventre ne m'appartient plus. Je vis presque le bidon à l'air parce qu'il ne veut pas rater le moindre mouvement. Comme il ne faut pas non plus abuser, j'ai réussi à négocier que la température dans l'appartement soit augmentée. Je joue la râleuse, mais être l'objet de toutes les attentions de mon homme est plaisant.

Alexandre étant d'une efficacité redoutable, à mon retour du bureau deux semaines plus tard, il m'invite à visiter la chambre de bébé entièrement équipée. Elle est parfaite, belle et fonctionnelle. D'ailleurs, vous n'imaginez pas à quel point, avec un rajout de son cru. Contre le mur opposé au lit du bébé se trouve un lit picot militaire avec un duvet étalé dessus.

– Tu as l'intention de monter des gardes ?

– Bien sûr. Tu pourras te reposer, je veillerai sur lui, répond-il non sans fierté.

Pour la surveillance, il est certain que je peux compter sur lui. Un peu trop, d'ailleurs. Je me livre à l'inspection de tous les meubles en bois pour les admirer.

– Tu as monté tous les meubles ?

– Ouais. Je suis le meilleur en montage et démontage d'armes, alors ce n'est pas quatre planches qui vont représenter une difficulté, quand même. Par contre, je laisse ton père se charger des autres.

– Ne me dis pas que tu as fait livrer les mêmes chez mes parents ?

Il fait son Condor, donc ne répond pas. Il se contente de me fixer en levant un sourcil pour marquer l'évidence des faits. Le royal enfant sera installé exclusivement dans du matériel approuvé par son père. Vous connaissez déjà le label NF, voici le nouveau, c'est la norme CD. « Avec la norme CD, achetez en toute sécurité ! » clamerait le slogan.

– En plus, comme ta mère me soûl… insiste pour voir la chambre du bébé, elle aura la même chez elle et nous ficher… elle sera contente, déclare-t-il en se corrigeant à chaque fois.

Avant, il n'aurait pas pris de gants et les mots seraient sortis de sa bouche sans aucune retenue. Encore moins depuis que nous avons annoncé à mes parents qu'il se trouvait en poste dans une unité d'élite auparavant. Cette révélation a eu le mérite de leur couper le sifflet, plus aucun n'a osé le questionner sur ses compétences. Alexandre aurait pu en jouer, mais comme il l'avait annoncé, il opère des efforts de sociabilisation. Même s'il y a encore du travail, il se tempère.

– Elle aimerait beaucoup voir notre lieu de vie, c'est normal.

– Je sais et je comprends, mais elle aussi. En attendant ton retour, j'ai pris toutes les pièces en photo pour les expédier ensuite sur son téléphone.

– C'est une très gentille attention. Merci, je le félicite avec un baiser.

Et voilà ! Nous sommes fin prêts pour accueillir le nouveau membre de la famille. Il n'y a plus qu'à profiter des quelques semaines avant le branle-bas de combat.

La vie.

ALEXANDRE

Le souffle rapide de Sabine résonne dans la pièce, parfois entrecoupé de plaintes murmurées. Assise sur le bord du matelas, face à moi qui suis debout, les doigts serrés sur les draps, elle écrase son nez contre mon ventre. Je maintiens sa tête d'une main en lui massant le bas du dos de l'autre. Je suis submergé de sentiments contradictoires. Le bonheur, l'impatience et le déplaisir de voir ma femme souffrir. Mais j'attends ce moment depuis longtemps, alors la joie prend le dessus, c'est indéniable.

Dans notre bulle, la voix d'une infirmière rompt le calme.

– Monsieur, vous voulez bien sortir ? Il y en a pour quelques minutes et vous pourrez revenir.

Est-elle simplette pour exiger une chose pareille ?

– Non.

– Euh…

Autre chose à me demander, peut-être ? Tentez votre chance, aujourd'hui, c'est cadeau.

– Si, monsieur. Il faut sortir, s'en mêle une autre.

– J'ai dit : non ! Je suis venu avec ma femme, je reste avec ma femme jusqu'à ce qu'elle quitte votre clinique. Elle souffre et je ne l'abandonnerai pas !

– Justement, je suis l'anesthésiste, me toise-t-elle.

C'est ça, cherche-moi. Si je te dis qui je suis, tu vas te sauver en courant. À ce jeu-là, je gagne à tous les coups.

– Grand bien vous fasse. Moi, je suis le mari et je reste avec ma femme.

– Nous devons poser la péridurale, c'est un acte qui pourrait vous mettre mal à l'aise ! hausse-t-elle le ton.

OK. Ce n'est pas le jour pour me gonfler, alors toi, tu vas prendre cher. Contrarié, je me redresse pour la fixer durement. J'ouvre la bouche afin de lui expliquer avec virulence que si elle me donne encore un ordre, je l'étrangle avec son cathéter. Mais Sabine me coupe l'herbe sous le pied.

– Je veux que mon mari reste et ne vous inquiétez pas, ce n'est pas une aiguille qui le fera tourner de l'œil. Il en a vu d'autres.

Bim ! Mon épouse me veut auprès d'elle, alors accroche-toi bien à ton chariot de torture si tu as l'intention de me sortir de la salle. C'est mort. Les deux femmes marmonnent, mais elles abandonnent le combat. L'infirmière me pousse dans le but de prendre ma place. Je la tue du regard, prêt à l'éjecter plus violemment si besoin. Du coup, elle retire sa main de mon épaule pour s'écarter vivement. C'est ça, dégage ! C'est moi qui la soutiens pendant qu'on lui triture le dos.

La manipulation faite, Sabine se rallonge en soupirant et les deux pies râleuses sortent. Nous voici enfin seuls. Je tire le fauteuil pour le coller au lit et m'installe pour me pencher sur elle. Je lui caresse la tête en l'embrassant sur le front par intermittence. Ma petite femme souffre beaucoup depuis deux heures, je déteste ça. Pourtant, elle tient bon, ne gémit pas, et si je ne surveillais pas ses traits crispés, je pourrais croire que tout va bien.

Je n'ai pas besoin de vous faire un dessin, nous sommes dans une salle d'accouchement et Sabine douille depuis le début du travail. Le vrai travail, pas les premières contractions qui lui ont fait croire que ce serait une rigolade. Nous étions prêts, donc aucune surprise à l'arrivée des premières contractions puisque c'était le terme. Les mauvaises langues qui pensent que je me suis affolé ont tout faux. Confortablement installés sur le canapé, elle allongée sur moi, nous avons patienté. Un chronomètre en main, je notais l'espacement des contractions. C'est Sabine qui a décidé quand nous devions partir. À son top, j'ai attrapé la valise qui attendait dans le couloir depuis deux semaines et nous avons tranquillement rejoint la voiture.

Une fois le volant en main, j'avoue que le trajet a été plus rapide. Je n'étais pas serein, alors mon pied pesait sur l'accélérateur. Depuis, nous sommes dans une salle rose, avec des personnes en blouse rose et Sabine dans des draps roses. Beaucoup trop de rose à mon goût.

La péridurale fait son effet – tant mieux pour l'anesthésiste qui m'aurait entendu –, Sabine se détend.

– Tu ne me laisses pas. Ne les écoute pas s'ils veulent te mettre dehors, déclare-t-elle d'une petite voix.

– Tu as cru que j'allais céder ? Ne t'inquiète pas, je suis riveté à tes côtés. Dors un peu, je veille.

– Il va bien finir par sortir quand même. Ça ne peut pas durer encore des heures, soupire-t-elle en fermant les paupières.

– J'irai le chercher s'il le faut. Repose-toi.

Je ne la quitte pas des yeux, jusqu'au moment – bien plus tard – où la sage-femme nous rejoint pour un énième examen indiscret, après lequel elle déclare qu'il faut s'installer.

– C'est le moment ?

– Oui, monsieur. Vous allez faire connaissance avec votre bébé d'ici quelques minutes.

Aussitôt, la chambre se transforme en ruche d'infirmières qui s'agitent. J'ai du mal à contrôler ce qu'elles font, tout ce petit monde remue en babillant sous les yeux de Sabine qui s'écarquillent de plus en plus.

– Je ne suis pas prête ! s'affole-t-elle tout à coup.

– Bien sûr que si, tu l’es. Ça fait des semaines que tu ne penses qu’à cet instant et que tu nous bassines pour qu’il soit hors de ton ventre qui cache tes pieds. Tu me fais quoi, là ?

– C’est demain que je voulais être, pas là, maintenant. Houloulou, je vais douiller, gémit-elle.

– Oui, on ne va pas se mentir. Pour toi, sa sortie ne sera pas aussi douce qu’un pet sous la couette. Pour ces prochaines minutes que tu vas vivre, je suis désolé de ne pouvoir prendre la douleur à mon compte. Mais tu es une winner et tu possèdes le meilleur coach au monde pour te soutenir.

– C’est gentil ça. On m’a rarement fait un si beau compliment, intervient la sage-femme avant d’enfiler son masque.

Je parlais de moi, mais je ne vais pas la contredire. Ce serait bête de se fâcher maintenant.

– Ordonne-lui de sortir ! s’exclame Sabine qui se crispe sur mes bras.

– Je ne pense pas que ce soit une bonne idée. Nous avons besoin d’elle, je tempère pour apaiser sa nervosité.

– Mais non ! N’importe quoi. Ce que je veux dire, c’est qu’au moment de pousser, tu ordonnes à ton bébé de sortir. Ne me demande pas si je suis devenue folle, fais-le.

Bien. Je ne lui dirai pas qu’elle est étrange, il ne faut surtout pas la contrarier aujourd’hui. De toute façon, je n’en ai pas le temps, la sage-femme donne le top de départ. Obéissant, je m'adresse à son ventre :

– Go ! Largage, go !

Les infirmières éclatent de rire, je les ignore. Ensuite, je me penche sur Sabine, une main placée dans son dos pour l'aider à se redresser pendant les poussées, la seconde qui tient la sienne avec nos doigts entremêlés.

Ma femme est une championne. Qui crie lorsqu'elle a mal, mais ne se laisse pas abattre. En même temps, il y a des moments où on n'a pas le choix. Elle sue, gémit, pousse, souffre, mais elle y arrive. Quand la sage-femme pose notre bébé sur le ventre de sa mère, je vacille. Une bombe d'émotions m'explose à la figure. Le choc passé, j'embrasse Sabine en lui murmurant que je l'aime, puis j'embrasse notre enfant pour l'accueillir. J'avais encore raison, c'est un garçon.

Cela fait une heure que nous sommes de retour dans la chambre, Sabine récupère. Elle dort paisiblement sous ma surveillance, je suis installé dans le fauteuil à un mètre d'elle. Plus loin dans un coin se trouve un lit pour nourrisson, il est vide. Où est-il, ce bébé tant attendu ? Vous devriez me connaître un peu, contrairement aux infirmières qui ont tenté à plusieurs reprises de l'arracher de mes bras.

Je n'ai pas bronché lorsqu'elles l'ont récupéré pour ses premiers soins, je ne suis pas obtus.

Mais quand elles l'ont ramené, propre et habillé, mon rôle de père a démarré. Autant dire qu'à partir de ce moment, approcher mon enfant constitue une prise de risque pour n'importe qui. Le ton est monté haut, les vents furent violents, mais j'ai obtenu gain de cause. Même le pédiatre qu'elles ont appelé à la rescousse a pris ma défense. Il trouve également que mon bébé est mieux dans mes bras que dans leur machin sur roulettes.

Lui aussi dort comme un bienheureux, posé sur ma poitrine, les fesses calées dans la paume de ma main, bien au chaud. Je suis en admiration, submergé de bonheur. Il est minuscule et magnifique et il aura sûrement mes yeux bleus. D'ailleurs, à croire les avis externes, c'est une petite maquette de moi.

Ça y est, j'ai une vraie famille. J'ai toujours pensé que je n'en voulais pas, que cela ne me manquait pas. Pourtant, il se trouve que c'est la fin idéale à ma vie sans lien. Jusqu'à Sabine. Jusqu'à Lucas dans mes bras. « Lucas » vient de « lumière » et si sa mère est mon soleil, lui, il est la mienne.

J'ai beaucoup tué, mais aujourd'hui j'accueille une vie. Et je vais la chérir.

CHAPITRE 26

Le cycle de la vie.

Bien plus tard…

ALEXANDRE

Le temps est idéal, clair et dénué de vent, la température, douce. Allongé sous un buisson, mon fusil en position de tir et armé, je guette. Pour l'instant, tout est calme, seuls les bruits de la forêt me parviennent. On pourrait penser qu'il n'y a pas âme qui vive en ce lieu, pourtant en ce moment même, six guerriers se mettent en position et se préparent au combat.

Quelques minutes plus tard, le son des tirs résonne, ça pétarade sévèrement à une vingtaine de mètres devant. C'est en contrebas donc je ne vois rien, mais certains sont en train de s'en prendre plein la figure, se faire couvrir de peinture ne doit pas les enchanter. Aujourd'hui, c'est notre séance hebdomadaire de paintball, que nous pratiquons tous ensemble, Sabine et Sylvie comprises. Entre les missions et les déplacements, il est rare de réussir à nous réunir au complet, mais peu importe. Nous n'y dérogeons pas, viennent tous ceux qui sont disponibles.

C'est Lucas qui nous a fait découvrir ce sport. C'est l'activité qu'il nous a réclamée pour son anniversaire, il y a trois ans. Nous n'étions pas emballés, mais étant donné qu'il était le roi de la journée, tout le monde s'est prêté au jeu. Par chance, nous étions au complet ce jour-là, être entouré de tous ceux qu'il considère comme ses oncles lui tenait à cœur. Nous y allions à reculons, mais nous nous sommes tellement bidonnés que les filles ont dû mettre le holà. Nous étions chauds patate pour continuer toute la nuit.

Jouer à la guerre entre nous, c'est le pied, et pour le coup, cela n'a rien à voir avec les jeux vidéo, ce que confirme Hector qui jubile lorsqu'il nous inflige une branlée. Ce fourbe a réussi à m'avoir plusieurs fois, ça m'a fait mal aux fesses. Du genre obligé de ranger mon orgueil dans un suppositoire.

En revanche, le niveau d'éclate n'est pas le même pour tous. Les filles ne font pas le poids, mais étant blindées depuis le temps, elles ne s'en formalisent plus. Pour Lucas, prendre le dessus sur l'un de nous – encore en fonction ou non – relève du domaine de l'impossible. Il conserve malgré tout l'espoir d'y parvenir. C'est un doux rêveur, particularité qu'il ne peut tenir que de sa mère. Retraités ou pas, nous avons notre fierté et mon mioche ne nous aura pas, même si je l'adore. Il n'a jamais réussi à nous toucher une seule fois, par conséquent, lorsqu'il tombe sur une proie aisée, il s'acharne pour se défouler. C'est la raison pour laquelle je dois intervenir tout de suite.

– Lucas ! Arrête de tirer sur ta mère !

– Mais c'est la plus facile à buter ! rouspète-t-il.

– Je sais bien, mais elle va encore faire la tête toute la soirée. Tu es gentil, mais du haut de tes treize ans, tu n'imagines pas la galère que c'est, d'adoucir ta femme qui boude.

– Et je ne le saurai jamais, l'amour, ce n'est pas pour moi.

Il devrait faire attention à ce qu'il affirme. Je crois me souvenir que je parlais de l'amour comme d'un virus contre lequel je me pensais immunisé. Pourtant, j'ai aujourd'hui un fils qui est juste à côté de moi et une femme – pour laquelle mon amour est sans faille – qui se situe dans la ligne de mire de son rejeton. Mais je ne lui expliquerai pas, c'est à lui de découvrir les choses de la vie. Pour le moment, je me contente de lui apprendre à respecter sa mère pendant la séance de paintball, et ce n'est pas une mince affaire.

À chaque fin de séance, les filles et Lucas sont repeints de la tête aux pieds. Nous autres, si nous avons une tache sur notre combinaison, c'est parce que nous étions trop près d'eux lorsque nous leur avons tiré dessus, juste des éclaboussures. Ce sport m'éclate, je ne m'en lasse pas.

– Je ne gagne jamais, gémit Lucas qui se couche à mes côtés.

– Tu apprends. Tu t'améliores. Surtout, tu t'amuses. C'est le but.

– Je m'amuserais plus en gagnant, bougonne-t-il.

Je n'aime pas quand il se lamente, c'est contre-productif. Cela ne lui ressemble pas et c'est trop éloigné de tout ce que je lui enseigne. Agacé par son attitude, je me lève. Dressé au-dessus de lui, j'ouvre grand les bras.

– Vas-y. Fais-toi plaisir et bute-moi. C'est cadeau.

Lucas m'observe deux secondes avec un air circonspect, avant de soupirer.

– Non. Ce n'est pas intéressant comme ça. C'est nul.

Je n'en attendais pas moins de lui. C'est bien mon fils. Un vrai vainqueur qui ne se contente pas d'une victoire volée. Je m'allonge à nouveau à son côté avant d'être repéré par les autres, ce que je paierai cher et qui ne manquera pas de me rendre ronchon pour plusieurs jours.

– Tu y parviendras, tu choperas un de tes oncles. Ce jour-là, tu sauras que toutes ces années sans victoire t'ont apporté de l'expérience et de la ténacité. Il faut toujours continuer à te battre et à avancer, même en trébuchant cent fois. Chaque défaite t'enseigne une nouvelle chose, un détail que tu ne réitéreras pas, alors c'est bénéfique. C'est de cette façon que tu te construis, que tu te forges.

– Tu crois vraiment que j'y arriverai ? Toi aussi, je te ficherai une raclée ? questionne-t-il avec espoir.

– Moi, sûrement pas. Dans la vie, il est important de conserver des objectifs réalisables. Il faut connaître ses limites et la supériorité de ton père en est une que tu ne pourras jamais franchir.

– Mes oncles, alors ?

– Oh que oui ! Tu tiens de moi, tu ne lâches rien et j'ai bien l'intention de te former comme il se doit. Allez, en attendant, défoule-toi un peu sur maman, tu l'as bien mérité. Je la gérerai ce soir, promis, je conclus pour lui céder ce petit plaisir.

Je suis un père très soucieux du bien-être de son fils. Rien n'a plus d'importance que notre famille, je passe tout mon temps libre avec Sabine et lui. Lucas est né, je ne l'ai plus lâché. De son premier sourire à ses premiers pas, j'étais là. Il m'appelle, j'arrive en courant, n'importe quand. Lorsqu'il est malade, je reste avec lui à la maison. Nous sommes très proches, je m'investis à fond dans sa vie et son éducation. Je veille, de près ou de loin, mais toujours.

Quand il se trouve face à moi, je me revois à son âge. Si Sabine le trouve magnifique – ce qui est normal pour une mère en adoration –, elle ronchonne qu'avec un homme comme moi, elle aurait dû prévoir que tous mes gènes seraient dominants. Elle est avisée, mais loupe parfois des évidences juste sous son joli nez.

Vous avez vraiment douté que je serais un mari et un père à cent pour cent ? Je les aime plus que tout. Auparavant, j'étais prêt à offrir ma vie pour mon pays, aujourd'hui, je la consacre à prendre soin d'eux, à les rendre heureux parce qu'ils me comblent à tous points de vue. Notre famille s'avère la plus belle de mes réussites, je prends chacun de leurs baisers comme un cadeau, chacun de leurs rires comme un trésor. Ils m'aiment, moi, le type imbuvable qui était autant respecté que détesté.

Quand je les admire, j'ai l'assurance de ne pas avoir raté ma carrière, que tous mes sacrifices à titre privé en valaient la peine. Tous les Sabine, Lucas et innocents du monde entier méritent qu'on les protège. Si c'était à refaire, je ne changerais rien. Ah, si ! Pour la conception de Lucas, je m'y prendrais autrement.

Ma vie est idéale et j'aurais beaucoup d'événements à vous raconter, mais le sujet du jour, c'est le paintball.

Amusé, j'observe Lucas se mettre en place pour viser sa mère qui rampe devant un fourré, se croyant invisible aux yeux des autres. Ce serait le cas si cette tête de linotte vérifiait que personne ne se trouve derrière elle. Nous, par exemple. Elle va bientôt recevoir une volée de billes de peinture et ses cris outrés vont résonner dans la forêt d'ici quelques secondes.

Lucas tire, trois coups d'affilée. Il fait mouche, nous rampons aussitôt en arrière pour nous dissimuler derrière un rocher avant qu'elle n'ait eu le temps de se relever. Sabine se met à hurler à l'infamie, au lâche qui attaque dans le dos et qui va se faire pendre haut et court. Nous nous bidonnons comme deux gamins en écoutant ses menaces de représailles.

Un quart d'heure plus tard, la partie est terminée alors nous nous retrouvons tous sur le parking. Sabine vient directement sur moi pour taper son index sur mon torse.

– Tu es méchant !

– Bien sûr que oui, je suis pro. C'est même la raison pour laquelle je suis encore vivant.

– Lucas ! Tu aurais pu dire à ton père de m'épargner, le gronde-t-elle.

– Tu connais, papa. Avec lui, pas de quartier. J'ai bien essayé de te défendre, mais il n'a rien voulu savoir, déclare-t-il avec un air peiné qui mériterait un oscar.

Avec Lucas, nous avons un deal depuis toujours. Lorsque c'est moi qui l'incite à faire râler sa mère, je prends tout à mon compte. Du coup, Sabine est persuadée que son fils est la réincarnation d'un saint, et moi, celle d'un diablotin. Bonne joueuse, elle oublie vite sa déconvenue pour reprendre son rôle de mère poule. Elle époussette Lucas, remonte son col et le recoiffe avec les doigts. Il pince les lèvres mais se laisse faire. Il faudra que j'explique à Sabine qu'il est désormais un petit homme, elle doit donc cesser de le materner de la sorte.

Maintenant, c'est Sylvie qui nous rejoint en ronchonnant. À mon avis, les trois couleurs différentes qu'elle arbore sur sa tenue doivent y être pour quelque chose.

– J'ai déjà dit que je n'aimais pas les fringues à la Desigual.

– Pourtant, ça te va bien au teint, se moque Charles, ex-Lynx et ex-Condor depuis trois ans.

Sylvie et lui ont tenu bon, peu pressés d'être parents, surtout à cause de son métier puisqu'il a pris le commandement de la cellule. Mais à trente-cinq ans, ils ont revu leurs priorités et leur fille est arrivée dans la foulée. En ce qui nous concerne, Sabine et moi n'avons pas souhaité d'autre enfant. Nous n'en ressentions ni le besoin ni l'envie. Et quand je vois Charles avec sa fille, je suis bien content de ne pas être aussi niais. Il sait même lui faire ses couettes et lui mettre des barrettes, c'est ahurissant.

Si vous vous demandez à quoi ressemble notre vie, ma réponse va vous décevoir. Elle est tout à fait normale. En dehors de nos métiers respectifs à tous et du logement en bâtiment sécurisé – ou dans un immeuble proche pour Charles et Sylvie –, nous sommes des couples et des célibataires lambda. Mais surtout, des amis qui vivent, s'amusent et se soutiennent en cas de coups durs. Nous en avons subi, mais les avons tous surmontés, ensemble.

L'entraînement et la transmission de notre savoir étant la meilleure aide que nous puissions apporter, le Lynx que vous connaissez, redevenu Charles, m'a rejoint dans l'équipe d'instructeurs. Après avoir dirigé la cellule sous la cagoule du Condor, il a grogné de se trouver à nouveau sous mes ordres, mais ça lui a vite passé.

– Bien ! Tout le monde est revenu, alors c'est parti pour le total des points, annonce le général.

Lui, il est à la retraite mais n'a pas quitté notre cercle. Il fait office de second papi à Lucas et se charge de lui apprendre la pêche ou autres trucs d'anciens. Il nous accompagne lors de nos sorties paintball, mais il ne joue pas. En fait, il participait au début, mais par respect pour ses étoiles, aucun de nous n'osait lui tirer dessus. Du coup, il gagnait toujours et ça nous a vite gonflés. Depuis, nous l'avons astreint au rôle d'arbitre.

– On s'en fiche des points. On ne joue pas pour gagner, bougonnent Sabine, Sylvie et Lucas.

– Dites plutôt que vous n'y arrivez pas, je me moque.

Pendant que les vexés me fusillent du regard, le général déclare Charles et Squale vainqueurs du jour. C'est uniquement parce que je me suis occupé de Lucas sans me concentrer sur le combat. Je me rattraperai la prochaine fois. Comme souvent, Charles taquine Lucas :

– Tu as encore arrosé ta mère, sale gosse.

– Tu peux parler. Tu as vu l'état de tatie ?

– C'était pour lui rappeler que quand on se camoufle, on ne doit pas oublier de ranger son cul. Mon amour de femme se planque façon autruche.

– Sylvie, ne l'écoute pas. Nous grimperions à la cime des arbres qu'ils nous auraient encore, la console Sabine.

– C'est pénible de ne jamais réussir à vous choper. Ce n'est pas comme ça que je vais devenir un CCLS, bougonne Lucas.

Un silence général suit sa déclaration. Sa réflexion nous prend tous de court, nous nous fixons en nous interrogeant du regard pour découvrir si l'un d'entre nous aurait lâché une information. Mais non, tous secouent la tête pour confirmer avoir respecté le secret. Lucas ne connaît pas notre lien avec les CCLS.

– D'où te vient cette idée ? questionne Sabine avec méfiance.

– Parce que ces types sont les meilleurs ! Je veux en être un plus tard, nous annonce-t-il avec enthousiasme.

Elle est bonne celle-là ! Nous ricanons tous discrètement, sauf les filles. Nous avons toujours tu notre activité, actuelle ou passée, tous d'accord qu'il est trop risqué de révéler un tel secret à un enfant. Lucas sait que nous sommes militaires, mais il nous croit officiers travaillant dans des services dits « sensibles », comme le renseignement. C'est le scénario que nous avons élaboré pour qu'il comprenne pourquoi il ne faut jamais parler de nous à l'école. Cela implique des ajustements obligatoires dans les appartements, comme ne pas utiliser nos noms de code, mais uniquement nos prénoms, ou ne pas circuler en tenue dans les couloirs. Cette dernière contrainte s'avère la plus pénible pour les gars puisqu'ils doivent toujours surveiller les caméras au moment de sortir de chez eux. Malgré tout, aucun n'a souhaité que nous déménagions.

D'ici peu, il sera assez mature pour qu'on puisse tout lui dévoiler.

À cet instant, avec les gars, nous l'observons sans dissimuler notre satisfaction. Qu'il prenne ces hommes pour des héros au point de vouloir leur ressembler, c'est une chose. Mais que ce soit de nous qu'il parle même sans le savoir, c'est encore plus touchant. Nos torses bombés de crânerie contrastent avec l'air renfrogné de Sabine.

– Tu sais, les CCLS, c'est très surfait. Tu pourras trouver des postes plus intéressants.

Elle tentera tout pour que son fils chéri ne se lance pas dans le métier risqué de son père. Mais là, elle piétine notre fierté, la réaction est immédiate.

– Pas d'accord. Ce sont les meilleurs ! la rabrouons-nous tous d'une seule voix.

Bien sûr qu'elle le pense aussi, mais elle refusera de l'admettre devant Lucas pour ne pas l'encourager. Elle nous foudroie du regard pour nous enjoindre de nous taire. Pourtant, elle nous connaît. Peu perturbé par ses menaces, Hector lance les hostilités en le questionnant sans cacher son intérêt :

– Et à choisir, lequel voudrais-tu être ?

Rassemblés devant lui, nous sommes suspendus à ses lèvres, chacun espérant entendre son code les franchir. Dans nos têtes, nous hurlons : « Moi ! Moi ! Moi ! »

– Condor, c'est le chef, donc je sais que ce n'est pas possible. Alors je choisirais Squale, souffle Lucas avec des étoiles dans les yeux parce qu'il doit être en train de s'imaginer avec le logo sur le front.

– Excellent choix ! approuve Squale, ou Quentin, qui se rengorge.

– Tu auras donc réussi. Tu vois, murmure Sabine à son oreille.

Il lui répond par un clin d'œil. Ces deux-là et leurs messes basses, mais que ça me gonfle ! Ils s'entendent aussi bien qu'ils ont mal démarré leur relation.

– Lucas, tu as bien le temps pour décider de ta vie future, reprend Sabine.

Elle marmonne ensuite qu'elle a encore quelques années pour l'inciter à prendre une autre voie. Tu parles ! Cette lueur dans le regard de Lucas, nous l'avons tous reconnue. Nous avions la même à son âge et rien n'a su nous éloigner de notre rêve. Sa décision est prise et s'il a le potentiel pour devenir agent, il ne lâchera rien. Si Sabine souhaite qu'il change d'avis, qu'elle ne compte pas sur moi pour la soutenir.

Je vais même faire tout l'inverse et le préparer. Lorsqu'il arrivera au camp pour sa formation, il aura déjà tout fait, il va exploser tous les stagiaires.

Purée ! Je suis tout fou. Mon fils va prendre la relève !

ÉPILOGUE

Extraits du livre
Mémoires d'un médecin psychiatre militaire
par le docteur Cauvin.

Pour des raisons évidentes de confidentialité et de sécurité, le nom des intervenants dans ce livre a été modifié.

Préambule

Médecin psychiatre, en fonction depuis quatre ans au sein d'un hôpital militaire de province, ma vie prend un tournant aussi étonnant qu'imprévu. Tout commence devant la machine à café réservée au personnel médical, où un collègue me hèle.

– Hey, Cauvin ! Tu es encore là ?

Qu'entend-il par « encore » ? Face à ma perplexité, il en dévoile un peu plus :

– Tu as lu la note qui propose un poste à Paris ?

– Ah ! Tu fais référence à ça. En toute franchise, je me suis arrêté au mot « Paris ». S'occuper des cas dans cette verte Normandie n'est déjà pas de la tarte, alors j'aime autant te dire que les Parisiens tout gris, merci bien.

– Ouais. C'est certain, tu n'as pas lu. Fais-le et on en reparle, lance-t-il en me plantant sur place avec un air mystérieux.

Il n'en faut pas plus pour titiller ma curiosité. Après avoir consulté le fameux papier dix minutes plus tard, je suis conquis par la tristesse parisienne. Je veux ce poste. On me vend du rêve, celui de tout psychiatre aguiché par les défis. Il s'agit de s'assurer de la stabilité mentale d'une équipe de tueurs professionnels, alors vous pensez bien que je ne peux pas résister. Les précisions sur le document ne présentent pas les choses en ces termes, mais je suis psychiatre. Par conséquent, je détecte les formulations trop proprettes pour ne pas dissimuler une vérité qui l'est bien moins.

La gestion des hommes au caractère de bouledogue, j'aime ça, et là, on m'en propose trois pour moi tout seul à plein temps. Je n'ai qu'une question à poser, c'est : je signe où ?

Exalté, je m'empresse de rédiger une lettre de motivation en béton et d'expédier ma demande dans la foulée. Hors de question que cette opportunité me passe sous le nez.

Les jours suivants, j'occupe mon temps libre à étudier toute la documentation disponible traitant de la psychologie des soldats ayant combattu sur des théâtres d'opérations.

Deux semaines plus tard, la réponse tombe : j'obtiens le poste. Parfait ! je suis au taquet, fin prêt.

La suite étant l'objet de ce livre, je ne m'étends pas davantage. Je vous livre maintenant quelques extraits de mes mémoires.

***

Premier entretien avec l'agent nommé Piaf, tout juste recruté. Il prend le commandement opérationnel

Je trépigne depuis quelques jours, je rencontre enfin la tête de cette unité. L'agent pénètre dans le bureau dont la porte est déjà ouverte, alors je me lève pour l'accueillir en souriant, afin de le mettre en confiance.

– Bonjour. Je suis le docteur Cauvin, chargé de votre suivi. Je suis ravi de vous rencontrer.

L'homme, aussi grand que large et vêtu de noir des pieds à la tête incluse, ne répond pas. Il s'assied bien droit face à moi, puis m'observe sans la moindre expression détectable, y compris sur les zones visibles sous la cagoule.

En plus de sa tenue de combat siglée, il est armé jusqu'aux dents. Vraiment impressionnant. On peut dire qu'il a le physique de l'emploi, cela fera son effet lorsqu'il se trouvera face à ses ennemis. Je suis dans son camp, mais je dois me sermonner pour reprendre contenance et commencer notre entrevue.

– Bien. J'ai votre dossier sous les yeux et je remarque que votre nom n'est pas mentionné.

– Alors comment savez-vous que c'est le mien ?

Mais c'est qu'il a de l'humour, ce guerrier. C'est très bien. Étant un joyeux drille également, nous aurons l'occasion de nous amuser. Il me taquine, mais je m'explique tout de même.

– Il y a votre code qui me l'indique.

– Donc, il y a mon nom.

– Non, juste votre code, c'est ce que je voulais dire. Vous voulez bien me préciser votre nom afin que je l'ajoute ? Merci.

Aussitôt, je me penche sur le document, le stylo en main, prêt à écrire.

– Piaf.

Décontenancé, je relève la tête pour chercher une trace d'espièglerie, mais son sérieux comme la froideur de son regard sont d'une clarté totale. J'ai commis ma première erreur de jugement : il ne pratique pas l'humour. Du tout. À ce moment, je comprends que mon travail sera moins simple qu'il n'y paraît, et surtout moins détendu que prévu.

– Je reformule ma demande. Pourriez-vous m'indiquer votre nom et votre prénom ?

– Bien sûr. Prénom : Agent. Nom de famille : Piaf.

D'accord, j'assimile le concept. J'abandonne cette voie parce qu'il se met à grogner et que je n'ai guère envie d'être mordu. C'est qu'il a l'air d'avoir un sacré caractère, ce jeune. Déstabilisé, je fais mine d'être plongé dans la lecture de son dossier pour me laisser le temps de retrouver mon aplomb. D'ailleurs, je m'aperçois qu'il manque une autre information, celle-ci ne devrait pas poser de problème.

– Votre date de naissance, alors ?

– Hier.

– Le jour de votre nomination. Je vois, je marmonne.

Avec mon stylo bloqué en l'air, un sentiment de ridicule me gagne. Autant le ranger dans mon tiroir parce qu'il faut me rendre à l'évidence : je ne vais pas écrire du tout. C'est qu'il est peu loquace, ce garçon. Mon travail se base sur la communication verbale, alors, s'il ne s'exprime pas plus, cela promet de bons moments.

Dans quelle galère ai-je plongé ?

***

Entretien avec Piaf et Chaton 1
au retour de leur première mission

– Bonjour Piaf, bonjour Chaton. Installez-v…

Il n'est pas nécessaire que je termine ma phrase puisqu'ils font comme chez eux, ils s'asseyent sans attendre mon invitation. Ne souhaitant pas les bousculer après les jours éprouvants qu'ils viennent de vivre, j'opte pour instaurer un climat favorable à l'échange, en amorçant notre conversation sur un ton détaché. Je dois veiller à ce que nos entretiens ne se transforment pas en corvées.

– Vous êtes bien rentrés ? Le voyage fut agréable ?

– Non. Le champagne à bord des Transall est tiède.

L'un fait dans le cynisme et l'autre me fixe en silence, ça débute bien. Nous verrons plus tard pour le badinage, ils ne me semblent pas d'humeur. Entrons donc dans le vif du sujet.

– Ce que vous venez de vivre est lourd à porter, alors nous allons en débattre ensemble pour évacuer.

– J'ai déjà évacué. J'ai couru, rétorque Piaf.

– Pareil et j'aimerais bien me laver, ajoute Chaton.

– C'est bien, mais je parlais plus de la partie psychique que physique.

– Ça fonctionne de pair. En courant, je lâche tout.

– Ouais. Au cas où un micro remords naîtrait par inadvertance, il s'évapore dans la sueur.

– Il doit bien rester des résidus d'événements difficiles vécus ces derniers jours, nous allons en parler.

– Je ne vois pas, répond Chaton.

– C'est non, lâche Piaf.

– Si, je vous assure qu'il est bénéfique d'échanger.

– Ce n'est pas ce qu'il veut dire. Nous n'avons rien à déclarer, c'est tout, corrige Chaton.

– Donc, si besoin, nous vous sonnerons.

– Allons, allons. Vous ne me ferez pas croire qu'il ne reste pas un petit détail un peu perturbant, dis-je sur le ton de la plaisanterie pour les inciter à se confier.

– Croire n'est pas le terme adéquat. Je ne parle jamais pour rien. J'énonce plus que j'annonce et lorsque j'avance un fait, c'est qu'il est avéré. Alors, ne croyez pas, mais écoutez, s'agace Piaf.

Stupéfait d'être remis à ma place, je cille puis modifie ma façon de pratiquer. Plutôt que de les inviter à répondre à mes questions en les dirigeant, je vais désormais leur laisser toute latitude sur le sujet à aborder.

– Soit, je vous écoute.

– C'est simple. Je suis engagé et entraîné pour accomplir des missions. Je reviens de celle que l'on m'a confiée. Je l'ai remplie, normal. Maintenant, j'attends la prochaine. En résumé : RAS.

– Pas mieux. Nous faisons notre travail, comme vous, approuve Chaton.

– Certes. Mais en ce qui me concerne, il n'y a que l'encre de mes stylos qui coule sur mes doigts. En conséquence, cela ne risque pas de me perturber.

– J'ai l'air perturbé ? gronde Piaf.

Avec lui, il faudra user de prudence, il se froisse vite quand on aborde ses compétences, y compris mentales.

– C'est bon ? Nous pouvons parler de vos problèmes de papeterie un autre jour ? Nous avons plus productif à faire, s'y met Chaton.

Je n'ai pas le temps de répondre, ils sont déjà sur leurs pieds et se dirigent vers la porte, qu'ils franchissent ensuite sans un mot ni un regard. À l'évidence, ils vivent bien leur métier. Mais ce n'est que le début, ils auront bien besoin de mon aide à un moment.

***

Entretien avec Couleuvre,
huit mois après la création de la cellule

– Bonjour Couleuvre. Votre réponse habituelle aurait-elle changé après cette difficile mission ?

– Non. Mission réussie. Je suis entier. Alors toujours RAS.

– Même pas une petite fatigue ? Une minuscule baisse de moral ? Une question, aussi innocente soit-elle ? j'insiste avec espoir.

– Il y a bien un truc pour le moral, oui.

Trop heureux de ne pas être le seul à parler pour une fois, je m'emballe aussi sec.

– Je vous écoute ! Dites-moi tout !

Enfin ! Je vais avoir quelque chose à me mettre sous la dent. Je vais pouvoir travailler. Je n'y croyais plus.

– Vous pourriez rédiger une ordonnance pour que l'on obtienne une machine à café dans la salle des archives ?

La force de la désillusion me renvoie dans le fond du fauteuil. C'était trop beau.

– Un tel document n'est pas nécessaire, je me charge de l'installer, je soupire en lui faisant signe de s'en aller.

Les trois agents refusent de me faire travailler, c'est épuisant.

***

Deux ans plus tard, la coupe est pleine. Je fais part de mon malaise au général, le responsable de la cellule. Je lui demande surtout de m'attribuer des tâches supplémentaires, quitte à me détacher quelques jours par semaine sur un autre service. Je n'en peux plus de ces gars qui vont bien, qui se contrôlent admirablement et gèrent leur mental de façon idéale.

Hormis un manque de cohésion entre eux à titre privé, et pour lequel je n'obtiens aucune amélioration malgré mes remarques, leur réponse est toujours la même « RAS, doc ». C'est désespérant. Enfin non, pour leur métier, c'est rassurant, bien entendu. Mais pour le psychiatre que je suis, cela veut dire que c'est le chômage technique.

***

Entretien avec Piaf et Couleuvre suite au décès de Chaton 1

L'agent Chaton 1 effectuait une opération en solo, malheureusement, ses cibles l'ont abattu. Piaf et Couleuvre se trouvaient chacun sur leur mission respective et viennent de rentrer sur le territoire français. Je me prépare à les aider à gérer cette perte qui doit les affecter.

– Je suis navré pour votre collègue. Vous voulez bien me confier votre ressenti ?

– Fait chier. Il était bon, bougonne Piaf.

– Ouais. J'étais en confiance avec lui, approuve Couleuvre.

– C'est normal que vous ressentiez un vide. Il ne faut pas chercher à le nier. Affronter votre peine…

– On ne nie rien du tout, au contraire. C'était un super agent, il manquera à l'équipe. En plus, il faut en former un autre, c'est lourd, me coupe Piaf.

– Et ce sera long pour arriver à son niveau, ajoute Couleuvre.

– C'est certain, mais je parlais de la tristesse de perdre un ami et collègue, fais-je remarquer.

– Nous n'étions pas proches. Nous ne le sommes pas et n'y tenons pas, justement pour ces raisons, me rabroue Piaf.

– Exactement. Nous connaissons les risques. On n'est pas dans la cellule pour beurrer des tartines ! gronde Couleuvre.

Concernant mes souhaits de cohésion entre eux, je vais pouvoir me rhabiller. Personne n'arrivera à les rendre plus humains dans le privé, c'est impossible. Ils se blindent en s'isolant dans une caisse de plomb, hermétique aux sentiments comme l'amitié. De mon point de vue, c'est désolant. Du leur, ça se justifie, c'est sûr.

***

Quelques années plus tard…

Ce jour est à marquer d'une croix de feu ! Il est mémorable, car impensable.

Enfin, Piaf est déstabilisé ! On peut dire qu'il a mis le temps, j'attends ce moment depuis neuf ans. Exalté, je quitte le bureau du général dans lequel nous venons de tenir une conversation surréaliste sur la confiserie dont Piaf s'est entiché.

J'approuve à cent pour cent cette nouveauté qui va lui remettre un peu les pieds sur terre, et Dieu sait qu'il en a besoin. L'accord lui a été donné de se lancer dans l'aventure. De mon côté, je dois tout faire pour le tempérer ou le guider sans qu'il se sente dirigé puisqu'il ne le supporte pas.

Quelques heures plus tard, la lecture du dossier de la personne concernée est bouclée alors je le referme avec un immense sourire sur le visage. Elle est parfaite pour Piaf. Dans les détails supplémentaires, non spécifiés dans le document, le général m'a fait part de son humour et de la malice dont elle fait preuve. Nul doute qu'elle saura surmonter un événement aussi étrange que l'intérêt que lui porte le spécimen. Surtout, j'ai le sentiment qu'elle possède tous les atouts pour mettre à terre l'inébranlable Piaf. Les ailes de son assurance vont se faire couper net, il va se ramasser le nez dans le sable et ne rien comprendre.

Les prochaines semaines seront mouvementées et mon bureau souvent investi par un Piaf décontenancé. Je vais effectuer mon travail de conseil et de soutien avec le plus grand sérieux, mais qu'est-ce que je vais me marrer !

***

Beaucoup plus tard. Entretien préliminaire avec un potentiel nouvel agent

Après quelques années en affectation à l'étranger, pour mon dernier poste avant la retraite, je retrouve le ministère pour le suivi des agents CCLS. Ils ont tous changé entre-temps, le fonctionnement également. S'ils restent anonymes sous la cagoule, ils possèdent une famille dans le privé. Les mesures prises à la création de la cellule se sont avérées excessives.

De plus, il règne une ambiance bien plus détendue entre les agents et les administratifs, nous sommes loin des débuts. Le premier Condor pourtant si rigide a su adapter les règles petit à petit. C'est grâce au bonbon. C’est bien sa joie de vivre qui a modifié les choses et même retourné l’irascible Piaf.

Le jeune homme qui me fait face, je le connais un peu pour l’avoir croisé quelques fois, mais je dois avouer que cela fait un drôle d’effet. J’ai la sensation de revenir plus de trente ans en arrière. Ouh ! Quelle claque !

Afin de rester impartial pour son recrutement, j’ai consulté son dossier en aveugle parmi d’autres. Il est indéniable que le sien est sorti du lot, loin devant de par ses compétences. J’avais un sentiment de déjà-vu dans cette volonté d’être le meilleur dans toutes les disciplines. Après avoir validé le candidat, j’ai compris pourquoi en découvrant le nom associé. Avec un père pareil, il ne pouvait qu’être l’excellence à son tour.

– Alors, Lucas. Est-ce ton père qui souhaite que tu intègres la cellule ?

– Non, mon colonel, c’est mon vœu personnel. Et pour être honnête, mon père n’y tient plus. S’il le pouvait, il interviendrait pour que je sois recalé.

– Pourtant, c’est lui qui t’a tout enseigné et qui t’a formé de façon officielle pendant ton stage ? je m’étonne.

– Exact et il a apprécié d’avoir cette possibilité, même s’il ne m’a fait aucun cadeau.

– J’ai même entendu dire, de source sûre, qu’il a fait preuve de plus d’exigence envers toi qu’envers aucun autre.

– Plus la fin de la formation approchait et plus il prenait conscience que j'allais quitter le nid. Du coup, il était de plus en plus contrarié.

– Toujours aussi protecteur malgré tes vingt et un ans, je m'amuse.

– C'est sa seconde nature, mais je ne m'en plains pas. Il accepte malgré tout mes choix et c'est un père formidable. Même quand il me pousse à fond, c'est son côté protecteur qui s'exprime, pour me rendre le plus solide possible. Il m'a toujours interdit d'abandonner, pour quoi que ce soit.

– Il a été incroyable toute sa vie et à tous niveaux, alors je ne suis pas étonné qu'il ait fait des merveilles en ce qui te concerne. Et l'adjudant-chef, ta mère, que pense-t-elle de devoir travailler sous tes ordres ?

– Elle n'est pas ravie pour les risques que je vais prendre, mais fière, sans aucun doute. De plus, elle gardera un œil sur moi, ce qui la rassure. Elle ronchonne juste sur le fait qu'après avoir subi des réprimandes professionnelles de la part de son mari, elle en recevra de son fils, se marre-t-il.

– Elle gère très bien ce détail, on peut dire que c'est désormais une seconde nature chez elle. J'imagine qu'ils t'aideront à expliquer tes absences auprès de tes grands-parents que je crois savoir très aimants.

– Ils sont adorables mais ne comprennent rien à l'armée. Depuis le temps, mon père a su leur ôter l'envie d'en apprendre plus, alors je suis tranquille à ce niveau.

– Tu connais l'ancien poste de ton père depuis quelques années, vous en avez assez parlé ensemble pour que je ne t'explique pas de quoi il retourne. Mais si tu as des questions ou besoin de précisions, je suis là pour ça.

– Effectivement, mon père m'a déjà briefé. Je veux être agent. Pas pour la gloire puisque nous entrons dans l'anonymat. J'ai grandi avec des valeurs fortes inculquées par mes parents, alors je ressens le besoin d'œuvrer pour la sécurité de mon pays.

– Il y a d'autres moyens pour cela, moins dangereux et moins contraignants.

– C'est exact, mais mon père est un homme admirable. Ceux que je nomme mes oncles ne le sont pas moins. Ma mère est… je n'ai pas de mots pour la décrire tant je l'aime. J'éprouve un immense bonheur d'être leur fils. Je veux être comme eux. Je souhaite leur faire honneur, c'est vrai. Mais surtout, c'est ce dont je rêve, moi.

– Et tu seras un très bon agent, cela ne fait aucun doute. C'est rare d'avoir cette possibilité, mais il se trouve que tu as le choix entre Squale, qui libère son logo parce qu'il vient de passer Condor, et Lynx qui nous quitte bientôt. Alors, qui veux-tu être pour débuter ?

– Enfant, je rêvais d'être Squale, mais aujourd'hui, j'ai une préférence pour Lynx. J'aime à croire que l'ancien que je connais si bien a su me transmettre son brin de folie.

– Parfait ! Tu porteras donc ton logo d'ici un mois.

Le moment qu'il attend depuis des années, et pour lequel il s'est entraîné sans se ménager, est arrivé. C'est important pour lui, alors j'officialise son entrée dans la cellule en me levant, pour contourner le bureau afin de lui tendre la main.

– Bienvenue dans la cellule, Lynx !

Avec une relève pareille, les CCLS ne risquent pas de perdre en efficacité.

Fin

MOT FINAL

Pour commencer, merci à vous, lecteurs, d'avoir suivi les aventures de Sabine et Condor. Leur histoire me tient à cœur puisqu'elle est inspirée d'un pan de ma vie. Comme vous avez pu le constater, la vie militaire offre bien des surprises.

Certains moments bénis (le fond de la fosse du parcours du combattant ; les voyages en Hercules ou Transall ; l'arrivée imprévue du conjoint qui sort d'un buisson sur le lieu de vacances ; la première permanence éreintante, mais sans un Condor hurlant ; et d'autres), je les ai vécus. J'espère avoir réussi à leur rendre leur caractère épique.

J'imagine que votre plus grande interrogation concerne Condor. Existe-t-il et a-t-il croisé ma route ? La réponse est : presque. Je m'explique. J'ai connu les joies du conjoint militaire au métier « spécial », qui rend la vie de couple difficile. L'homme qui part n'importe quand, pour faire on ne sait quoi ni où, pour rentrer on ne sait quand, le tout sous silence radio total.

J'ai également travaillé sous les ordres d'un gradé aussi avenant que Condor. Comme vous pouvez le constater, j'ai survécu.

Pour finir, l'homme qui n'a aucun tact, dit les choses comme elles lui viennent sans aucun filtre, est devenu mon mari. Il est d'ailleurs très fier de me servir de modèle et vous salue.

J'ai donc créé Condor en mélangeant ces trois hommes, ceux qui m'ont marquée et Alexandre, celui que j'ai épousé.

J'espère vous avoir présenté le monde militaire sous un nouveau jour, bien plus sympathique à vivre qu'on ne le pense. Il y a des moments durs, bien sûr, mais c'est un métier exceptionnel. Ces années passées sous l'uniforme ont marqué ma vie, dans le bon sens du terme.

REMERCIEMENTS

À mon éditrice, Sylvie Gand, avec qui j'ai pris grand plaisir à travailler. Merci pour tes conseils avisés, grâce à toi, j'ai progressé.

Pour écrire, l'imagination est une chose, mais l'entourage est important. Je commence par ma bêta-lectrice de choc, Marie-Pierre F. Merci à toi de manier aussi bien le fouet, rien de tel pour revenir sur le droit chemin.

Merci également aux copines de la première heure : Nathalie C. et ses superbes montages photo ; Julie C., Prisca A., Cristelle A., Lucie P. Votre bonne humeur est un puissant carburant.

À ma copine auteur, Loraline Bradern. Il est difficile de poser des mots sur notre relation. Je résumerai en parlant de bienfaits mutuels, autant pour rire et décompresser que pour nous motiver et nous corriger. Nous adhérons à la même philosophie, qui repose sur la confiance et le partage. Je te souhaite le meilleur pour ta carrière d'auteur.

Enfin, une mention spéciale à mon Condor personnel, Alexandre. Tu es un mari surprenant, que j'aime énormément. Ton amour et ton soutien sans faille me donnent des ailes. Merci d'être toi, sans artifice, tout en sincérité. Et même si tu as bougonné pendant les corrections – parce que tu as bien retrouvé ton manque de tact et ton caractère ronchon dans Condor –, sache qu'il y a bien longtemps que je m'y suis habituée, alors ne change jamais. Je t'aime exactement tel que tu es.

Composition et mise en pages
Nord Compo à Villeneuve-d'Ascq